D1706000

Blomster og blod

FREDRIK SKAGEN

Blomster og blod

Roman

CAPPELEN

Fredrik Skagen

Jakten etter Auriga 1968
Jeg vet en deilig have 1970
Papirkrigen 1973
Ulvene 1978
Forræderen 1979
Alt står bra til med nordmennene 1980
Kortslutning 1981
Viktor! Viktor! 1982
Fritt fall 1983
Tigertimen 1984
Voldtatt 1985
Døden i Capelulo 1986
Purpurhjertene 1987
Menneskejegeren 1988
Alte Kameraden 1990
Pelle Maradona 1990
Landskap med kulehull 1991
Å drepe en sangfugl 1992
Otto og røverne 1992
Nemesis 1993
Når sant skal sies 1993
Skrik 1994
En tyv i natten 1995
Nattsug 1995
Rekyl 1996
Blackout 1998
Drømmen om Marilyn 1999

Sammen med Gunnar Staalesen

Dødelig madonna 1993

© J.W. Cappelens Forlag a·s 2000
Omslagsdesign: Kjetså + Hole Design
Satt hos Heien Fotosats A.s, Spydeberg
Trykt i Rotanor, Skien, 2000
ISBN 82-02-20137-3
ISBN 82-525-4010-4 (Bokklubben Krim og Spenning)

«Og kjærligheten blev verdens ophav og verdens hersker; men alle dens veier er fulde av blomster og blod, blomster og blod.» Slik skrev Knut Hamsun i Victoria for vel hundre år siden. Men er det så vakkert som folk vil ha det til? For er det ikke en Guds ulykke at vi først blir tilbedt og overøst med gaver og blomster fra våre kjære, for deretter å bli stenket med vårt eget blod? Først når vi ligger i graven vender de tilbake, de som forlot oss. Hva er det da de overøser oss med igjen, annet enn blomster og atter blomster?

Fra dagboken til Miriam Malme (1975–2000)

Det var en mørk

og stormfull natt.

William visste ikke sikkert hvor setningen kom fra, men den dukket opp i hodet hans en gang for mange år siden mens han befant seg i en utmark noen få mil øst for Trondheim. De lå flattrykte ved siden av hverandre – Jon i midten, Oddvar til høyre og William til venstre.

Stormfull? Av og til strøk et kjølig pust over den nesten usynlige gressletten, men vinden verken rev eller slet i trekronene. Ikke var det natt heller, bare tidlig høstkveld. At scenen var mørk, kunne William imidlertid skrive under på. Et dystert draperi hadde glidd inn på himmelen og lagt seg til hvile foran den duse halvmånen, slik at de knapt kunne skimte hverandre. De varme, gule lysene fra gårdene et stykke nedenfor fikk ham til å lengte sterkt etter en røyk og en kopp kaffe, og ikke minst – ilden fra et peisbål. Oddvar hadde bedt ham om å kle seg godt. Han mente selv at han hadde gjort det, men frøs likevel. Vanligvis likte han naturen, å vandre i skog og mark. Men å ligge urørlig på det iskalde underlaget i dunkle omgivelser var ikke noe for et termostattilpasset bymenneske.

Det hadde vært ordentlig spennende helt til å begynne med, syntes han, mens mørket falt på og han innbilte seg at det tjenestevillige viltet våknet til liv inne i skogen og kom nærmere for å la seg felle. Han mente til og med å ha hørt lyden fra en kvist som brakk et stykke unna til venstre, men Jon hadde hvisket til ham at byttet, hvis det dukket opp, sannsynligvis ville komme fra motsatt kant.

William hadde for lengst begynt å tvile på at ventetiden ville føre til noe, fullt på det rene med hvor totalt uerfaren han var. Etter hans mening fantes det ikke annet liv i terrenget enn maur og meitemark som hadde gått i dvale. Fjerdemann, Jørgen, som sto under et grantre hundreogfemti meter unna, skulle imitere et par ugleskrik hvis noe passerte ham, men hadde i løpet av de første tre kvarterene ikke gitt lyd fra seg. William, nybegynner og ubevæpnet tilskuer, forsøkte å mosjonere de valne fingrene sine og skjønte ikke hvordan det var mulig å skjelne eventuelle dyr mot den svarte skogkanten. Røyken måtte vente. Den årvåkne flokken ville skifte kurs dersom den merket det minste tegn til noe usedvanlig.

Hadde Jon forklart.

Det var Oddvar sin skyld; han hadde formelig tigget William om å bli med. «I kveld tror jeg det kommer til å skje. Eller rettere sagt, Jon føler det på seg. Han har instinkt for sånt. I så fall garanterer jeg deg *litt* av en opplevelse!» Oddvar hadde plukket ham opp i byen, og en drøy halvtime senere hadde de stanset utenfor huset til Jørgen. Der hilste William både på ham og Jon for første gang. Jørgen var pratelysten og forekommende, mens den mer fåmælte Jon opptrådte så rolig og sindig at det virket nesten utrolig at en slik fyr gikk til regelmessige psykiatriske konsultasjoner for å holde angsten på avstand. Straks det begynte å skumre, hadde alle tatt plass i Jørgens pickup og kjørt av sted.

Det gikk nok fem minutter, og rimlaget under dem begynte å smelte. Da kald fukt trengte gjennom bukselårene, la William forsiktig en hånd på Jons venstre arm for å spørre om hvor lenge de skulle holde på før de ga opp, kjente det grove stoffet i feltjakken hans og ante at mannen snudde seg mot ham. Deretter pusten hans mot høyre øre, som fra en varmluftsovn, og med så lav stemme at den knapt var hørlig:

«Fryser du, Bill?»

«Nei, men . . .»

William satte pris på omtanken hans. Derimot kunne han styre seg for å bli kalt Bill. Ingen hadde noensinne gjort det. Jon hadde riktignok tilbragt flere år borte i USA, men det var lenge siden. Den amerikanske innflytelsen virket litt påtatt. Her, i en trøndersk bygd, lød den direkte tåpelig.

«Du la merke til dem, du også?»

«Til hvem?»

«Tre simler passerte nettopp, knappe femten meter foran oss.»

Ikke tale om, tenkte William. Ifølge Oddvar var Jon den i særklasse mest erfarne av de tre jaktkameratene, men samtidig ble han regnet som en temmelig fantasifull kar. Han kunne visstnok koke i hop historier fra fortiden sin på en så overbevisende måte at det var vanskelig å argumentere mot usannsynlighetene. Ikke desto mindre mente både Oddvar og Jørgen at disse redegjørelsene måtte være autentiske, noe de fabelaktige naturinstinktene hans beviste.

«Tror du meg ikke, Bill?»

Det fantes en undertone av hånlig overbærenhet i stemmen som William ikke likte. Samtidig følte han en smule frykt for mannen, noe som sannsynligvis skyldtes Oddvars hint om hva slags type han egentlig var – en forhenværende yrkessoldat med sjelelige problemer. «Vel . . .»

«Hva mener du, Oddemann?» hvisket Jon.

«Når Jørgen ikke har fløytet, kan det umulig ha sneket seg noen forbi både ham og oss.»

Da ble Jon irritert. «Jørgen? Han merker jo ikke engang lukta av sine egne fjerter.» Så ga han beskjed om at de skulle rykke fremover et stykke, fortrinnsvis uten å lage unødig støy. Side om side ålte de ti meter før han la seg til ro igjen og uten videre tente lommelykten.

«Se selv.»

William løftet hodet varsomt. Delvis blendet av det plutselige lyset var han ikke i stand til å skimte noe som helst som kunne minne om dyreliv.

«Ja så faen!» kom det imponert fra Oddvar.

Først skjønte ikke William hva vennen sa ja til. Så, i neste sekund, gikk det med undring opp for ham hva lommelykten avslørte. Like foran dem – det var bare snakk om centimeters avstand – var noen av de stive, gule gresstustene i ferd med å rette seg opp! Det fantes kun én forklaring. Klover hadde nettopp trampet på dem, selv om William kunne ha sverget på at han ikke hadde hørt en eneste lyd. Hvordan Jon hadde greid å observere passeringen i mørket, gikk over hans forstand. Og hvordan kunne fyren være så sikker på at det hadde vært simler, og attpå til ikke to eller fire, men *tre*?

«Hvorfor skjøt du ikke?» hvisket han.

«Fordi jeg vil ha selve grabukken.»

Ikke før hadde Jon presisert det og slokket lykten, så hørte de gryntingen, nesten som fra en tåkelur, og neppe mer enn hundre meter unna. Plutselig følte William hvordan spenningen vendte tilbake. Kunne det være den eldste kronhjorten – hvis død ville sikre laget full kvote – som hadde utstøtt brunstbrølet sitt? Jon hadde forbannet seg på at den bokstavelig talt skulle bli kronen på høstens verk.

«Bli liggende og hold kjeft!»

Deretter ålte han videre og forsvant uten en lyd. Oddvar rullet seg helt rundt én gang, slik at han ble liggende tett inntil William. I neste øyeblikk kom den beskjedne halvmånen til syne gjennom en rift i skyteppet, og Oddvar pekte mot høyre og rakte ham kikkerten. William satte den for øynene. Med litt velvillig innlevelse gikk det an å forestille seg at skyggene ved granleggene var skapninger som langsomt forflyttet seg, men han følte seg ikke overbevist om at han hadde funnet det riktige stedet. For ham kunne synet like gjerne være innbilte bevegelser i en dyster tåkeverden, eller at Jørgen rørte på seg, jegeren som skulle agere ugle. Likevel nikket han, aktet ikke å innrømme amatørstatusen sin. Kulden meldte seg igjen, og han angret at han hadde sagt ja til å bli med, bare fordi Oddvar hadde mast og overtalt ham. «En tur i terrenget sammen med Jon vil overbevise deg om at han ikke farer med fanteri.» Jakt hadde egentlig aldri øvd noen tiltrekning på William. En fisketur i godt vær, ja, men dette? Ikke pokker om det var mulig å felle hjort i slikt bekmørke.

En evighet senere – neppe mer enn to minutter, innså han etterpå – lød det kanonlignende knallet fra en rifle. Han hadde akkurat skiftet stilling, og i den merkelige stillheten som fulgte kunne selv han oppfatte raslingen fra kvikke føtter, da hele stimer av dyr plutselig løp vekk og forsvant. Nå var det ingen tvil lenger; de måtte ha vært omgitt av vilt på alle kanter, men Jon hadde plukket ut akkurat den bukken han ønsket – den eldste, for etter hans mening var det på tide at yngre krefter i flokken overtok. Oddvar reiste seg og trakk William med seg, bort til restene av en skigard. Samtidig kom Jørgen gående fra posten sin.

«Tror du han traff?» spurte William, glad for å kunne røre på seg igjen. Kamuflasjespillet var forbi.

«Ellers ville han ikke ha fyrt av,» flirte Jørgen.

Sammen søkte de videre, og nå fikk de hjelp av mer månelys. Men et antiklimaks fulgte da de hørte Jon rope:

«Helvete!»

De løp bort til ham, der han vandret frem og tilbake med senket våpen og tent lommelykt. Det lot ikke til at han fant dyret som han hadde skutt mot, og alle begynte å lete langs en grøft i terrenget. De drev på i fem minutter før de ga seg.

«Akkurat her sto han, den sleipe jævelen,» sa Jon forbitret og pekte mot bakken under seg. «Med løftet hode og et gevir som jeg knapt har sett maken til. Fucking beautiful!»

Nå kunne også William kjenne den stramme eimen av brunst som hjorten hadde etterlatt seg. Mot alle odds måtte den ha unngått prosjektilet. Oddvar og Jørgen forsto ingenting. Sjefen hadde bommet, og dét på relativt kloss hold! Det var så usedvanlig at de nesten ikke fant ord, og den kameratslige mobbingen uteble. Jon forsøkte ikke å unnskylde seg, sa bare med lav, tonløs stemme mens han rullet en røyk:

«Jeg begynner nok å bli for gammel til dette, folkens.»

Gammel? tenkte William. Førti år er vel ingen alder for en jeger?

Etterpå hadde de ruslet nedover til pickupen og kjørt tilbake til tettstedet ved fjorden. Jørgen ba dem med inn, hvor kona hans ventet med mat og kaffe sammen med Anna, Jons smekre og lyshårede ledsagerske. Varmen og serveringen var rene velsignelsen, og Anna ga Jon en klem for å trøste. Men William likte ikke tanken på at det kunne ha vært hans skyld at Jon ikke traff – visste at han selv kanskje hadde frembragt lyder som skremte hjorten i det vesle tidels sekundet før skuddet ble avfyrt. Et par skulende sideblikk fra mannen syntes å tyde på det, men han skyldte ikke på noen av dem. Bare dette hadde han sagt:

«I morgen kveld skal jeg knerte ham, the fucking devil!» Bestemt, nesten hatsk.

De to kameratene hans lot ikke til å tvile. Mens Jon og Anna kjørte hjem til huset sitt i lia et stykke unna, vendte Oddvar tilbake til byen, med William som passasjer.

«Jeg hadde tenkt å ta bilder,» sa William. «Rekonstruere, lage en liten reportasje for avisen. Men det ble jo ikke stort å skrive om.»

«Det var heller ikke derfor jeg ba deg om å bli med.»

«Nei, du ville demonstrere den uforlignelige begavelsen hans.»

«Lyktes jeg ikke med det?»

«Jo da, bortsett fra at han bommet.»

«Pinlig, jeg innrømmer det. Kan ikke huske sist det skjedde. Men verken du eller jeg observerte de tre simlene som passerte rett for nesen vår! Det var slike egenskaper som gjorde det mulig for ham å overleve i jungelen. Du burde tatt en skikkelig prat med ham, om alt han brenner inne med. En bok om Jon kommer til å bli en kjempesuksess.»

«Jeg ville ha blitt mer tent hvis han hadde truffet.»

«Ren uflaks,» mente Oddvar. «Eller prestasjonsangst.»

«Hæ?»

«Av hensyn til deg. Dere bør kanskje bli bedre kjent med hverandre. Da vil du for eksempel få vite at han ikke tåler å delta i slaktingen lenger. Når vi har felt et dyr, er det alltid Jørgen eller jeg som må bruke kniven og tappe blodet. Jon snur ryggen til eller går et godt stykke unna. Det er et av problemene hans. Under ganske andre omstendigheter, for mer enn femten år siden, så han nok altfor mye blod, fra døde og lemlestede soldater. Blod fra barn som var sprengt i stumper og stykker . . .»

«Hvis det er sant, hva så?» avbrøt William. Han kunne styre seg for å høre mer om det helvetet som Jon hevdet at han hadde gjennomlevd.

«Lenge trodde han at redslene var glemt. Han hadde gravd dem ned bakerst i hjernekisten og prøvde å tilpasse seg et normalt liv. Men i de siste tre-fire årene har de begynt å dukke opp igjen. Midt på natten, forteller Anna, kan han skrike høyt og våkne, for deretter å kaste seg skinnflat ned på gulvet, badet i svette, og rope ordrer på engelsk med et fantasigevær i hendene. Sånt kalles post-traumatiske lidelser. Senvirkninger etter krig.»

«Dette har du fortalt meg før. Men jeg tviler på at jeg er den rette til å protokollere slike opplevelser.»

Oddvar overhørte det. «Det er viktig at han blir oppmuntret til å fortelle, at noen hjelper ham med å huske. Psykiateren hans mener at hvis minnene kommer på trykk, kan Jon bearbeide dem og lettere forsone seg med fortiden.»

William nikket, men var stadig skeptisk, både til sine egne evner og til den tidligere infanterisoldaten. «Jeg er journalist, ikke historiebokforfatter.»

«Bli med i morgen. Da feller Jon kronhjorten, garantert.»

«Dessverre. Jeg skal feire bursdagen min sammen med familien.»

Det gjorde han. William, nylig fast ansatt i Adresseavisen, fylte trettitre og tilbragte den neste kvelden sammen med sine nærmeste – Solveig, sønnen Anders på fem, foreldrene og svigerforeldrene – i en blokkleilighet på Nardo i Trondheim. De ventet et nytt barn om en måneds tid, og Solveig var tung og blid.

Oddvar ringte i nitiden og gratulerte med dagen. Benyttet anledningen til å fortelle at for vel to timer siden, etter bare tjue minutter i utmarka, hadde Jon skaffet seg trofeet sitt. Et presist skudd i hjertet på førti meters hold, mens Oddvar og Jørgen kunne ha veddet på at det ikke fantes dyr i nærheten. «Virkelig synd at du ikke var der, William!»

Datoen var tirsdag 22. oktober 1985.

Raseriet

hadde gjort ham kritthvit i ansiktet. Han var klar over det, men dette var en av de ytterst få gangene han ikke greide å beherske seg.

Beate hadde vel ikke merket hvor rystet han var blitt? Nei, hun ante fint lite om hvor mange skjønnheter han hadde turnert. Overfor henne var det lett å holde masken, for Beate var så deilig at hun fikk ham til å slappe av og vise det beste av seg selv. Ingen kvinne hadde han beholdt lenger enn henne, og slik skulle det fortsette, inntil han eventuelt fant en ny og enda bedre.

Barndommen hadde lært ham å svelge nederlag, å holde dem ut, til og med etter hvert å snu dem til sin egen fordel. Det hadde vært en hard lekse. I gymnastikken, for eksempel, hver gang klassen skulle deles opp i to lag, og de hovne sjefsguttene valgte seg ut spillere etter tur, kunne han alltid forutsi resultatet, hvem som ville stå igjen alene til slutt – den desiderte sveklingen som ingen ville ha. Egentlig var han bare i veien; i enkelte grener kunne han til og med ødelegge for laget sitt, og han visste det selv. Og det var nesten det verste.

Jo da, han hadde vært en klomse, enda så velbygd og sterk som han virket utad. Fomlet med ballen de få gangene den havnet hos ham, rødmet når han mistet den og skapte sjanser for motparten. *Stompen*, hadde de kalt ham, fordi han altfor ofte snublet og ble liggende på baken. Stort mer keitet og talentløs enn Stompen gikk det ikke an å bli. Av alle puddinger på skolen var han den bløteste. Jentene i parallellklassen visste det og gjorde narr av ham. Til og med lærerne hvisket om ham, seg imellom. Han både hørte det og så det på dem.

Men det var da for faen ikke hans feil at han var født slik!

Ydmykelsene hadde fått tårene til å sprette frem i øynene hans, og han hadde snudd seg vekk og sneket seg ut i garderoben. Ikke engang dét la de merke til i kampens hete. Da var han luft for dem, et totalt overflødig vesen som knapt hadde noen eksistensberettigelse. Som det aller verste opplevde han likevel forakten fra jentene.

Senere skjønte han hva det dreide seg om, hvilke knep han måtte ta i bruk for å overleve, selv om de ikke hjalp synderlig til å begynne med. Selvdisiplin var et av stikkordene. Gjennomtenkte valg. Tålmodighet. Han hadde til og med lært et par av triksene på skolen, i en biologitime. Visse utvalgskriterier styrte tilværelsen. *Natural selection.* Det hele var et spørsmål om å tilpasse seg, maksimalt å utnytte de naturgitte fordelene, slik Darwin hadde postulert.

For ingen kunne ta fra ham at han var pen å se på, og ikke minst at han hadde et *hode* som overgikk de flestes. Langsomt overvant han de skjulte kroppslige defektene, begynte hemmelig å trene på kampsport og lynhurtige bevegelser. Han medvirket i amatørteateroppsetninger og deltok i et kurs hvor han lærte kunsten å imitere og parodiere. Men fremfor alt utnyttet han den suverene intelligensen sin, leste romaner og gikk på kino og erfarte hvor avgjørende det var å utnytte og styrke den medfødte sjarmen som han faktisk var i besittelse av. Man kunne bli utrolig populær ved hjelp av kjappe replikker og overraskende påfunn. Det gikk til og med an å *spille på* sin ubehjelpelighet i lagsport, snu tap til seier ved å smile bredt og latterliggjøre både seg selv og sportens dumme formål. Dette var noe jentene var svake for, og etter hvert ble det en ren lek å få dem i sengen. Da skoletiden var over og han kom inn i nye miljøer, fantes det ikke lenger noen som kalte ham Stompen.

Det tilnærmet perfekte var vel og bra. Selv strebet han i retning av det absolutt perfekte, og han var blitt flinkere og flinkere. I arbeidslivet anså han det som en selvfølge. På det mellommenneskelige plan måtte det ekstra konsentrasjon til; skulle man lykkes i livet, måtte basiskunnskapene ikke bare holdes ved like, men utvikles kontinuerlig. Å skolere den estetiske sansen, for eksempel, var første forutsetning for å lykkes. Teften for det skjønne, det harmoniske og det fullkomne måtte dyrkes bevisst, på samme måte som interessen for kunst, litteratur og musikk måtte oppøves og forbedres. Men skulle man bli *likt* – selve forutsetningen for å kunne gå til topps – måtte man aldri glemme sitt ytre. Det var av avgjørende betydning å fremstå som en vakker og uangripelig skapning.

Hvilket betydde plettfri oppførsel, fra ende til annen. Uklanderlig antrekk til enhver tid var et *must*. Å bli det naturlige, populære midtpunkt, enten det dreide seg om forretninger eller selskapsliv, forlangte i tillegg streng indre kustus. Detaljer som slips, blankpussede sko og renslighet bidro ikke minst til totalinntrykket, en måte å leve på som forekom beundrere av begge kjønn som forbilledlig. Den avslappede ulasteligheten hans hadde utvilsomt medvirket til suksessen. Å klippe vekk overflødige hår i ørene eller skyve huden ved neglerøttene tilbake slik at halvmånene kom til syne var finesser som styrket helhetsinntrykket. Jåleri? Pedanteri? Nei. Fullkommenhet.

Dertil milde gaver. Særlig i begynnelsen. Ingenting falt kvinner mer for enn veloverveide og tilsynelatende improviserte komplimenter, det fikk han daglig bekreftet. Han var blitt vant til å seire, på løpende bånd. Kunsten besto i å utnytte overskuddet sitt og forsyne seg. Hvilket han hadde gjort i mange, mange år. *The survival of the fittest.*

Og så plutselig dette!

Den ubehagelige påminnelsen om hva som hadde skjedd for elleve måneder siden – hans eneste sviende nederlag etter at han ble voksen, det som han så chevaleresk hadde bitt i seg og svelget, enda kinnene hans brant av hat og skam. Han hadde vært så sikker på gevinst at han nesten hadde vraket Beate. Men ingen regel uten unntak. Den nye kvinnen viste seg å bli like umulig å beseire som det hadde vært å gjøre ham til en vinner i gymnastikken. Det varte ikke lenge før han skjønte at heller ingen andre ville nå frem hos henne, og da avsluttet han forsøket. Hun hadde nesten glidd ut av bevisstheten hans. Helt til nå.

Det nye årtusenet, den løfterike, perfekte fremtiden som så

vidt hadde startet, var blitt torpedert i samme sekund han fikk
øye på henne igjen. Den vakreste og mest utilgjengelige skap-
ningen i verden hadde vært frekk nok til å gjennomføre det
utenkelige og ugjørlige – sprade forbi hans eget hjem med en
annen manns eiendomsbesittende arm rundt seg!

Når all farge i ansiktet forsvant, var det fordi han hadde bitt
tennene så hardt sammen at det begynte å verke i kjevene. Han
aktet selvsagt å gi henne en real sjanse, utbe seg en forklaring,
ringe til henne og høre henne si at det skyldtes en misforstå-
else, at hun egentlig avskydde å bli tilbedt av en slik fyr. I så fall
skulle han være storsinnet og tilgi, kanskje til og med minne
henne om at han selv fremdeles fantes, at han stadig var rede til
å dyrke henne i stedet for Beate. Eller kanskje begge, samti-
dig?

Men i motsatt fall, hvis det mot all formodning viste seg at
hun hadde skaffet seg en elsker, hennes aller første, gjaldt bare
en eneste ting. *Hevn.* På hvilken måte den eventuelt skulle
iverksettes, hadde han foreløpig ikke klart for seg, men han
tvilte ikke et øyeblikk på at en mann med hans åndelige kapasi-
tet ville være i stand til å gjennomføre en perfekt revansje. Alt
annet ville være nok et forsmedelig nederlag, og han trodde
ikke at han tålte akkurat det.

Bare ikke Beate merket hvor tøft det føltes!

Da Vibeke Ordal oppdaget

at hun for første gang i sitt liv hadde vunnet i Viking-lotto, satte hun ikke akkurat i et vilt skrik, men dunket knyttneven relativt behersket i respatexbordet. Inni henne, derimot, slo hjertet et par ekstra slag av glede. Dette skjedde i lunsjpausen torsdag 13. januar 2000. Hun tvilte på horoskoper, men mintes at hun forleden hadde kastet et blikk på Vekten i en avisspalte. *Denne uken skal du ikke se bort fra at du vil få et uventet økonomisk løft.* Man kunne bli overtroisk av mindre.

Hun hadde drøyd kaffekoppen og satt omtrent alene i bilfirmaets kantine mens hun rutinemessig sjekket femukerskupongen sin mot resultatene som sto i Dagbladet. En av rekkene var gått inn med fem riktige og ett tilleggstall. Premien lød på hele 153.270 kroner. Hun sammenlignet sifrene to ganger til før hun følte seg overbevist, og da hun voldsomt oppløftet vendte tilbake til det trange kontoret, tastet hun straks mobilnummeret til den eneste sønnen sin, som gikk på universitetet. Han drev og kollokverte sammen med noen andre studenter på Dragvoll og svarte straks.

«Ja, det er Gorm.»

«Mamma her. Er du ledig i kveld?»

«Monica og jeg hadde tenkt oss på kino. Noe spesielt?»

«Jeg har en aldri så liten overraskelse til deg.»

«Fått deg en ny kis?»

«Nei, jeg sa . . . til *deg*.» Ny kis? Vibeke måtte smile. Hun manglet ikke venner, men før hun flyttet sammen med en mann igjen, aktet hun å forvisse seg om at forholdet ville fungere – for resten av livet. For tiden hadde hun stor sans for en av bilselgerne, men hun følte seg ikke overbevist om at han var den riktige. Sjarmerende Knut Petter visste hvordan en kvinne skulle behandles, men samtidig fryktet hun at han var litt for mye *selger*, at han også i privatlivet ville være i stand til å avhende en kjæreste hvis han fikk øye på en nyere modell.

«Ut med det!»

«Ikke før du kommer. Ta med deg Monica. Jeg ordner med litt god mat.»

«Jøss. Vi er der i nitiden!»

Vibeke besluttet foreløpig ikke å fortelle andre på jobben om vinnerlykken sin, enda det var en av mekanikerne på karosseriavdelingen som hadde oppfordret henne til å prøve seg, etter at han selv vant en mindre slump i høst. Hun hadde benyttet de samme ti lottorekkene i tre måneder, tilfeldig valgt av en datamaskin. Så var det altså mulig å ha den fornødne flaksen, tenkte hun. Ingenting kunne ha passet bedre, ingenting ønsket hun mer for øyeblikket enn å nedbetale litt ekstra på huslånet.

Arbeidsdagen hennes sluttet klokken fire, og det hadde så smått begynt å mørkne da hun forlot bilfirmaet og begynte på hjemveien, til fots. Bare unntaksvis brukte hun Starleten, når været var ille eller hvis hun hadde ærender i sentrum. Skrivebordsrutinene bød på så lite mosjon at hun følte behov for de to daglige spaserturene. Hun vandret hurtig bortover Lade allé, slik hun pleide, forbi Ringve musikkhistoriske museum og de snødekte treningsfeltene på motsatt side. Temperaturen lå rundt null, men for én gangs skyld hadde kommunen sørget for skikkelig sandstrødd fortau. Hun gikk inn på Ladetorget og lette ikke lenge i kjøttdisken før hun bestemte seg for entrecôte. Ingen pizza eller pasta til ungdommene, for i dag var det hun som bestemte. Hjemme hadde hun en flaske rødvin fra julen, og hun tvilte på at de to gjestene ville si nei takk til slik servering.

Ekstra artig, funderte hun videre, ville det være å kunne gi Gorm en sjekk med det samme, i stedet for bare å *fortelle* at han kom til å få litt av gevinsten så snart den løp inn på kontoen hennes. Etter handlerunden gikk hun derfor bort til banken, som lå på utsiden av kjøpesenteret. Hun var heldig. Filialen stengte ikke før halv fem på torsdager, hvilket ville si om få minutter.

Det befant seg bare to kunder i lokalet, hvorav den ene var en mann som sto med ryggen til ved en disk med brosjyrer og formularer. Selv stilte hun seg foran den ledige luken og nikket til den kvinnelige funksjonæren, som hun visste av fra før. Rakte henne bankkortet sitt og ba henne kontrollere hvor mye som ennå fantes på brukskontoen. Beløpet stemte, noe i overkant av førti tusen, og Vibeke ventet ingen regninger med det første. Tretti tusen måtte være en passende sum å gi bort. Den ville komme godt med for Gorm. Kjente hun ham rett, ville han neppe la pengene gå inn i husholdningsbudsjettet, for det fantes alltid så mye annet studenter ønsket seg. De fikk liksom aldri nok, satte ganske andre krav til levestandard enn tilfellet hadde vært i hennes ungdom. Men Gorm fortjente det. Til hverdags skulle hun gjerne ha vært rausere mot ham, men sekretærjobben gjorde henne ikke akkurat velstående.

Damen i luken rakte henne en blankett. Hun fylte den ut, kvitterte med navnet sitt og leverte den tilbake.

«Sjekk eller kontanter?»

Vibeke tenkte seg om et øyeblikk. Kanskje ville det være ekstra festlig for Gorm å motta en tykk konvolutt, telle og gispe over hvor mange sedler som befant seg i den. Hun kunne allerede se for seg det måpende fjeset hans.

«Kontanter, takk. Helst glatte og pene. De skal være en gave.»

Den vennlige damen tok et raskt overblikk over beholdningen. «Da må det bli slike. De er helt nye.»

Hun viste henne en 500-lapp. Det glitret i sølvbåndet til høyre for portrettet av den unge Sigrid Undset. Ingenting passet bedre, for Gorm studerte nordisk litteratur, og hans Monica var ikke ulik den vakre forfatterinnen. Den som hadde vært ung igjen! Skaffet seg en snill venn, begynt på nytt og unngått de trivielle årene sammen med Harald. Bare to ting hadde han skjenket henne før han forsvant ut av livet hennes – en sønn, og det ennå ikke helt nedbetalte huset.

Hun telte fort over sedlene, og for å unngå å brette dem, la hun bunken forsiktig ned i et ledig rom i håndvesken. Så stakk hun til seg gjenparten av blanketten, smilte til takk, løftet opp bæreposen og gikk ut, rett forbi mannen som sto og bladde i en brosjyre.

I virkeligheten hadde han holdt øye med Vibeke Ordal. Blikket hans var skarpt og våkent nok til å oppfatte hva hun hadde foretatt seg noen meter unna. Han lot det gå bortimot ti sekunder. Så stakk han brosjyren i lommen og forlot lokalet, et halvt minutt før stengetid.

Østmarkveien begynte like ved kjøpesenteret. Det var en relativt smal allé uten skikkelig fortau, og trærne bidro til å redusere gatelampenes effekt. Av en eller annen grunn snudde hun seg da hun hadde passert drivhusene og fikk øye på en mørkkledd mann som vandret i samme retning som henne, tjuetredve meter bak, og hun fikk en følelse av at han saktnet farten.

Først da slo det Vibeke hvor dristig det hadde vært å ta ut et såpass stort beløp i kontanter. Selv her, en fredelig vinterettermiddag på Lade i Trondheim, kunne heroinsultne individer finne på å slå til for å sikre seg penger til nye forsyninger. «Du lever i en drømmeverden,» ville Harald ha sagt, «innbiller deg at sånt ikke kan skje med deg.» Kanskje var det riktig. Selv hadde han vært så varsom med hensyn til å bære penger på seg at det etter hennes mening minnet mer om grådighet enn frykt for potensielle ranere, helt i stil med livsførselen hans, som ikke minst hun hadde lidd under. At en tilfeldig mannsperson nå visste at hun oppbevarte en betydelig sum i vesken, samt planla å forsyne seg av den, forekom henne hinsides enhver rimelighet.

Likevel begynte hjertet hennes å hamre, og instinktivt økte hun farten da hun rundet et hjørne og gikk inn i Victoria Bachkes vei, en enda stillere strekning med lav villabebyggelse. En liten sving, og hun fortsatte et lite stykke bortover gaten med de for henne velkjente gjerdene og hekkene på begge sider. Så gikk hun kvikt inn i den trygge, frosne hagen sin, forbi postkassen og Starleten som sto parkert foran huset. Deretter bort til inngangsdøren, med nøkkelen klar i hånden. Hvis mannen var i hælene på henne nå, fantes det ingen som kunne stanse ham.

Et kjapt blikk bakover idet hun dreide nøkkelen rundt. Gatebelysningen var dårlig her også, men ikke dårligere enn at hun ville ha sett mannen hvis han befant seg i nærheten.

Så skyndte hun seg inn, smekket døren i lås bak seg og trakk pusten dypt. Lettelsen ble straks paret med en snev av irritasjon – sinne rettet mot henne selv fordi hun hadde forestilt seg at den fremmede ville ha prøvd å nappe håndvesken fra henne hvis anledningen bød seg. Hun tok av seg jakken, trakk kammen hurtig gjennom det blonde håret foran speilet i entreen og gikk inn på kjøkkenet. Der plasserte hun matvarene i kjøleskapet og kastet et blikk på armbåndsuret. Hun hadde drøye fire timer på seg. God tid til å innta et enkelt måltid, drikke kaffe, lese avisen, rydde litt og stelle seg før hun begynte å forberede kveldsmaten.

Hun tente lys i stua og satte på CD-en med Frank Sinatra som hun hadde fått i julegave av Gorm. Nøyaktig de samme elegante Nelson Riddle-arrangementene som på de gamle, slitte LP-platene som hun hadde sluttet å spille da grammofonen sviktet for noen år siden. Hun nynnet med mens hun uvilkårlig tok noen dansetrinn bortover gulvet.

«A summer wind came blowing in, from across the sea...»

Sønnen hennes hadde teft. Visste at hun ikke hadde vondt av å drømme seg vekk noen ganger, tilbake til tiden før Harald, da verden lå åpen som et blått, skimrende hav foran henne og alt vidunderlig var mulig. Ville Knut Petter oppfylle forhåpningene hvis hun kom ham mer i møte?

«It lingers there to touch your hair, and walk with me...»

Rent utrolig hvordan en uventet pengesum hjalp på humøret og kunne fremkalle tillit til de gamle drømmene! Hun varmet kaffevann, smurte en brødskive og tok plass ved kjøkkenbordet. Der puttet hun de seksti ubrukte sedlene i en stor konvolutt og kikket i Dagbladet. Leste om hvor lurt det var å plassere penger i aksjefond, men trodde det ville være enda smartere å kvitte seg med litt gjeld. Og igjen måtte hun bla opp på den siden hvor resultatet av gårsdagens trekning sto for å sammenligne med kupongen sin. Alt i orden! Så skottet hun ut mot gaten og erindret at hun, takket være den innbilte raneren, hadde glemt å se etter om det var post til henne. Hun reiste seg og la konvolutten på kjøleskapet.

Da hun åpnet kassen ved hageporten, passerte en Mercedes langsomt forbi. Mannen bak rattet vinket, og hun vinket tilbake. Typograf Henriksen, tenkte hun. Han bodde i den samme gaten, en trivelig fyr med snill kone og pene barn. Det hadde akkurat begynt å snø, og hun bladde kvikt gjennom den kulørte papirbunken før hun befordret den i sin helhet over i søppelkassen. Bestemte seg nok en gang for å varsle om at hun ikke ønsket å motta mer reklame i posten. Så vendte hun tilbake til huset, låste døren bak seg, gikk inn på kjøkkenet og befant seg ansikt til ansikt med en mann som måtte ha lurt seg inn i huset mens hun sto med ryggen til og tømte postkassen.

I samme øyeblikk skjønte Vibeke at han var den samme fyren som hadde gått bak henne bortover Østmarkveien. Kanskje hadde han snoket rundt i hagen, smugtittet på henne gjennom vinduene.

Hun rakk ikke å bli ordentlig redd, langt mindre å bite seg merke i utseende og antrekk, kjente bare en svak duft av tobakksrøyk idet han uten videre grep tak i henne, svingte henne rundt og holdt henne i et fast grep bakfra. Det glimtet i noe like foran øynene hennes, i noe blankt og fryktinngytende skarpt. Hun greide å få venstre arm fri og fektet vilt med den over og bak skulderen sin. Så kjente hun et smertefullt snitt i huden, et lite stykke nedenfor haken og øret. Det var ikke pinen, men selve kuttet som gjorde det umulig for henne å skrike, og det siste hun hørte var Frank Sinatras stemme gjennom høyttalerne i stuen:

«I've got you under my skin, I've got you deep in the heart of me . . .»

Stemmen fadet hurtig ut og ble erstattet av total stillhet – og mørke.

Etterpå snødde det en halvtimes tid, så begynte det å blåse fra sørvest. Fem minutter på ni sto en nyfiken og forventningsfull Gorm Ordal utenfor bungalowen i Victoria Bachkes vei sammen med kjæresten sin, Monica Holm. De hadde tatt bussen

fra midtbyen etter å ha sett en film som het *Eyes Wide Shut.*
Ingen åpnet da de ringte på, og Monica sa:

«Du må ha misforstått. Kanskje det var i morgen?»

«Ikke tale om. Null fotspor, og bilen er hjemme.»

Han hadde en ekstranøkkel til huset i lommen, og nølte ikke
med å stikke den i låsen og åpne døren.

«Mamma!»

Ingen svarte, og de hengte fra seg yttertøyet i entreen.
Monica trådte inn i den opplyste stua, mens Gorm valgte kjøk-
kenet. Han så straks at moren lå foran kjøleskapet, i en dam av
størknet blod. Han nektet å tro det, for scenen lignet til for-
veksling på en av dem de hadde sett på kino. Han lukket
øynene og åpnet dem igjen, men ingenting forandret seg. Da
Monica et halvt minutt senere dukket opp i døråpningen, sto
han slik fremdeles, omtrent like ubevegelig som den døde skik-
kelsen på gulvet.

Ettersom avdelingssjef Storm var bortreist, ble Arne Kolbjørn-
sen den første fra etterforskningsavdelingens avsnitt 2 som
iakttok det fryktelige resultatet av ugjerningen. Sentralen ved
Trondheim politidistrikt hadde mottatt telefonisk beskjed
klokken 21:04, og Gorm Ordals ord var blitt omhyggelig notert
av vakthavende før nærmeste patruljebil ble dirigert til Lade.
Den sto der allerede da førstebetjent Kolbjørnsen kom dit
sammen med sin unge ledsager, betjent Håkon Balke. Det tok
dem bare et øyeblikk å bestemme at politiadjutant, lege, foto-
graf og et par åstedseksperter måtte tilkalles. Balke ordnet det
omgående og ga patruljefolkene beskjed om å stenge av hagen
hvis nysgjerrige tilskuere dukket opp, noe som helt sikkert ville
skje så snart en større ansamling av offisielle biler parkerte
utenfor. Kolbjørnsen prøvde å uteske det unge, lamslåtte paret
om hva som hadde skjedd, skjønt han til å begynne med følte
det som en langt viktigere oppgave å hjelpe, å bringe dem ut av
transen de åpenbart befant seg i.

Med mørkt, mistroisk blikk, hele tiden med en arm rundt sin
minst like skjelvende Monica, satt Gorm Ordal i sofaen og
prøvde stotrende å gjengi hvordan det hadde seg at de befant

24

seg her – fra den korte telefonsamtalen med moren for rundt regnet åtte timer siden inntil de låste seg inn og fant henne drept.

«Hva slags overraskelse var det snakk om?»

«Det . . . det har jeg ingen anelse om.»

Kolbjørnsen nikket. Hva hemmeligheten gikk ut på, skulle moren naturligvis ha fortalt først når de kom.

«Men stemmen hennes tydet på at . . . at hun hadde tenkt å *gi* meg noe.»

Førstebetjenten følte seg beklemt. Dertil opplevde han det som hadde skjedd på kjøkkenet som nesten ubegripelig, så til de grader rått at det lå hinsides hans forstand, i hvert fall sammenlignet med det verste av voldsbruk som ellers forekom i en by som Trondheim. Alle vinduer var lukket, ingen ruter var knust. Det fantes ikke spor etter kamp, bare det ene kuttet i halsen, mer enn nok til at blodet straks måtte ha begynt å strømme ut av hovedpulsåren. En målbevisst, effektiv handling som røpet et uhyre av et menneske, tilsynelatende blottet for normale følelser. Kanskje var det ikke engang snakk om en fremmed inntrenger, men en person som hadde kjent Vibeke Ordal, og som hun derfor hadde sluppet inn.

«Sjalusidrap?» antydet politiadjutant Martin Kubben da han dukket opp like etterpå. Han sa det ikke helt uten grunn. Sjalusi var en av de vanligste årsakene til at folk gikk berserk.

«Mamma hadde ingen kjæreste, så vidt jeg vet.»

«Hva med faren din?»

«De ble skilt for åtte år siden. Han bor i Oslo.» Gorm snakket nervøst og rykkvis, som om dette første avhøret var en muntlig eksamen som han hadde forberedt seg altfor dårlig til.

«Navnet hans?»

«Harald Tranøy. Mamma – og jeg – tok tilbake pikenavnet hennes da de gikk fra hverandre.»

«Ingen trusler fra den kanten?»

«Ikke det jeg vet. Hvorfor skulle han . . .»

Her knakk den unge mannen sammen, og de lot paret være i fred en stund. De aller fleste drap ble begått i affekt, uten vel gjennomtenkte forberedelser og listige påhitt som skulle narre politiet til å trekke gale konklusjoner. Kubben, som var jurist og ansvarlig for å ta ut eventuelle siktelser, hadde faktisk regnet med en opplagt sak, hvor både forbryterens navn og vedkommendes motiv ville bli klargjort temmelig raskt. Drap innenfor husets fire vegger betydde som regel enkle, nedrige familieaffærer. Men i dette tilfellet var ikke forklaringen øyeblikkelig innlysende. Bortsett fra alt blodet på kjøkkengulvet forelå ingenting som straks kunne avsløre gjerningsmannen, hverken inne i bungalowen eller utenfor. Intet drapsvåpen, intet opplagt motiv, og eventuelle fotavtrykk var visket ut av den hersens nysnøen. Det fantes heller ingen umiddelbar grunn til å mistenke sønnen og kjæresten hans, og det skulle snart vise seg at de kunne bevise sin uskyld. Det eneste noenlunde sikre var legens foreløpige erklæring om at Vibeke Ordal, førtiseks år gammel, måtte ha vært død i minimum to-tre timer, og at døden hadde skyldtes blodtap som følge av overskåret høyre *arteria carotis*, utført ved hjelp av et usedvanlig skarpt redskap.

Både før og etter at liket ble bragt til Regionsykehuset for rettsmedisinsk obduksjon, bokstavelig talt støvsuget eksperter kjøkkenet. I likhet med Kubben visste Arne Kolbjørnsen hvor viktig det var ikke å begå formelle feil. Særlig i de siste årene hadde mangen etterforskning blitt torpedert av dyktige forsvarsadvokater som hadde tatt lærdom av sine amerikanske kolleger. Selv den klareste bevisførsel kunne bli ødelagt fordi politiet altfor ofte syndet mot egne forskrifter; for eksempel når iveren etter å nagle den opplagt mistenkte overgikk plikten til å opptre nøytralt, eller når de ikke fulgte reglementet ved behandling av konkrete, innsamlede indisier. Da kunne de bli tvunget til å frafalle tiltalen, i verste fall henlegge saken.

I løpet av kvelden ble Vibeke Ordals siste bevegelser rekonstruert og følgende kjensgjerninger fastslått:

Hun hadde forlatt arbeidsstedet til vanlig tid, presis klokken 16.00. En kassalapp i lommeboken dokumenterte at hun på hjemvei hadde gått innom Ladetorget og handlet de matvarene som nå befant seg i kjøleskapet. Lappen var påtrykt klokkeslettet 16:21. En kvittering fra bankfilialen viste at hun fem minutter senere hadde tatt ut tretti tusen kroner der. Disse pen-

gene fantes verken i lommeboken eller i håndvesken. På kjøk-
kenbordet, ved siden av en halvtømt kaffekopp og en asjett
med brødsmuler, lå Dagbladet oppslått, sammen med en fem-
ukerskupong i Viking-lotto. Hvis trekningen var riktig gjengitt
– og det viste det seg at den var – hadde hun nettopp vunnet
kroner 153.270.

Preliminær konklusjon:

Mye tydet på at Vibeke Ordal hadde fått rede på gevinsten
tidligere på dagen. Derfor hadde hun ringt til sin eneste sønn i
halv ett-tiden og invitert ham og samboeren til et godt måltid
om kvelden, primært fordi hun ønsket å gi ham eller begge en
del av premien. (Sønnen var etter eget utsagn uvitende om at
moren deltok i spillet.) Senere hadde en foreløpig ukjent per-
son, sannsynligvis på det rene med at hun hadde hevet penger i
banken, fulgt etter henne hjem til Victoria Bachkes vei. På et
eller annet vis måtte angjeldende ha skaffet seg adgang til hu-
set. På kjøkkenet *kunne* et håndgemeng ha funnet sted, men
det virket mer trolig at huseieren var blitt drept før hun rakk å
sette seg til motverge. Deretter hadde gjerningsmannen, even-
tuelt kvinnen, forsynt seg med sedlene og dratt sin vei.

Hvis dette stemte sånn noenlunde, samt at raneren ikke var
en bekjent av offeret, sto politiet overfor en langt vanskeligere
oppgave enn adjutant Kubben på forhånd hadde regnet med.
Foreløpig hadde han gjort sitt, og det var ikke stort. Kolbjørn-
sen visste at hans egen direkte overordnede, avdelingssjef Nils
Storm, ville tildele ham ansvaret for å lede den praktiske delen
av en lang og vrien etterforskning som i verste fall kunne bli re-
sultatløs.

Uansett holdt det ikke å sette sin lit til at støvsugingen,
åstedsgranskingen og letingen etter fingeravtrykk og andre
spor ville gi dem sikre holdepunkter. Betjent Håkon Balke
hadde straks fått i oppgave å organisere en rundspørring i strø-
ket. Hvis de var heldige, befant ikke drapsmannen seg langt
unna. Kunne det til og med tenkes at vedkommende ikke
hadde fått med seg pengene, at disse ikke engang var motivet
for ugjerningen?

Gorm Ordal, under de rådende omstendigheter forbausende

fattet og rolig igjen, hjalp politiet ved å peke ut skuffer og skap hvor moren muligens kunne ha gjemt sedlene, men ingen penger ble funnet. En flaske italiensk rødvin av det populære merket *Cappella* var imidlertid satt frem på spisebordet i stuen, og den unge mannen var ikke i tvil om at den var ment å matche de tre entrecôte-stykkene og de ferske grønnsakene i kjøleskapet. Dessuten kunne han betro Kolbjørnsen, ikke uten tårer i øynene, at lyset på stereoanlegget og Sinatra-platen som fremdeles lå i CD-spilleren, tydet på at hun måtte ha hatt en lykkelig stund den ettermiddagen, like før det forferdelige skjedde. Hun hadde også drukket kaffe og lest avis på kjøkkenet. Med andre ord: Moren hans var ikke blitt drept straks hun kom hjem fra kjøpesenteret. Hvordan hadde så angriperen tatt seg inn i leiligheten hvis hun ikke kjente vedkommende fra før? Latt som om han var selger eller noe i den stilen?

De fikk det sannsynlige svaret ganske raskt. Balke vendte tilbake fra nabolaget og kunne fortelle at en Preben Henriksen, på vei hjem fra jobben, hadde kjørt langsomt forbi bungalowen temmelig nøyaktig ti minutter på halv seks og vinket til fru Ordal idet hun – uten yttertøy – var i ferd med å tømme postkassen innenfor gjerdet. Hun hadde vinket tilbake. Bare knappe minuttet senere, da Henriksen hadde parkert bilen i garasjen sin to hus bortenfor, lukket porten og sto og kikket i *sin* postkasse, var en mann kommet gående svært hurtig forbi – kanskje til og med løpende – i retning av Olav Engelbrektssons allé. Henriksen hadde ikke vært i stand til å beskrive mannen, la ikke merke til om han var ung eller gammel, husket bare at han var kledd i mørke klær. Nei, han hadde ikke sett at han kom ut fra Vibeke Ordals hage, bare fra den kanten. Fremfor alt hadde han bitt seg merke i den forbipasserende fordi han hadde hatt påfallende hastverk.

Det var ikke vanskelig for Kolbjørnsen å forestille seg at gjerningsmannen hadde sett Vibeke Ordal heve penger i bankfilialen, for deretter å følge etter henne hit hun bodde. Nesten like innlysende var det at han kunne ha benyttet anledningen til å smette inn mens hun litt senere var ute ved postkassen. Hun var etter alt å dømme blitt overmannet og drept straks hun trådte inn på kjøkkenet igjen, hvor inntrengeren var i ferd med å sikre seg pengene. Hvis han var identisk med personen som Henriksen hadde iakttatt løpende forbi hagen sin, kunne de i det minste fastslå tidspunktet for udåden temmelig nøyaktig.

I det minste.

Resten – det viktigste – forekom dessverre førstebetjenten å være helt i det blå. Den totalt ukjente gjerningsmannen, dersom angjeldende altså var en mann, befant seg sannsynligvis over alle hauger.

Særlig blidere ble han ikke da en for politiet velkjent kar dukket opp utenfor huset like før klokken 23. Kolbjørnsen tok imot ham på trappen. Av hensyn til sakens alvor hadde han pålagt medarbeiderne sine å benytte mobiltelefon i stedet for det vanlige sambandet, for politiradioen kunne avlyttes av bortimot hvem som helst. Følgelig måtte noen ha tipset Ivar Damgård, den ene av to journalister som jevnlig dekket kriminalsaker for Adresseavisen. Politimannen betraktet ham vanligvis som en vennlig fyr som bare gjorde jobben sin, men akkurat i kveld mislikte han å se ham.

«Hvem informerte deg, Ivar?»

«Det skal jeg nok fortelle, forutsatt at du redegjør om hva som er skjedd.»

Kolbjørnsen kastet et blikk mot gaten. Heldigvis hadde ikke mange nysgjerrige tilskuere samlet seg utenfor gjerdet. «Det må Kubben avgjøre.»

Adjutanten ble tilkalt. Også han forlangte navnet på tipseren før han lot noe lekke ut.

Ivar Damgård smilte. Det var tydelig at han allerede visste ganske mye: «Synderen heter Preben Henriksen og bor like her borte. Jobber som typograf hos oss. En politibetjent ville vite om han eller noen i familien hadde sett eller hørt noe usedvanlig i strøket de siste timene. Da Henriksen fortalte at han personlig hadde iakttatt en ukjent mann som skyndte seg bortover gaten, opplyste betjenten at det sannsynligvis dreide seg om en brutal voldsmann.»

«Flaks for deg med pratevillige kolleger,» sa Kubben. Selv

ville han ha satt pris på at ynglingen Balke hadde vært litt mindre løsmunnet.

«Ja visst. En dame i dette huset er blitt ranet og drept, ikke sant?»

«Du skal få en kortversjon av hva som skjedde dersom du inntil videre ikke nevner navnet hennes i avisen. Du kjenner jo reglene.»

Journalisten nikket, tok frem blokken sin og gjorde seg rede til å notere.

Etterpå skottet han mot kjøkkenvinduet og uttrykte ønske om å få slippe inn, men ble bestemt nektet adgang. Til nød kunne han få lov til å ta et eksteriørbilde av bungalowen. Damgård kastet et blikk på armbåndsuret, ganske fornøyd med hva han hadde oppnådd. Hvis nyheten skulle bli med i morgendagens avis, måtte han skynde seg. Bare én ting til ville han gjerne ha rede på:

«Den trolige gjerningsmannen hadde altså kurs mot Olav Engelbrektssons allé?»

Kolbjørnsen så at Kubben nikket ja og tillot seg å bekrefte dette.

«Hvilket ikke usannsynliggjør at målet hans var Østmarkneset?» tilføyde Damgård listig.

«Det er i så fall ene og alene *din* slutning.»

Arne Kolbjørnsen skjønte hva journalisten siktet til, for muligheten hadde allerede streifet ham. Knappe kilometeren unna lå Trøndelag psykiatriske sykehus, og der fantes det voldelige pasienter som personalet etter evne prøvde å holde innesperret. Sett at en av dem hadde tatt seg en ulovlig luftetur?

Han sukket. Mindre enn seks timer etter Vibeke Ordals død var spekulasjonene allerede i gang – også inne i hans eget hode.

De to små barna

i døråpningen kunne ved første øyekast minne om eventyrets Hans og Grete. Hånd i hånd sto de der, ubevegelige, tett inntil hverandre, som om det i hele verden fantes ingenting som betydde mer for dem enn å være sammen.

Kanskje forholdt det seg slik også, tenkte William Schrøder, men de hvite fjesene røpet at det ikke akkurat var bestemors koselige sukkertøyhus i skogen de stirret på – veslegutten med halvåpen munn, mens den litt eldre søsteren knep sin sammen. Ingen av ansiktene uttrykte nyfikenhet, snarere angst og trass, samt resignasjon. Scenen måtte være relativt velkjent for dem.

Mamma Danielsen, iført morgenkåpe, satt i sofaen med en brennende sigarett i hånden. Den kvinnelige politibetjenten rullet gasbind rundt hodet hennes, for blodet hadde piplet fra såret i tinningen. Pappa Danielsen sto med ryggen mot vinduet, åpenbart beruset. Han kikket sløvt i retning av fjernsynsapparatet, hvor lyden var avslått, men hvor videospilleren snurret og gjenga ettermiddagens tippekamp, som William allerede hadde sett. Også på fotballbanen var det en slags pause. En spiller lå på gresset og vred seg, mens dommeren drev og vinket etter båre. Dette fikk William til å hviske:

«Bør vi ikke tilkalle ambulanse?»

Den mannlige betjenten, som het Rikard, ristet på hodet. «Det avgjør Maria. Spørsmålet er om vi skal sende dama til krisesenteret.»

«Sammen med ungene?»

«Dem slår han aldri. Bare kona.»

William trakk pusten dypt, følte seg ikke overbevist om at faren pleide å skåne dem. Selv om han virket hjelpeløst angrende

31

og strevde med å se edru ut, var det noe ved de mørke øynene som skremte William. En sånn voldsdjevel, tenkte han, burde nektes å være sammen med familien sin.

Denne episoden på Risvollan, lørdagskveldens fjerde, ville bli tildelt noen få linjer i *Politijournalen*, den faste mandagsspalten i Adresseavisen som han redigerte sammen med Ivar Damgård. Vanligvis var den en tilnærmet avskrift av politiets vaktlogg. For å minne seg selv om hva som egentlig skjulte seg bak betegnelsen husbråk, hadde han bedt om å få bli med på en runde sammen med folk fra ordensavdelingens patruljeavsnitt. Solveig hadde antydet at spalten langt på vei kamuflerte og dysset ned familietragedier som kanskje representerte et større samfunnsproblem enn narkobrukere, leger som svindlet til seg trygdepenger eller unge banditter som ranet bankfilialer. Etter Solveigs mening var kimen til all elendighet som regel å finne i hjemmene. Hun var spesiallærer og visste hva hun snakket om. Skolen kunne ikke utrette stort når basen sviktet. Bidro avisen til å redusere betydningen av hva som foregikk bak nedrullede gardiner og husets beskyttende vegger? Ønsket pressen å beskytte privatlivet mot innsyn? Eller skyldtes ufarliggjøringen av hverdagsvolden at den ene episoden lignet for mye på den andre, slik at rutinen gjorde journalistene – og dermed publikum – uimottakelige for ulykksalighetene som skjulte seg bak? Bare drap, voldtekt og spionasje fikk store overskrifter.

Akkurat der og da besluttet William Schrøder å trenge dypere inn i materien, selv om han ikke riktig visste hvordan. Kanskje burde han snakke med en sosiolog. Hva skulle til for å lære fedre – for den saks skyld også mødre – å bevare familiefreden? Moralsk opprustning? Et pent skriv fra verdikommisjonen? Skoléring av potensielle foreldre? Han tvilte.

Til tross for at Ivar og han for tiden satt på pressebenken daglig og fulgte en rettssak av vesentlig alvorligere karakter enn konemishandling – tiltalte var siktet for å ha drept sin forhenværende samboer med gift – innså han at de to barneansiktene var i ferd med å brenne seg inn i hukommelsen hans, at han ikke ville bli kvitt synet med det første. Kanskje skyldtes det at han samtidig var seg bevisst hvor godt han hadde det selv. Gjennom vel tjue års ekteskap hadde Solveig og han aldri røket fysisk i tottene på hverandre, sjelden også verbalt, og avkommet deres hadde hittil vært forskånet for opprivende scener som endte med knyttneveslag og det som verre var. Årsakene til kjernefamilieidyllen deres kunne være mange: Bra utdannelse. God oppdragelse. Generelt humanistisk livssyn. Fredelig lynne. Økonomisk trygghet. Tilnærmet gjensidig ekte kjærlighet. Nedarvede sperrer mot å ta i bruk vold. Eller rett og slett en skikkelig porsjon flaks. For husbråk kunne oppstå i alle sjikt av samfunnet.

Men bare unntaksvis førte den slags faenskap til strafferettslig forfølgning. Om og om igjen unnlot ett og samme offer å anmelde forholdet, fordi én og samme mishandler om og om igjen lovte bot og bedring, ba om tilgivelse, gråt og tigget på sine knær om nåde og forståelse. Så hvorfor skulle politiet bringe enda en hverdagssak inn i et motvillig rettsapparat som fra før hadde mer enn nok å stelle med? Hadde det dessuten noen hensikt å straffe en beruset mann som med jevne mellomrom forvoldte stygge skrammer i sin kones ansikt, så lenge hun fant seg i behandlingen og tilga?

Heller ikke i dette tilfellet nyttet det å anmode moren om å ta et skikkelig oppgjør. Da hun med matt stemme hadde forsikret politibetjent Maria om at hun ikke trengte legebehandling, at hun kunne takke seg selv for «opptrinnet» som avstedkom såpass mye lyd at en nabo hadde tilkalt politiet, slappet faren merkbart av og slo av videospilleren.

«Hvordan begynte dette?» ville betjent Rikard vite.

Pappa Danielsen trakk på skuldrene.

«Det var tippinga si skyld,» kom det lavt fra kona.

«Jaså? Forklar nærmere.»

«Jeg glemte innleveringsfristen.»

Hun skottet bort mot vinduet, og mannen nikket motstrebende. Da politiet kom og straks la merke til at en grønn vase lå knust på stuegulvet, hadde han omtalt den skadde fruen sin som «ei helvetes geit», men etter hvert spaknet han kraftig.

«Og nå har dere gått glipp av en kjempepremie?»

Hun svarte ikke, og pappa Danielsen åpnet munnen. «Vel . . . nei.» Han stirret ned i gulvteppet. «Men det visste jeg for faen ikke da!»

«Med andre ord, kona di har spart deg for en overflødig utgift.»

«Vi *kunne* jo ha vunnet.» Det kom uten synderlig overbevisning.

«Du burde takke henne i stedet!»

«Kanskje det, ja.»

Til Williams overraskelse gikk han ustøtt bort til kvinnen som han hadde mishandlet, tok forsiktig plass ved siden av henne og la armen beskyttende rundt skulderen hennes. Og ikke nok med det; i stedet for å skyve ham vekk, lente hun det bandasjerte hodet sitt mot hans og mumlet «Så, så».

Resten av spriten ble beslaglagt uten protester, og Maria skysset ungene inn på barneværelset. Der ble hun i nesten et kvarter og leste godnatthistorier høyt for dem, mens en oppriktig sint Rikard lekset opp for pappa Danielsen om hvilket ansvar han hadde – som oppdrager. Mot slutten av formaningstalen strømmet tårene fra de to i sofaen, stadig mens de klamret seg til hverandre og særlig han garanterte bot og bedring.

«Hvis dette gjentar seg bare én gang til,» avsluttet den mannlige betjenten, «kommer vi, med loven i hånd, til å ta deg vekk herfra og bure deg inn, Danielsen!»

«Ja, ja,» hikstet pater familias.

«Du passer jobben din bra, har jeg hørt. Hvorfor pokker steller du ikke like godt med kona di?»

Etter en lang taushet kom svaret – fra henne: «Han gjør da det, sånn normalt. Bare av og til sklir det litt ut. Bare av og til. Klart jeg burde ha husket tippekupongen i tide!»

Herregud, tenkte William. Han trakk seg langsomt ut i gangen. Der hørte han Marias stemme. Nå var den blottet for politimessig autoritet; i stedet lød den myk og vennlig, som om en engel hadde steget ned og barmhjertiget seg over ungene:

«Petter Kanin gled forsiktig ned av trillebøren og løp alt han orket nedover en hagegang bak noen solbærbusker. Men da han fór rundt et hjørne, fikk Gregersen øye på ham . . .»

Han dro kjensel på ordene. Et av Beatrix Potters eventyr som han ofte hadde lest for sine egne barn, før de ble for gamle og gikk over til litteratur hvor dyrs snakk ble erstattet av menneskers. Døren sto på gløtt, og han smugkikket på den kvinnelige betjenten som satt med ryggen til. Det virket som om søskenparet, liggende tett sammen i underkøya, befant seg i en annen virkelighet nå, fjernt fra fyll og spetakkel.

Da William et par minutter senere gikk ned trappen i boligblokken sammen med de to politibetjentene, tillot han seg å skryte av oppførselen deres:

«Dere fortjener jaggu bonus fra sosialetaten.»

«Vi *er* sosialetaten,» fastslo Maria. Hun smilte ikke, og tilføyde: «Det hender at jeg får lyst til å ta omkring sånne unger, pakke dem inn i ulltepper, kidnappe dem og skjemme dem bort.»

De hadde så vidt tatt plass i bilen da det kom melding om knivstikking utenfor en nattklubb i Fjordgata. På vei nedover fra Risvollan kastet William et blikk på armbåndsuret og ba om å bli satt av på Nardo.

«Fått nok?» flirte Rikard.

William ville ikke innrømme det og skyldte på at det begynte å bli sent. Han steg ut av bilen ved enden av Thors veg, vinket til dem da de kjørte videre og tenkte at ja, i løpet av noen timer hadde han i grunnen fått nok. Han hadde ikke bidratt med noe som helst, og han mislikte rollen som tilskuer. Mens han spaserte bortover gaten i den friske natteluften, kunne han fremdeles se for seg ansiktene til barna. Når de ble voksne og før eller senere havnet i pressede situasjoner, trengt opp mot veggen, var det stor sannsynlighet for at de ville ty til vold for å løse problemene.

På keramikkskiltet i blokken hans sto det: *Her bor Solveig, William, Anders og Heidi Schrøder.*

Egentlig viste skiltet feil, men han brydde seg ikke om å forandre det. Anders var blitt voksen og bodde ikke hos dem lenger. Tjueåringen hadde begynt å studere medisin i Bergen. Og Heidi skulle konfirmeres til våren, vesle Heidi som de nesten mistet da hun ble født, hadde det ikke vært for den nye kuvøsebehandlingen ved Regionsykehuset. Datteren hadde jublet da broren flyttet ut, for da fikk hun mer plass. Hvor var det blitt av alle årene mens de var fire i leiligheten? De hadde kjøpt den da de giftet seg, og Nardo var et praktisk og rolig sted å bo. Han kunne ikke huske sist han hadde sett en av politiets patruljebiler i området, og de sto på god fot med naboene. Og likevel fortalte statistikken at også her, i et veletablert og stabilt boområde, foregikk det uhumskheter bak enkelte dører. Attpå til fantes det mørketall som ingen hadde innsyn i, om dop og fyll og psykiske konflikter som selv det mest perfekte sosialvesen ikke ville ha greid å rydde opp i.

Men relativt sett, sånn i det store og hele, syntes han at Trondheim var en grei by å leve og arbeide i. Den hadde et internasjonalt anerkjent fotballag som han fulgte med stor interesse, og kriminaliteten var ikke av større omfang enn at politiet – samt han og Ivar på sitt område – klarte å hanskes med den. Det gjaldt bare å avfinne seg med virkeligheten, ikke å la seg lamme av skyggesidene. Som om det ville hjelpe noen hvis avisens utenriksmedarbeidere ble liggende søvnløse og grunne over all ondskapen ute i verden!

Da han låste seg stille inn, mintes han en viss sang av Margrethe Munthe. Han fulgte opp med å legge capsen pent på garderobehyllen, tok av seg jakke og sko og listet seg inn i stua.

Det var en overflødig handling, for Solveig satt i godstolen og så på TV. Det gjorde hun gjerne hvis han hadde kveldsvakt, med mindre hun fordypet seg i en bok. Med de brune øynene festet på skjermen la hun ikke merke til at han innfant seg, og han ble stående og betrakte henne et øyeblikk. Solveig hadde aldri vært hva man kaller pen, men til gjengjeld utrolig *søt*. Kanskje var det derfor, med sitt åpne og muntre vesen, at hun så lett fikk kontakt med folk. Det kom henne ikke minst til gode i forholdet til de vanskelige elevene som hun prøvde å hjelpe. Akkurat nå falt skjæret fra leselampen på skrå over hodet hennes og fikk det mørke håret til å skimre som solbelyst lava.

Hun var førtifire, tre år yngre enn ham, men så ut som om hun var bare tretti. Mente i hvert fall William.

«Intenst spennende?»

Hun rykket til, smilte og strakte hånden ut etter fjernkontrollen. «Det vanlige amerikanske mølet.»

«Du burde lese en bok i stedet.»

«Og det sier du, husets teveoman?»

«Du trenger ikke å slå av for meg. Klokken er bare halv ett, og i morgen er det søndag.»

«Vi tar heller en nightcap sammen. Hva med litt Drambuie?»

«Gjerne. Jeg henter og bringer.»

De slo seg ned i sofaen sammen, og Solveig tente en sigarett. William, som stadig prøvde å slutte, lot seg friste av duften og forsynte seg også med en. De skålte, og han sa:

«Slik satt paret jeg hilste på for tjue minutter siden også. Mannen hadde tyllet i seg altfor mye brennevin.»

«Var det ille?»

«Nei. . . og ja. Den neste invitasjonen fra sentralen gjaldt knivstikking. Den droppet jeg, for den fikk meg til å huske hva som skjedde på Lade i forrige uke. I stedet begynte jeg å lengte etter fred og harmoni.»

«Jeg hadde altså rett.»

«Nei og ja, nok en gang. Hva pokker kan vel Ivar og jeg gjøre?»

«Det er det opp til dere å finne ut. I det minste synes jeg de pyntelige referatene deres tilslører og uskyldiggjør realitetene. Faktisk skjønner jeg ikke vitsen med sånn journalistikk.»

«Det er populært lesestoff for mange. Publikum liker å bli holdt à jour med hva som foregår i nærmiljøet, om ikke nødvendigvis med sterke adjektiver. Vær sikker, folk har fantasi nok til å forestille seg resten.»

«Dere bør likevel overveie en annen form. Slik spalten er nå, har den null hensikt. . . Hva var det forresten du sa, er klokken blitt halv ett allerede?»

«Fem over, faktisk.» William skjønte straks hva som kom; han hadde hatt mistanke om uroen hennes hele tiden, selv om hun tilsynelatende hadde vært oppslukt av B-filmen.

«Heidi garanterte at hun ville være hjemme senest tolv. Det

var derfor jeg begynte å se på TV. Greier aldri å konsentrere meg om en bok når hun er ute.»

«Er hun ikke på en slags bli-kjent-fest for konfirmantene?»

«Bare for en del av gjengen. Hos Jensen, tror jeg, og uten presten.» Hun reiste seg og gikk bort til vinduet.

«Nå begynner du å engste deg unødig igjen.»

«Ja da, men jeg kan ikke for det!» Hun la ansiktet inntil ruten og prøvde å se nedover gaten.

«Før var det Anders. Selv om han ikke alltid holdt ord, kom han seg hjem uten spesielle uhell. Null bråk og null hasj.»

«Det vet jeg vel. Men Heidi er bare fjorten . . . og jente.»

«Slapp av og kom og sett deg igjen, Solveig. Hvis vi ikke stoler på henne, kan ikke hun stole på oss.»

«Stole på? Hun som lovte å være hjemme for mer enn en halvtime siden!»

William merket hvordan han nok en gang lot seg smitte av bekymringen hennes. Han mislikte den ekle følelsen i magen, usikkerheten som spredte seg inni ham. Og samtidig var det hans hellige plikt å berolige, å late som om det ikke fantes den minste grunn til nervøsitet.

«Og nå som vi hadde det så koselig. All right, hvis hun ikke er her innen ett, ringer vi til politiet.» Han greide å le – høyt.

«Det holder med å ringe til Jensens. Jeg gjør det, med én gang.»

«Hvis det kan berolige deg, så værsågod. Jeg tipper at du blir førstemann. Gjett om du blir populær, gjett om Heidi blir glad!»

Solveig dumpet motvillig ned i sofaen igjen. Drakk en slurk av glasset og sa: «Jeg fatter ikke hvordan du makter å være så uberørt, du som attpå til *vet* hva slags svineri som foregår rundt omkring.»

«Storparten er temmelig uskyldig.» Han strøk henne over hodet. Håret kjentes absolutt ikke som stivnet lava å ta på. Det var mykt, og han ønsket at datteren lå på værelset sitt og sov, at Solveig slappet av i armene hans og ville nøyaktig det samme som han hadde tenkt på og lengtet etter siden han kom hjem.

Men når det gjaldt sex, var ingen fiende verre enn nagende angst.

«Storparten, ja. Men hun er så ung, og så uvitende.»

«Og glad.»

«Akkurat. Sånt skjer, William!»

«Jeg er klar over det. Men også naturlige forsinkelser skjer på hjemvei. Folk treffer kjente og glemmer seg bort. Særlig ungdommer.» Han trakk henne tettere inntil seg og senket stemmen: «Hendte det aldri at til og med *du*, mønsterbarnet, kom for sent hjem en sjelden gang?»

Hun nikket så vidt, og da han merket hvordan han gradvis greide å dempe uroen hennes, forsøkte han å gjenoppta samtalen om politirunden som han hadde deltatt i, minnet henne om at det var hun som hadde oppfordret ham til å bli med. Han lyktes et stykke på vei, selv om han følte irritasjon over at nå var det *han* som satt der og engstet seg hemmelig for datteren. Ergret seg dertil over at han hadde drukket. Hvis ikke kunne han ha kjørt av sted til festboligen og tilbudt trygg hjemtransport.

Da klokken nådde ett, holdt han ikke ut lenger, reiste seg og bemerket kjekt: «Nå ringer jeg og ødelegger festen for dem. Har du nummeret?»

Det hadde Solveig, og akkurat mens han tastet inn sifrene, stående foran det vesle skrivebordet og fryktet hva svaret ville bli – hvis noen overhodet orket å ta telefonen – hørte han den velkjente, deilige lyden fra ytterdøren som smalt hardt igjen. Han rakk så vidt å legge på røret før Heidi, med nøkkelen i hånden, stormet heseblesende og blussende inn og ropte at de hadde hatt det *så* kult.

Ingen av foreldrene uttalte de irettesettende, formanende setningene de hadde tenkt å si. Williams mageknip slapp omgående taket, og da Heidi forklarte forsinkelsen med at herr Jensens sønn ikke hadde dukket opp med bilen som avtalt og at det var blitt vanskelig å få tak i taxi, vendte tryggheten tilbake i familien Schrøders leilighet.

Nok en gang hadde de fastslått at det som skjedde med andre aldri kunne skje med dem.

Søndag morgen

hadde han vondt for å kvitte seg med minnet om en uhyggelig drøm som hadde plaget ham om natten. Frisk luft var tingen. Han kjørte opp til Storsvingen i Bymarka og la i vei på ski innover. Solveig foretrakk å være til stede ved åpningen av en kunstutstilling, mens Heidi ikke brydde seg om noen av delene.

Været var ikke akkurat på topp. Temperaturen lå rundt null, det sluddet jevnt og grått, og føret kunne ha vært bedre. Derfor satte han fra seg skiene allerede ved Grønlia, gikk inn i hytta, pusset duggen vekk fra brillene og ble møtt av en knitrende peis – og en god kamerat.

«Råtrist,» konstaterte Oddvar om været. Han satt ved et av bordene og drakk kaffe sammen med en kvinne på samme alder.

Oddvar Skaug var den eneste av de gamle vennene som William fremdeles pleide omgang med. Han hadde vettuge meninger om det meste og var utpreget verbal, særlig når det gjaldt kvinner og fotball. De gikk fast på Lerkendal sammen, men i motsetning til ham selv var Oddvar både ugift og barnløs. Han drev et lite datafirma, Omega, som hadde spesialisert seg på organisasjonsnettverk. Selv om han utførte tjenester for alle mulige etater, var han ikke smart nok til å håve inn så meget som enkelte av konkurrentene gjorde, men han klaget sjelden, brydde seg visst lite om å karre til seg penger. Til forskjell fra de fleste andre William kjente.

«Hils på Gøril.»

Han strakte frem hånden og presenterte seg, men fikk ikke helt tak i etternavnet hennes. Samme kunne det være. Oddvars damevenner var like hyppige og flyktige som døgnfluer.

«William er krimekspert. Jobber i Adressa.»

«Jøss, så interessant.»

Han satte på seg brillene igjen og betraktet henne uviss, for han var ikke sikker på om hun ironiserte eller mente alvor. Skjønt tonefallet, som lød nordlandsk, og de åpne, nyfikne øynene under krøllene, tydet på det siste.

«Han kan alt om samfunnets bunnsjikt, alt om hva som rører seg i et degenerert forbrytersinn.»

«Gi deg, Oddvar. Jeg er en ganske alminnelig bladfyk.»

«Å? Når det gjelder mordet på Lade for halvannen uke siden, vet du sikkert mer enn vi gjør.»

«Bare at det kalles drap, ikke mord. Foreløpig står politiet fast, selv om de sier at de følger visse spor. Problemet er at sporene er nokså vage. Hvis de da ikke har funnet noe som de foretrekker å tie med.»

«Snakker dere om henne som ble ranet og stukket ned?» innskjøt Gøril.

«Høyre halspulsåre var blitt skåret over,» rettet William.

«Altså med kniv.»

«Muligens. Faktisk har jeg ingen anelse om hva slags redskap det var. Dessuten er det en kollega av meg som dekker saken.» Han mislikte å diskutere aktuelle affærer med folk utenfor avisen, med mindre han trodde at de kunne bidra med noe. Som regel kunne de ikke det.

«Det må ha vært fryktelig for henne,» fortsatte hun. «Vunnet i lotto og alt mulig.»

Som om dét burde ha vært en grunn for gjerningsmannen til å skåne offeret, funderte William. Han unnlot å påpeke at det etter alt å dømme var nettopp gevinsten som hadde forårsaket tragedien. Måtte samtidig innrømme at hvis han selv skulle ha skrevet om drapet, ville han utvilsomt ha gjort det samme som Ivar, vridd alt han kunne ut av hvordan et plutselig lykkelig menneske hadde begått den dumhet å ta ut altfor mye kontanter fra banken. *Fra tindrende forventning til dypeste sorg*, hadde Ivar skrevet i en ingress, med referanse til hvordan Vibeke Ordals sønn måtte ha følt det da han fant henne. Ingen tvil om at den slags journalistiske poenger påvirket lesernes reaksjoner.

41

«Sånn er livet,» kom det fra Oddvar. «Eller rettere sagt – døden.»

Korrekt, tenkte William. *Den* var det altoverskyggende poenget i dette tilfellet. Familien i går kveld hadde ikke vunnet noen premie, og det ville ikke ha gjort noe fra eller til om fru Danielsen i siste liten hadde husket å levere inn tipsene. Til gjengjeld munnet ikke uoverensstemmelsen ut i et dødelig drama.

«Det forekommer knapt en kaffepause hos oss uten at vi snakker om den stakkars kvinnen,» sa Gøril. «Det skjedde jo ikke langt unna.»

«Du bor på Lade?»

«Nei, men jeg jobber der, på Østmarkneset. Tenk om en av pasientene våre har gjort det, sier noen. De fleste av dem tvinges ikke til å oppholde seg på sykehusområdet. Selv i den mest bevoktede bygningen, hvor voldelige personer holder til, tror jeg det vil være fullt mulig å være borte en stund uten at noen merker det. Ingen rutiner er ufeilbarlige.»

«Jeg nekter å tro det,» innvendte Oddvar. «Ikke at noen er voldelige altså, eller at de kan finne på å stikke av. Men typer med store psykiske problemer, og delvis uten vett og forstand, er de kapable til å fotfølge og rane folk som har tatt ut penger av banken, for deretter å ta livet av dem og snike seg tilbake til Østmarka? Utstyrt med skarpe kniver er de vel heller ikke?»

«Nei da. Storparten av klientellet er ufarlig. Likevel er det tenkelig. Det vrimler av forskjellige kasus, fra akutte, helbredelige depresjoner til varig schizofreni. Mange er utilregnelige, men man trenger ikke å ha så *veldig* mye vett i skallen for å huske hva som er vitsen med pengesedler. Det hele kan ha vært en impulshandling. Med den fornødne flaksen . . .»

Hun holdt brått inne, som om hun angret at hun hadde antydet at arbeidsplassen hennes var en anstalt hvor mulige drapsmenn når som helst kunne bryte ut og begå bestialske forbrytelser. I Trøndelag psykiatriske sykehus' lange, ærerike historie hadde knapt noe lignende skjedd, tenkte William. Mot sin beste vilje var han likevel blitt interessert. Til og med Ivar hadde nevnt eventualiteten. Ikke på trykk, naturligvis. I avisen hadde han bare skrevet, som sant var, at en nabo av avdøde hadde sett en mannsperson haste forbi i retning av Olav Engelbrektssons allé omtrent på det tidspunktet da drapet måtte ha skjedd. Det ble opp til leserne å spekulere videre. I alleen kunne vedkommende ha gått til høyre, nedover mot Ringvebukta og Fagerheim. Gikk han til venstre, passerte han Ringve videregående skole hvis målet var Lade kirke, eller for den saks skyld, Lademoen og sentrum. Men det fantes også en tredje mulighet, før han kom så langt som til skolen. Da kunne han ha valgt Østmarkveien, der Olav Engelbrektssons allé krysset den. Avstanden fra Victoria Bachkes vei til sykehusområdet var noen få hundre meter.

«Du er altså ansatt på selve institusjonen?» sa han.

«Ja, jeg er sykepleier ved avdeling to.»

«Har politiet vært på besøk?»

«Ikke der jeg arbeider. Men de har visst prøvd å skaffe seg oversikt over eventuelle ulovlige fravær fra avdeling sju den aktuelle ettermiddagen. Uten resultat, så vidt jeg vet.»

«Hvilket ikke nødvendigvis betyr at alle farlige pasienter befant seg der de skulle?»

«Etter min mening . . . nei.» Gøril nølte igjen. «Du har vel ikke tenkt å referere utsagnet mitt i avisen?»

«Å jo, du blir nok førstesideoppslag i morgen,» flirte Oddvar.

«Langt ifra. Men takk for orienteringen,» smilte William.

Så reiste han seg, hilste god tur videre til begge, leverte det tomme kaffekruset i serveringsluken og gikk ut av hytta. Det sluddet ikke lenger fra det grå skyteppet – det regnet – og han besluttet å følge korteste løype tilbake til Storsvingen. I slikt vær, våt nedover ryggen, pådro han seg lett forkjølelse.

Oppover en bratt motbakke slo det ham at hvis drapsmannen var en iskald satan som hadde satset forsettlig fra første stund, kunne han ha løpt i retning av det psykiatriske sykehuset med vilje. Uten å fullføre løpet, bare for å lede politiet på ville veier. I så fall hadde påfunnet virket etter sin hensikt.

I virkeligheten hadde mannen kanskje dreid av til venstre da han nådde Østmarkveien, gått i motsatt retning, tilbake til parkeringsplassen utenfor kjøpesenteret. Der kunne han ha hoppet inn i bilen sin og kjørt til et ganske annet sted. Kanskje var han en hittil ustraffet kar, en uhyre smart og intelligent sådan, som ved et rent *tilfelle* hadde fått øye på offeret sitt i banken, og som fordi han desperat trengte penger, hadde tatt sjansen på et raskt kupp. Det var slett ikke sikkert at planen inkluderte drap, men redselen for å bli etterlyst og gjenkjent kunne ha fått ham til å miste alle hemninger.

Kanskje.

I det siste, slake unnarennet huket William seg ned, kjente tilfreds hvordan farten økte. Han hadde alltid vært glad i å gå på ski.

Hva med drapsvåpenet? Kniven – hvis det var en kniv?

Den kunne mannen rett og slett ha lånt fra stativet på veggen ved siden av kjøleskapet (Ivar hadde skaffet seg et raskt overblikk gjennom kjøkkenvinduet). Skylt vekk blodet under varmt vann fra springen, tørket kniven og hengt den på plass igjen. Vibeke Ordal hadde elsket å tilberede god mat, og knivsettet hennes (igjen ifølge Ivar), lot til å være både omfangsrikt og skarpslipt.

Tenkte William før han føk over ende da han skulle avslutte turen med en elegant telemarkssving like før han nådde brøytekanten langs Storsvingen. Han slo seg overhodet ikke og skjønte at fallet skyldtes et øyeblikks skjødesløshet, fordi han var atskillig mer opptatt av drapet på Lade enn han hadde prøvd å gi Oddvar og venninnen hans inntrykk av.

Mot hans vilje vendte drømmen fra i natt tilbake. Før han gikk til sengs hadde han fryktet at han ville bli hjemsøkt av redde barneansikter. Det skjedde ikke. I stedet hadde han sett masse blod, først rennende fra såret i en kvinnes tinning, deretter en hel innsjø av brunrød væske på et kjøkkengulv hvor han aldri hadde satt sin fot.

Det dirret ekkelt i kroppen hans mens han festet skiene på biltaket.

Inntil nylig hadde de

hatt hvert sitt kontor i avishuset på Heimdal. Men av praktiske grunner – det gikk sjelden lang tid uten at den ene følte behov for å snakke med den andre – fikk de tillatelse til å rive ned skilleveggen. Selv om de dermed mistet noen hyllemeter over hvert sitt skrivebord, ble det nye rommet relativt stort og luftig, og fra da av slapp de stadig vekk å reise seg, å fly ut og inn og henge i døråpningen til hverandre. Med andre ord, hadde de argumentert, en slik nyordning måtte anses som utpreget tids-besparende, og sentralredaksjonen hadde gitt klarsignal.

Nå kunne de opprettholde kontakten der de likte seg best, sittende i hver sin vante stol, og med de aktuelle papirene foran seg. Selvsagt benyttet de ikke enhver anledning til å prate, slik enkelte kunne ha fryktet. Helst skjedde det når en av dem skulle og måtte orientere den andre om løpende saker, hvilket til gjengjeld inntraff rett så ofte. Stort sett delte de broderlig på oppgavene, men samtidig dannet de et *lag*, nesten uatskillelige når det virkelig gjaldt.

Et enestående symbiotisk fenomen, sa onde tunger. På des-ken var de tidligere blitt omtalt som Knoll og Tott, i en uhøyti-delig blanding av misunnelse og overbærenhet. Det fantes til og med nyhetsjournalister som yrkesmessig anså det som en smule mindreverdig å måtte beskjeftige seg daglig med alskens kriminelle foreteelser, og bare ytterst sjelden ymtet nybegyn-nere frempå om en plass i den vesle krimredaksjonen. Uansett, den dagen skilleveggen falt, ble de to straks omdøpt til Hardy-guttene, og heldigvis for oppfinnerne av navnet dro både Wil-liam og Ivar på fliren og lot til å tolerere betegnelsen. «Så barnslige dere er,» var det lengste Ivar strakk seg til å si. Hvis

45

de hadde ambisjoner utover den ene hederlige å gjøre en best mulig jobb for avisen, tidde de om disse. Det viktigste for begge var at de trivdes sammen, at de var noenlunde på linje, at de hadde antenner for hva som fortjente å komme på trykk, og på hvilken måte.

På de fleste andre områder lignet de overhodet ikke på hverandre. Ivar, for eksempel, var utpreget utadvendt – normalt et fortrinn for en journalist – mens William gikk mer stille i andres dører. Ivar kunne være så hemningsløs at han avbrøt politiets redegjørelser under pressekonferanser, lenge før det ble gitt klarsignal til å stille spørsmål. William pleide å vente på tur. Han spurte mer konsist og presist, fri for Ivars hang til å be om svar på flere ting samtidig. Ivar elsket å diskutere, mens William som regel foretrakk å lytte.

De var omtrent jevngamle, men av utseende ganske forskjellige. Ivar Damgård var en ruvende kar, blond, med blink i øyet og velstelt helskjegg. Enkelte påsto at han var direkte machopen, men ingen kunne beskylde ham for å være innbilsk, og han hatet kroppsbygging og mosjon. Den noe sprekere William Schrøder var et halvt hode kortere, og med den glisne, sandfargede hårveksten sin ville han aldri figurere på reklameplakater for tøffe frisyrer. I motsetning til kollegaen, hvis mage hadde vært synlig i flere år, var han helslank – kanskje til og med *for* tynn. Han brukte briller, var nøye i klesveien og så utpreget intellektuell ut, mens den mer rufset antrukne Ivar, fremdeles utstyrt med perfekt syn, var den som gikk mest på kino og leste masse bøker. Han kunne ikke fordra fotball på TV, mens William sjelden hoppet over en tippekamp.

Selv om bakgrunnen deres var relativt lik og begge var gift og hadde to barn, møttes de sjelden utenfor jobben. At de ikke delte både yrkesliv og fritid forklarte sannsynligvis best hvordan de kunne tolerere hverandre og arbeide såpass godt sammen som de gjorde. Med felles kontor måtte de blant annet finne seg i at den ene pratet i telefonen mens den andre skrev på PC-en, og nettopp det greide begge bra. Dessuten oppholdt de seg ikke alltid samtidig på kontoret. En av dem rykket gjerne ut når de mottok melding om innbrudd og ran, og for å kunne referere med innlevelse og tilnærmet nøkternhet fra større rettssaker – og dem var det ganske mange av – måtte ofte den ene tilbringe store deler av dagen i Tinghuset. Det hendte til og med at så mye inntraff samtidig at også andre journalister måtte trå til. Men i det store og hele klarte de å holde rede på det meste selv.

Hvem som var Hardyguttenes sjef? I den grad en av dem ble nødt til å fatte endelige avgjørelser, var William den overordnede, ganske enkelt fordi han hadde lengst erfaring som kriminalreporter.

Da han slentret inn på kontoret mandag morgen den 24. januar, befant Ivar seg allerede i Munkegata en mil unna, hvor forsvarsadvokaten denne uken skulle prøve å overbevise juryen om at det fantes mange formildende omstendigheter for mannen som var anklaget for å ha drept eks-kjæresten ved å gi henne gift. Utfallet syntes allerede å være gitt, men saken var såpass oppsiktsvekkende at også pressefolk fra Oslo satt ringside hver eneste dag for å meddele publikum sine inntrykk.

William manøvrerte kaffekoppen forsiktig ned på en ledig flekk mellom papirbunkene. Så tok han plass på stolen, trakk seg nærmere skrivebordet og kikket på notatene sine. Ingen presserende oppgaver ventet, men noen telefoner måtte tas. Blant annet hadde han lovt Ivar å høre med kammeret om det forelå noe nytt om Lade-drapet. Før han satte seg i sving, kastet han et blikk i dagens avis, og under *Politijournalen* kunne han blant annet lese om følgende tildragelse lørdag kveld:

23:34. Husbråk på Risvollan. En 31 år gammel kvinne er tilføyd et slag i hodet av sin ektemann på grunn av en uoverensstemmelse dem imellom. Hun blør fra tinningen, men trenger ikke legehjelp. Usikkert om hun vil anmelde forholdet.

Så kort og greit kunne det altså sies fra politiets side, tenkte William. Ingenting om hva som lå bak, om at det slett ikke var første gang at kvinnen ble mishandlet. Ikke et ord om den innestengte eimen av fyll, eller om tilskuerne, de tause, forskremte ungene i døråpningen, den rådløse undringen deres og den for ham uforståelige tilgivelsen fra fru Danielsen. Ingen visste bedre enn personalet ved krisesenteret at miljøet i slike hjem var totalt uegnet til å vokse opp i, men de hadde ikke mottatt noen forespørsel om å gi plass til mor og barn. Så da så.

Et langt stykke på vei skjønte han Solveigs reaksjon. Men tillå det vanlige journalister, foruten å bringe nøkterne reportasjer, å påta seg varsko-her-rollen? Hvem var det i så fall avisens oppgave å signalisere SOS til, all den stund moren lot nåde gå for rett? Til slektninger, til eventuelt mer ressurssterke venner av paret? Til motiverte, medfølende lesere? Til institusjoner som krisesenteret, familievernet og barnevernet? (Som om ikke sosialetaten og politiets forebyggingsgruppe var kjent med de uholdbare forholdene i mange hjem!) På hvilket stadium skulle foreldrepar umyndiggjøres, barna tas fra dem og plasseres hos andre? Gode fosterforeldre sto ikke akkurat i kø. Noen ganger gikk det bra, men det hendte også at samaritanene var mer interessert i den økonomiske godtgjørelsen enn i barnas ve og vel, med det resultat at ungene ble kasteballer i byråkratiske systemer, der forordninger og bestemmelser betydde mer enn den humanitære tankegangen som lå til grunn for opprettelsen av dem. Det kostet lite å skylde på andre, men var for eksempel han selv og Solveig villige til å åpne hjemmet sitt for ulykkelige små sjeler, med de komplikasjoner det sikkert ville medføre? I egosamfunnet var det opplest og vedtatt at alle hadde mer enn nok med sitt. Når man kom hjem fra jobb, ønsket og fortjente man ro og fred, ikke mer mas og konflikter. Og var ikke enkelte barns mangel på omsorg et luksusproblem sammenlignet med nøden som eksisterte ute i den store verden?

Nok en gang måtte William melde pass. Det fantes ingen fikse standardløsninger. Han løftet av telefonrøret og tastet direktenummeret til Arne Kolbjørnsen. Mens det ringte, nippet han til kaffekoppen og strakte ut bena under skrivebordet. Det var noe ugreie med venstre kne. Hadde han likevel påført seg en liten skade da han falt over ende i snøen i går?

«Ja, Kolbjørnsen!» bjeffet det i den andre enden.

William skjønte straks at mannen hadde mer enn nok å

gjøre; egentlig var det et under at han i det hele tatt tok telefonen. Han kunne se ham for seg, den traust arbeidende politimannen som hadde steget jevnt og sikkert i gradene, rødhåringen som hadde kvittet seg med trønderbarten da han ble forfremmet til førstebetjent og fikk overordnet ansvar, mannen som i likhet med ham selv var en sliter som sjelden utmerket seg, men som ikke desto mindre alltid gjorde det som ble forventet av ham. Skjønt denne gangen sto han overfor et mysterium som ikke uten videre lot seg oppklare, og sjefen hans, Nils Storm, overveide sikkert å kople inn Kripos.

«William Schrøder her. Jeg forstyrrer naturligvis?»

«Nei da, jeg har lengtet intenst etter å høre stemmen din.» Midt i all sin tilforlatelige sindighet kunne Kolbjørnsen svare med en ironisk snert som var fremmed for politifolk flest. «Det gjelder Ordal-saken, ikke sant?»

«Riktig gjettet. Noe nytt?»

«Dessverre.»

«Ingen er i stand til å forsvinne i løse luften.»

«Ikke uten helikopter, nei.»

«Noen spor må da fyren ha etterlatt seg.»

«I hvert fall ikke i form av fingeravtrykk på dørhåndtakene. Og hvis han oppholdt seg i hagen mens han ventet på sin store sjanse, sørget snøen for å skjule skoavtrykkene. Alt vi fant var et par våte sigarettsneiper ved husveggen, ikke langt fra kjøkkenvinduet, men de kan jo ha ligget der fra før.»

«Rullings?»

«Sannsynligvis.»

«Ellers vet dere ingenting som rimeliggjør en etterlysning i avisen?»

«Hadde vi gjort det, ville du ha fått beskjed.»

«Hva med Østmarka?»

«Du mener sykehuset? Ved den aktuelle avdelingen har ingen vært savnet, og personalet der tviler sterkt på at en pasient har vett til både å stjele og drepe hvis anledningen byr seg. I så fall ville vedkommende ha vasset rundt i boligen eller i nabolaget etterpå. Her var det altfor mange ting som måtte klaffe for at en sinnsforvirret person skulle ha lykkes.»

«Likevel klaffet det, Arne. En eller annen pengelens hjelpe-
pleier kan jo ha benyttet høvet, som det heter. Tatt sjansen på
at en innsatt, og ikke en ansatt, ville bli mistenkt.»

«Du burde starte detektivbyrå.»

William smilte. De kjente hverandre ganske godt, og begge
visste nøyaktig hvor grensen gikk – når politiet ikke ville, eller
ikke kunne, gi fra seg flere opplysninger til pressen. «Ivar
snakket med den bankfunksjonæren forleden, hun som satt i
luken like før stengetid. Synd at hun ikke kunne gi en beskri-
velse av mannen som var innom.»

«Enig,» sa Kolbjørnsen. «Han sto visst mest med ryggen
til.»

«Og gikk ut like etter fru Ordal.»

«Det ser slik ut. Andre ting som vi kronidioter har glemt å
ta i betraktning?»

«Ja, pengene. Hvis det virkelig dreide seg om trykkeriferske
femhundresedler, må de ha ligget etter nummer.»

«Takk skal du ha, men vi har faktisk sjekket det også. Ut fra
neste seddel i bunken vet vi nøyaktig hvilke numre de utle-
verte har.»

«Hvilket kanskje bør offentliggjøres?»

«Vi har for lengst gått ut med det, men bare til de riktige in-
stansene, så som postkontor, bankfilialer og bensinstasjoner.
Du skjønner sikkert hvorfor, Sherlock.»

Det gjorde William. Avisoppslag med de aktuelle sifrene
kunne få gjerningsmannen til å vente lenge med å bruke pen-
gene. «Da har jeg ikke flere spørsmål i dag, takk.»

«Men du lar snart høre fra deg igjen, håper jeg, slik at vi på
kammeret kan holde oss à jour med hvordan Adresseavisen
tenker?»

«Klart jeg gjør. Hei!»

Han svelget sarkasmen og smilte, skriblet et par ord på
blokken, drakk litt kaffe igjen og lurte på om det i farten fan-
tes mer å utrette når det gjaldt drapet i Victoria Bachkes vei.

Et par timer senere gikk han inn i kantinen for å innta lunsj, og
da han oppdaget at typograf Henriksen satt alene ved et bord,

iført mørk dress og gumlende på en ostekake, strente han dit med matpakken sin.

«Du er jamen fin i tøyet i dag, Preben. Noe spesielt på ferde?»

«Det burde du vite. Jeg skal i begravelse om en stund.»

«Å ja, bevares. Du kjente Vibeke Ordal godt?»

«Kanskje litt bedre enn naboer flest. Hun og kona var venninner. Og så hadde vi et visst forhold til Harald Tranøy, så lenge han bodde der.»

«De ble skilt for sju-åtte år siden?»

«Noe sånt, ja. Egentlig kunne jeg ikke fordra fyren, for han pleide alltid å låne alt han trengte av hageredskaper fra oss. Til gjengjeld var han hendig å ty til når vi trengte juridiske råd.»

«Advokat, nå bosatt i Oslo?»

«Riktig. Ny ung dame og greier. Håper han er snillere mot henne enn han var mot Vibeke.»

«En ordentlig konemishandler altså?»

«Mest psykisk, tror jeg. Og en skikkelig grådigpeis.»

«Han hadde vel ingen grunn til å . . . ta livet av henne?»

Preben Henriksen jafset i seg en stor bit av kaken, stivnet og stirret forskrekket på ham. «Er du gal? I hvert fall ikke på grunn av pengene. Om Tranøy er aldri så mye advokat, arver Gorm alt etter henne.»

«Unnskyld. Du kjenner sønnen også?»

«Ja visst. En grei gutt.» Typografen gjenopptok tyggingen. «Han spilte på juniorlaget til Trygg en stund mens jeg var trener. Nå er det mest studier og kjæreste, tror jeg. De bor på studentbyen på Moholt, og kanskje flytter de inn i huset etter moren hans. Hvis da Gorm noensinne klarer å glemme hva som skjedde der.»

William nikket og tenkte på alt blodet som han hadde sett for seg, og igjen slo det ham hvor grusomt det måtte ha vært for sønnen å finne liket av henne. «Den ukjente mannen som løp forbi, husker du noe mer om ham?»

«Ikke utover det jeg fortalte Ivar. Hadde jeg visst hva som nettopp hadde skjedd, skulle jeg selvsagt ha brukt øynene bedre, for ikke å si . . . grepet fatt i kjeltringen og kaldkvelt ham!»

«Hun sto ved postkassen sin da du kom kjørende hjem?»

«Ja, vi vinket til hverandre.»

«Men der og da la du ikke merke til at samme mann smatt inn i huset hennes?»

Henriksen svelget og lot resten av ostekaken ligge, som om det plutselig gikk opp for ham at den bestemte ettermiddagen hadde han vinket adjø til nabokvinnen for alltid. «Jeg angrer nesten at jeg tipset Ivar. Politiet har ikke mast om annet. Hvordan pokker kunne jeg ane at noe slikt var i ferd med å skje?»

«Nei, si det.»

«Når du er så helvetes interessert, kan du jo bli med i begravelsen. Jeg drar ned til byen om en halvtimes tid.»

William nikket igjen. Han kunne ta plass beskjedent i bakgrunnen, prøve å fornemme hvordan de etterlatte følte det. Normalt gjorde han aldri slikt, men det forelå heller ikke noe forbud. Visste at egentlig var det nysgjerrigheten som drev ham, den fåfengte ideen om at drapsmannen også kunne være til stede, slik det av og til hendte i bøker og på film.

«Noe som forundrer meg,» bemerket Henriksen etter en pause, «er at politiet tillater at begravelsen skjer såpass kort tid etter dødsfallet. Jeg mener, Vibeke Ordal ble drept for elleve dager siden. Jeg trodde ekspertene ville bruke flere uker på å undersøke liket.»

«Hun ble obdusert dagen etter drapet. Ifølge mine kilder fantes det ingen grunn til å utsette seremonien særlig lenge. Hun ble ikke forgiftet, vet du, slik tilfellet var i rettssaken som nå pågår.»

«Fy faen, jeg håper de får tak i gærningen. Kona sier at hun ikke får fred før de har bygd en mur rundt Østmarka.»

Begravelsen begynte klokken halv to. Den foregikk i Lademoen kapell på Voldsminde. William fulgte etter Henriksen i sin egen bil, og etter at han hadde hilst på kona hans og de to hadde gått inn sammen, ble han sittende bak rattet en stund og holdt øye med folk som steg ut av de andre bilene som svingte inn på parkeringsplassen. Temperaturen lå rundt null, og selv om de våte, kritthvite snøfillene som dalte ned skapte forsinket julestemning, kunne de like gjerne tolkes som et signal fra oven om at Gud prøvde å dekorere og mildne den alvorlige avskjedsstunden. To av bilene var nye Toyotaer forsynt med logoen til Hell Bil, firmaet som avdøde hadde vært ansatt i, og han dro kjensel på en av selgerne som han hadde kjøpt den brukte Corollaen av for et par år siden.

Blant andre mennesker som ankom gjenkjente han også et par fjes fra idrettsmiljøet, og ikke minst en ganske høy kar på hans egen alder, med kopperrødt hår og trist, mørk frakk. Befant Arne Kolbjørnsen seg her i det samme fordekte ærendet som han selv, eller var det vanlig at politiet viste drepte personer den siste ære?

Da fem minutter gjensto og tilstrømningen avtok, forlot William motvillig bilen og gikk inn i det godt opplyste kapellet. En mann i mørk dress ved inngangen rakte ham et sammenbrettet ark med salmetekster, og orgeltonene gjorde ham nøyaktig like nedstemt som han hadde fryktet. Synet av kisten der fremme og den søtlige duften av blomster bidro ytterligere til følelsen av å oppleve en sorg som han egentlig ikke hørte hjemme i. Han var like meget kikker her som han hadde vært i den triste leiligheten på Risvollan. Joakim, faren, hadde sagt det til ham den gangen han fortalte at han skulle begynne i Adresseavisen: «Du kommer til å få innsyn i mye rart, gutten min. Og ikke minst i ting som du skulle ønske at du slapp å se. Men sånn er vel journalistens hverdag!» Faren fikk rett, og i motsetning til ham mente Solveig at det var hans plikt å engasjere seg personlig i viktige ting han skrev om. Det gikk imidlertid ikke an – jo dypere han trengte inn i andres virkelighet, desto mer måtte han sørge for å holde den på avstand. Han var ute å kjøre hvis han begynte å ta andre menneskers ulykke innover seg; da var ikke veien lang til alkoholmisbruk og det som verre var. Prester, for eksempel, hvorav mange forrettet i flere begravelser daglig, kunne umulig orke å føle så dypt med de sørgende som de sakrale stemmene deres ofte ga inntrykk av. Ikke rart at enkelte av dem henfalt til merkbar profesjonalisme. Som journalistlærling hadde han gjettet hvordan prestene opplevde det, for da hadde han vært nødt til å skrive referater fra alle slags begravelser, og det varte ikke lenge før han kunne formuleringene utenat. Det var bare å sette inn de riktige navnene her og der:

Kapellet var vakkert pyntet med blomster og levende lys, og bårebuketten fra den nærmeste familien besto av dyprøde roser...

Han tok plass på bakerste benk, et stykke unna Kolbjørnsen, hvis årvåkne blikk straks noterte seg Adresseavisens tilstedeværelse med et nesten umerkelig smil. Men dersom drapsmannen mot alle odds befant seg foran dem, i skaren av blottede hoder, var det komplett umulig for William å gjette hvem han var. Skamme seg, burde han, for her hadde han selv heller ingenting å gjøre.

En trio spilte Så ta da mine hender, og etter jordpåkastelsen ble Deilig er jorden sunget unisont...

Det gikk opp for ham at han satt og telte fjøler i taket mens presten snakket. Han fór forskrekket sammen, lik en gutt som blir grepet i juks. I stedet prøvde han å se for seg det døde ansiktet i kisten, det dype snittet i den hvite halsen hvor blodet var blitt omhyggelig fjernet, men greide det ikke. Kanskje fordi han aldri hadde sett henne i levende live, kanskje fordi han simpelthen var på jobb og fordi det måtte være slik.

Etterpå reiste alle seg, og de ble stående en lang stund før en ung mann, Gorm Ordal, begynte å gå langsomt nedover midtgangen med bøyd hode og med armen rundt skulderen på kjæresten sin. Et stykke bak fulgte en middelaldrende herre med gråsprengt hår og rødkantede øyne. Likheten med Gorm var så iøynefallende at William straks skjønte at han måtte være faren. Harald Tranøy hadde tatt turen opp fra Oslo for å delta i sin forhenværende kones begravelse. Det var vel slikt anstendige mennesker gjorde.

Han følte lettelse da han kom ut i snøslapset igjen. Gikk bort til bilen, og idet han låste seg inn, kjente han en hånd på skulderen.

«Hei.» Det var Toyota-selgeren. Han het Knut Petter, og øynene hans bar merker etter gråt.

«Fæle greier,» sa William.

«Ikke til å fatte.»

«Hun var populær på jobben?»

«Veldig populær. Nesten hele kontorstaben er her.»

Mannen hadde tent en sigarett, og William fikk god lyst på en selv. I stedet benyttet han automatisk anledningen til å stille nok et spørsmål: «Ingen hos dere visste at hun hadde vunnet penger den dagen?»

«Tror ikke det. Vibeke syntes vel ikke at det var noe å snakke høyt om. Men gjett om politiet har spurt om det!» Han nikket surt i retning av førstebetjent Kolbjørnsen, som sto et stykke unna og vekslet noen ord med Harald Tranøy. «Som om noen hos oss ville finne på å ta livet av en god kollega. Blir du med på minnestunden?»

«Nei. Jeg kjente henne ikke.»

«Jeg forstår. Du er her i håp om å finne noe å skrive om.»

«Langt ifra.»

«Morderen kan jo ha vært blant oss. Sånt hender. Om han ikke vender tilbake til åstedet, føler han seg kanskje fremdeles tiltrukket av offeret.»

William ristet på hodet, men forsto at han slett ikke var alene om å ha en velutviklet fantasi. Derimot ville han aldri gjøre som tabloidpressens folk – skjønt han så ingen av dem utenfor kapellet – henvende seg til de nærmeste pårørende, ta bilder og uteske dem om hvordan «det føltes». Den slags nærgående reportasjer ble sjelden gripende eller preget av medmenneskelighet; primært dreide de seg om å utnytte mange leseres ubendige trang til å få innsyn i andres private sfære. Både Dagbladet og VG hadde allerede bragt korte intervjuer med Gorm Ordal, ingen av dem spesielt vellykte eller innsiktsfulle. Også i Norge var enkeltpersoners tragedier på vei til å bli allemannseie, og han kunne ikke fordra det. Der, om ikke på alle områder, gikk *hans* grense for hva som var etisk forsvarlig journalistikk. Blant annet fordi det var hans plikt å beskytte folk mot seg selv, dersom de ble for frittalende.

Litt senere var han på vei tilbake til Heimdal igjen, forbannet en råkjører som oste forbi ham oppover Okstadbakkene i minst 110, men hadde roet seg da han trådte inn på kontoret med en kaffekopp i hånden. I mellomtiden var det kommet post til Hardyguttene, og et av brevene som var adressert direkte til Ivar Damgård, la han på den andre pulten. Deretter pusset han brilleglassene, og en stund fordypet han seg i små-kriminalitet og funderte på om det ville være riktig av ham å ta kontakt med krisesenteret, inntil han husket at like før jul hadde en annen journalist skrevet en lengre sak om behovet for økte ressurser når det gjaldt kampen mot vold i hjemmet. Han tvilte på at artikkelen hadde hjulpet synderlig.

Så buste en travel Ivar inn og dumpet ned foran PC-en sin. «En fyr som forgifter kjæresten fordi han ikke tåler at hun vil gå fra ham, er en opplagt psykopat,» var hans brummende kortversjon av dagens rettsmøte.

«Med såkalt varig svekkede sjelsevner?»

«Ja. Paradoksalt nok en uhyre intelligent djevel.»

«Jeg gikk i begravelsen til Vibeke Ordal,» prøvde William.

«Pent av deg. Noe nytt?»

«Nei, egentlig ikke. Det ligger et brev til deg der.»

«Hm.» Ivar strakte ut en hånd uten å slippe skjermen med øynene. «Enda mer kjeft å få, tenker jeg.»

I såpass store saker manglet det aldri på kommentarer og innsigelser fra hvem som helst. Til tross for at begge nøye til-strebet å gjengi rettsforhandlinger objektivt, hendte det ofte at nære pårørende uttrykte sin harme over avisens fremstilling av både siktedes og vitners uttalelser. William prøvde å konsentre-re seg om sitt igjen, men ble snart avbrutt av Ivars yndlingsfrase:

«Dæven trøske!»

Han løftet blikket. Ivar hadde åpnet konvolutten og stirret med halvåpen munn på et rødt papir som han hadde brettet ut.

«Hva er det?»

«Se selv.»

William tok imot. Det sto bare fire ord trykt på midten av A4-siden, i Dutch og med store bokstaver:

HUN VAR DEN FØRSTE

Forvirret snudde han arket, men det sto ingenting på baksiden. Ivar var i ferd med å granske konvolutten:

«Poststemplet i Trondheim lørdag, og selvsagt uten avsender.»

Sånt kunne bety alt eller intet, visste William. Som regel betydde det intet. Men i dette tilfellet fikk han straks en nifs fornemmelse av at brevet – den knappe, svarte teksten på blodrød bakgrunn – var noe atskillig mer enn en gal manns verk. Eller rettere sagt, *nettopp* det. En melodramatisk melding fra et sykt menneske som ikke bare uten motforestillinger hadde tatt livet av en tilfeldig valgt kvinne, men som også implisitt truet med å gjenta handlingen. Adressert til Ivar Damgård, vel fordi han hadde signert den første artikkelen om drapet.

Så oppdaget han at Ivar allerede satt med telefonrøret i hånden:

«Arne? Hei du. Nå skal du høre, jeg har nettopp mottatt et anonymt brev . . .»

William betraktet kollegaen intenst og prøvde å finne ut av minespillet hans mens samtalen pågikk. De hadde rigget opp en liten høyttaler som kunne koples inn ved bare å trykke på en knapp, men han valgte å avstå fra fristelsen.

«Fingeravtrykk? Vær sikker, fra nå av skal jeg ta i forsendelsen med silkehansker. Det later til at skurken synes at saken får for lite omtale . . . Du tror at herr X bare tuller? At vi ikke bør offentliggjøre det? Hva?» Ivar tidde en stund, for så å skrible et eller annet på blokken sin. «Jøss, sier du det? Plastpose skal bli. Og du sender et bud? Greit . . .»

Allerede før han la på røret hadde William trukket til seg fingrene og hentet frem en pinsett fra en skuff i skrivebordet.

«Vi må i hvert fall sikre oss et par kopier før vi gir dette fra oss,» sa Ivar bistert.

«Kolbjørnsen tar det på alvor?»

«Først lot han som om han ikke gjorde det. Men foreløpig står saken såpass i stampe at både han og Storm klamrer seg til hvert eneste halmstrå som måtte komme rekende. Tenk om den forrykte avsenderen virkelig planlegger å følge opp advarselen!» Forsiktig bukserte han både konvolutt og brev bort til kopimaskinen ved hjelp av pinsetten. «Dessuten...»

«Ja?»

«Arne opplyste at da han kom tilbake til kammeret fra begravelsen, fant han nøyaktig maken brev til seg selv.»

Mens Ivar konsentrerte seg om kopieringen, reiste William seg, strakte ut en arm og fisket til seg blokken hans, kastet et blikk på den og fastslo at de resonnerte likt, som så mange ganger før. Hvis begge hadde rett, sto de – og ikke minst politiet – overfor den verst tenkelige av alle forbrytere, en personifisert trussel som lett kunne utvikle seg til å bli et langt mareritt for allmennheten. Ivar hadde notert ett eneste ord:

Seriemorder?

Et øyeblikk møttes øynene deres, og den eneste lyden som kunne høres var den lave summingen fra kopimaskinen.

Når hun var alene

hjemme, hendte det at hun ble stående ved vinduet og stirre nedover, i retning av fjorden. Lenge og ufravendt, som om alle lysene mellom henne og vannet kunne gi henne svar på det evige spørsmålet. Eller riktigere, bringe henne ut av den nagende usikkerheten.

Hun visste at hun aldri ville bli kvitt den, ikke før han fjernet skallet og så henne inn i øynene når han nærmet seg selve margen. Men det gjorde han aldri. Hver gang han begynte å snakke om hva som foregikk inni hodet hans og hun håpet at *nå* – nå ville sannheten komme for en dag – vek blikket hans. Det ble gjerne fjernt og diffust, og enten trakk han seg inn i seg selv, eller han begynte å prate om noe annet. Slo på fjernsynsapparatet eller gikk ned i kjelleren. Når han kom opp igjen, med et fange bjørkeved og duften av sommerskog i armene, plystret han gjerne muntert på en eller annen fordums rockelåt – Jimi Hendrix? – og var så blid at hun bare trengte å vrikke på hoften før han smeltet helt og satte i gang med å kjærtegne henne. Da ble øynene hans myke og varme, og hun lot hendene hans saumfare hele seg. Glemte den prikkende angsten og hengav seg til nytelsen. Ingen, trodde hun, var i stand til å fremkalle lysten så sterkt som han gjorde. Det kunne umulig finnes andre menn som greide å gjøre en kvinne våt i skrittet bare ved å *se* på henne. Og ingen av dem var akkurat ungdommer lenger!

Likevel undret hun seg mest over at det var han selv, gang på gang, som tok opp tråden og begynte å prate om en tilværelse som nå lå mer enn tretti år tilbake i tiden. Hvorfor, all den stund han avskydde den og aldri våget å la henne komme nær poenget, kjernen i det forbudte eplet?

Det var andre ting også. Hvorfor oppsøkte han av og til kveldsmørket og overlot henne til seg selv? Før hadde hun ofte spurt om det, men svarene hans var alltid vage.

«Hvor skal du hen?»

«Ut en tur.»

«Hvor?»

«Jeg vet ikke. Må bli kvitt litt slagg.»

Han kunne bli borte et kvarters tid, eller flere timer, til fots, på ski eller med bil. En gang hadde hun insistert på å være med, og motstrebende fikk hun ja. De hadde gått oppover mot skogen. Stø på foten hadde han leid henne trygt gjennom det nesten usynlige terrenget og tilbake, nesten uten et ord, sannsynligvis grublende over den fortiden som hun ønsket at han ville dele med henne. Hun maste ikke lenger, for legen hans hadde rådet henne til å la være, forklart at det ikke nyttet å presse ham. Så lenge han selv nektet å stikke hull på byllen, kunne det ende i et totalt sammenbrudd hvis hun fortsatte med å fremprovosere svar.

Nå var hun alene igjen, ved vinduet. Sto der i ti minutter før hun rev seg løs. Gikk langsomt inn på soveværelset, flyttet en taburett bort til garderobeskapet, steg opp på den og fikk så vidt tak i den lille pappesken på øverste hylle. Satte den på sengen og fjernet lokket. Han hadde aldri sagt at det var forbudt for henne å kikke; like før de giftet seg hadde han til og med vist henne innholdet, gjenstand for gjenstand, innviet henne i hva han hadde vært med på, i hvert fall et stykke på vei. Syntes at hun burde vite det før hun ga sitt endelige ja.

Den innerste hemmeligheten hans, den han ikke klarte å dele med henne, måtte på et eller annet vis befinne seg der, i pappesken. Men hvis det var slik, hvis de små gjenstandene minnet ham om det aller vondeste, hvorfor beholdt han dem? Hvorfor gravde han ikke et dypt hull i jorden og lot relikviene forsvinne for godt? Hun tok tingene opp og holdt i dem en stund før hun la dem ved siden av hverandre på det blomstrede sengeteppet: Papirene, skrinet med medaljene, avisutklippene, de to identifikasjonsmerkene i metall, og underst – army-kniven med det grønne skaftet. Hun trakk den varsomt ut av sliren, og den kvasse eggen skinte i lyset fra kuppelen i taket. *Kniven.* Det var visst det de hadde kalt ham. Med mindre han hadde diktet opp hele historien og påført seg varige psykiske lidelser fordi han ikke utholdt den maskuline fornedrelsen det innebar å bli avvist av det militære.

Likevel begynte fingrene hennes å skjelve. Så hørte hun lyden av bilen hans utenfor og skyndte seg å legge alt på plass. Da han trådte inn i gangen, hadde hun lagt esken tilbake på øverste hylle og gikk ham smilende i møte.

Politiet

var ikke kommet av flekken, og måtte innrømme det offentlig. Den fryktelige hendelsen som hadde oppskaket hele Lade lot til å forbli uoppklart. Bortimot fire uker var gått siden student Gorm Ordal fant moren sin drept, og selv om de snudde hver stein og vrengte og vred på de få kjensgjerningene som forelå, til og med snakket med de samme personene flere ganger, fremkom det ingenting nytt som kunne lede etterforskningen i riktig retning. Alle muligheter syntes å ende blindt.

Det eneste konkrete «sporet» som fantes var to korte og deformerte sigarettstumper, som kanskje ikke engang stammet fra drapsmannen. Ifølge avdelingssjef Nils Storm var det ugjørlig å skjelne noe som kunne minne om fingeravtrykk på dem, og det hjalp lite at et laboratorium hadde fastslått at tobakken måtte være av den gjengse typen Petterøes blå nummer tre. Det virket som om løsningen på mysteriet befant seg minst like langt ute i det blå.

Folk syntes rett og slett at det var pinlig at verken Kripos eller ekspertisen ved Trondheim politidistrikt hadde mer å vise til. Riktignok eksisterte det store mørketall, dødsfall som man aldri fattet mistanke om at det kunne ligge noe kriminelt bak, men i de fleste registrerte drapssakene greide politiet før eller senere å finne den skyldige. Selv i de relativt få uoppklarte tilfellene forekom i det minste *noen* tilnærmet pålitelige observasjoner, et par hårstrå eller fotavtrykk, gjenglemte våpen, ørsmå blodflekker og annet mikroskopisk materiale, eller et mystisk kjøretøy som kunne knytte mistenkelige personer til åstedet. Men i denne saken hadde for eksempel ingen sett en travel person kaste seg inn i en bil og rase vekk fra Ladetorget. Det forelå et utpreget vinningsmotiv, og det fantes bare to mulige vitner – *mulige* fordi det var langt fra sikkert at «mannsskikkelsen» som en bankansatt og en typograf hadde fått hvert sitt glimt av, var identisk med drapsmannen. Kanskje hadde de ikke engang iakttatt samme person, og politiet kunne stadig ikke utelukke at den skyldige var en kvinne. Enten sto man overfor en usedvanlig smart og forslagen morder, eller så hadde vedkommende hatt en overdådig stor porsjon flaks.

Flaks, tenkte William Schrøder, hadde også Vibeke Ordal hatt, men bare til å begynne med. På Hardyguttenes kontor brukte han og Ivar Damgård mye tid på å drøfte tilfellet, ikke minst fordi de følte seg mer implisert i saken enn journalister flest. For det første var tipseren en av Adresseavisens egne ansatte, og for det andre hadde det ene av to nøyaktig likedanne brev vært stilet til Ivar, i den åpenbare hensikt å få det på trykk i avisen.

Etter sterkt press fra politiet og etter flere interne konferanser hadde sjefredaktør Gunnar Flikke meget motvillig besluttet å la være å offentliggjøre den korte meldingen – inntil videre. Adjutant Martin Kubben hadde med kraft hevdet at det fikk greie seg med folkeavstemningen som avisen hadde igangsatt på internettsidene sine – hva slags straff syntes leserne at den anklagede i den aktuelle giftmordsaken fortjente? (Den pinlige spørreleken var blitt avblåst etter en times tid, men hadde naturligvis sivet ut til andre massemedier.) Hva så med drapet i Victoria Bachkes vei, burde ikke folk advares? Kubben nektet, med kriminalsjefen i ryggen, og politimesteren hadde satt hele sin stilling inn på at brevet måtte hemmeligholdes. Selv om gjerningsmannen ikke hadde forfattet teksten, kanskje bare en hvilken som helst tulling, nektet han å bidra til å spre redsel blant byens innbyggere. Resultatet kunne bli vilkårlige mistanker blant folk, at ingen våget seg ut og boltet dørene, at et ubegrunnet hysteri ble skapt.

Men tenk om morderen mente alvor?

Dette hadde vært, og var fremdeles, et dilemma. Hvis fyren slo til igjen, ville politiet – og avisen – bli nødt til å innrømme at de hadde visst at han kom til å gjøre det. Hva så, hvis en virkelig seriemorder var på ferde? Kubben og Storm forbannet seg likevel på at vedkommende ikke skulle få gleden av å utbasunere sine hensikter offentlig.

Etter Williams mening var det springende punktet gjerningsmannens motiv, hvorvidt målet hans hadde vært å drepe, om han bare hadde følt seg tvunget til det etter å ha tatt pengene, eller om han ville ha gått glipp av dem hvis han *ikke* hadde tydd til vold. Dersom han var en vanlig vinningsforbryter, en gammel kjenning av politiet, ville han neppe drepe igjen. Når og hvor fant han ut at Vibeke Ordal hadde vunnet i Viking-lotto, hvis han overhodet visste det? Anta at han jobbet i Hell Bil og kjente til gevinsten – hvordan kunne han vite at hun like etter arbeidstid ville heve en del av den på forskudd, fra sin egen konto? Hadde han stått utenfor kontoret og lyttet til telefonsamtalen med sønnen? Nei, det lød atskillig mer plausibelt at gjerningsmannen hadde oppholdt seg i banken og besluttet å følge etter første og beste kunde som tok ut et større beløp i kontanter. Han *kunne* også være en forrykt person som tilfeldigvis hadde oppholdt seg i strøket, rede til å ta livet av et hvilket som helst menneske så snart anledningen bød seg.

William sukket og skiftet stilling i stolen. Koppen med morgenkaffe var for lengst blitt kald.

Tenk om brevskriveren, filosoferte han videre, ikke var *en hvilken som helst tulling*, men et kynisk uhyre som virkelig aktet å slå til igjen. Hvordan oppspore og få has på en fyr som i likhet med halvparten av norske husholdninger disponerte PC og skriver? Fordi avisen gikk med på å tie om trusselen, hadde Arne Kolbjørnsen lovt at politiet ville strekke seg lenger enn vanlig med hensyn til å lekke opplysninger om etterforskningen, men hittil hadde han hatt lite å kolportere. Både konvolutten og det røde A4-arket var produkter som kunne kjøpes i en hvilken som helst papirforretning eller bokhandel. Ikke et eneste fingeravtrykk var funnet, og *kanskje* stammet teksten fra en laserskriver av typen Canon. Dette syntes å bekrefte mistanken om at de hadde med en intelligent handlende person å gjøre – renslig og varsom, bevisst hanskekledd og med skosåler som etterlot seg anonyme avtrykk. En person som ikke overlot

64

noe til slumpen. En person som absolutt ikke hørte hjemme på et psykiatrisk sykehus. Ikke desto mindre skulle William dit; etter mye besvær hadde han oppnådd å få en avtale med en av overlegene. Etter et blikk på klokken reiste han seg og tok på seg ytterjakken.

«Tror du avsenderen er forbannet?» sa han til Ivar.

«Hvorfor skulle han være det?»

«Fordi vi ikke har offentliggjort brevet.»

Ivar trakk på skuldrene. «Det vil jo vise seg. Jeg mottar kanskje snart en purring fra ham.»

Eller nok en kvinne blir funnet død, tenkte William. «Blir du med til Østmarka?»

«Nei takk. Jeg blir så fordømt forvirret når jeg treffer sånne folk. Er knapt i stand til å se forskjell på autoriserte sjelegranskere og klientene deres. Dessuten tror jeg ikke på det, at herr X hører hjemme der.»

Det gjorde egentlig ikke William heller. Likevel ville det være interessant å få et aldri så lite innblikk i livet bak institusjonsveggene. Leserne hadde også krav på det, all den stund det gikk masse rykter om at gjerningsmannen var blitt sett løpende i retning av sykehuset. Selv om et visst brev forelå og skulle ties i hjel, kunne ikke politiet hindre en journalist i å stille en fagmann uskyldige spørsmål om en seriemorders psyke.

«Hvis du ikke er tilbake innen to timer, kommer jeg til å sende ut en etterlysning,» flirte Ivar da han gikk.

Utenfor viste gradestokken fem pluss, og snøflekkene holdt på å smelte. Som vanlig, tenkte William lakonisk da han tok plass i bilen. Datoen var onsdag 9. februar. Normalt satte han ofte bekymrede spørsmålstegn ved de siste årenes underlige vintervær, fryktet at storparten av klimaforskerne hadde rett, men denne dagen tenkte han mest på at et eller annet sted, kanskje ikke langt unna heller, fantes det en drapsmann som politiet ikke fikk ram på. I går ettermiddag hadde han vært innom Mox-Næss bokhandel og kjøpt – nesten fordekt – et eksemplar av en bok som het *The New Encyclopedia of Serial Killers*. Foreløpig hadde han ikke rukket mer enn som snarest å kikke i den. Hvis den forstandige gærningen begikk nok et drap, var det kanskje mulig å ane omrisset av et slags mønster som den slags mennesker fulgte. Et abnormt mønster, vel å merke.

Han grøsset uvilkårlig da han svingte ut på E6. Og i neste øyeblikk: Hvorfor pokker fordype seg i heslige teoretiske muligheter på grunn av et anonymt brev til Adresseavisen? Fordi han *ønsket* at det skulle være slik, fordi han hadde en forutanelse om at flere drap ville bli begått? Fordi han hadde begynt å drømme om blod?

For halvannen uke siden hadde han henvendt seg til en av de andre journalistene, Halldis Nergård, fortalt henne om opplevelsen hos familien på Risvollan, nevnt hva Solveig syntes om avisens bleke dekning av hverdagsvolden. Hun hadde nikket og lyttet, og i det siste nummeret av Uke-Adressa fant han to innsiktsfulle og velskrevne artikler av henne. Kanskje var de initiert av rettssaken som fremdeles pågikk i Tinghuset, hvor siktedes bruk av gift like gjerne kunne ha skyldtes sjalusi som hat, men det var ett fett for William. Det viktigste var at folk fikk øynene opp for hverdagsvolden, at den ikke bare angikk naboene, men også kunne ramme dem selv. Han hadde komplimentert Halldis med presentasjonen. Selv mente hun at artiklene var brukbar opplysning, men tvilte på at de hadde noen særlig forebyggende effekt. Spørsmålet var om menneskesinnet overhodet lot seg påvirke og forandre, om den enkeltes følelsesliv var så genetisk fastlagt og innpodet fra fødselen av at det ikke nyttet å gi avkall på ens drifter og behov. Kanskje ville det være omtrent like vanskelig å fjerne aggresjonslyst som å gjøre en narkotikaslave rusfri. Tvangsmidler var siste utvei, og som regel kom de ikke til anvendelse før katastrofen hadde skjedd. Sagt på en annen måte: Var det moralsk forsvarlig å varsle myndighetene hvis man hadde den minste mistanke om at naboen drev barnemishandling?

Det irriterte William at han ikke greide å kvitte seg med et problem som han neppe var kapabel til å løse, og han prøvde bevisst å konsentrere seg om noe annet. Musikk lå ikke akkurat hjertet hans nærmest, men han nynnet på noe som skulle forestille *Night And Day* da han fulgte Omkjøringsvegen rundt sentrum og nærmet seg Lade. Et blikk på armbåndsuret fortalte ham at han hadde startet for tidlig, og attpå til måtte han ha kjørt som et svin. Ennå gjensto tjue minutter til møtet med overlegen.

Derfor tok han en tur bortom Ladetorget ved enden av idrettsanlegget og svingte inn på parkeringsplassen. Slo av motoren og lurte på om han skulle stikke inn og kjøpe seg en pakke sigaretter. Han holdt seg hard og lot blikket gli over inngangspartiet. Ivar hadde for lengst vært inne i bankfilialen og forhørt seg hos den kvinnelige funksjonæren, så det hadde ingen hensikt for ham å gjøre det samme. Ivar kunne faget sitt, og som dreven krimreporter visste han hvilke detaljspørsmål som skulle stilles.

Like utenfor hovedinngangen fantes det et skur med plass for ledige handlevogner. Gjerningsmannen kunne like gjerne ha stått der som inne i banken og holdt øye med folk som forlot lokalet. Han steg ut av bilen og ruslet bort til skuret. Jo, det var et utmerket utkikkssted, særlig i mørket.

Før William visste ordet av det, hadde han gått inn i den store butikken og kjøpt en pakke Barclays. Etterpå brukte han sigarettenneren i bilen og kjørte videre. Fulgte Østmarkveien langsomt bortover, prøvde å forestille seg hvordan fyren hadde fulgt etter offeret sitt. Hva foregikk inni hodet på en slik satan, om noe som helst? Han unnlot å dreie av til høyre da han passerte Victoria Bachkes vei. Han hadde vært der før og fryktet at han begynte å dumme seg ut i rollen som Hardygutt. Krysset forsiktig Olav Engelbregtssons allé og kjørte inn i parkanlegget, som var vakkert om sommeren, men deprimerende på denne årstiden. Satte fra seg bilen på den store parkeringsplassen mellom alle de høye trærne og de frittliggende bygningene. Spaserte bort til et lakserødt murhus som rommet avdeling B3. Egentlig var han mest interessert i den «farlige» avdelingen som lå et stykke lenger inne i parken med en inngjerdet luftegård på baksiden, men ingen av legene hadde kontor i den bygningen. Han rakk å stumpe røyken før en hvitkledd kvinne kom til syne i inngangsdøren.

Det forundret ham hvor pent og ryddig det var innenfor, faktisk koselig. Varme farger og potteplanter, lave bord og bekvemme stoler. William presenterte seg og sa at han hadde en avtale med Jomar Bengtsen. Han trodde at han ville bli nødt til å vente en god stund, men hun smilte straks et vennlig kom-etter-meg-smil og førte ham forbi en sittegruppe hvor noen menn drakk kaffe. Han regnet med at de var pasienter, men verken utseende eller antrekk fortalte om nedsatt åndelig habitus, og ingen tomme blikk røpet at de befant seg i en annen verden.

Overlege Bengtsen derimot, en røslig mann i femtiårsalderen med hektisk og strittende hårvekst, forekom forutinntatte William å være en langt mer skremmende fremtoning. Med *de* dyptliggende øynene bak brillene og *den* kulørte jakken kunne han like gjerne ha tilhørt klientellet. Forholdt det seg slik som mange – Ivar inklusive – antydet, at folk som utdannet seg til psykiatere og psykologer, var motivert ut fra egne sjelelige problemer?

Stemmen tilhørte imidlertid den profesjonelle behandlerens. Håndtrykket var fast og varmt, og straks gjesten var plassert i en myk stol inne på et gulmalt kontor i loftsetasjen, tok han selv behersket plass vis-à-vis og opplyste at tretti minutter var alt han hadde tid til:

«Ikke for å være uhøflig, Schrøder, men jeg har det fryktelig travelt.»

«Det forstår seg . . .»

«Et generelt intervju, sa du, eller spesifikt om den latterlige ideen at det bor en drapsmann her?»

«I grunnen ingen av delene . . .» Han la blokken på det lave bordet foran seg og fisket opp kulepennen.

«Politiet var her en dag sammen med en kvinne fra bankfilialen og en typograf fra avisen din. De fikk lov til å vandre rundt borte på avdeling sju og bese hver eneste mannlig pasient. Trodde vel at de skulle dra kjensel på en av dem, som den ettersøkte.»

«Det gjorde de ikke?»

«Bevares nei. Og nå håper jeg inderlig at lovens lange arm lar oss være i fred.»

«Det er altså utenkelig at en av de innlagte ville ha vært i stand til å gjøre det som Vibeke Ordal ble utsatt for?»

Psykiateren rullet med øynene på en såpass uregjerlig måte at William fikk mest lyst til å se vekk, å studere nærmeste, nakne trekrone på utsiden av vinduet, men han greide å la være. «Ikke utenkelig, Schrøder. Når det gjelder sinnslidende personer, er ingenting utenkelig. Men temmelig usannsynlig, alt tatt i betraktning.»

«Noen av dem kan være voldelige, så vidt jeg har forstått?»

«Å ja. Hvis de riktige forutsetningene er til stede og anledningen byr seg. Men det gjør den selvsagt ikke, ikke *her*.»

«Jeg skjønner.»

«Gjør du?»

«Ja. Jeg er i grunnen mer interessert i å høre dine synspunkter på en drapsmanns . . . hva er det det heter . . . en drapsmanns *modus operandi*.»

Hadde han innbilt seg at han ville komme mer på høyde med Bengtsens faglige nivå ved å ty til latin, tok han skammelig feil; det eneste de to hadde til felles, var brillene. Legen slo øyeblikkelig ut med armene, og øynene hans holdt på å trille ut av hulningene bak glassene. «Store Mount Everest, hva vet vel jeg om slikt? Det formelig vrimler av moduser, den ene mer ulik den andre.»

«Noen fellestrekk må vel forekomme, for eksempel hos såkalte seriemordere?»

«Aha, du antyder at mannen som politiet leter etter har til hensikt å drepe flere ganger.»

William skyndte seg å ro baklengs. «Nei, for all del. Dette var et generelt spørsmål.»

«Som er umulig å besvare for en person med min ringe erfaring. Riktignok har jeg møtt mennesker som har *drept*, men aldri noen av den typen du sikter til.»

Her fulgte en lengre ekspertutredning, og William noterte så fort han greide. Han følte seg som en student i et auditorium, en ulærd yngling som prøvde å begripe et resonnement som i utgangspunktet forutsatte grundig kjennskap til premissene. Den forutsetningen eide ikke William, men noe fikk han tak i.

Hos enkelte psykisk forstyrrede mennesker, doserte Bengtsen, kunne vanlige barrierer og tabuer være ikke-eksisterende. De var gjerne blottet for motforestillinger eller etiske normer når det gjaldt sitt forhold til andre, og definisjonen på hva som var rett og galt varierte, avhengig av den øyeblikkelige situasjonen de befant seg i, hvis de da hadde noe bevisst forhold til omgivelsene. Journalisten skulle vite at den slags asosial atferd også kunne forekomme hos «friske» og normale personer. En psykopat, for eksempel, som slett ikke var sinnssyk i ordets egentlige forstand, kunne utføre de mest perverse handlinger. Men i motsetning til de sinnslidende, *visste* dyssosiale mennesker hele tiden hva de gjorde, og likevel var de ute av stand til å handle mot sitt nedarvede egoistiske instinkt.

I en av flere digresjoner prøvde han å forklare William psykiaterens dilemma. Sa at i USA var det forbudt å avlive mentalt syke fanger, uansett hvor uhyrlige forbrytelsene deres syntes å være. En av de mange drapstiltalte der borte som ventet på å bli henrettet, het Claude Maturana. Skjønt ventet. Fordi han var alvorlig syk og utilregnelig, var han knapt i stand til å fatte dommen. Ville det da være moralsk forsvarlig for en lege å forsøke å gjøre mannen såpass frisk og oppegående at de kunne dytte ham ned i den elektriske stolen?

«Når det gjelder drapsmenn generelt,» avsluttet Bengtsen, «har jeg liten tro på genetiske forklaringsmodeller. Du kjenner vel til sosialpsykologen Stanley Milgram?»

«Så vidt.»

«Etter hans mening kan hvem som helst, *hvem som helst*, overtales til å begå drap, gitt visse betingelser. Som for eksempel de forutsetningene som forelå i Hitler-Tyskland. Jeg har atskillig mer tillit til Milgrams teorier enn til Adrian Raine, en annen amerikaner som hevder at morderiske hjerner ikke ser ut som andres. Slike hjerner skal visstnok ha lavere aktivitet i den delen som regulerer dårlige impulser, og dermed mangelfull kontroll over aggressive tendenser. Nå ja, jeg tør ikke avvise muligheten helt.»

«Er det mulig å helbrede den slags?»

«Noen ganger, ja. Særlig hvis kasuset ikke dreier seg om

sinnssykdom. Annenrangs oppvekstmiljø skaper de verste for-brytere, og vonde hendelser i barndommen fører senere lett til asosial atferd. Men også friske, voksne mennesker kan læres opp til å drepe, til blindt å akseptere at for eksempel vold er den beste konfliktløser.» Han kastet et blikk mot vinduet, og en rynke kom til syne over kuleøynene. «Faktisk støtte jeg borti et tilfelle for mange år siden; en opprinnelig sunn mann ble psykisk ødelagt *fordi* han hadde drept. Som du forstår, Schrøder, er det umulig for meg å gi en generell karakteristikk, for ikke å snakke om å uttale meg om en drapsmann som jeg aldri har møtt.»

Kanskje han *hadde* det, uten å vite det? tenkte William etter-på. Selv en faglig dyktig og smule eksentrisk overlege som Jomar Bengtsen kunne ikke med ett hundre prosents sikkerhet garantere at gjerningsmannen ikke fantes blant pasientene i hu-set.

Samtalen, eller rettere sagt enetalen, var blitt avbrutt av to mobiltelefonhenvendelser, og ble avsluttet etter nøyaktig de tretti foreskrevne minuttene. Som intervju betraktet måtte møtet anses som altfor kort og altfor usammenhengende, hvil-ket ofte skjedde når intervjueren ikke helt visste hva han ville ha rede på. Lite å skrive hjem om, enda mindre å bringe videre til tusenvis av lesere. Likevel hadde Bengtsen nevnt et par ting som William følte at han burde ha bitt seg mer merke i. Kunne det ha vært noe av det han hadde sagt om psykologen Milgram, om til-synelatende normale menneskers asosiale instinkter? Eller falt ordene i en av digresjonene hans?

Ivar satt i kantinen da han vendte tilbake til Heimdal, og han formelig kroet seg da William hadde gitt en kortversjon av de forvirrende inntrykkene sine, påplusset en beskrivelse av inter-vjuobjektet.

«Ikke til å forundre seg over at folk blir farget av omgivelsene de jobber i,» sa Ivar.

«Jeg overdriver kanskje litt.»

«OK. Mens du var på forelesning hos doktor Valium, mottok jeg en telefon fra kammeret. Arne kunne melde at en av sedlene fra bankfilialen omsider har dukket opp.»

«Hvor?»

«I et lokale på Lademoen som heter *Pizza-Burger-Top*. I Mellomveien, nærmere bestemt. En politibetjent, Maria et eller annet, var innom der i natt og kjøpte hamburgere til en familie hun syntes synd på. Ja, kan du tenke deg?»

«Maria Senje. Sist jeg traff henne, leste hun høyt fra Petter Kanin.»

«Da hun skulle betale, hadde hun bare en tusenlapp og fikk tilbake en flunkende ny seddel pålydende fem hundre. En kan aldri vite, tenkte jomfru Maria og sjekket med listen fra banken. Full klaff. Den litauiske innehaveren kunne opplyse at han hadde mottatt den fra en dame som bodde i nabolaget og som noen minutter tidligere hadde vært innom og handlet med seg ferdigmat. I morges dro Kolbjørnsen og Balke av gårde til damen . . .»

«Fikk du vite navnet hennes også?»

«Ja da. Arne synes vel at vi fortjener en motytelse. Burger-elskeren heter Britta Olsen og driver frisørsalong i Østersundsgata. Hun mente å huske at hun hadde mottatt seddelen i går formiddag, av en for henne fremmed fyr som var innom og klipte håret sitt. Ikke særlig pratsom, men det lille han sa, tyder på at han var nordlending. Dessuten kunne hun gi et ganske godt signalement. Rundt de femti, tynt mørkt hår, kraftig bygget, cirka én åtti høy.»

«Ingen dårlig beskrivelse. Det finnes minst ett tusen slike menn bare i Trondheim.»

«Frøken Olsen er innkalt til kammeret for å kikke på skurkebilder. Hvis hun ikke finner ham der, kan det bli aktuelt å lage en portrettegning ved hjelp av Photofit.»

«Det trenger ikke å være ham. Seddelen har kanskje passert flere hender før den havnet i burger-sjappa.»

«Jeg regner med at selv krimmen begriper såpass,» kommenterte Ivar.

«At den dukket opp på Lademoen, ikke altfor langt unna Østmarka, kan i det minste tyde på at gjerningsmannen har tilholdssted i nærheten.»

«Nemlig. Jeg har allerede skrevet en notis om det. Ifølge

Arne synes formann Storm plutselig at det er greit med noen drypp i avisen. Har vel kommet i hu den gamle regelen om at publikum er den beste detektiven. For øvrig tikket det nettopp inn en melding fra NTB om drapstrusler på tre navngitte personer.»

William fikk lese den da de vendte tilbake til felleskontoret. De tre var alle tillitsvalgte LO-folk, med Yngve Hågensen i spissen: DU SKAL TIES TIL DØDE. DØD OVER DE DØDE. Det lød atskillig mer konkret enn HUN VAR DEN FØRSTE. «Undertegnet med åttiåtte, ser jeg. Nynazister.»

«Hvordan gjettet du det?» sa Ivar og klødde seg i skjegget.

«H er den åttende bokstaven i alfabetet. «HH betyr Heil Hitler.»

«Eller Heinrich Himmler. Nazister er ensbetydende med rasister. Lurer på hvordan sånt føles for LO-sjefen.»

«Det er neppe første gang for ham.»

«Nei, men de gjorde alvor av det i Sverige i høst, da fagforeningsmannen Björn Söderberg ble myrdet.»

«Fy faen,» brast det ut av William.

Vibeke Ordal hadde ikke engang vært organisert, funderte han. Det var lite trolig at samme opphavsmann sto bak brevene. Men til sammen fortalte de atskillig om tidsånden, om den hensynsløse tankegangen som i de siste årene hadde bygd seg opp innen enkelte sjikt av befolkningen. Det nye sekelet fortsatte ikke bare der det forrige slapp, men også med fornyet styrke. Skruen som styrte voldsspiralen hadde gjort enda en omdreining.

«Hvorfor i all verden har du kjøpt den boken, pappa?» var det første Heidi spurte om ved middagsbordet.

«Hvilken bok?»

«Den om seriemordere.»

«Av ren faglig interesse.»

«Myrder de i serier?»

«Ja, du kan gjerne si det slik. De er som regel gale, har fått for seg at en viss mennesketype som de misliker, bør avlives. Dette gir dem en slags tilfredsstillelse. Nå ja, jeg har bare så vidt begynt å lese.»

Solveig plasserte kjøttgryten på kjøkkenbordet. «Velbe-
komme. Om maten, altså. Jeg skjønner heller ikke din interes-
se for seriemordere, William. Slike udyr har vi heldigvis ingen
av i Norge, langt mindre i Trøndelag.»

«Feil. De to eneste norske som står omtalt i leksikonet, er
faktisk trøndere. Belle Gunness fra Selbu bragte i sin tid
mange mennesker hinsides, selv om det skjedde i USA. Og du
har vel ikke glemt det langt nyere eksemplaret, Arnfinn Nes-
set, han med curaciten ved Orkdal syke- og aldershjem?»

«Vi er visst best og verst på alle områder,» kniste Heidi.

Solveig foretrakk å snakke om noe annet, men senere på et-
termiddagen ble temaet mord berørt igjen, da familien på
Nardo fikk besøk av Williams foreldre, Randi og Joakim
Schrøder.

Begge var sekstisju og bodde få kilometer unna, på Valentin-
lyst. Etter et langt liv som fysioterapeut hadde Randi nettopp
gått av med pensjon. Hun var bare nitten da hun traff Joakim
fra Kristiansand, og bare ni måneder senere fødte hun William.
Joakims inntreden i pensjonisttilværelsen var av eldre dato, for
han hadde arbeidet i politiet. Under det tvilsomme hedersnav-
net Jokken – delvis på grunn av det kjappe farskapet – hadde
han i mange år utført en mer eller mindre fortjenestefull jobb
for etterretningen. Den kalde krigen var blitt avblåst omtrent
da han gikk av, men han gjorde seg ingen illusjoner om at hatet
mot Øst-blokken var en saga blott. Hvilken nok en gang ble ak-
tualisert mens de så på Dagsrevyen. Det virket som om NRK
fremdeles var interessert i utenrikskorrespondenten i Stavan-
ger Aftenblad som flere måneder hadde vært i overvåknings-
politiets søkelys, mistenkt for en gang i tiden å ha overlevert
graderte NATO-dokumenter til det hemmelige politiet i Øst-
Tyskland. Joakim sukket høyt og mumlet noe om at statsadvo-
katen hadde en forkjærlighet for å blåse liv i for lengst avslut-
tede forhold – han tvilte til og med på at dette overhodet hadde
vært et sådant – men unnlot å si noe konkret da William gikk
ham på klingen.

Atskillig mer engasjert ble han da mordtruslene mot LO-fol-
kene ble omtalt på skjermen:

«I de siste årene mine på kammeret prøvde jeg å fortelle Oslo at nynazistene utgjør en langt større fare for sikkerheten enn kommunistene, men det later til at stemmen min druknet i det aldri avtakende McCarthy-hysteriet.»

Selv etter femti år i Trondheim skarret han fremdeles på r-ene. Ingen skulle i hvert fall komme og si at han var blitt sløvet med alderen, tenkte William stolt. Ikke før hadde Solveig slått av TV-en og servert kaffe, så ville faren vite hva han mente om giftdrapssaken i Tinghuset.

«Gi deg, Joakim,» ba Randi. «Kan vi ikke snakke om noe hyggeligere?»

«En gang politimann, alltid politimann,» brummet Joakim.

William smilte. Måtte forborgent innrømme at hans egen interesse for kriminaljournalistikk skyldtes farens yrke. «Dommen faller i overmorgen, og jeg tipper at tiltalte får lovens strengeste straff.»

«I hvert fall hvis det finnes en snev av rettferdighet i verden,» innskjøt Solveig sint. «Spørsmålet er om det nytter å straffe slike mennesker,» tilføyde hun litt mer ettertenksomt. «Jeg mener, vil mange år i fengsel forhindre at andre psykopater fortsetter sitt terrorvelde?»

«Neppe,» sa Joakim. «Men de færreste går jo *så* langt.»

«Likevel er det fryktelig at de får lov til å ture frem som de vil.»

«Enig,» erklærte Randi. «Vi har en superegoistisk nabo som helt sikkert mishandler kona si for at hun skal bli på prikken det mennesket han forlanger.»

William kremtet. «Jeg snakket med en psykiater på Østmarkneset i formiddag. Han hevdet at det er svært vanskelig, for ikke å si bortimot umulig, å helbrede den slags folk.»

«Østmarkneset?» ekkoet faren. «Mener du å antyde at det er noe i ryktene om at vedkommende som drepte Vibeke Ordal holder til der?»

«Alt er mulig.»

«Godt at Arne Kolbjørnsen leder etterforskningen. Dyktig kar. I sine første år slavet han under meg. Uten det flammerøde håret ville han ha vært den perfekte overvåker.»

«Fant han noen spioner?»

«Ja da, blant annet en trøndersk agent som drev og tipset russerne om noen uskyldige vindmaster på Frøya. Ivan trodde feilaktig at det skjulte seg et hemmelig militært anlegg under dem. Det var ikke Arnes feil, han gjorde en utmerket jobb.»*

Alle som en eller annen gang hadde arbeidet sammen med Joakim fikk gode skussmål av ham, tenkte William. Men akkurat når det gjaldt Kolbjørnsen, var han enig. Selv foretrakk han å holde tett om det anonyme brevet til politiet og avisen; farens munn var ikke fullt så lukket som før i tiden. Han hadde heller ikke nevnt det for Solveig.

Likevel følte han de ransakende brune øynene hennes, visste at hun gjennomskuet ham i det meste han foretok seg. Han burde ha gjemt *The New Encyclopedia of Serial Killers*, ikke latt boken ligge og slenge på stua. Hvis han så spøkelser ved høylys dag, burde han holde dem for seg selv, putte dem inn i et skap. Sannsynligvis var det der de hørte hjemme.

---

* Her unnlater Joakim Schrøder å nevne at Arne Kolbjørnsen ble slått ned bakfra av en russisk spion, slik at overvåkningspolitiet en stund måtte lete i blinde. Jfr. «Viktor! Viktor!», Cappelen 1982. Ny utg. De norske Bokklubbene 1999.

Da han steg om bord

i flytoget, la han straks merke til den usedvanlig pene kvinnen, og ettersom det fantes ledige plasser overalt, sørget han uvilkårlig for å sette seg i nærheten, ved vinduet på den andre siden av midtgangen. Enda han tok for gitt at Dagens Næringsliv ville være gratis tilgjengelig på flyet, hadde han kjøpt et eksemplar på sentralstasjonen for å ha noe å fordrive tiden med underveis til Gardermoen. Nå fikk han anledning til å bruke avisen som skjold og kamuflasje, å smugtitte på damen, over kanten av den.

Førsteinntrykket ble forsterket. Den nesten anonyme buksedrakten i sjatteringer av olivengrønt bare fremhevet skjønnheten hennes, og han fikk vanskeligheter med å trekke til seg blikket.

Da toget begynte å bevege seg, tenkte han: For tjue år siden ville jeg ha smilt til henne hvis hun hadde sett i min retning.

For tjue år siden ville han kanskje til og med ha dristet seg bort til en slik kvinne, tatt plass på setet ved siden av henne under påskudd av at han var nysgjerrig med hensyn til boken hun leste i. Han ville ha forsøkt å få i gang en samtale, ikke fordi han trodde at hun ville falle for ham eller for å kjenne duften av den raffinerte parfymen hun sikkert brukte, men for å kunne nyte utseendet hennes på kloss hold. For ingenting appellerte mer til ham enn vakre kvinneansikter. Når han bladde i aviser og tidsskrifter, hendte det fremdeles at han dvelte i flere minutter ved portretter som tiltalte ham. Han hadde ingenting imot synet av kroppene deres heller, men det var et rent fysisk anliggende. Å studere ansikter derimot, dreide seg om estetikk, å beundre det tilnærmet fullkomne – kinnbenas runding, leppenes mykhet og øynenes dyreaktige fascinasjon. Særlig øynene.

Hadde hun lagt merke til ham? Bemerket hans varsomme, nyfikne aktelse?

Lite tydet på det. Mennesker som henne var vant til å bli beglodd og misunt. Hun leste tilsynelatende uaffisert i boken, uvitende om beundringen hans. Hun var av den sjeldne, eteriske typen som intet vondt burde vederfares. En kvinne av klasse. Kanskje adelig. En jomfruelig blomst, en madonna. Menn kunne nok drømme om å eie slike vesener, men aldri gjøre seg håp om å røre ved dem, aldri våge å be dem med seg ut. De var skjøre som glass og myke som fløyel. Ubrukte, og samtidig forjettende uinntakelige. Ja, ubrukte! Her satt han og betraktet en kvinne som under klærne eide en hvit, glatt kropp som ingen mann ennå hadde opplevd; det følte han seg sikker på. Hvis noen i det hele tatt hadde lov til å tenke i den retning, måtte det være herrer av så fin avstamning og så fornemt skolert at de aldri tok primitive ord som fitte og pule i sin munn, og slike forekom selvsagt heller ikke i hennes vokabular. Hvis hun da overhodet befattet seg med noe så nederdrektig som kjønnsliv.

Han ble flau over seg selv; den estetiske sansen hans holdt på å tippe over i noe ganske annet. Han kikket på armbåndsuret i stedet. Det viste 21.00 presis. Et tidspunkt som han senere skulle huske av to grunner: Om nøyaktig én time ville flyet lette, og samtidig begynte en mobiltelefon å ringe. Ikke hans, med marsjen fra Broen over Kwai, men hennes. Kun et diskret ringesignal, tilpasset eieren. Han så henne legge boken i fanget, stikke høyre hånd ned i skuldervesken og løfte det vesle apparatet opp til øret.

Mens hun lyttet eller svarte så lavt at han ikke fikk fatt i ordene, kastet hun et blikk over mot ham, for første gang. Herregud, for noen fenomenalt nydelige øyne! De var nesten orientalske, som mandarinbåter.

Men det varte ikke lenge før hun liksom kapslet seg inn i seg selv, bøyde hodet og konsentrerte seg om samtalen. Han bare ante at hun av og til beveget leppene og sa noe, at hun for det meste var passivt lyttende. Først da hun med en langsom beve-gelse flyttet mobiltelefonen vekk fra øret, nesten fraværende, røpet kroppsspråket hennes at hun hadde mottatt en beskjed som bekom henne særdeles dårlig.

Ingen tvil om at de hendene skalv. Han kunne se det på skuldrene også; de hadde sunket ned på en måte som om hun var blitt flere år eldre. Litt av den vare, nesten overjordiske auraen gikk tapt da hun begynte å stirre skiftevis opp mot ta-ket, mot mørket utenfor vinduet eller ned mot fanget sitt, hvor telefonen lå i den oppslåtte boken. Hendene knyttet og åpnet seg, og et par ganger strøk hun dem febrilsk gjennom det tykke, svarte håret. Hun var ikke lenger en kjølig, selvsikker og utilnærmelig kvinne. Nå løftet hun telefonen igjen, holdt den foran seg i et par sekunder før hun ombestemte seg og la den i fanget. Hun kjenner ikke et eneste menneske i hele verden som hun kan ringe til og søke hjelp hos, tenkte han. Hennes neste handling var å hente frem et lommetørkle, og det lot ikke til at hun merket at albuen samtidig ga boken et puff, slik at den falt på gulvet. Hun ikke bare gråt, hun var direkte lamslått.

Et dødsbudskap eller en brutal avskjed fra kjæresten?

Først lenge senere skulle han få vite hvor forunderlig de to formodningene hang sammen, og at den ene likevel var feil.

Akkurat da toget raste inn i den lange tunnelen, begynte skuldrene hennes å riste. Han reiste seg instinktivt. Det virket ikke som om de andre som befant seg i vognen hadde registrert den voldsomme forvandlingen hun hadde gjennomgått. Et ek-tepar lenger fremme pratet høyt om de skandaløse tunnellek-kasjene som nå visstnok var tettet, mens den eldre mannen like bak henne var fordypet i kryssordoppgaven sin. Kvinnen treng-te en forsvarer, en som kunne trøste henne i den åpenbare trengselen hun befant seg i.

Han krysset midtgangen og fikk bekreftet hvor ute av seg hun var, for hun la ikke engang merke til at han sto like ved henne. Da sa han lavt og inntrengende:

«Er det noe jeg kan hjelpe deg med?»

Hun skottet forvirret opp. Ingen sminke rant fra de skrå, mørke øynene, kun blanke tårer, for alt ved dette ansiktet var ekte. Han angret straks at han hadde gått bort til henne, enda hun var den vakreste kvinnen han noensinne hadde sett. Ja, hun var så perfekt at han igjen måtte tenke på en blomst som ingen burde berøre. Det var vel derfor at hun svarte slik han hadde fryktet:

«Nei takk.» Mer direkte avvisende enn høflig forklarende, og uten noe underliggende signal om det motsatte.

«Unnskyld, jeg trodde at . . .»

Porselenshuden var blek, og de myke leppene skalv. Og likevel nektet hun å ta imot assistanse, å lytte til beroligende ord fra en som syntes synd på henne!

Da hun stakk mobiltelefonen i vesken, rygget han og dumpet ned på setet sitt igjen. Innså uvillig at hun klarte seg uten ham, at hun ikke tålte innblanding fra en eldre, tilfeldig fremmedkar, en ridder uten format. Han følte seg mer sint enn skuffet, og merket at kinnene sitret av harme, som om han hadde mottatt to irettesettende lusinger. Fra da av lot han som om han leste konsentrert i Dagens Næringsliv.

Da høyttalerstemmen litt senere forkynte Gardermoen, reiste hun seg straks, tok en grønn flybag ned fra hyllen og hektet på seg skuldervesken. Uten å verdige ham et blikk begynte hun å gå mot den nærmeste utgangen.

Han samlet sammen sakene sine, og idet han lot blikket gli fra det tomme setet sitt og over til hennes, oppdaget han at boken fremdeles lå på gulvet. Han bøyde seg og fisket den opp, en pocketutgave av Vikram Seths *An Equal Music*. Tid gikk tapt da han skulle gå gjennom stemplingskontrollen, for han hadde lagt billetten i gal lomme, og han mistet henne av syne. På vei gjennom den lange avgangshallen lurte han på om han burde levere inn boken som hittegods, samtidig som han så seg rundt. Men han fikk ikke øye på henne. Nå kunne han bare håpe på litt flaks, at de skulle være med det samme flyet. Hvis så skjedde, hadde hun sikkert roet seg en smule og ville bli glad for å få tilbake boken. Kanskje var setet ved siden av ledig, slik at han kunne oppleve underet på nært hold.

I fantasien ble han redningen hennes, en trygg skulder som

hun kunne hvile kinnet mot, en mann som ville ta seg av henne for alltid.

På Gardermoen hadde hun stått lenge inne på et av toalettene, lent seg mot veggen og forsøkt å bagatellisere meldingen som hun hadde mottatt, prøvd å innbille seg at hun hadde diktet den opp selv. Ved utgangen var hun blant de første som leverte billetten. Hun reiste på Braathens back og satt omtrent alene bak forhenget den februarkvelden. Selve flyturen forløp glatt, men hun registrerte den knapt, for tankene hennes svirret uopphørlig rundt beskjeden, tanker som besto av en motbydelig blanding av skrekk, mistro og fortvilelse. Og midt i smerten, en uforklarlig snev av lindring. Den formelle, nasale stemmen til lensmannsbetjenten med det trønderske tonefallet runget i hodet hennes fremdeles, like tydelig som om han hadde stått en halv meter fra henne:

«Miriam Malme? Jeg beklager dypt å måtte bry deg, men Aslak Fuglevåg har ingen nær familie, og vi synes det er vår plikt å underrette en som står ham nær . . . Du er kjæresten hans, ikke sant? . . . Ja, vi fant et bilde av deg i lommeboka hans, samt navnet og adressen din . . . Du befinner deg på flytoget? Siste fly til Værnes? Hvis du foretrekker det, kan jeg vente med å fortelle deg hva som er hendt . . . Nå, med én gang? . . . . Vel, da må jeg forberede deg på et slemt sjokk. Tidligere i kveld har Fuglevåg vært utsatt for en alvorlig ulykke . . . Omkommet? Ja, dessverre . . . Av en eller annen grunn havnet bilen hans i feil kjørebane og kolliderte med en trailer . . . I en av tunnelene, ja . . . »

Hun hadde forsikret om at det slett ikke var nødvendig å hente henne på flyplassen, skjønte godt at «under de rådende omstendigheter» var betjenten travelt opptatt. Egentlig skjønte hun det ikke, men det siste hun ønsket var å måtte forholde seg til en fremmed mann på Værnes. For til tross for den ufattelige tragedien og sorgen kjente hun også denne desperate lettelsen som ikke bare fikk henne til å skamme seg, men som hun også trengte ro til å finne ut av.

Hun kunne ta en drosje hjem til Hommelvik, hadde han sagt.

Jaså, ville betjenten absolutt oppsøke henne når hun kom hjem, såpass sent på søndagskvelden? Fordi det forelå noen uoppklarte momenter som hun kanskje kunne bidra til å belyse? Hun hadde gitt ham et motstrebende ja, men ingen lege, takk, ingen naboer! Dem kjente hun dårlig, og de på sin side ante ingenting om forholdet hennes til Aslak.

«Da svipper vi innom en tur litt før midnatt. Om ikke annet, kan vi ta med noe beroligende til deg. . .»

Miriam fryktet at både to og tre dypt medfølende mannfolk ville manifestere seg, men kunne ikke godt nekte heller. De ville henne jo bare vel, og kanskje *trengte* hun å bli sett til, å få nærmere greie på hvordan ulykken hadde skjedd. Hun hadde nesten ikke oppfattet de siste trøstende ordene hans, men hvisket ja før hun brøt forbindelsen.

På Værnes, på vei ut av ankomsthallen, syntes hun at hun hørte en stemme som ropte etter henne, og hun økte tempoet. Hun nølte ikke med å hoppe inn i baksetet på den fremste, ledige drosjen. Hadde plassert flybagen ved siden av seg før sjåføren rakk å gjøre mine til å åpne bagasjerommet. Han skjønte visst at hun hadde det travelt, for han satte bilen i gir og kjørte nesten før hun rakk å si «Hommelvik», og han var heldigvis ikke av den pratelystne sorten.

Tankene fortsatte å kverne. Mens hun stirret ut i mørket, kunne hun se ham tydelig for seg. Aslak Fuglevåg, stipendiaten ved Institutt for nordistikk og litteraturvitenskap som skulle ta doktorgrad på metaforer i nyere norsk skjønnlitteratur. Den lavmælte, ensomme fyren fra Larvik som hadde ringt til henne en av de første dagene i desember og spurt pent om han kunne få en prat om forfatterskapet hennes. Om hvor *bevisst* hun valgte analogiene, om de produserte seg selv – rent intuitivt – eller om hun søkte metodisk innen malerkunsten og musikken, slik han mente at metaforene kom til uttrykk i tekstene hennes. Motvillig hadde hun gått med på å møte ham, dratt inn til Trondheim og besøkt Ni muser, kafeen som han betrodde henne at han hadde en forkjærlighet for. Aslak, med det smale, alvorlige ansiktet under blekt hår. Ingen adonis akkurat, men med et varmt bankende hjerte, både for henne og de to romanene hun hadde utgitt. «Du skriver nydelig, Miriam. Så stilsikkert, så kompromissløst.» «Nei, ikke kompromissløst,» hadde hun innvendt, for nettopp det visste hun at hun aldri gjorde. «Forlagsredaktøren synes at jeg er altfor tilbakeholden. Kanskje er det grunnen til at bøkene mine selger så dårlig.» Da hadde han svart at innen hennes spesielle *kontekst* var hun kompromissløs. Hun likte ikke slike akademiske ord og kunne ikke fordra det tiggende, underdanige blikket hans, som like gjerne kunne ha tilhørt en hund, en sørgmodig basset. Men på samme tid var han en mann som aldri fløtet på den tradisjonelle måten, en som aldri kom med de evige hentydningene om hvor pen hun var. Det måtte være noe inni henne han beundret, helt forskjellig fra de andre mennene som opp gjennom årene hadde higet etter kroppen hennes og som hun derfor var blitt nødt til å avvise, i et par tilfeller særdeles motvillig. «Jeg verdsetter det alvorlige vesenet ditt,» hadde Aslak forfektet, «ditt syn på livet, den balanserte væremåten.» Hun visste ikke sikkert om hun satte pris på slike utsagn, men likevel utviklet det seg et vennskap mellom dem, en uuttalt allianse. For i likhet med henne var han en utpreget ensom sjel. Og han hadde faktisk gitt henne impulser til skrivingen, vekket en dimensjon i intellektet hennes som hun hittil ikke hadde vært klar over. Dessuten *var* det deilig å ha en mannlig venn igjen, selv om hun aldri i livet torde å slippe ham til.

På vei gjennom tunnelen mellom Hell og Hommelvik forbannet hun atter en gang sin store tyngsel, den fryktelige skammen som gjorde det umulig for henne å hengi seg til kroppslige nytelser, som tvang henne til evig sølibat.

Det hadde vært på nære nippet med Aslak, mot slutten av januar. Hjemme på hybelen hans på Øya i Trondheim, etter en flaske rødvin og et godt måltid pasta som han hadde laget. For én gangs skyld var selv han, dyrkeren av menneskets indre egenskaper, blitt såpass nærgående at hun måtte skyve ham hardt vekk, vel vitende om at hvis hun ikke stagget sin egen lyst, ville samværet ende i en katastrofe. «Hva er det, Miriam, er jeg altfor stygg for deg?» hadde han jamret. «Bare si det som det er, jeg tåler å høre det!» Men igjen hadde hun fortiet den omvendte sannheten, og igjen måtte hun tåle straffen for fortidens uopprettelige feilgrep. Til gjengjeld hadde hun spart nok en tilbeder for hans livs sjokk.

Dagen etter hadde hun ringt til ham, bedt om unnskyldning og kjølig forklart at hun trengte ro til å skrive ferdig romanen hun arbeidet med, at hun ville dra ned til landstedet ved Oslofjorden. Et par uker der ville gi henne den freden hun trengte. Aslak, profesjonelt full av forståelse overfor en forfatters behov, hadde lovt at han ikke ville ringe og forstyrre henne, enda så forelsket han var. Skjønte visst ikke ordentlig at hun hadde signalisert at det var umulig for henne å fortsette forholdet.

Hun hadde fløyet ned, tatt toget til Vestby, installert seg i det vesle huset i Hvitsten hvor hun hadde sluttet å tilbringe sommeren. Hun burde ha solgt det for lenge siden, men det ga henne en bittersøt følelse å sitte ved vinduet og huske hvordan det var før, hvordan det *kunne* ha vært nå. En form for masochisme? Ja, men samtidig en god drøm å klamre seg til, selv om den aldri mer ville bli virkelighet. Ingen forstyrrende turister på naboeiendommene, ingen ekstatiske gledeshyl fra halvnakne, badende mennesker. Bare hennes egne spor i snøslapset. Først og fremst hadde hun skrevet, både dag og natt, håpet at det omsider ville gå opp for Aslak at det var ugjenkallelig forbi, at hun mot sin beste vilje var blitt nødt til å avvise ham. Men etter noen dager ringte han og betrodde henne hvor umåtelig høyt han tilba henne, at han for sin del ikke ønsket å legge noe press på henne med hensyn til kroppslige sysler. For ham betydde det langt mer å være i nærheten av henne. Hun tillot seg å tvile. Selv om *hun* hadde lært å beherske driftene sine, kunne hun ikke forlange at han i all evighet skulle greie å forholde seg platonisk til henne.

To ting skjedde i løpet av den samtalen: Mens han uten å vite det fremkalte minner om en lignende situasjon for snart ett år siden (skjønt den mannen hadde utstrålt en nesten uimotståelig sjarm), ble det tent en lengsel i henne etter Aslak som nesten gjorde henne svimmel. Da tiden for tilbakereisen nærmet seg og hun hamret frenetisk på den bærbare PC-en, vaklet hun hjelpeløst mellom for og imot. I det siste kapitlet av romanen

skrev hun: *En prestekrage i solen. Nappe bladene, ett for ett.*
Stole mer på naturens bestemmelse enn på egen fornuft. Elsker
– elsker ikke – elsker – elsker ikke. Til slutt er det bare ett blad
tilbake. Best ikke å røre det.

Men hun visste at hun elsket ham. Det avgjørende var om
hun *våget*, noe hun aldri hadde gjort før. I sitt store dilemma ba
hun til Gud, bønnfalt Ham om å ta avgjørelsen for henne. Tre
dager før hun skulle reise tilbake, hadde hun mottatt en bok i
posten, en gave fra Aslak. Hun begynte å lese mens hun satt på
toget inn til Oslo, fortsatte på vei mot Gardermoen. En musi-
kalsk kjærlighetserklæring til henne, om to mennesker som
ikke kunne få hverandre. En bekreftelse? Fremdeles hadde
hun ikke fattet den endelige beslutningen. Og så, fra fullsten-
dig uventet hold, var hun blitt bønnhørt. På flytoget, via mobil-
telefonen. Den hadde opptrådt som hennes *deus ex machina* og
brått gjort slutt på kvalene.

Hun slapp å se ham inn i ansiktet mer og forklare hvor umu-
lig det ville bli for ham å bry seg om henne når han fikk vite
sannheten. Aslak Fuglevåg, den stygge andungen, skulle aldri
plage henne mer. En høyere styrelse hadde barmhjertiget seg
over henne og foretatt valget.

Eller var det *han* som hadde bestemt for henne? Hadde han
annammet hennes blandete følelser og i sin fortvilelse styrt
mot den møtende traileren med vilje? Hun visste at sånt
skjedde langt oftere enn statistisk sannsynlighet talte for, og
ved et par anledninger, i særlig depressive perioder, hadde hun
selv vært inne på tanken om å gjøre det samme. Men heller
ikke dét hadde hun våget. Sannsynligvis fordi hun hadde over-
levd den første ulykken, den som skjedde da hun var seksten,
da foreldrene omkom, da den store forvandlingen i livet hen-
nes inntraff, da nedturen begynte. Hun hadde sittet stille i bak-
setet den vinterdagen, helt til hun plutselig oppdaget en sirk-
lende ørn, høyt oppe i luften. Hun hadde ropt og pekt, og i
løpet av mindre enn to sekunder hadde faren mistet kontrollen
over bilen, og den tippet over brøytekanten og raste nedover
skråningen.

Eller hadde Aslak bare trodd at hun kom med et tidligere

fly, kjørt fra byen mot Hommelvik for å treffe henne og gi henne en varm velkomstklem? Hadde han vært på vei for enda en gang å fortelle hvor høyt han elsket henne?

Styrelsen, med sin ufattelige logikk, hadde sørget for at også han var blitt et offer for trafikkdøden. Hun måtte ta til tårene igjen og skammet seg over de besynderlige følelsene som hadde listet seg innover henne. For vissheten om at hun også hadde elsket *ham* – overgikk lettelsen ved å være alene igjen.

«Skal jeg dreie av til høyre her?»

Drosjesjåføren bremset og pekte, og hun skjønte at de var nesten fremme.

«Ja, ja.»

Det bar oppover et par krappe svinger, mellom husene og trærne. Lyset fra frontlyktene sveipte hit og dit, og det samme skjedde med tankene hennes. Hun var så oppøst at hun nesten glemte å betale da hun steg ut av bilen utenfor den gamle villaen. Sjåføren var ikke av den typen som la merke til – eller ville legge merke til – passasjerer som kanskje hadde behov for litt ekstra velvillig behandling. Da han hadde mottatt pengene, foretok han en krapp u-sving og forsvant nedover. Klokken var blitt halv tolv.

Miriam så at det stakk mye papir opp av postkassen, men det fikk vente. På vei mot inngangsdøren registrerte hun lettet at lensmannsbetjenten ennå ikke hadde innfunnet seg. Hun trengte å ha noen minutter alene, om mulig prøve å hisse seg ned og distansere seg fra sjokket, sortere de motstridende følelsene. Stemmen i mobiltelefonen hadde tent en uforklarlig redsel i henne, en redsel som hun også forbandt med noe ganske annet. Men hva? Hun stakk hånden ned i skuldervesken, fisket opp nøkkelknippet og kjente hvor hurtig hjertet banket under genseren. Samtidig oppdaget hun at boken fra Aslak var borte; hun måtte ha glemt den på flytoget. Sett at han ville ha elsket henne likevel, hvis hun bare hadde gitt ham sjansen! Sorgen vellet opp i henne, og tårene som fulgte var forbitrede.

Hun låste døren bak seg, satte den grønne flybagen forsiktig ned på gulvet før hun slengte veske og kåpe på nærmeste stol. Måtte inn på WC. Der spydde hun i vasken, og etterpå skylte hun munnen med kaldt vann. Så strente hun mot kjøkkenet. Tente lyset og håpet at et glass med noe sterkt i ville bidra til å roe henne ned. Stående bøyd foran det åpne kjøleskapet strakte hun ut en ustø hånd for å forsyne seg med den vesle likørflasken som hun mente at det ennå fantes en skvett på. Men hun kom aldri så langt som til å berøre den, for i samme sekund hørte hun en lyd bak seg, og lyset i taket ble slokket.

Hjertet hennes hamret mer enn noensinne, men det skulle ikke vare lenge.

Torsdag 17. februar

bragte Adresseavisen en leder om vold i hjemmet. Førstebetjent Arne Kolbjørnsen hadde lest den med stor interesse. Han følte seg overbevist om at den var et resultat av William Schrøders private korstog mot brutaliseringen av familielivet, men tvilte på effekten. I økende antall skiftet kvinnelige voldsofre navn og flyttet til nye steder for å slippe unna aggressive menn, ofte forgjeves. Lederskribentens ærend var å etterlyse deres adgang til også å skifte personnummer.

«Latterlig!» hadde Martin Kubben fnyst i lunsjpausen. «Ondet må tas ved roten.»

«Hvordan?»

«Ved å gi overgriperne hardere straff. Stortinget må gi oss frie hender til å klå dem, selv når anmeldelse ikke foreligger. Ja, særlig da.»

Kolbjørnsen følte seg ikke like sikker. Kanskje var det mer formålstjenlig å kurse kjærestepar i skikk og bruk før de fikk lov til å flytte sammen. Han visste med seg selv at han betraktet problemet som underordnet, sammenlignet med hva som for eksempel hadde skjedd på Lade. At de ikke kom noen vei med den saken, bekymret ham langt mer, selv om det var like meget Storm som fikk ham til å føle seg personlig ansvarlig for at korpset sto bom fast. Ingen i strøket rundt Britta Olsens frisørsalong lot til å kjenne mannen som hadde betalt for hårklippen med en spesiell femhundrelapp, og ingen flere sedler hadde dukket opp. Det hendte at han lengtet etter å spørre Christian Rønnes om råd, men syntes det ville være flaut å måtte ty til en mann som gikk av med pensjon for vel tre år siden. Rønnes hadde vært i besittelse av ekte intuisjon, en misunnelsesverdig egenskap som Kolbjørnsen aldri hadde merket noe til når det gjaldt ham selv.*

Det eneste nye var kommet fra laboratoriefronten: Vibeke Ordal måtte ha forsøkt å sette seg til motverge, å klore angriperen. En stund hadde de visst at i spyttrestene på den ene sigarettstumpen fantes et svakt DNA-avtrykk. Senest i går var det blitt sannsynliggjort at drapsmannen måtte være den som hadde etterlatt sneipene utenfor villaen, for etter en ny analyse av noen løse, mikroskopiske hudceller under to av neglene på avdødes venstre hånd, var nøyaktig det samme avtrykket blitt fastslått, og nå langt tydeligere. Men hva hjalp vel det så lenge det ikke fantes noe genregister over den norske befolkningen?

Når Kolbjørnsen hadde det travelt på jobben, pleide han å avvise de fleste personlige henvendelsene, overlot til vakten å ta seg av folk som av ulike årsaker ville snakke med ham. Pågangen kunne han takke seg selv for. På grunn av sin generelt vennlige og forståelsesfulle atferd overfor hverdagskriminelle mennesker, hendte det ofte at de besøkte kammeret og spurte etter ham, enten for å tyste eller for å søke om råd.

Akkurat denne torsdagen gjorde han et unntak, enda han hadde nok å stelle med. Dermed fikk han enda mer å gjøre, skjønt det ville han vel uansett ha fått. Klokken 14.37 tok han imot en mann med så blekt hår at han kunne ha vært pensjonist, men det var nok den naturlige fargen hans, for det forholdsvis glatte, smale fjeset røpet en trettiåring. Vel innenfor døren ble han stående og fomle, og fantes det noe Kolbjørnsen ikke kunne fordra, så var det mannfolk som manglet et minstemål av selvsikkerhet. Den spinkle skikkelsen virket nesten bortkommen, som om han ba om unnskyldning fordi han var til. Ikke desto mindre hadde han altså insistert på å snakke med *ham*.

Kolbjørnsen gikk bort til ham, ga ham hånden, presenterte seg og formelig slepte ham bort til gjestestolen i det smale kontoret sitt. Da han selv hadde satt seg bak skrivebordet, tok gjes-

---

* Interesserte henvises til førstebetjent Christian Rønnes' siste store sak, redegjort for i «Rekyl», Cappelen, 1996.

ten av seg hanskene, knappet irriterende langsomt opp den gammeldagse støvfrakken og sa lavt:

«Mitt navn er Aslak Fuglevåg.»

«Ikke trønder, hører jeg.»

«Nei, jeg er født og oppvokst i Larvik.»

«Yrke?»

«Stipendiat, ved universitetet. Nærmere bestemt på Dragvoll. Jeg arbeider med doktorgraden min . . . i litteratur. Men jeg bor på Øya.»

«Hva gjelder det?»

«Ehm, venninnen min.»

Stakkars fyr, tenkte førstebetjenten, for han merket snart at mannen unngikk å møte blikket hans og henvendte seg til vinduet og snøværet utenfor i stedet. «Har det tilstøtt henne noe?»

«Jeg er . . . redd for det.»

«Hva heter hun?»

«Miriam. Miriam Malme. Forfatteren.»

Stemmen fikk et islett av stolthet da han sa det siste ordet, og Kolbjørnsen prøvde å ikke se ut som et spørsmålstegn mens han noterte. Han hadde aldri hørt navnet hennes før.

«Hun er bare tjuefire, men regnes som en av de aller mest lovende . . .»

«Sikkert. Hvorfor spurte du etter akkurat meg, Fuglevåg?»

«Fordi jeg har sett navnet ditt i avisen, i forbindelse med en sak.»

Det var lett å skjønne hvilken. Denne fyren brydde seg visst ikke om dårlige skussmål. «Ja vel. Fortell meg hvorfor du er urolig for henne.»

«Hun dro til landstedet sitt i Hvitsten den trettiende januar. Skulle være der i to uker og skrive ferdig en roman . . .» Han nølte, trakk pusten og slo ut med hendene.

Jøss, tenkte Kolbjørnsen surt. En ukjent forfatter med eget landsted ved Oslofjorden. Ikke rart at kulturbudsjettene sprakk når Staten måtte sørge for at kresne kunstnere fikk virke i slike omgivelser. «Og så?»

«Miriam skulle komme tilbake søndag kveld.»

«Bor dere sammen?»

«Nei, hver for oss. Hun har et hus i Hommelvik.»

Eget hus også! Det måtte dreie seg om en temmelig spesiell dame. «Egentlig burde du ha henvendt deg til lensmannen i Malvik kommune.»

Fuglevåg hadde nok tillatt seg å kikke i retning av ansiktet hans og lest uttrykket i det, for han tilføyde hurtig: «Hjemmet hennes er ikke spesielt flott, må du tro. Ikke er hun rik heller. Arvet begge eiendommene da foreldrene døde. Hun har ingen søsken, lever nokså . . . alene.»

«Ingen knute på tråden, mellom dere to?»

«Absolutt ikke, vi er jo kjærester!» Likevel rødmet han, som om han var blitt grepet i en skammelig løgn.

«Unnskyld. Men du har altså ikke hatt kontakt med henne siden hun reiste?»

«Jo da, jeg snakket så vidt med henne på mobilen et par ganger i forrige uke. Måtte gi henne tid og fred til skrivingen . . .» Han begynte å tvinne fingrene. «Fra og med mandag har jeg ringt til henne flere ganger daglig. Og i dag er det torsdag . . .»

«Hun svarer fortsatt ikke?»

«Nei, ikke på den vanlige telefonen heller. Siden tirsdag morgen har mobilen hennes vært avstengt.»

«Hun har kanskje glemt å lade batteriet. Hva med arbeidsgiveren hennes, der hun jobber?»

«Miriam *jobber* ikke hos noen. Hun skriver. Sa jeg ikke det?»

«Har du vært hjemme hos henne, ringt på døra, mener jeg?»

«Nei . . . Hun bor jo ute på landet, og jeg har ingen bil . . . For å være ærlig, så har jeg aldri vært der.»

«Hvordan kan du da vite at huset er beskjedent?»

«Hun har selv fortalt det. Knappe åtti kvadratmeter og nokså nedslitt, sier hun.»

«Ditt bekjentskap med henne er altså av forholdsvis ny dato?»

Aslak Fuglevåg mannet seg plutselig opp og prøvde å demonstrere at han ikke likte den slags irrelevante spørsmål, at han til tross for bekymringen hadde overskudd til å være spøkefull: «Ny dato? Nei, vi traff hverandre mot slutten av det forrige århundret.»

91

Kolbjørnsen syntes ikke den slags guttehumor var det spor morsom. «Altså i desember?»

«Ehm, ja.»

«Det kan vel tenkes at hun har forlenget feri . . . hm, skriveperioden?»

«Jeg ringte til Braathens i formiddag. En motvillig funksjonær bekreftet at hun var registrert som passasjer på det siste flyet til Værnes søndag kveld. Da ble jeg engstelig for alvor.»

«Kan du gi meg begge telefonnumrene hennes?»

Fuglevåg messet tallene, og Kolbjørnsen noterte. «Dette skal vi snart få bragt klarhet i,» sa han anstrengt muntert. «Tilfeldigvis er et par av folkene mine i Malvik-området for å se på noen schæfervalper.» Den vanlige regelen i politiet var å ikke forhaste seg når det gjaldt savnede voksne – ni av ti kom snart til rette igjen – men i dette tilfellet hadde han en fornemmelse av at den pårørende hadde ventet *for* lenge med å melde fra. Mer enn tre døgn var mye. Han løftet opp mobiltelefonen sin og tastet inn et kortnummer. «Håkon? Er du fremdeles i Hommelvik? Akkurat ferdig? Glitrende. Det gjelder en ung dame ved navn Miriam Malme. Kan du sjekke opp om hun er hjemme?»

Det kunne betjent Håkon Balke. Han fikk adressen hennes, ble informert om Fuglevågs problem og lovte å ringe tilbake straks han fant ut noe. Etterpå hadde Kolbjørnsen mest lyst til å si til gjesten at det kanskje var en idé å tilbringe ventetiden på kantinen med en kaffekopp, men fikk seg ikke til å gjøre det. Innså at han selv hadde opptrådt litt for overbærende; bak litteraturstipendiatens akademiske, kjedelige maske kunne det skjule seg en hjelpeløs sjel, fullstendig ute av seg av bekymring for kjæresten sin. I sted hadde mannen krampaktig forsøkt å ta seg sammen, enda han fryktet det verste.

«Forstår jeg deg slik at det er lite sannsynlig at hun har lagt om planene sine uten å informere deg?»

Fuglevåg bøyde seg litt fremover og greide å møte blikket hans – lenge: «Jeg ser faktisk helt bort fra det. Hun har visst en tante i Stavanger og et par venner ved forlaget i Oslo, men her? I høyden en perifer venninne. Miriam er en stor forfatter og et stort menneske... men *fryktelig* ensom. Etter at foreldrene omkom, må hun ha kapslet seg inn i seg selv, stakkar.»

Og du prøver å vekke henne til live igjen, funderte politimannen. Kanskje er du ikke hennes type. Kanskje prøver hun å bli kvitt deg. Høyt sa han: «På hvilken måte omkom de?»

«I en bilulykke for åtte år siden. Hun satt i baksetet da faren mistet kontrollen over bilen. Både han og moren ble drept øyeblikkelig, mens hun... hun berget livet. Hun hater å snakke om det.» Plutselig var det som om han falt i tanker om noe ganske annet, for han stakk hånden inn bak støvfrakken og halte frem lommeboken. Åpnet den, reiste seg og rakte førstebetjenten et passbilde. «Dere i politiet trenger kanskje et foto av henne?»

Arne Kolbjørnsen kastet et raskt blikk på det, deretter nok et blikk.

Umiddelbart slo det ham at Fuglevåg bløffet, at dette bildet måtte være et utklipp fra et internasjonalt beauty-magasin eller et filmblad, at det forestilte et under av en utenlandsk prinsesse som umulig kunne ha noen forbindelse med – og langt mindre et forhold til – en ubetydelig norsk universitetsstipendiat. Med et slikt ansikt kunne hun for lengst ha kapret den rikeste eller den peneste kjendisen i USA. En stund fikk han store vansker med å ta øynene vekk fra det besnærende portrettet, og han hadde problemer med å skjule mistroen sin da han omsider fant ord:

«Dette er altså kjæresten din... forfatteren Miriam Malme?»

«Ehm, ja. Jeg skjønner godt at du tviler. Men det *er* faktisk henne.»

Kolbjørnsen registrerte den vibrerende, stolte undertonen hans. «Ikke rart at du er engstelig,» innrømmet han med dårlig skjult misunnelse.

«Det har ikke bare med fysiognomien å gjøre. Miriam besitter først og fremst en fantastisk *indre* skjønnhet. Hver eneste setning hun skriver, hver eneste linje, er poesi...» Fuglevåg trakk pusten igjen, men kom tilbake, ivrigere og atskillig mer entusiastisk enn før, nesten ekstatisk over sitt ufattelige hell med hensyn til kvinnebekjentskapet sitt: «Men naturligvis er hun også ganske flott å se på. Eksotisk og østerlandsk, hvis du forstår hva jeg mener . . .»

Kolbjørnsen forsto, men kunne ikke fri seg fra den påtrengende tanken: Hvordan i helvete kunne det ha seg at denne dusten av en bokorm hadde greid å kapre henne? Utgjorde de til sammen et høyere åndelig fellesskap som det ikke var ham forunt å få innblikk i?

Da han leverte bildet tilbake og mumlet noe om at det sikkert ikke ville bli aktuelt å bruke det, at Miriam Malmes fravær snart ville bli oppklart, slik det skjedde med de fleste forsvinningsnumre, hadde den keitete mannen i støvfrakken like hurtig falt tilbake i angsten igjen. Det var ikke vanskelig å skjønne at han angret at han hadde latt seg forføre av gode minner og hengitt seg til et øyeblikks overstadig lykkefølelse. Igjen husket han ærendet sitt – å få profesjonelle folk til å finne venninnen. Når alt kom til alt, hadde det kanskje kostet ham mange og lange overveielser å bry politiet.

Telefonen ringte få minutter senere, men det var bare William Schrøder som ville høre om det forelå noe nytt i drapssaken. Denne avbrytelsen var den eneste som inntraff mens Kolbjørnsen motvillig underholdt stipendiaten med et foredrag om politiets mangehånde arbeidsmetoder når det gjaldt å spore opp forsvunne personer. Selvsagt burde han ha skysset Fuglevåg til kantinen!

Da telefonen ringte for annen gang, visste han ikke hvor lenge han hadde drevet og dosert. Men han slapp å bekymre seg om en eventuell fortsettelse, for nå var Balke på tråden, og stemmen hans dirret i falsett:

«Det har skjedd igjen, Arne! Du må komme straks, og ta med deg hele kostebinderiet!»

Han rykket uvilkårlig til, og mot sin beste vilje krammet han hånden hardere rundt røret. Kostebinderiet var den interne betegnelsen på det omfattende mannskapet som måtte sammenkalles og rykke ut når et mistenkelig dødsfall forelå. Likevel greide han å holde sin egen stemme stø. «Hva er skjedd?» sa han behersket, som om det dreide seg om et

94

rutinemessig håndgemeng som det tillå ordensavdelingen å ta seg av.

«Ingen åpnet døra for meg, og da jeg oppdaget et knust vindu på baksiden, klatret jeg inn. Den dama du spurte om – ja, det må jo være henne – ligger på kjøkkengulvet i en blodpøl, akkurat slik som . . .»

Her slapp Balke opp for ord, og Kolbjørnsen ga noen kjappe standardbeskjeder. Da han hadde brutt forbindelsen, kastet han et blikk bort på Fuglevåg. Det mest brennende anliggendet i dette første sekundet var hva han skulle si til ham. Men før han rakk å komme i gang, var det den besøkende som snakket, åpenbart intetanende om det dystre svaret politimannen prøvde å formulere:

«Ehm, gjaldt det noe nytt om Miriam?»

Det finnes mennesker

som høster størst oppmerksomhet etter sin død, og dette skulle også bli Miriam Malmes skjebne. Allerede den påfølgende dagen, fredag 18. februar, var navnet hennes på svært mange trønderes lepper. Hittil hadde bare en engere skare av litteraturinteresserte bitt seg merke i den meget unge og talentfulle forfatteren, men etter morgenens avisoppslag ble atskillig flere øyne sperret opp, delvis på grunn av forskrekkelsen over nok et bestialsk drap, men minst like meget fordi bildet av offeret viste en kvinne med et såpass oppsiktsvekkende utseende at det vakte voldsom beundring – og dermed ekstra medlidenhet. Menneskets natur er nå engang slik.

Tenkte William, som satt på kontoret og leste gjennom sin egen hovedartikkel. Både han og Ivar hadde vært til stede under den improviserte pressekonferansen i Hommelvik kvelden før, arrangert fordi ryktene om ugjerningen hurtig var blitt allemannseie på tettstedet.

På den tiden skulle han egentlig ha sittet i Olavshallen sammen med Solveig og lyttet til Leif Ove Andsnes og Det norske kammerorkester. Meldingen om drapet var kommet like før de skulle dra hjemmefra. Solveig hadde bestilt billetter for lenge siden, og selv om hun innså at han bare *måtte* delta på pressekonferansen, nærmest freste hun av skuffelse. Den ikke altfor musikkinteresserte Heidi – som far, så datter – hadde steppet inn for William, og han lovte seg hemmelig å gjøre det godt igjen, på en eller annen måte.

At liket av Miriam Malme (24) ble funnet først i går ettermiddag, skyldtes at en nær venn var begynt å bli urolig for henne.

En politimann ble sendt til huset hennes på Solbakken i Hommelvik, og han oppdaget at soveromsvinduet på baksiden var knust. Han tok seg inn gjennom vinduet og fant liket liggende på kjøkkenet med overskåret halspulsåre.

Miriam Malme hadde oppholdt seg sønnafjells i to uker, og en drosjesjåfør fra Stjørdal husker at han kjørte henne hjem fra Værnes søndag kveld. Mye tyder på at hun har ligget død i flere dager. Ingen av naboene har lagt merke til noe usedvanlig, og sannsynligvis visste de ikke engang at hun var bortreist. Avdøde hadde avbestilt avisen for den perioden, men verken avis- eller postbudet fant noen grunn til å reagere da postkassen begynte å bli fylt opp i løpet av inneværende uke. Ettersom posten heller ikke var tatt inn da kvinnen ble funnet død, mener politiet at hun må ha blitt drept umiddelbart etter at hun vendte hjem om kvelden, senest mandag morgen.

Noe drapsvåpen er foreløpig ikke funnet, og bortsett fra det knuste vinduet, som muliggjør at gjerningsmannen kan ha befunnet seg inne i huset allerede før Malme kom hjem, har politiet få spor å gå etter. Motivet kan ha vært økonomisk gevinst, men om noe er blitt stjålet, vet man ennå ikke. Avdelingssjef Nils Storm ved Trondheim politidistrikt har ellers gitt bare sparsomme opplysninger, og under pressekonferansen nektet han å uttale seg om hvorvidt den ukjente personen som drepte Vibeke Ordal for vel en måned siden, også kan ha forvoldt Miriam Malmes død. Likheten mellom de to tilfellene er påfallende.

Fordi drapet skjedde i Malvik kommune, er lensmannen der prinsipielt ansvarlig for etterforskningen, men på grunn av liten erfaring i denne type arbeid, samt sakens generelt alvorlige karakter, er det blitt besluttet å overlate hovedansvaret til etterforskningsavdelingen ved Trondheim politidistrikt. Dette kan det naturligvis stilles spørsmålstegn ved, men vi går ut fra at lensmannsetaten i Malvik, med sin lokalkunnskap om Hommelvik, vil være best skikket som medhjelper for sine mer erfarne kolleger i Trondheim. Disse ser neppe bort fra at ugjerningen kan ha sammenheng med drapet som ble begått på Lade . . .

Litt senere sa Ivar: «Du kan ikke stille spørsmålstegn ved noe.»

«Hæ?» sa William og kikket opp.

«Derimot kan du stille spørsmål. Spørsmålstegn *settes.*»

«Jeg lærer visst aldri.» Kollegaen, i rang et ubetydelig hakk under ham, var en hund etter språklig presisjon, og det irriterte William at han omtrent ukentlig greide å finne feil – og påpeke dem – i ting han hadde skrevet.

«Slapp av.» Ivar smilte like forsonende som han pleide. «Bare de færreste henger seg jo opp i sånt. Ikke engang norsklærerne reagerer. I denne saken tror jeg leserne er langt mer opptatt av den underskjønne frøken Malme.»

«Fy.»

«Du nevnte det selv, at det deilige ansiktet hennes tilfører oppslaget en ekstra dimensjon. Se bare hva Oslo-avisene har gjort layout-messig, uten å uttrykke ett ord i teksten om hva de mener om damens utseende.»

«Visste *du* om henne, før drapet?»

«Jeg har støtt på navnet et par ganger, på kultursidene. Men dem blar vel du forbi.»

William parerte: «Til gjengjeld har Solveig forsøkt seg på en av bøkene hennes. Nå ja, hun fant den visst temmelig kjedelig.» Han vendte tilbake til dagens avis og leste enda en gang gjennom en av notisene som Ivar hadde hatt ansvaret for, dog uten å finne noen graverende språklige feil:

Miriam Malme ble født i Hommelvik 8. november 1975. Hun tok avsluttende eksamen i studieretning for allmenne fag ved Trondheim Katedralskole i 1994, og har senere vikariert som lærer på Frøya og i Steinkjer. Hun debuterte som forfatter allerede som tjueåring (1996) med romanen «For alt jeg vet», og i 1998 kom «Hjertekammermusikk». Begge høstet meget gode kritikker, og i de siste par årene har hun konsentrert seg om forfatterskapet sitt.

Avdøde var ugift. Vinteren 1992 omkom foreldrene hennes i en bilulykke. Etter en utforkjøring i Soknedal tok bilen deres fyr. Datteren, som satt i baksetet, ble alvorlig kvestet, men kom fra det med livet i behold.

Miriam Malmes seks år eldre kjæreste, som i går meldte

henne savnet, har opplyst til politiet at hun tilbragte de to fore-
gående ukene i Hvitsten for å få ro til å skrive. Hun var i ferd
med å fullføre en roman, og mannen utelukker ikke at den vil
bli publisert til høsten. Han skal også ha sagt at avdøde var en
særdeles beskjeden og stillfaren person, som levde alene i forel-
drehuset i Hommelvik.

«Kanskje han ble for innpåsliten,» mumlet William.

«Hvem?»

«Kjæresten. Kanskje hun dro sørover for å bli kvitt ham en stund. Ikke lett å få fred, med dét lekre fjeset.»

«Skal jeg tro Arne, er det rart at de holdt sammen. Han antydet at denne Aslak Fuglevåg ikke akkurat er hva man forbinder med en kvinnebedårer.»

«Selv om vi offisielt avskyr å grafse i folks privatliv, bør kanskje en av oss ta en prat med ham.»

«Du bor nærmest Øya.»

«OK. Men ikke før over helga.»

Mens Ivar hentet kaffe, rengjorde William brillene og kontrollerte resultatet ved et blikk mot vinduet. Utenfor hadde det begynt å snø tett, og gradestokken viste flere minusgrader. Endelig lot det til å bli skikkelig vinter i Trondheim. Kanskje fikk han narret med seg familien på en skitur i morgen.

«Alvorlig kvestet?» sa han tankefull da Ivar vendte tilbake. «Jeg kan ikke huske at dét ble nevnt av noen under pressekonferansen.»

«Jeg slo opp i arkivet. Vi omtalte ulykken i januar 1992. Jeg har en kopi her. Værsågod.»

Ivar slurpet kaffe en stund mens William leste.

«Ja, her står det at datteren ble så sterkt forbrent at hun måtte sendes til Haukeland i Bergen for spesialbehandling,» bemerket han etter en stund. «Hun må pinadø ha vært heldig, som ikke ble det minste vansiret i ansiktet.»

Ivar mumlet bare noe til svar, og akkurat da stakk det ungdommelige internbudet, Stig Ove, innom med dagens første post:

«Jøss, her sitt Hardygutan og kose sæ mens knivmordern herje fritt.»

«Vi tar imot alle tips med takk.»

«Æ har en firmænning som e passient på Østmarka. Hainn e troandes te litt av kvært. Va me i Biafra-krigen som leiesoldat. Siden tørna det for'n.»

«Og en slik kar mener du får lov til å tilbringe frikvelder ute blant folk?»

«Ja da. Psykologan e både lættlurt og slæppheindt.» Stig Ove flirte, slengte et par konvolutter på Williams skrivebord og trakk seg skyndsomt ut.

Han så det straks, ved siden av kaffekruset. Den øverste konvolutten var adressert nøyaktig som sist, og med samme typografi: *Adresseavisen, v. journ. Ivar Damgård, 7003 Trondheim.*

Han skubbet brevet over til Ivar, som uten et ord åpnet det forsiktig ved hjelp av en papirkniv. Han trakk det blodrøde arket ut ved hjelp av pinsetten og brettet det ut. William hadde reist seg, gikk rundt begge skrivebordene og stilte seg bak ham. Teksten var like knapp som forrige gang:

HUN VAR DEN ANDRE

Så var det fastslått, én gang for alle. Avsenderen kunne ikke være en hvilken som helst spøkefugl, for konvolutten – datostemplet i Trondheim dagen før – avslørte at brevet med stor sannsynlighet måtte være postlagt senest på den tiden da politiet fant liket, og uansett lenge før drapet ble omtalt i NRK. Hadde gjerningsmannen tatt for gitt at Miriam Malme snart ville bli oppdaget?

«Dæven trøske,» sa Ivar.

«Fy faen,» sa William.

Den uhørte teorien om at de sto overfor en seriemorder var blitt en realitet.

«Arne Kolbjørnsen har vel også fått beskjeden.»

Det skulle snart vise seg at det hadde han. Ved første oppringing satt han opptatt i en annen telefon, men fem minutter senere fikk Ivar kontakt med førstebetjenten. Han bekreftet at han nettopp hadde mottatt nøyaktig maken forsendelse, og igjen ville en ordonnans bli sendt oppover til Heimdal for å hente deres. Også William kunne høre Kolbjørnsens ord, for denne gangen hadde han trykt inn bryteren som koplet telefonene deres til høyttaleren:

«Offentliggjøre betroelsene fra en pervers Lucifer? Ikke før jeg har fått klarsignal fra Nils Storm!»

«Det bestemmer ikke dere. Folk har krav på å få vite hva som skjer,» sa Ivar.

«Krav? Du må da begripe at det er nettopp dette fyren ønsker å oppnå, å spre redsel, å skape massehysteri!»

«Jeg begriper. Men jeg tør også vedde på at denne gangen kommer ikke sjefredaktør Gunnar Flikke til å gi seg. Ikke før jus-guru Kubben mot formodning klarer å spa opp en lovparagraf som nekter den frie presse å videreformidle innholdet av mottatte brev. Og det klarer han ikke.»

«Jeg garanterer at vi fastholder vår vilje til samarbeid,» prøvde Kolbjørnsen, «og at vi så langt som mulig vil fortsette å informere dere utover det vanlige, men ikke faen om dere trykker truslene før Storm og politimesteren har uttalt seg.»

«Informere oss utover det vanlige? Herregud, foreløpig kan alle tipsene dine skrives på baksiden av et frimerke! Dessuten kjøpslår vi ikke om rettighetene våre.»

Etterpå, da ordvekslingen hadde roet seg en smule, slengte Ivar på røret med sitt karakteristiske glis, smakte på kaffen igjen og lente seg fornøyd tilbake i kontorstolen. «Den tenker jeg satt!»

Også William måtte trekke på smilebåndet, men etter en kort pause tillot han seg å innvende: «Det virker nesten som om du gleder deg over at gærningen har slått til igjen.»

«Gleder og gleder. Vi har en jobb vi skal gjøre. Snakker du med Gunnar?»

«Ja visst.»

Sjefredaktøren satt imidlertid i et viktig møte, og William mente at de kunne vente med å forstyrre ham inntil de seg imellom hadde avklart noen punkter.

«Likhetstrekkene,» sa han, «er åpenbare. To kvinner liggende på hvert sitt kjøkkengulv, tatt av dage på nøyaktig samme måte. Den ene fraskilt, den andre ugift. Men begge bodde mutters alene. Og sannsynligvis ble også Miriam Malme drept den trettende. En tilfeldig regelmessighet?»

«Det gjenstår å se om hun har vunnet i lotto.»

«Og om drapsmannen har bestjålet henne. Denne gangen knuste han et vindu for å komme seg inn. Hvis politihjernene tenker som min, vil de snart lure på om de to damene kjente hverandre . . .»

«Eller hva slags forbindelse herr X hadde med dem. Velger han sine ofre etter terningkastmetoden eller etter nøye planlegging?» funderte Ivar.

«Men i motsetning til Vibeke Ordal tømte ikke Miriam postkassen sin da hun kom hjem. Hvordan kunne forresten morderen vår kjenne til at hun skulle returnere fra Østlandet akkurat den kvelden?»

«Vi bør ikke ta for gitt at han gjorde det.»

«Med andre ord, vi vet stadig ikke om ærendet hans var pengetyveri, eller om det primære målet var å *henrette*.» William grøsset da han sa det.

«Vi vet ikke engang bomsikkert at vi har med én og samme person å gjøre,» fastslo Ivar, men tonefallet hans uttrykte det motsatte. «I løpet av dagen skal jeg ta en prat med betjent Balke. Hvis noen på kammeret er i stand til å kvitre, må det være ham.»

«Jeg ringer til forlaget i Oslo. Selv om de sikkert bare har pene ting å si om forfatterne sine, kan det jo tenkes at Miriams fortid kan avdekke et motiv.»

Etter arbeidstid dro han til midtbyen for å kjøpe en CD til Solveig. Beethovens klaverkonsert nummer to i B-dur hadde stått på programmet i går kveld, og han håpet å finne en innspilling med Leif Ove Andsnes som pianosolist. Men først oppsøkte han Mox-Næss bokhandel i Olav Tryggvasons gate. Der ble han ekspedert av den samme damen som for halvannen uke siden, og skiltet på blusen hennes minnet ham om at hun het Brit Glein. Da han sa hva han ønsket, lot det til at hun husket både ham og hvilken bok han hadde anskaffet forrige gang:

«Sist du var her, greide vi å trylle frem det siste av to eksemplarer av et engelsk morderleksikon, men nå blir det vanskeligere å hjelpe deg. Miriam Malmes forfatterskap må betegnes som smal litteratur, absolutt noe for de kresne. Den første romanen har for lengst gått på billigsalg. Vi pleier ikke å selge så mange av slike bøker, men i dag morges ble det vesle lageret vårt av nummer to, *Hjertekammermusikk*, revet vekk. Du skjønner vel av hvilken grunn?»

William skjønte det, innså at han allerede i går burde ha forutsett den plutselige publikumsinteressen.

«Vi bestilte straks flere, og vi har dem nok her snart. Det er så ufattelig og forferdelig, det som har skjedd.»

Han uttrykte hvor enig han var og rakte henne visittkortet sitt. «Kan du holde av et eksemplar til meg når de kommer inn?»

«Med glede. Inntil videre kan du jo forsøke folkebiblioteket.»

«De er vel allerede lens der også . . . For øvrig, kjente du forfatteren?»

«Nei, jeg kan ikke akkurat si det. Jeg har hilst på henne bare én gang, under forlagspresentasjonen i forfjor da den siste romanen utkom, og jeg husker unge Malme som en utpreget sky og beskjeden person . . . og utrolig pen.»

«Med stort skrivetalent?»

«Utvilsomt,» fastslo Brit Glein. «Ikke akkurat i min gate, men hun ville nok ha hatt en lysende karriere foran seg.»

William takket for opplysningene og hilste adjø.

Først på vei ut av sentrum, sittende bak rattet i den jevne strømmen av biler over Elgeseter bru, husket han CD-en som han så dyrt og hellig hadde sverget at han skulle overraske Solveig med. Faen også!

Han snudde resolutt ved Shell-stasjonen og kjørte tilbake. Satte bilen ulovlig fra seg øverst i Nordre og småløp nedover til Hysj Hysj. En av de travle, men forekommende ekspeditørene lette både høyt og lavt, men fant i farten ingen innspillinger hvor Andsnes tolket noe av Beethoven. Kunne Joseph Haydns pianosonater gjøre nytten? William, som mente å huske at Haydn hadde vært en av de virkelig store gutta, syntes det var en utmerket løsning.

Da han hadde betalt og skulle til å forlate butikken, fikk han blant de ungdommelige kundene øye på to som han dro kjensel på, et par som bidro flittig til å produsere klaprelyder i CD-hyllene. Ofte ga han sine journalistiske plikter og instinkter på båten når de kom i konflikt med hans uvilje mot å krenke sørgende menneskers integritet, men denne gangen syntes han at han ikke burde forsømme anledningen som bød seg. Han gikk bort til dem og henvendte seg forsiktig til mannen:

«Unnskyld, er ikke du Gorm Ordal?»

Begge snudde seg og betraktet ham skeptisk. «Ja, det er meg,» sa han.

«Navnet mitt er William Schrøder, og jeg arbeider som journalist i Adressa.»

«Jaså?» kom det mutt. Det lot ikke til at den siste opplysningen gjorde ham mer velvillig innstilt, og Monica Holm nappet ham i albuen.

«Min kollega Ivar Damgård hadde en prat med deg for ikke så lenge siden, og selv deltok jeg i din mors begravelse . . . Det spiller kanskje ikke stor rolle for deg, men du skal vite at du har min dypeste medfølelse.»

«Takk.»

«Når jeg tar sjansen på å bry deg et øyeblikk, er det på grunn av liket som ble funnet i går.»

«Hm,» sa han, og kjæresten gjorde mine til å trekke ham unna.

«Dere har kanskje ikke hørt om det, at det har skjedd et nytt drap?»

«Jo da, vær sikker!» Plutselig glefset han nesten. «Men ikke innbill deg at reprisen gjør det lettere for meg å takle *min* sorg!»

Akkurat slike reaksjoner var det William avskydde å fremkalle, men nå var det for sent. Han anla automatisk sitt mest angrende ansiktsuttrykk og slo ut med hendene. «Jeg beklager virkelig, Ordal, det var langt fra min mening å legge stein til byrden . . .»

«OK.»

«Jeg antar at du er minst like interessert som politiet i at gjerningsmannen blir tatt.»

«Selvfølgelig er jeg det.»

«I den anledning har jeg et spørsmål til deg. Vet du tilfeldig-
vis om moren din kjente Miriam Malme?»

Ordal, som nå hadde roet seg litt, ristet på hodet og ble mer
samarbeidsvillig. «Det spurte purken om også, i morges.»

«Og hva svarte du?»

«At jeg tviler sterkt på at hun gjorde det.»

«Mange takk, uansett.»

«Jeg tror mamma knapt hadde hørt navnet hennes. Hun var
ikke akkurat noen lesehest.»

«Men *du* har kanskje hørt om henne?»

«Ja, så vidt. Men hun er ikke pensum. Er hun vel, Monica?»

«Nei,» bekreftet kjæresten.

«Hvis du før eller senere skulle huske noe i den forbindelse,
kan du tenke deg å varsle meg?»

Gorm Ordal nikket blidt, som om han plutselig betraktet en
medarbeider i Adresseavisen som minst like kapabel til å finne
morens drapsmann som politi var. For andre gang i løpet av
en halvtime leverte William fra seg et av visittkortene sine. Han
hadde på følelsen at om ikke annet, så hadde han i det minste
greid å overbevise den unge mannen om at ikke alle pressefolk
var noen svin.

Deretter, i Corollaen den ettermiddagen, på vei hjem til
Nardo og helgefred, lyttet han på lokalnyhetene fra NRK Sør-
Trøndelag, som naturligvis ofret ugjerningen i Hommelvik stor
oppmerksomhet. Vel ett døgn var gått siden Miriam Malme var
blitt funnet død, og i et intervju måtte avdelingssjef Storm inn-
rømme at politiet hadde få holdepunkter å støtte seg til. På
spørsmål om han trodde at drapet var blitt begått av vedkom-
mende som på tilsvarende måte hadde tatt livet av Vibeke
Ordal, svarte han at han personlig ikke utelukket noe som
helst, men at det siste tilfellet var såpass ferskt at det foreløpig
var umulig å fastslå en sammenheng. Storm opptrådte rolig og
sindig, og han ikke så meget som antydet at de kunne ha med
en såkalt seriemorder å gjøre, langt mindre at det forelå to ano-
nyme henvendelser i brevs form. Følgelig unnlot han klokelig å
komme med noen som helst oppfordring til enslige kvinner om
å holde seg inne.

Hvilket, tenkte William, ikke ville ha vært særlig lurt heller, all den stund begge avdøde var blitt drept hjemme, på sine respektive kjøkken. Men i morgen tidlig var det ingen bønn lenger, da ville allmennheten finne brevene omtalt i Adresseavisen – Gunnar Flikke hadde overhodet ikke vært i tvil om at de pliktet å offentliggjøre dem nå – og politiet måtte innrette seg deretter.

Ettersom han selv ikke hadde fått tak i de aktuelle bøkene, besluttet han at han i stedet ville benytte fredagskvelden til et nærmere studium av *The New Encyclopedia of Serial Killers*, som han hittil hadde latt ligge i en ventehylle, kanskje fordi tanken på den vakte ubehag.

Det gikk ikke helt som beregnet.

Solveig lot seg riktignok blidgjøre av kyss og CD, og hun kunne fortelle at i løpet av gårsdagens fremførelse hadde Heidi forelsket seg i pianist Andsnes. «Synd at du ikke satt der i stedet. Om ikke annet ville du kanskje ha falt for den kvinnelige dirigenten. Fremfor alt var konserten en storartet musikkopplevelse.»

«Jeg har lest anmeldelsen.»

Solveig smilte syrlig. «Og jeg har sett hva du skrev om det fæle drapet i Hommelvik. Men det blir aldri det samme, vet du, å være til stede som å lese om det etterpå.»

«Jeg deltok heldigvis bare på pressekonferansen. Har stadig vondt for å forestille meg hvordan det føles å finne et lik i en blodpøl, for ikke å snakke om å være tilskuer til selve ugjerningen. Å lytte til en mesterpianist, derimot, skulle jeg gjerne ha gjort.»

«Det kan du få lov til.»

Hun puttet platen inn i spilleren, og da Heidi kom hjem til middag, lød Haydns klaversonate nummer tjuefire i A-dur fra høyttalerne på stua. Men hun brydde seg ikke særlig om å lytte:

«Du skulle sett ham i aksjon, pappa, måten han brukte hendene på, ja, hele kroppen . . .»

«Det heter anslaget,» opplyste Solveig.

Anslaget, fór det gjennom William, men han tenkte på noe

ganske annet. I likhet med Heidi hadde han aldri vært noen begeistret tilhenger av klassisk musikk. Da nummeret var ferdig, prøvde han å etablere all den entusiasmen som han regnet med ble fordret av ham:

«Kjempeflott! Fenomenalt!»

«Ja, men enda flottere i virkeligheten.»

«Apropos dette med å lese, Solveig, i morges sa du at du hadde gitt opp den siste boken av Miriam Malme. Var den så dårlig?»

«Ikke dårlig. Men kjedelig. Vel å merke, for *meg.*»

«Vi har den vel ikke i huset?»

«Nei, jeg husker den bare fra lesesirkelen i fjor.»

Under og etter den forsinkede middagen – noe som skjedde hyppig på fredager – samtalte de mer om drap enn om musikk, og Heidi hadde akkurat gått inn på rommet sitt da det ringte på døren.

«Jeg forstyrrer vel,» sa en smilende Oddvar Skaug til Solveig som åpnet, «men jeg må legge beslag på din elskede William i noen minutter.»

«Det skal du få lov til. Ny dame, hører jeg?»

«Hm. Å ja, Gøril! Hun er alle tiders.»

«Synd at du ikke tok henne med, for akkurat nå er kaffen klar.»

«Hun skal dessverre ha nattevakt på Østmarka.»

Venn av huset som han var, lot ikke Oddvar seg be to ganger. Han ruslet inn med en liten plastpose i hånden, slengte et «hei!» til William, dumpet ned i sofaen og begynte å rulle en sigarett. William la straks merke til at han virket mer oppspilt enn normalt, som om han hadde noe spesielt på hjertet. Solveig registrerte det også.

«Mannfolkprat?» sa hun.

«Ja, på én måte,» svarte Oddvar. «Men jeg har ingenting imot at du lytter. Jo da, dette er en damehistorie som kommer til å gjøre Gøril sjalu, men den har både alvorlige og aktuelle undertoner. Tror jeg, i det minste.»

Ordene hans virket såpass mystifiserende at William lente seg litt fremover i stolen og sa: «Fortell.»

Da vennen hadde fått kaffe i koppen og fyr på røyken, gjorde han det. «Jeg burde vel ha gått til politiet først, men jeg forestiller meg at du som avismann har en viss sans for at jeg starter med deg. I forrige uke befant jeg meg på et helt og holdent bortkastet dataseminar i Oslo og avsluttet med en atskillig hyggeligere week-end hos foreldrene mine. Det som fulgte etterpå, derimot . . .» Han holdt inne et øyeblikk og trakk et dypt drag av sigaretten. «Jeg skulle ta siste fly hjem søndag kveld, og på det berømmelige toget til Gardermoen prøvde jeg å snakke med en dame som satt like i nærheten av meg . . . Nei, ærlighet varer lengst. Det var *jeg* som satte meg i nærheten av henne.»

William og Solveig utvekslet kjappe blikk. Ungkaren hadde aldri lagt skjul på sin spesielle interesse for det motsatte kjønn, en lidenskap som han selv pleide å karakterisere som «den estetiske varianten».

«Jeg kunne ha spart meg bryderiet, for hun avviste meg bestemt. Dett var dett, tenkte en alderstegen og avfeldig Oddvar Skaug fra Byåsen. Dessuten har han jo for tiden Gøril å tenke på. Men hva ser så den slitne datamannen når han endelig får tid til å kikke i dagens herværende morgenavis?»

Begge trakk på skuldrene.

«Bildet av den samme damen, stein død.»

«Mener du at . . .»

«Ja visst. Et slikt vakkert siselert ansikt går det ikke an å ta feil av. Og med en hårprakt så nattsvart at bare du kunne ha tatt opp konkurransen, Solveig.»

Uten å spørre om tillatelse strakte William ut en hånd etter Oddvars tobakkspakke, åpnet den og begynte å rulle en sigarett. «Fortsett.»

«Kanskje var jeg den siste som snakket med henne, tenkte jeg. Bortsett fra en taxisjåfør. Men viktigst er nok *grunnen* til at jeg, gamle grisen, tillot meg å gjøre et forsøk på å innynde meg hos henne . . .» Han hadde tydeligvis lagt merke til vennens utålmodige nyfikenhet, nøt den ved å ta en ny, velkalkulert pause.

«Og grunnen var?»

«Da toget nærmet seg Romeriksporten, ringte mobiltelefonen hennes, presis klokken tjueén. I løpet av no time ble den unge skjønnheten forvandlet til . . . hva skal jeg si, til et dypt fortvilet og rystet menneske. Oppløst i tårer, som det heter.»

Også Solveig hadde latt seg fascinere av damehistorien. «Du mener at hun mottok beskjed om noe skrekkelig?»

«Så utvilsomt. Det ble ikke bedre da hun hadde brutt forbindelsen. Hun virket fullstendig ute av seg, som om hun hadde fått et fryktelig sjokk. Det var da jeg syntes så synd på henne at jeg gikk bort og spurte om det var noe jeg kunne gjøre for henne. Ingenting vekker mitt sosiale instinkt sterkere enn en vakker kvinne i nød. Uheldigvis for meg virket hun ganske uimottakelig for trøst, og jeg flyttet meg beskjemmet tilbake til plassen min igjen . . .»

«Og så?» hvisket William.

«Egentlig skjedde det ikke mer før toget stanset på Gardermoen. Da hun skyndte seg ut, stadig like oppøst, merket hun ikke at boken som hun hadde lest så uanfektet i til å begynne med, lå på gulvet. Som den fødte gentleman Oddvar Skaug er, plukket han den opp og prøvde å ta henne igjen. Men fordi sjefen for Omega også er en jævla rotekopp og ikke fant billetten sin i farten, var damen forsvunnet for ham da han nådde avgangshallen.»

Ingen av de to tilhørerne avbrøt ham da han presterte enda en kunstpause. Mens han trakk et nytt drag av sigaretten, fikk William fyr på sin egen.

«Jeg ante jo ikke hvilken maskin hun skulle være med, men tør forsikre om at jeg brukte min egen ventetid til å lete etter henne. Til slutt måtte jeg løpe av sted til Braathens-flyet mitt, BU én fem seks, for å være presis. Jeg kom meg om bord i siste øyeblikk og gjennomførte turen til Værnes med hodet fullt av bekymring for den stakkars damens skjebne. Mens jeg sto ved bagasjebåndet og ventet på at den tunge kofferten min skulle komme til syne, fikk jeg til min ubeskrivelige glede øye på henne igjen, strenende direkte mot utgangen. I motsetning til meg hadde hun bare håndbagasje, skuldervesken og en flybag. Hun må ha reist på back, for jeg kan sverge på at jeg ikke så henne i kabinen. Jeg ropte etter henne – og jeg er sikker på at hun hørte stemmen min – men før jeg rakk å innhente henne, forsvant hun inn i en taxi.»

Oddvar strakte hånden ut etter kaffekoppen, som for å understreke at nå var historien slutt. Etter å ha drukket en slurk, tilføyde han, påtatt beskjedent:

«Da jeg så bildet av henne i avisen og leste hva du hadde skrevet, fikk jeg for meg at dette måtte være noe for deg.»

«Det . . . det skal da gudene vite.» Williams hode var allerede fullt av spørsmål, til tross for den fullstendig uventede, men sjeldent presise redegjørelsen. Oddvars sans for detaljer hadde utvilsomt med datajobbingen hans å gjøre.

Likevel var Solveig først ute: «Da du satt på toget, hørte du noe av det hun sa i telefonen?»

«Skulle ønske at jeg gjorde det, såpass lydløst som det forbannet kostbare fremkomstmiddelet beveger seg. Men hun snakket svært lavt. Bare ett ord tror jeg at jeg fikk med meg . . . Aslak.»

«Kan det ha vært personen som ringte?»

«Aner ikke.»

«Aslak lyder kjent for meg,» overtok William. «Av rent presseetiske grunner lot vi være å nevne navnet hans i oppslaget vårt, men min hjemmelsmann i politiet fortalte at Miriam Malmes kjæreste heter Aslak Fuglevåg. Det var han som startet det hele, ved å etterlyse henne.»

Oddvar fikk en rynke i pannen. «Besynderlig . . . Da jeg merket hvor kolossalt nedstemt hun ble av telefonsamtalen, husker jeg at jeg tenkte at hun kanskje hadde fått beskjed fra kjæresten om at han hadde slått opp, eller enda verre, at han var død. Så feil kan man altså ta.»

«Uansett skulle jeg gjerne ha visst hva den beskjeden gikk ut på.»

«Sett at det var drapsmannen som ringte,» ivret Solveig. «At han av en eller annen grunn ville sette henne i dårlig humør.»

William lot være å kommentere forslaget. Det stemte ikke med det foreløpige bildet han hadde dannet seg av en forrykt seriemorder. At en slik fyr skulle ha visst hvilket fly offeret skulle ta og dertil våget å ringe til henne for å forvisse seg om at hun var på vei hjem, var såpass usannsynlig at han valgte å se bort fra muligheten. I så fall ville vedkommende ha risikert at hun på grunn av hans oppdiktede, dårlige nyheter foretok seg ting som ville ha torpedert planen.

Selv hadde han sagt til Ivar at han ville vente med å plage Aslak Fuglevåg, men Oddvars historie fikk ham til å overveie en revurdering. Og da kameraten, som en prikk over i-en, overdrevent nonchalant trakk en bok opp av plastposen sin, skulle det ikke vare lenge før han besluttet å handle omgående.

«Her er forresten romanen hun glemte på flytoget.»

Solveig grep den straks. «Jøss, *An Equal Music* av Vikram Seth. Den har vi på norsk, William. *En slags musikk.*»

«Har vi?»

«Ja. En av de nydeligste – og tristeste – kjærlighetsromaner jeg har vært borti. Jeg leste den i julen.»

«Jeg har bare så vidt kikket i den,» sa Oddvar. «Tror den handler om to forelskede musikere som ikke får hverandre.»

«Riktig. Han spiller i en strykekvartett, mens hun er pianist. Til og med en døv sådan . . .»

William var også blitt døv, i hvert fall for den videre plapringen deres. Han var allerede på vei bort til telefonen. Han lette etter Fuglevågs navn i katalogen, men fant det ikke. Etter et øyeblikks nøling slo han i stedet opp privatnummeret til Arne Kolbjørnsen. Mens han ventet på svar, prøvde han å smile takknemlig til Oddvar, men denne lot til å være mest opptatt av å lytte til Solveigs hengivne litterære betroelser.

«Arne? William Schrøder her.»

«Kom igjen.» Politimannen mente utvilsomt det motsatte, skarpt avvisende som stemmen lød. Avisens beslutning om å gjøre publikum kjent med de to brevene hadde neppe gjort ham mer samarbeidsvillig.

«Jeg tror jeg har noe til deg. Eller rettere sagt, en venn av meg har.»

«Få høre.»

«Forutsatt at du gir meg adressen til Aslak Fuglevåg. Under pressekonferansen i går sa Storm at han bor nede på Øya.»

«Han angrer nok at han sa noe som helst.»

«Det bør ingen av dere gjøre. Så snart jeg har vekslet noen ord med Fuglevåg, skal du få adgang til informasjoner som kanskje kan bringe saken et lite skritt videre. Og så slipper du å få dem i trynet når du leser avisen i morgen.»

Bare unntaksvis pleide William å uttrykke seg såpass tydelig overfor polititjenestemenn, men denne gangen følte han at Oddvars overraskende innspill ga ham et overtak som måtte utnyttes. Det lot til at han hadde vakt Kolbjørnsens nysgjerrighet, for nå virket førstebetjenten atskillig spakere:

«All right. Han bor i Klostergata, på baksiden av de lange murhusene. Jeg husker ikke nummeret i farten, men jeg kan ringe til kammeret.»

«Takk skal du ha. Ellers noe nytt?»

«Jeg har fri i kveld.»

«Da tør jeg garantere at du om en times tid eller så vil få ganske mye å stelle med.»

Han la røret på, sjelden godt fornøyd med seg selv, og gikk bort til sofagruppen igjen for å takke vennen skikkelig for opplysningene.

Oddvar hadde ingenting imot å bli med nedover til Øya. «Hvis mitt nærvær kan bidra til enda flere sensasjoner i morgendagens avis, skal det være meg en sann glede.» De kjørte i hver sin bil, for William regnet med at etterpå, når han (eller aller helst Oddvar selv) hadde servert Kolbjørnsen de lovede varene, kunne det kanskje bli aktuelt for ham å dra oppover til Heimdal for å skrive ut stoffet. Teoretisk sett kunne han gjøre det hjemme og e-poste artikkelen til redaksjonen, men han så ikke bort fra at han ville få behov for å arbeide absolutt uforstyrret.

Underveis brukte han den nye handsfree-mobilen som det var kommet påbud om å bruke. Selv om Ivar hatet å bli forstyrret midt i Dagsrevyen, lyttet han uten å mukke til Williams forkortede utgave av Oddvar Skaugs reiseberetning. Etterpå, da han hadde erklært seg enig i fremgangsmåten overfor politiet, sa han:

«Jeg greide å liste et par småting ut av betjent Balke i ettermiddag. Når det gjelder drapet på Vibeke Ordal, har eks-mannen hennes vanntett alibi. Advokat Harald Tranøy befant seg i London på en konferanse. Med hensyn til bilulykken for åtte år siden, bekreftet Balke at Miriam Malme var blitt så kraftig forbrent at det hadde stått om livet. Årsaken til at ansiktet hennes ikke ble skadd, var at hun allerede hadde fått hodet, og delvis armene, ut gjennom den knuste bakruten da bilen tok fyr. Det var takket være den åpningen at hun etter hvert greide å komme seg fri og rulle seg rundt i en snøfonn. Han tilføyde at da politilegen knappet opp blusen hennes i går, var overkroppen et skrekkelig syn.»

«Sa Balke virkelig det?»

«Ja.»

«Fy faen.»

«I tillegg røpet han at flybagen hennes blant annet inneholdt en bærbar PC, og at utskriften av den eneste disketten dreide seg om et romanmanuskript.»

«Gidder du å skrive en liten notis om dette?»

«Ja, bevares.»

«Han nevnte ingenting om en eventuell forbindelse med Lade-saken?»

«Nei. Det later til at purken også internt foretrekker å se bort fra den muligheten. Ren bløff, selvsagt.»

De fant frem til den oppgitte adressen uten større problemer. Fuglevåg bodde i tredje etasje i en eldre, renovert leiegård ved elvepromenaden, omtrent midtveis mellom Gangbrua og Elgeseter bru. Fasaden lå vendt mot nordøst, men til gjengjeld bød den på fin utsikt oppover og nedover elven, med Kristiansten i bakgrunnen, bestrålt av et hvitgrønt lys som fikk William til å tenke på festningen som en avskyelig isterning. Da han forleden spaserte her sammen med Solveig, hadde hun fortalt at vegg i vegg med huset som han og Oddvar nå sto utenfor, hadde Agnar Mykle tilbragt sine barndomsår i Elvegården, en rød trebygning som var blitt revet for minst tredve år siden. Visste litteraturstipendiaten det?

Det falt seg slik at han glemte å spørre. Da døren ble åpnet for dem, husket han derimot straks Ivars ord om at ifølge Kolbjørnsen minnet Fuglevåg lite om en kvinnebedårer. Selv om William tok i betraktning at sorg kan redusere et friskt menneske til en stakkarslig skapning, var det i tillegg noe inngrodd alderdommelig – eller gammelmodig – ved mannen som fikk ham til å tenke på høstlig aspeløv. En tusseladd, ville Solveig ha sagt i et ekstra ondskapsfullt øyeblikk. Kanskje ville det hjelpe med et par manualer og litt frisk luft. Eller en mer moderne tweedjakke, og sandaler i stedet for tøfler.

«Ja?» Øynene hans flakket.

«Fuglevåg?»

«Ehm . . . ja.»

«Mitt navn er William Schrøder, og dette er Oddvar Skaug.»

«Ja vel. Fra politiet, formoder jeg?»

«Nei, jeg arbeider i Adresseavisen, og Oddvar er dataspesialist.»

Hvis de hadde fryktet at Fuglevåg ville avkreve dem tusen gode begrunnelser for forstyrrelsen eller i verste fall smelle døren rett i fjeset deres, tok de feil. Snarere virket det som om han var glad for å få besøk, som om de fremmede mennene kanskje kunne bringe ham ut av den nedtyngede forfatningen. Et svakt, forvirret smil – og så slapp han dem innenfor. Og han begynte å snakke nesten før de rakk å ta plass i det golde oppholdsrommet, nervøst og ustoppelig:

«Ja, dere må unnskylde at det virker litt spartansk her. Men leiligheten er bare et krypinn for et år eller to. Jeg oppholder meg i Trondheim utelukkende for å ta doktorgraden. Emnet er metaforer, eller rettere sagt nittiårenes forfatteres valg av sådanne. De *siste* nittiårene, altså. Ikke Bjørnsons eller Ibsens. Normalt er jeg ansatt som norsklektor i Larvik. Ja, jeg er faktisk født like i nærheten av det berømte Farrisvannet. Skal hilse og si at det å drikke Farris er kommet på moten i de siste årene! Dere må bare røyke hvis dere vil. Jeg kan hente et askebeger. Litt kaffe, kanskje?»

Oddvar svarte nei takk på vegne av begge; de hadde nettopp drukket kaffe, men et askebeger ville være flott. Gjestene satte seg ved siden av hverandre i en gammel treseter trukket med liksomlær, og Fuglevåg tok til takke med en krakk. Mellom dem, på bordet, lå dagens aviser – Dagbladet, VG, Aftenposten og Adresseavisen – samtlige bladd opp på sidene med Hommelvik-drapet.

«Ja, de snakket nettopp om henne på Dagsrevyen også,» sa verten forklarende.

«Jeg beklager å måtte bry deg så nært innpå det inntrufne,» begynte William stivt, for til tross for mannens imøtekommenhet, følte han nok en gang det velkjente ubehaget ved å måtte besvære pårørende. «Men du skal vite at Oddvar tilfeldigvis traff venninnen din på flytoget søndag kveld.»

«Miriam?»

«Ja. Det er vel best at han forteller det selv.»

Oddvar satte i gang uten å nøle, og så vidt William kunne bedømme, forekom det ikke et eneste avvik fra den første versjonen. Fuglevåg lyttet like oppmerksomt som et skolelys, noe han opplagt også hadde vært som yngre. Og til slutt, da Oddvar erklærte seg ferdig, rakte han korrekt en hånd i været:

«Ehm . . . du hørte at hun sa navnet mitt?»

«Bare én gang, og da fikk jeg en følelse av at det var deg samtalen dreide seg om.»

«Det var i hvert fall ikke jeg som ringte. Sist jeg snakket med henne i telefonen var fredag for nøyaktig en uke siden . . . Sist, ja . . .» Plutselig tidde han og sukket, som om han ble seg bevisst at det aldri mer ville bli aktuelt å ringe til henne.

Men Oddvar tok ingen smålige hensyn. «Hva vi gjerne skulle vite,» fortsatte han, «var om du har noen idé om hvem som kan ha ringt til venninnen din, som fikk henne til å begynne å gråte. For å si det mildt.»

Det visste ikke Fuglevåg. Sa at han ikke hadde den fjerneste anelse om hvem som så ubegripelig *perfid* kunne ha bragt henne i en slik tilstand. Hun kjente ikke mange mennesker, tilbaketrukket som hun levde, men de få han visste om, beundret Miriam. Det kunne han garantere.

«Med alle forbehold om at jeg har tolket både samtalen og reaksjonen hennes riktig,» tilføyde Oddvar.

Fuglevåg trakk samme slutning som Solveig hadde gjort tidligere. «Rent logisk må det ha vært drapsmannen,» sa han lavt.

«Men hvordan kunne han vite at hun var på vei hjemover, og hvorfor være så evneveik å skremme henne på forhånd?»

Nettopp, tenkte William. Evneveik var er godt ord. En seriemorder kunne sikkert være det innen bestemte områder, men neppe når det gjaldt å tape målet sitt av syne. Høyt sa han:

«Visste *du* at hun skulle komme hjem med det siste kveldsflyet søndag?»

«Ja. Derfor ringte jeg til Hommelvik dagen etter. Vi hadde jo ikke sett hverandre på over to uker. Hun svarte ikke, verken på den vanlige telefonen eller mobilen.»

«Likevel lot du det gå enda tre dager før du kontaktet politiet?»

«Ehm . . . ja.» Fuglevågs blikk vek. «Jeg tenkte at Miriam kunne jo ha sine grunner. Etter den hektiske innspurten trengte hun kanskje tid til å lese gjennom alt hun hadde skrevet. Eller . . .»

«Ja?»

«Like før hun reiste sørover, besøkte hun meg her. Vi ble ganske, hva skal jeg si . . . intime, og nokså uventet dyttet hun meg vekk da jeg forsøkte å . . .»

«Det var kanskje derfor hun dro sin vei?» sa Oddvar brutalt.

«Til å begynne med så jeg ikke bort fra det. Da jeg ringte til henne senere, til sommerhuset, var det lite som tydet på at hun . . . vel, at hun hadde gått lei av meg. Men jeg kan jo ha misforstått situasjonen. Jeg sendte i hvert fall en bok i posten, en som kunne fortelle hvor høyt jeg elsket henne . . .»

Nå hadde den spinkle mannen fått tårer i øynene. Oddvar stakk en hånd ned i den medbragte plastposen og rakte ham eksemplaret av Vikram Seths roman:

«Denne?»

«Å . . . ja! Var det den hun la igjen på toget?» Fuglevåg tolket åpenbart ikke forglemmelsen hennes som et tegn på at hun hadde vært i ferd med å kutte ut ham også; han formelig kjærtegnet boken, som om han hadde fått et dyrebart minne mellom hendene. «Jeg skrev en dedikasjon på en lapp som jeg heftet til omslaget.»

«Den må hun ha fjernet.» Oddvar viste ingen nåde.

Men heller ikke den bemerkningen lot til å redusere mannens tiltro til at hun hadde elsket ham. «Jeg håper at hun kysset den og tok vare på den.»

Da sukket Oddvar nesten uhørlig, mens William forsøkte å være mer forsonlig: «Hvor lenge har du egentlig kjent Miriam?»

«I to og en halv måned. Vi fant hverandre gjennom . . . litteraturen. Selv er jeg, ehm . . . ikke stort å se på, men vi møttes på et annet plan . . . om jeg kan si det slik.»

«Fortalte hun deg om bilulykken som foreldrene omkom i?»

«Ja. Hun sa at det var hun som forårsaket den, klandret seg selv fordi hun hadde distrahert faren i en sving. Heldigvis berget hun livet.»

«Men kroppen hennes ble sterkt forbrent . . .»

«Det . . . visste jeg ikke.»

Smittet av vennens mer ubarmhjertige tone, sa William: «Kan det tenkes at hun var *så* forbrent, *så* vansiret, at dét var grunnen til at hun ikke ønsket den intimiteten du nevnte?»

Da rykket Aslak Fuglevåg til og betraktet ham forskrekket. Deretter reiste han seg og subbet bort til vinduet, hvor han ble stående i noen sekunder og stirre ned mot det mørke elvevannet før han snudde seg mot dem igjen. En dyp rynke var kommet til syne i den glatte pannen, og han klødde seg i det bleke håret. I den andre hånden holdt han fremdeles boken:

«Når du nevner det, var hun faktisk svært så tilbakeholden på det området. Ja, jeg sikter ikke bare til, hm . . . sex. Hun brukte alltid side skjørt eller buksedrakt, og fortrinnsvis gensere og bluser som hadde lange ermer. Samt høye halskraver, aldri utringet . . . Men hvordan hun enn må ha sett ut under klærne, ville det aldri ha spilt noen rolle for meg!»

William prøvde å forestille seg hvordan det hadde vært for en ung kvinne å leve med et ansikt som virket som en magnet på menn, og med en kropp som kanskje hadde fortonet seg så frastøtende – i hvert fall for henne selv – at hun nektet å slippe beilerne til. Han greide det ikke. En slik kvinne kunne elske bare i stummende mørke, med mindre huden var så arret at partneren likevel ville merke det.

«Nummeret til mobiltelefonen hennes står ikke i katalogen,» sa han, mest for å pense samtalen inn i et annet spor. «Kan også det ha sammenheng med behovet hennes for et anonymt liv?»

«Nei, det skyldes nok at abonnementet er nytt. Apparatet var en julegave fra meg.» Fuglevåg virket lettet, som om også han foretrakk å snakke om noe annet.

«Likevel visste vedkommende som ringte hvordan han skulle få tak i henne.»

«Politimannen som jeg henvendte meg til i går, Arne Kolbjørnsen, var på gjenvisitt her i formiddag. Han nevnte ikke noe om telefonsamtalen.»

«Ganske enkelt fordi han ikke har hørt om den. Hva ville han?»

«Han spurte om alt mulig rart. Om jeg hadde kjent Vibeke Ordal. Naturligvis gjorde jeg ikke det. Og om jeg hadde truffet sønnen hennes ved instituttet på Dragvoll. Bom der også. Hvorfor skulle jeg omgås studenter? De kan jo ikke bidra med noe fornuftig til doktoravhandlingen min. Kolbjørnsen var til og med så frekk å antyde at jeg hadde et motiv for å ta livet av Miriam.»

«Hva skulle det være?»

«Forsmådd kjærlighet. Sånt er jo rent tulliball!»

Han dumpet ned på krakken igjen, la motvillig fra seg *An Equal Music* og førte et lommetørkle opp til øynene. Likevel var han blitt mer selvsikker etter hvert, mindre hjelpeløst underdanig. Oddvar sikret seg boken, og William sa:

«Som journalist i krimbransjen har også jeg gjort meg noen tanker omkring et eventuelt motiv. Vet du om Miriam oppbevarte verdier i huset? Penger? Smykker? Kunst?»

«Jeg har aldri vært hjemme hos henne, men kan vanskelig tenke meg det. Hun var ikke akkurat noe formuende menneske.»

«Da tror jeg vi trekker oss tilbake. Tusen takk for all imøtekommenheten din. Dessverre må du nok belage deg på enda et besøk av politiet. Når Kolbjørnsen får høre hva som skjedde under hjemturen hennes, vil han sikkert stille deg flere spørsmål . . .»

«Romanen, naturligvis!»

«Unnskyld, hva med den?»

«Du spurte om hun oppbevarte noen verdier. Sett at formålet var å stjele fra henne det ferdige manuskriptet, som hun helt sikkert hadde med seg hjem på PC-en!»

William tenkte at det kunne sies mye fordelaktig om Aslak Fuglevågs vurderinger, men den voldsomme oppskattingen hans av en hittil upublisert roman avslørte manglende virkelighetssans. Særlig stilt overfor en seriemorders elementære lyster og beveggrunner.

En blåsende kveld

i den nest siste uken av februar sto hun enda en gang alene ved vinduet og betraktet skråningen under seg, lysene fra alle husene som brått opphørte ved fjordkanten. Kanskje burde hun sette hardt mot hardt og forlange et svar. Mest for hans del, bare et stykke på vei for sin egen. For igjen hadde hun begynt å frykte at et sammenbrudd nærmet seg. Svært lenge – faktisk i årevis – hadde han vært fri for de fleste symptomene. Han hadde oppført seg nesten som i gamle dager, lik en tidligere kreftsyk pasient som langsomt var blitt restituert og som dermed gjenvant storparten av sin opprinnelige manndomskraft.

Men det siste halve året hadde symptomene begynt å melde seg igjen. Hun kjente dem igjen – det fjerne blikket, de plutselige digresjonene, de små skjelvetoktene, de halvt påbegynte setningene som han avfeide når hun prøvde å uteske ham om fortsettelsen, den underbevisste dragningen hans mot et skjult midtpunkt som han sannsynligvis avskydde, men som sinnelaget hans ikke greide å styre unna. Fordi denne kjernen også inneholdt fred, dørgende stillhet, lik øyet i syklonen?

Det fjerne blikket.

Legen hans hadde kalt det *tusenmeterblikket*, når øynene stirret igjennom alt og forbi alle andre, festet mot et fjernt punkt som var umulig å konkretisere. Tusenmeterblikket fikk soldater når de hadde likvidert så mange fiender og tapt så mye av sin selvrespekt at de kapslet inn følelsene sine. Da beveget tankene deres seg hinsides vanlig fornuft og gjorde dem til innesluttede roboter.

Det ene forsøket hans på offentliggjøring av de ytre omstendighetene – noe som skjedde for mange år siden, delvis tilskyndet av legen – hadde gitt gode resultater, men bare til å begynne med. Den påfølgende nedturen fikk ham til å hegne enda sterkere om det forbudte rommet. Hvorfor da alle disse formålsløse antydningene?

Helt *umulig* var det ikke at han en vakker dag ville åpne seg fullstendig, men legen hadde vært sterkt i tvil. Hun burde heller konsentrere seg om nuet. Hvis de ellers hadde det bra sammen, hvorfor måtte hun absolutt pirke i et sår som ikke lot seg helbrede? Burde hun ikke heller være fornøyd, alt tatt i betraktning, med å være gift med en skadeskutt sjel som greide å passe den reduserte jobben sin på høvleriet og som fremdeles mer enn tilfredsstilte henne i sengen? Lenge hadde hun slått seg til ro med legens uttalelse; det siste hun ønsket var å ødelegge forholdet mellom dem. Men det plaget henne at hun av og til våknet midt på natten fordi han gråt – i søvne. Eller hun merket at han ikke lå ved siden av henne lenger. Da fant hun ham på badet, fiklende med tablettglasset som han prøvde å unngå, eller han satt på kjøkkenet og stirret stumt på hendene sine, som om de bestemte over liv og død. Og nå var han ute igjen, i mørket. Hva var det han gikk rundt og tenkte på?

Liv og død.

Vanligvis opptrådte han ganske sindig og uberørt når nyheter om vold og faenskap strømmet til dem via parabolen, som om sånt ikke angikk dem (bare én gang hadde hun sett ham gråte av raseri, da en spesielt gruoppvekkende episode fra Kosovo hadde rullet over skjermen). Men da de for noen dager siden fikk høre om den unge kvinnen som politiet hadde funnet med overskåret strupe, hadde han begynt å vandre hvileløst rundt, som om han skulle ha mistet sin egen datter.

Selv hadde de ingen barn, rett og slett fordi hun var ufruktbar. For tolv år siden hadde de snakket om å adoptere; det fantes nok av foreldreløse barn rundt omkring i verden. Men de var blitt enige om å la være. Han, med sine psykiske problemer, ville kanskje ikke orke en skrålende unge i huset. Ikke ville det være bra for barnet heller, med en ustadig far som så syner. Og nå var det blitt for sent.

Hva var det ved den døde kvinnen som hadde gjort ham så

ute av seg? Kunne forklaringen være den enkle at drapet hadde inntruffet så påtrengende nær at han følte at det berørte ham direkte? Fordi huset hennes befant seg bare noen steinkast fra deres eget?

«Kjente du henne?»

«Nei.»

«Æresord?»

«Ja.»

«Men du visste hvem hun var?»

«Vel . . . jeg så henne på butikken et par ganger.»

Det hadde hun gjort selv også, til og med vekslet noen ord med henne. Damen i kassen hadde fortalt at den utrolig vevre og vakre skapningen med det svarte håret skrev romaner som kritikerne roste. Men hun deltok aldri i tettstedets tilstelninger eller arrangementer, og få eller ingen ante særlig mer om henne enn at hun var en skjønnhet som kunne ha gått til filmen.

Selv visste hun bestemt at han hadde vært ute den søndagskvelden for ti dager siden, da politiet mente at kvinnen var blitt drept. Han hadde ikke kommet hjem før nærmere midnatt, fåmælt og lukket.

«Hvor har du vært?»

«Ruslet litt rundt.»

«I mørket?»

«Ja. I mørket får jeg fred med meg selv.»

Først da en lensmannsbetjent fra Malvik kom innom forleden og spurte rutinemessig om noen av dem hadde lagt merke til noe spesielt i området angjeldende kveld og natt, husket hun fraværet hans, men ingen av dem nevnte det, og betjenten hadde gått med uforrettet sak.

Ute på sjøen, langt unna, stampet en lastebåt med tente lanterner, lik et romskip ute av drift. Bilen sto parkert utenfor garasjen; hun kunne skimte den i lyset fra lampen på hushjørnet. Hvor befant *han* seg – på skitur i skogen? Eller var han nede hos Bjålands? Eller hos en eller annen drikkfeldig kamerat som orket å lytte til hans skravl om krigshelvetet? Når snakket han sant, og når tok eventyret overhånd? For det hersket ingen tvil om at han var i besittelse av en utrolig fantasi. Til tross for store skriveproblemer kunne han fortelle så levende og billed-skapende at han burde ha vært forfatter (noe han indirekte også hadde). Sånn sett skulle de ha hatt avkom. Minst ett lite barn som satt på kneet hans og lyttet med vidåpne ører og øyne. Selv leste han aldri en bok, og avisene bladde han mest i. Men TV, det likte han. Særlig action og tegnefilmer, i timevis. Var det skjermen som hadde gitt ham ideene, de utallige kana-lene borte i USA som visstnok skapte en avhengighet som også begynte å gjøre seg gjeldende her hjemme?

Hun sukket, trakk seg vekk fra vinduet og gikk inn på sove-værelset. Satte tabureten foran garderobeskapet og flyttet nok en gang pappesken ned på sengen. De lå der alle sammen, tin-gene fra fortiden. Dimisjonspapirene – med ære – og de to metallskiltene med navnet og nummeret hans. Avisbildene fra den grønne jungelen. Hun åpnet skrinet også, kikket på salat-stripene som hadde prydet uniformsjakken hans, løftet opp medaljene etter tur. Gjenkjente de fleste – Purple Heart, Silver Cross med ekeløv og skarpskytteremblemet i gull. Utmerkel-ser som røpet mot og innsats, men som fremfor alt vitnet om at han hadde *drept*.

Først da hun grøssende lukket skrinet og skulle legge alt på plass i esken, gikk det opp for henne at noe manglet. Hva hun hadde ønsket, var å forsikre seg om at alt var i orden. Men det var det ikke. Kniven med det olivengrønne skaftet lå der ikke lenger.

Søndag 27. februar

la William ut på en liten skitur igjen. Solveig hadde skolearbeid å ta seg av, og etterpå skulle hun av gårde til et improvisert lærermøte hvor temaet var nye aksjoner for å kreve mer rettferdighet for en sliten og undervurdert yrkesgruppe. Etter Williams mening dreide det seg om nok en sammenkomst der de impliserte drev og hisset opp hverandre i bestrebelsene på å karre til seg høyere lønn. Solveig hevdet at det var det lett for ham å si, som nøt en atskillig bedre betalt jobb i avisen. Da hadde han påpekt at foruten lærere og sykepleiere fantes det mange andre grupper med tilsvarende lang utdanning som også fortjente mer, for eksempel bibliotekarer (Ivars kone var det), men fordi de var få og ikke skrek like høyt, ville de komme fullstendig i bakleksa hvis lærerne fikk det som de ville. Var det rettferdighet? Hvorfor innbilte kateterfolket seg at de var de eneste som kunne bli slitne på jobben?

Det hadde nesten utartet til en skikkelig krangel da Heidi våknet og roet gemyttene. For en gangs skyld støttet hun faren. Lærere var noe herk, for selv var hun blitt tvunget til å skrive ferdig en skolestil til mandag.

Etter en kort periode med snøfall hadde temperaturen krøpet over null igjen. Himmelen var like lodden som forrige gang han befant seg i marka, men han følte et tvingende behov for å renske opp i systemet, å bli kvitt tankegodset som han hadde kjørt seg fast i. Men selv den opphissede diskusjonen om lønninger hadde ikke klart å rive ham ut av funderingene omkring de to drapene.

Kvelden før hadde han avsluttet sitt private studium av *The New Encyclopedia of Serial Killers*. At lesningen varte en hel uke, skyldtes ikke bare mange andre gjøremål, men også uviljen mot å ta innover seg alt i ett strekk. For det hadde kjentes som å reise gjennom et skrekklandskap, hvor det ikke fantes grenser for innbyggernes makabre drifter. Det enkleste ville være å avfeie tilfellene som mennesker med minst tre skruer løs, å fastslå at de var utskudd på en plantasje som verken Gud eller naturen kunne rå med, mutanter som var så perverse og spesielle at de aldri ville komme i flertall og overta styringen. Dette fordi de som regel gikk til grunne i en sivilisasjon hvor respekten for biologisk nedfelte moralske normer før eller senere sørget for at avvikerne måtte gi tapt i den ulike kampen.

Heldigvis.

Men de ville aldri forsvinne helt fra jordens overflate. Der noen gikk til grunne eller forsvant, dukket det stadig opp nye. Sannsynligvis lot det seg ikke gjøre å utrydde arten. Hvorfor? Fordi det intrikate samfunnet de vokste opp i – for dem et fiendtlig sådant – sørget for å legge forholdene til rette for de abnorme lystene. Spiren var lagt allerede i genene, men det var ofte miljøene og situasjonene de havnet i, som utløste og styrket de mørke tilbøyelighetene.

Det fantes til og med et mønster i galskapen, selv om en aldri kunne se utenpå dem hva slags stoff de var laget av eller hva som drev dem til å drepe. Jack Unterweger, for eksempel, østerrikeren med en tilfeldig amerikansk soldat som far, jaktet bare på kvinnelige prostituerte. I barndommen ble han forlatt av foreldrene og tilbragte oppveksten hos forskjellige slektninger i Wien, og allerede som tenåring ble han involvert i småforbrytelser. Han ga moren skylden da han i 1976, tjuefire år gammel, fikk livsvarig fengsel for å ha torturert en pike på atten, for deretter å kvele henne med behåen hennes. Grunngivelsen hans var at offeret hadde vært en hore (hvilket ikke stemte). Bak murene oppdaget Unterweger litteraturen, og i årene som fulgte skrev han flere dikt, en roman og en selvbiografi, og han redigerte et magasin for de innsatte. Han ble snart så høyt aktet blant wienske intellektuelle at han fikk permisjon for å delta i litterære evenementer. I 1990 ble han betraktet som *omvendt* – en person som aldri mer ville drepe – og ble løslatt på prøve.

Slik kunne det ha fortsatt, med voksende boklig stjernestatus. Problemet var bare at han fremdeles likte å ta livet av folk, og det var først nå at han begynte å opparbeide seg et velbegrunnet rykte som seriemorder. I løpet av det kommende året ble sju østerrikske kvinner funnet døde uten at Jack Unterweger kom i søkelyset. Først etter en kulturvisitt til USA, som falt sammen med at tre kvinnelige prostituerte ble brutalt myrdet i Los Angeles, fikk politiet bestemte mistanker. På hjemturen holdt han foredrag i Praha, og der møtte en løsaktig tsjekkisk kvinne døden. Detektiver ventet på ham i Wien, men han unnslapp og reiste verden rundt før han til slutt ble arrestert i Florida. Selv om bevisene var få og han hadde vært flink til ikke å etterlate seg spor, ble han våren 1994 anklaget (og dømt) for elleve drap. Få timer senere hengte han seg i cellen. Målet hans hadde alltid vært horer, og mønsteret: plukke dem opp i rødlys-distriktene, frakte dem til nærmeste øde skogstrekning hvor de ble tatt av dage og etterlatt, kvalt av sitt eget undertøy.

Selv om pervertert sex var en hyppig gjenganger, forekom det utallige varianter med hensyn til ofre (hadde William lest), men de fleste gjerningsmennene fulgte et slags skjema, et utvalgsprinsipp som skapte en smule logikk i galskapen.

Til forskjell fra massemordere, som fortrinnsvis tok livet av mange mennesker ved én og samme anledning, drepte seriemordere vanligvis bare én person i gangen, og tiden mellom hvert drap kunne variere fra få dager til flere måneder, ja år, men ofte med økende hyppighet. Dette hang sammen med deres ulike behov for å opprettholde den sivile fasaden som vel ansett yrkesutøver eller snill familiefar. Det fantes også mange kvinnelige seriemordere, samt et forbausende stort antall par, mann og kvinne med innbyrdes seksuell avhengighet. Til og med *grupper* forekom; den karismatiske Charles Manson hadde ledet en hel «familie» som utførte en rekke bisarre mord.

Som regel var det ingen eller svært liten forbindelse mellom seriemorderne og ofrene deres, og bare unntaksvis var de i slekt. Når det gjaldt motiv og drapsmetoder, virket disse sjel-

den rasjonelle. I all hovedsak var forklaringen av såkalt psyko-
genisk natur – mennesker som ikke greide å løse problemene
sine, mennesker som ikke maktet å skille riktig fra galt. Et
gjennomgående trekk var også fenomenet *overkill*, forekom-
sten av overflødig brutalitet, sett med normale øyne. For stor-
parten av seriemorderne syntes nemlig drapet i seg selv å være
tilstrekkelig motivasjon, ofte knyttet til ønsket om å dominere.
I mange tilfeller ble ofrene torturert på forhånd, gjerne over
flere dager, en drapsakt som forlenget utøvernes tilfredsstil-
lelse. Det eneste nye, historisk sett, var at dagens seriemordere
takket være bilen hadde fått større mulighet til å forflytte seg
hurtig, slik at de kunne befinne seg langt unna åstedet når offe-
ret ble funnet.

Mest interessant hadde det etter Williams mening vært å lese
om hva slags *typer* de kunne karakteriseres som, hvilke sjeleli-
ge faktorer som gjorde det mulig å klassifisere dem. Det fantes
fire slike.

Først de *visjonære*. De var psykotiske personer som handlet
på grunnlag av innbilte stemmer og alter egoer, de mottok «in-
struksjoner» som skulle legitimere og forsvare ugjerningene.
Herbert Mullin, for eksempel, forfektet under rettssaken i 1973
at han hadde mottatt telepatiske beskjeder om at ved å utgyte
blod ville han hindre at California snart gikk til grunne i en
jordskjelvkatastrofe. Han ble dømt for å ha ekspedert ti perso-
ner hinsides, og Californias overflate var stadig like hel.

Dernest *misjonærene*, «rydd-opp»-morderne som tok på
alvor et selvpålagt ansvar for at folks livskvalitet ikke ble sje-
nert av uønskede elementer. En av dem var *The Yorkshire Rip-
per*, Peter Sutcliffe, som hadde besluttet å renske gatene i
Bradford for prostituerte.

Den tredje typen var *hedonistene*, som igjen kunne inndeles i
lystmordere, spenningsmordere og vinningsmordere. Av disse
utgjorde lystmorderne den suverent største gruppen, og det fo-
rekom fire faser i handlingsmønsteret deres – fantasien, jakten,
drapet og etter-drapet-opplevelsen. Selve drapet skapte den
høyeste ekstasen, men en mann som Jerry Brudos måtte også
ha hatt en viss glede av å nyte det i etterkant. Han oppbe-

varte foten til et av ofrene sine i dypfryseren, tok den frem av og til og prøvde sin samling av damesko med stilettehæler på den. Som regel opplevde seriemorderne tiden etter drapet som tom og deprimerende, noe som hurtig foranlediget jakten på et nytt bytte. Det virket som om noen av morderne selv var klar over denne trangen. William Heirens skriblet ned følgende på et av ofrenes vegg: *Jeg har ikke kontroll over meg selv. Grip meg, for himmelens skyld, før jeg dreper flere!*

Den siste typen var *maktsøkerne*, personer med lav selvaktelse. De ble ofte drevet av trangen til å skaffe seg kontroll over ikke bare medmennesker, men også deres liv og død.

Da William la boken vekk, syntes han at han hadde fått bekreftet noen myter, mens andre var blitt ryddet unna. En økende følelse av frustrasjon hadde fått ham fra å lese alle levnetsbeskrivelsene like nøye. Flere av morderne var avbildet, og hvis portrettene snakket sant, mente han å ha oppdaget ett fellestrekk i tillegg til dem teksten hadde gitt ham. Vel var fotografiene for det meste blitt tatt etter at «karrieren» var over, da alt håp var ute for dem, men ikke desto mindre syntes han at det fantes noe grunnleggende likt ved blikkene deres, nemlig *tomheten* i dem. Som om øynene ikke tilhørte kroppen lenger, som om de stirret på eller fornemmet noe som i seg selv ikke var betydningsfullt, men som likevel opptok dem mer enn de nære, hverdagslige lokalitetene rundt dem.

Han huket seg sammen i en nedoverbakke, lot skiene gli og prøvde å riste av seg tankene. Men straks han begynte å stake igjen, vendte de tilbake.

Hadde ikke også Aslak Fuglevåg hatt dette besynderlige blikket? Var han en ny Jack Unterweger, en schizofren fyr som delte oppmerksomheten sin mellom litteratur og død, to vidt forskjellige tema som i dette tilfellet hadde en absurd sammenheng? Den påfallende uroen hans, den hektiske oppførselen, kunne ha med skyldfølelse å gjøre. Var det ikke overveiende sannsynlig at mannen som hadde utstyrt Miriam Malme med mobiltelefon, også var den som hadde ringt til henne på toget?

Oddvar hadde hørt henne si fornavnet hans på en måte som fikk ham til å oppfatte Aslak som en person hun snakket *om*.

Sett at Oddvar hadde misforstått, at Fuglevåg hadde fordreid stemmen sin. Sett at han på en eller annen måte hadde oppnådd å skremme henne, en form for forhåndstortur som kulminerte i selve drapet, fordi hun hadde nektet å ligge med ham. Men hva hadde han sagt som kunne ha gjort henne så nedtrykt?

William prøvde å innse at de private funderingene hans ikke ville løse gåten. Skjønt han fant både rasjonelle og irrasjonelle grunner til at en stipendiat fra Larvik kunne ha tatt livet av kjæresten sin, var det en ganske annen skål å pønske ut noe fornuftig som indikerte at han også sto bak drapet på Vibeke Ordal.

I det hele tatt, den nye saken sto like mye i stampe som den første. Men begge hadde vakt ekstra stor sensasjon da de to brevene ble offentliggjort, og tabloidpressen i Oslo prøvde å følge opp. Historien om telefonsamtalen på flytoget hadde Adresseavisen av naturlige grunner også vært først ute med, og et par dager senere ble det kjent at Telenor hadde sporet opp stedet hvor det ble ringt fra til å være en telefonkiosk i Trondheim sentrum. Ellers hadde politiet få og sparsomme opplysninger å bidra med. Kriminalsjefen uttalte at lite eller ingenting lot til å være stjålet fra Malmes bolig, bortsett fra at skuldervesken hennes manglet noe så vanlig som pung og penger, og at mobiltelefonen var forsvunnet. At det ei heller fantes interessante fingeravtrykk på trusselbrev nummer to, kom ikke akkurat som noen overraskelse på de fleste. Selv om ikke samtlige innbyggere i Trondheim og i Malvik hadde begynt å bolte dørene sine, hersket det ingen tvil om hva som var blitt landets viktigste samtaleemne da Ivar og han hadde lansert uttrykket *seriemorder* tidligere i uken.

Sikkert var det imidlertid at avdøde Miriam Malme allerede lå i startgropen til å bli kultforfatter. Trykkeriet jobbet for fullt med å produsere nye opplag av de to bøkene hennes, og til og med *En slags musikk*, den norske oversettelsen av Vikram Seths roman, fikk plutselig nye ben å gå på. Et nysgjerrig litterært publikum ventet spent på Malmes absolutt siste og etterlatte verk, som forlaget antydet kanskje ville foreligge før sommeren kom.

129

Som vanlig hadde William vært innom Grønlia og drukket kaffe, denne gangen uten å treffe folk som stilte spørsmål om hva han syntes om de uvant blodige tilstandene i fylket; giftmorderen var knapt blitt dømt til tjueén års fengsel før det braket løs igjen, enda sterkere. Alene i terrenget, med tradisjonelle og jevne diagonaltak rundt Skjelbreia, merket han at han ennå ikke hadde greid å kvitte seg med problemstillingen. Det mest irriterende var den klassiske følelsen av at han hadde gått glipp av noe vesentlig, at han hadde oversett – eller rettere sagt overhørt – ytringer som var blitt uttalt i de siste ukene som han ikke hadde tillagt nok oppmerksomhet. Én bemerkning her og én bemerkning der. Stjernedetektivene i krimbøkene pleide før eller senere å finne de løse trådene og knytte dem sammen, mens han ikke engang husket hvem som hadde sagt hva. Det kunne like gjerne ha vært Solveig og Heidi som Ivar og Oddvar. Eller en tilfeldig replikk fra mer utenforstående personer, så som student Gorm Ordal eller overlege Jomar Bengtsen på Østmarka. Hva pokker hadde gått ham hus forbi, men som han likevel ante kunne være en nøkkel til forståelse?

Like under huden, et eller annet sted i bakhodet, lå den og gnuret og murret, den uklare erkjennelsen av at han selv visste noe som kunne være av avgjørende betydning. Glemt var alle hans tanker om hverdagsvolden.

«Hei sann, William!»

Heller ikke da han bare så vidt unngikk å kollidere med Arne Kolbjørnsen i en kneik, inntrådte den store forløsningen. Også førstebetjenten var alene, og den kraftige skikkelsen på smekre langrennsski var iført en fartstrikot med såpass spesiell rødfarge at den nesten sto til håret hans. Men bare nesten. Hvis mannen prøvde å unngå oppmerksomhet, ville grønt ha vært stiligere, tenkte William. Dog gledet det ham oppriktig at han gjorde mine til å slå av en prat, at de fremdeles var på parti. Dersom han ønsket å snakke om alt annet enn etterforskningen, var det greit. Også en journalist kunne holde hviledagen hellig.

Men Kolbjørnsen hadde ikke tatt helg. Faktisk virket det som om han likte å treffe en person som han kunne utveksle synspunkter med, og dette fylte William med gutteaktig stolthet. Av til dels forståelige årsaker ble han i denne saken ikke betraktet som en snushane, men som en likeverdig.

«Jeg hadde tenkt å ringe og spørre deg om et par ting i morgen,» begynte politimannen så snart begge hadde trukket litt til side i løypa, «men jeg kan jo like godt gjøre det nå, hvis du ikke har noe imot det.»

«Spytt ut. For meg er dette riktig tid og sted.» William benyttet anledningen til å pusse brillene; kanskje kunne det være nyttig å studere minespillet i Kolbjørnsens ansikt.

«For det første, kan du gi meg din ærlige og oppriktige mening om Aslak Fuglevåg?»

«Det kan jeg saktens, men etter bare ett møte blir den nok farlig subjektiv.»

«Kom igjen.»

«Han er en høyst sammensatt person, dypt forelsket i Miriam Malme, tilsynelatende underdanig og nervøs, med stor tillit til sin egen viten om faget han forsker i . . .»

«Gløgg?»

«Så absolutt.»

«Det er mitt inntrykk også. Troendes til å fly rundt med kniv og avlive kvinner som han misliker?»

«Nei. Ærlig talt tviler jeg på det.»

«Samme her. Kubben er av en annen mening. Han sier at hvem som helst, selv en spjæling, med største letthet kan bruke en kniv på den måten, bare den er skikkelig skjerpet og slipt. Prinsipielt er jeg enig, men . . .»

William satte på seg brillene igjen og utnyttet pausen kjapt: «Vet dere sikkert at det samme redskapet ble benyttet begge gangene?»

«Nei. Bra du sier redskap. Dolk, ljå, machete, bajonett, skalpell . . . you name it. Ikke et beskjedent barberblad, hevder ekspertene. Snittene var ulike, det ene mer skrått enn det andre, men begge på høyre side av halsen. Og *lange*, utført sammenhengende, i én eneste bevegelse, fra strupen til et sted bak øret.»

«Fy faen.»

«Svært profesjonelt utført, hvis det går an å bruke det uttrykket. Ingen blåmerker eller sår på likene, ingen forutgående vold.» Kolbjørnsen løftet hånden opp til pannen og tørket vekk svette under den flammende hårprakten. «Men viktigere, hvis Fuglevåg planla å drepe kjæresten, hvorfor først ringe og skremme henne?»

«Jeg har også lurt på det,» sa William som sant var.

«Med andre ord, hvem kan ha ringt, om ikke han? Abonnementet var jo ganske ferskt. En skrulling kan nok ha henvendt seg til Opplysningen for å få vite nummeret. Men det forutsetter at han *visste* at hun hadde mottatt en mobiltelefon i julegave. Å nei, han er neppe noen skrulling i vanlig forstand.»

«En . . . intelligent seriemorder?»

Bare en svak trekning ved munnvikene røpet hva førstebetjenten egentlig mente. «Vi holder alle muligheter åpne, og beklager den urolige atmosfæren blant publikum som Ivar og du har skapt, men i utgangspunktet behandler vi de to drapene som atskilte saker. Selv om Fuglevåg er ute av stand til å gjøre eksakt rede for hva han foretok seg den ettermiddagen da Vibeke Ordal ble drept, stemmer ikke DNA-avtrykket fra sigarettsneipene og hudrestene med analysen av prøven som han velvillig lot oss ta. Og din kollega Henriksens kone og barn kan på overbevisende måte gå god for at husets herre befant seg hjemme i Victoria Bachkes vei den kvelden eller natten da det andre drapet skjedde.»

«Herregud, Arne, *han* har vel ikke vært blant de mistenkte?»

Kolbjørnsen kikket ned mot skituppene sine og presterte et uventet underfundig smil. «I drapssaker er det ikke uvanlig at det første vitnet som melder seg, er skurken.» Men det virket ikke som om han trodde på det. «Du skal vite at for oss er hvert eneste voksent menneske i Trondheim en potensiell morder. Tenk bare på den ekstremt hyggelige kameraten din, Oddvar Skaug, som rent *tilfeldigvis* befant seg om bord i toget da . . .»

«Erkesprøyt!»

«Eller en hvilken som helst person som er ansatt i Adressa. Det er jo nokså påfallende at du og dine folk er mer enn vanlig informert i disse to sakene. Først typograf Henriksens iakttakelse. Dernest Skaugs henvendelse til deg. Brevene som i tillegg til meg også ble sendt til Ivar Damgård.»

«En avisredaksjon har stor kontaktflate.»

«Utvilsomt. Men prøv å se saken fra vår synsvinkel, William. Foreløpig er *alt* mulig.»

«Det skal jeg gi deg rett i. For øvrig har Ivar hørt at dere fant fotavtrykk på baksiden av huset til Miriam Malme.»

«Hørt? Overtalt Balke til å plapre ut med, tenker jeg. Jo da, vi fant merker etter et par jaktstøvler, størrelse førtifire. Det snødde ikke i Hommelvik mellom den trettende og den syttende, da liket ble funnet.»

«Og i skuldervesken hennes lå det visst en vakker, håndskrevet kjærlighetserklæring fra Fuglevåg, som han hadde festet til boken med en binders.»

«Jaså?»

«Den skulle vi gjerne hatt på trykk.»

«Spør Fuglevåg selv. Du får ikke den hilsenen fra oss.»

Et lite sekund virket Kolbjørnsen strengt avvisende. Så glimtet det velvillig i øynene hans igjen. Og *forhåpningsfullt*, slo det William forundret, som om avisen plutselig var blitt en slags orakelbrønn som politiet kunne be om hjelp i spesielt prekære tilfeller.

«Vi har snakket med Daisy Malme, tanten som bor i Stavanger, den eneste gjenlevende slektningen hennes. Hun fortalte at niesen gjennomgikk flere og til dels smertefulle plastiske operasjoner på Haukeland sykehus. Men Miriam ble ikke fornøyd, eller orket ikke mer, og avbrøt behandlingen etter en tid. Fuglevåg kjente nok ikke til den egentlige bakgrunnen for det han kalte alvoret og tungsinnet hennes. I forgårs glapp det forresten ut av ham at i begynnelsen av januar hadde hun betrodd ham at en tidligere venn, som hun ikke hadde sett på lenge, hadde ønsket henne godt nyttår, med en sterk anmodning om å gjenoppta kontakten. Dessverre navnga hun ham ikke.»

«Det kan hun ha diktet opp bare for å gjøre Fuglevåg sjalu, for å demonstrere at han ikke var den eneste.»

«Bevares. Men hun hadde ikke virket overvettes glad, sa han. For øvrig kan jeg nevne en liten ting til. Men bare hvis du inntil videre lover å holde tett. Og da mener jeg *virkelig* tett . . . hundre prosent.»

«Kors på halsen.» Guttespeiderens fromme ed.

Førstebetjent Kolbjørnsen ventet til et par skiløpere hadde passert. Etter å ha kastet blikk i begge retninger, sa han meget lavt, som om skogen langs den islagte Skjelbreia kunne skjule lyttende ører:

«Obduksjonen viste at Miriam Malme var jomfru.»

Etterpå, i langsomt tempo tilbake mot Storsvingen, tenkte han: Hvorfor denne plutselige åpenheten og tilliten til avisen, blottet for den vanlige beske ironiseringen over Hardyguttenes skarpsindighet? Selv hadde han ikke bidratt med annet enn å gi sin mening om Fuglevåg. Skyldtes politimannens vennlighet Oddvars våkne observasjoner, eller var den et uttrykk for at også han hadde kjørt seg fast i funderinger som manglet det frigjørende stikkordet som ville åpne for en forståelse?

William erkjente at som man roper i skogen, får man svar. I brøkdelen av et sekund fikk han likevel en besynderlig følelse av at nettopp inne mellom trærne rundt ham fantes det et levende vesen som prøvde å signalisere et budskap. I løpet av brøkdelen av et sekund ante han omrisset av en betydningsfull melding, men så gled den vekk og løste seg opp i ingenting.

Noen hadde sagt noe, men hvem, og hva?

Brit Glein i bokhandelen? Preben Henriksen? Joakim, hans egen far?

Noe om Miriam Malme? Noe om de anonyme brevene? Noe om seriemordere?

Gjennom sitt korte liv hadde forfatteren av *Hjertekammermusikk* aldri latt en mann se den nakne, forbrente huden sin. Skjebnens grusomme straff for å ha forårsaket foreldrenes død?

Hvorfor hadde gjerningsmannen sendt brevene? Ved å «røpe» sin eksistens økte jo faren for at politiet kom på sporet av ham. Ønsket han virkelig det, eller var kunngjøringene en del av den sadistiske gleden han følte ved å ta liv? Kanskje var han ingen gal seriemorder i vanlig forstand. Kanskje var han en iskaldt beregnende fanatiker med ganske andre mål for øye enn å skremme folk i Trøndelag og LO-pamper i Oslo. Når jeg kommer hjem, tenkte William, skal jeg lage en liste over navn. Trekke forbindelseslinjer mellom personer og tidspunkter. Finne hittil uoppdagede sammenhenger.

Det ble ikke til at han gjorde det, i hvert fall ikke da. I stedet måtte han assistere Solveig med å forberede søndagsmiddagen, alt mens han taus og bejaende lyttet til hennes nyervervede argumenter om de katastrofalt lave lærerlønningene.

Herrefrisør Britta Olsens

etablissement i Østersundsgata var et beskjedent foretak. Riktignok hadde hun døpt salongen *James Dean* og forsynt den med en logo som lovte tykt og fjongt hår, men mannfolkene i strøket hadde ikke strømmet til i den tiden hun hadde holdt det gående. Hovedsaken var at hun klarte å ernære seg på egen hånd. I sitt tidligere yrkesliv hadde hun vært ansatt hos andre, men for fire år siden besluttet hun å bli sin egen sjef. Hun satte ikke store krav til luksus, var alene både hjemme og på jobben, som befant seg bare et steinkast fra leiligheten. Gode venninner og et utmerket TV-apparat ga henne den atspredelsen hun ønsket. Samt burger-butikken i Mellomveien som hun jevnlig besøkte.

Ikke fordi hun levde av å spise ferdigmat regelmessig, men hos den vennlige litaueren, som het Lapskaus eller noe i den stilen, kunne hun treffe hyggelige mannfolk på sin egen alder. De som frekventerte salongen demonstrerte aldri særskilt interesse for henne som kvinne. De virket vel fornøyde med klippingen, men det var omtrent alt. Ikke visste de hvem James Dean hadde vært heller. Kanskje fortonte hun seg yngre i *Pizza-Burger-Top*'s dunkle belysning.

Så hadde det plutselig hendt noe i Britta Olsens liv som gjorde henne til et betydningsfullt objekt i Lademoens sosiale liv, og det skyldtes en kombinasjon av frisørsalongen og burgerbutikken: Hun hadde klipt håret til mannen som *kanskje* hadde drept kvinnen som vant i Viking-lotto.

Hun pleide å huske de fleste kundene, både faste og nye, og ikke minst erindret hun den forholdsvis høye nordlendingen som tirsdag 8. februar stakk innom og ba om å bli kvitt de lengste av de mørke, sparsomme hårstråene. Han hadde ikke vært spesielt pen, ikke særlig snakkesalig heller, men alderen tatt i betraktning (den korresponderte bra med hennes) var han i besittelse av en merkelig utstråling som appellerte til henne. Som om han hadde et spennende liv bak seg, som om han skjulte eksotiske hemmeligheter det ville være vel verdt å få innsikt i. Da han gikk, oppsto det bokstavelig talt et tomrom i kundestolen. Sent på kvelden hadde hun vandret bort til Mellomveien og kjøpt med seg to osteburgere. Trøstespising, ble visst sånt kalt.

Dagen etter, like etter åpningstid, hadde to hyggelige, sivilkledde menn fra politiet uventet dukket opp i lokalet hennes og ville vite hvor hun hadde fått 500-lappen fra, den som hun hadde betalt for maten med.

Fra da av hadde det en stund vært spennende å være Britta. Navnet hennes kom i avisen, og en journalist fra VG hadde fotografert og intervjuet henne utenfor salongen. *Var det morderen hun snakket med?* Til og med logoen var blitt med på bildet. På politikammeret – hun ble både hentet og bragt – fikk hun se en haug fotografier av skumle menn som hun ikke dro kjensel på verken forfra eller i profil, og etterpå laget de både tegninger og bilder etter hennes anvisninger. Hun måtte innrømme at de kunstig produserte ansiktene aldri lignet *helt* på angjeldende person (som de så fint omtalte ham som), men hun var blitt skiftevis kald og varm da det gikk opp for henne at kunden kunne være en livsfarlig forbryter. Og ham var hun nesten blitt forelsket i!

Men tiden gikk uten at politiet fikk ram på ham, og mye av forskrekkelsen og fortryllelsen hadde bleknet da hun tirsdag 29. februar, nøyaktig tre uker etter at hun mottok den viktige pengeseddelen, befant seg alene i salongen og hørte på P4, som arrangerte en musikklek hvor lytterne kunne ringe inn og gjette hvem som sang eller spilte. Klokken nærmet seg halv ett, og hittil hadde hun betjent tre kunder, en brukbar første halvpart av arbeidsdagen. Sånn sett passet det bra med en spisepause, og mens hun satt ved vinduet og tygget og prøvde å komme på navnet til danseorkesteret som fikk henne til å vugge i takt, fikk hun øye på en mann som spaserte bortover fortauet på den andre siden av gaten. To ting skjedde samtidig.

Hun husket plutselig at bandet het Vikingarna, og hun syntes at hun dro kjensel på mannen.

Dermed forelå det to grunner til at hun burde kaste seg over telefonen: 1) ringe inn til P4 for å være blant de første med riktig svar, og 2) tilkalle politiet. Hun gjorde ingen av delene, men prioriterte mannen fremfor muligheten til å vinne en CD. Hadde hun vært bomsikker, ville hun ha slått 112. Problemet var at han fjernet seg, at hun ikke lenger kunne se ham forfra.

Britta tok sitt samfunnsansvar alvorlig, og ureddhet kombinert med en eiendommelig opphisselse var grunnen til at hun uten å nøle iførte seg kåpen, stakk føttene i støvlettene og låste seg ut. Jo, han var der fremdeles, gikk langs murfasadene til de gamle leiegårdene som var blitt pusset opp og som hadde gjort Østersundsgata til et triveligere strøk å bo i. Han lot ikke til å ha det travelt, men det langsomme tempoet kunne skyldes at han var engstelig for å gli på det glatte føret. Mange huseiere sluntret unna strøplikten. Han var barhodet, og den mørke vinterjakken og de ditto benklærne kunne ha tilhørt hvem som helst. Sannsynligvis gjorde de ikke det.

Hun fór sammen – og nølte. Hvis hun skulle gjennomføre dette, måtte hun i hvert fall sørge for å holde god avstand, passe nøye på at han ikke la merke til henne. Ble hun oppdaget og gjenkjent, aktet hun å beinfly i motsatt retning og inn i nærmeste oppgang.

Så forsvant mannen rundt et hushjørne, og da hun småløp dit bort og kikket forsiktig nedover Biskop Sigurds gate, fikk hun øye på ham igjen. Ville han dreie til høyre når han nådde nettinggjerdet ved Meråkerbanen? Nei, uten å se seg om til noen kant strente han like mot gjerdet og gikk tilsynelatende rett igjennom det, lik et fantom. Ble liksom mindre av vekst på den andre siden av jernbanesporet, for der skrånte terrenget litt nedover. Da satte Britta i trav igjen, nådde gjerdet og oppdaget at nettingen var klipt av og bøyd til side. Tenk at folk våget å lage en slik livsfarlig snarvei, i stedet for å benytte fotgjengerundergangen hundre meter unna!

Men nå våget hun også. Det var midt på lyse dagen, og ingen tog var å se. Da hun krysset sporet, oppdaget hun at det var et tilsvarende hull i gjerdet på motsatt side. Hun forserte det på samme måte, stanset og så seg rundt. For øyeblikket var mannen ute av syne, men etter bare noen få skritt bortover Jernbanegata åpenbarte han seg igjen, stadig med ryggen til henne og på vei nedover en kort, mangelfullt brøytet gatestump mellom de gamle trehusene, som en gang i tiden hadde vært arbeiderboliger.

Dette var Svartlamoen, der striden om hvem som skulle disponere hva ennå ikke var slutt. Selv hadde hun et temmelig vankelmodig forhold til strøket. Om sommeren kunne det være trivelig nok, med små, rufsete hageflekker og alle de frivole ungdommene med fastelavenfarger i håret, de som hadde okkupert noen av de forfalne husene. Men nå, med de store ubåthangarene fra krigstiden i bakgrunnen, som stengte for utsikten mot fjorden, forekom området henne å være et deprimerende syn. Kanskje var det bedre, som noen hadde foreslått, å *rive skiten* og erstatte de lekke trerønnene uten innlagt WC med nye, praktiske boliger. På den annen side fantes det også kjekke folk som bodde her, unge gutter som var kunder i salongen hennes. Noen av dem hadde til og med skikkelig utdannelse og normal hårfarge, de snakket dannet og var pene i tøyet.

Akkurat da mannen gjorde mine til å stanse utenfor et hus med avflasset maling, gikk det opp for henne hvor risikabelt foretagendet var. Hun skulle ha ønsket at en eller flere av de arbeidsløse ungdommene hadde vært ute og luftet seg, for da kunne hun ha søkt hjelp hvis den mistenkelige personen fikk øye på henne. Kanskje de lå og sov, eller til og med var på jobb? Uten å kaste et blikk i retning av henne gikk han inn gjennom porten i plankegjerdet ved siden av huset, og hjertet hennes banket litt langsommere. Det var nå hun burde ha hatt mobiltelefon, tilkalt politiet mens hun selv holdt vakt utenfor. Nytt bilde i VG: *Takket være denne modige frisørdamen ble morderen arrestert.*

Hun skvatt på grunn av en tiltakende metallisk lyd, men det var bare et rødt motorvognsett som rumlet forbi i kurven like bak henne. Best å løpe tilbake til salongen og ringe derfra, selv om hun fremdeles ikke følte seg overbevist om at mannen var identisk med kunden. Da kom en jente, neppe over atten, ut fra huset rett overfor det med den avflassede malingen. Hun bar på en bylt og nærmet seg barnevognen som sto på fortauet. Bortsett fra at hun var snauklipt og ufikst kledd, syntes Britta at hun virket både tilforlatelig og ufarlig, og hun skyndte seg bort til henne.

«Unnskyld, vet du hvem som bor der?» Hun nikket i retning av det andre huset.

«Koffor spør du om det?» svarte jenta og pakket bylten, en sovende baby, omsorgsfullt ned i vognen. «E'n itj søt?»

«Jeg syntes jeg dro kjensel på mannen som nettopp gikk inn.»

«Det va'n Rasmussen.»

«Hvem er han?»

«Kæm e du?»

«Unnskyld . . . Britta Olsen. Frisørdame i Østersundsgata.»

Jenta betraktet henne nøyere. Så nikket hun, som om svaret stemte med hennes oppfatning av frisørdamer. «Æ hete Linn. Hainn Rasmussen? Flytta inn i byinnelsen av januar, overtok ætter'n Kristian Vedi, som dro sørover . . .»

Da hun ikke kom på mer å si, bøyde Britta seg nærmere og hvisket frem hva hun trodde.

Det varte ikke lenge før Linn begynte å le overgivent. «Ikke tale om. Ænkemainn Rasmussen morder? Nei, nærmer himmeln kjæm du itj!»

Før Britta rakk å fremføre innsigelser, hadde jenta skrådd over gaten, jumpet opp i en snøfonn og banket gjentatte ganger på et vindu. «Rasmussen! Rasmussen!»

Den farlige mannen dukket opp bak vinduet. Prøvde å åpne det, men det lot seg tydeligvis ikke gjøre. Han forsvant ut av syne en stund, så kom han gående ut av porten, nå uten ytterjakke. Han stanset og så spørrende på Linn, som pekte.

«Frisørdama di vil snakk med dæ.»

Britta begynte å skjelve da han smilende kom bort til henne, for nå så hun at det virkelig *var* ham. Men til henne sa Linn:

«Her har du'n Kåre Rasmussen, ækte major i frælserten.»

I nøyaktig samme øyeblikk tuslet en liten skare mennesker ut av det vesle kapellet ved Regionsykehuset i Trondheim, fire kvinner og fire menn. Kvinnene var avdødes tante fra Stavanger, Daisy Malme, forlagsredaktør Aina Bistrup fra Oslo og to representanter for Trøndersk Forfatterlag, Ingeborg Eliassen og Tale Næss. Mennene var litteraturstipendiat Aslak Fuglevåg, næringsdrivende Oddvar Skaug, journalist William Schrøder og førstebetjent Arne Kolbjørnsen.

Drapsmannen hadde i hvert fall ikke vært til stede ved denne seremonien, tenkte William, og fordi den ikke var blitt annonsert på forhånd, hadde heller ingen nysgjerrige vist seg, hvis han da så bort fra seg selv og Oddvar. De to kvinnelige forfatterne innrømmet at de bare så vidt kjente avdøde. Hun hadde aldri vært medlem av forfatterlaget, men Ingeborg Eliassen, nyvalgt leder, syntes det var riktig å vise Miriam Malme den siste ære, respektert som hun var blant skrivende kolleger.

Når det kom til stykket, fantes det bare to pårørende – tanten fra Stavanger og kjæresten fra Larvik. Daisy Malme, en vennlig, middelaldrende kvinne som arbeidet i Braathens, antydet at de kanskje burde ta en kopp kaffe sammen. Fuglevåg, blek, men fattet, bemerket at han ville foretrekke hyggeligere omgivelser enn denne byggeplassen, hvor det nye gigantsykehuset skulle reises. Han foreslo puben i Studentersamfundet, og alle spaserte dit, med unntak av Oddvar og politimannen. William innså at heller ikke han selv hørte hjemme i dette selskapet, men ingen protesterte da han slo følge. Kolbjørnsen hadde nikket ja til ham, som om det forelå en mulighet til å innhente enda flere betroelser om Miriam Malme.

Muligheten ga seg, men etterpå kunne William fastslå at sammenkomsten ikke hadde gjort ham særlig klokere. Den var blitt en kombinasjon av stille ettertanke, forundring, medlidenhet og ønsket om hevn.

Braathens-funksjonær Daisy Malme: «Jeg flyttet til Stavanger før hun ble født og traff henne bare to-tre ganger i oppveksten. Etter ulykken tilbød jeg henne å bo hos meg, men det motsatte hun seg på det mest bestemte.»

Forlagsredaktør Aina Bistrup: «Miriam var en engel. Når jeg

nå vet hvordan hun led, hvor sterkt hun klandret seg selv, skjønner jeg enda bedre hvor mye det må ha kostet henne å skrive som hun gjorde.»

Forfatter Ingeborg Eliassen: «Jeg kan knapt huske å ha lest noe mer innsiktsfullt om skyldfølelse.»

Forfatter Tale Næss: «Det som skremmer meg mest er hvordan det kan ha vært mulig å hate et menneske som henne.»

Stipendiat Aslak Fuglevåg, vesentlig dristigere enn tidligere: «Jeg tror det må ha dreid seg om noe ganske annet, en primitiv tankegang som ligger utenfor vår fatteevne. Fikk jeg den jævelen for meg selv i noen minutter, skulle jeg ha slått ham helseløs!»

William hadde tillatt seg å tvile på om den spedbygde figuren ville ha maktet det, stilt ansikt til ansikt med en kaldblodig drapsmann.

I Corollaen, på vei tilbake til Heimdal, lyttet han til nyhetene i P1. De dreide seg mest om to forskjellige saker som ikke desto mindre hadde en slags sammenheng – flomkatastrofen i Moçambique og krangelen mellom Regjeringen og Arbeiderpartiet om Norge burde vente med å bygge gasskraftverk. Senest kvelden før hadde den velinformerte Solveig belært ham om at de voldsomme syklonene over Afrika kunne være menneskeskapt, at oppvarmingen av det Indiske hav kanskje skyldtes de økende karbondioksyd-utslippene.

Men han var mest opptatt av noe Kolbjørnsen hadde betrodd ham da de møttes i kapellet: «Vi har et visst håp om at vi er i ferd med å ringe ham inn.» Verken mer eller mindre. Ullent, men ikke desto mindre et varsel om at noe var på gang. Hvorfor skulle så han, en simpel journalist, føle seg utestengt og utenfor fordi politiet tillot seg å spa opp noe som de ikke lot ham få innsikt i? Fordi han helt fra starten av hadde hatt en følelse av å være deltaker i spillet, fordi han innbilte seg at han visste noe som kunne være av største betydning, men som kanskje ikke ville fremstå klart før det var for sent, før alle kortene var snudd.

Noe som en eller annen hadde sagt.

I går? For noen dager siden? En uke? En måned? For enda lenger siden?

Hvem? Hva? Hvor?

Uheldigvis hadde han ikke funnet den enkle koden som ville åpne den hemmelige datafilen, ei heller var han en Thesevs som fikk en konkret ariadnetråd i hende som kunne lede ham ut av labyrinten. Men han ante omrisset av en nøkkel. Den spesielle erkjennelsen som lå og pulserte like under huden, i dette tilfellet forårsaket av et innbilt dyr mellom trærne, hadde også ved tidligere anledninger hjulpet ham til å erindre ting som han trodde at han hadde glemt – men da dreide det seg om ganske banale ting og mindre viktige episoder. Hvorfor pokker klarte han ikke å fremkalle assosiasjoner om noen få ord som virkelig betydde noe?

Ord!

Dét husket han i hvert fall, at han forleden hadde lovt seg selv å lage en liste over navn. Hverdagslige sysler hadde fått ham til å glemme forsettet. Men ikke denne gangen. Så snart han trådte inn på kontoret, aktet han å ta frem et blankt ark og befolke det med personer.

Før Arne Kolbjørnsen rakk å stige ut av bilen sin utenfor politihuset i Kongens gate, ringte mobiltelefonen hans. Hvis han straks kjørte til Biskop Darres gate, sa Nils Storm, ville han treffe Britta Olsen og mannen som hadde gitt henne en viss 500-seddel. Vedkommende hadde nettopp ringt; han var major i Frelsesarmeen og het Kåre Rasmussen.

«Biskop Darres gate, hvor faen er det?»

«Svartlamoen, oppkjørsel fra Strandveien. Vil du at jeg skal bli med?»

«Nei. En Herrens mann snitter neppe folk med kniv.»

Det korte latterutbruddet fikk Kolbjørnsen til å gjette at avdelingssjefen følte lettelse ved å slippe. I motsetning til hva navnet hans kunne tyde på, var Storm etter hvert blitt en skrivebordets og møterommets hersker som rykket ut i felten bare når det lå lik på torget, en mann som helst foretrakk å delegere oppgaver og spise lunsj sammen med Martin Kubben og resten av jus-gjengen.

Han brukte litt under ti minutter på kjøreturen. Han var

ikke vilt begeistret for de gamle trehusene, men erkjente at som boligstrøk betraktet forekom det ikke mer kriminalitet her enn andre steder, snarere tvert imot. Gaten begynte ved husgavlen som kunstnerne Håkon Bleken og Håkon Gullvåg for få år siden hadde malt på en såpass oppsiktsvekkende måte at Trondheims innbyggere begynte å bli interessert og gjorde seg opp bestemte meninger om hva som burde skje med området.

Han fant den riktige adressen, parkerte utenfor huset og gikk inn gjennom porten. Befant seg på en trang gårdsplass med et skjevt skur inneholdende vedbod og utedo på baksiden. En oppspadd sti i snøen dit viste at begge ble benyttet. Et visittkort var satt opp der det hadde vært en ringeklokke. Kolbjørnsen banket på den slitte døren, og den ble straks åpnet av en smilende mann i femtiårsalderen, nesten like høy som han selv var.

«Kåre Rasmussen?»

«Det er meg, ja.»

Nordlandsk tonefall, fastslo Kolbjørnsen, og nokså ulik portrettet som frisørdamen hadde hjulpet Photofit-eksperten med å konstruere. Han presenterte seg selv og ga mannen hånden.

«Jeg trodde politifolk gikk rundt i uniform.»

«For mitt vedkommende skjer det helst ved høytidelige anledninger.»

«Jeg bruker alltid min når jeg er i tjeneste. Jeg arbeider hver lørdag og har derfor fri om tirsdagene. Tok meg en spasertur på Lademoen, og bra var det. Hadde jeg visst at jeg var etterlyst, skulle jeg selvsagt ha meldt meg for lenge siden. Kom inn, kom inn.»

Majoren førte ham inn i den enkelt møblerte stua, hvor inventaret umiddelbart røpet en langt mer ungdommelig eier. Britta Olsen spratt opp fra en lenestol og hilste gjenkjennende på Kolbjørnsen.

«Takket være denne usedvanlig oppvakte damen, kan jeg kanskje bidra til etterforskningen av det fryktelige drapet.»

«Glimrende,» sa Kolbjørnsen, og den oppvakte damen rødmet i begges påsyn. «Du husker altså hvordan seddelen havnet hos deg?»

144

«Ja, vær sikker. Den var jo så fin at selv jeg, som prøver å unngå å dyrke mammon, nesten ga den fra meg med ulyst.» Men før Rasmussen gikk nærmere inn på saken, fylte han kaffe i tre kopper. Dernest forklarte han hvorfor han bodde på Svartlamoen: «Jeg kom opp hit like over nyttår. Tidigere har jeg vært stasjonert i Oslo. Min kjære hustru gikk bort i høst, og en stund var jeg så nedfor at jeg tenkte at litt luftforandring ville ha vært av det gode. Derfor var det ikke nei i min munn da Gud beordret meg hit. Min forgjenger har gått av med pensjon, men må naturligvis få lov til å fortsette å bo i leiligheten sin. Heldigvis fikk musikeren Kristian Vedi høre om mitt behov for bolig. Han assisterte ved Fretex her i byen i flere måneder, men skulle reise til Oslo for å spille i et nystartet rockeband. Vi er blitt enige om å bytte leilighet inntil videre. På forhånd hørte jeg mange nedsettende bemerkninger om dette området, men kan ikke begripe annet enn at miljøet her er forbilledlig. Selv en avdanket fyr som jeg blir behandlet som et oppegående medmenneske. For en hjelpsomhet! Sitter jeg barnevakt for Linn og Bjørn rett over gaten, mottar jeg ferske boller dagen etterpå. Sånn var det dessverre lite av på Torshov . . .»

Kolbjørnsen benyttet Rasmussens kaffeslurk til å skyte inn: «Hyggelig å høre. Men det gjaldt altså denne pengeseddelen.»

«Å ja, beklager. I begynnelsen av februar begynte dessverre Vedis vaskemaskin å svikte. Jeg er lite flink med sånne tekniske greier, og selv Bjørn greide ikke å fikse den. Maskinen er gammel, og ingen lot til å føle noe ansvar for modellen. Ved hjelp av de berømte gule sidene fant jeg frem til servicefirmaet Rapid. Jeg ringte dit, og utrolig nok, dagen etter dukket det opp en sånn gulhvit kassebil. En mann i blå kjeledress og med verktøyskrin kom inn, og det tok ham bare ti minutter å fikse feilen. En plastbit hadde havnet i pumpekammeret. For jobben skulle han ha . . . ja, hvor meget var det? Vent et øyeblikk.»

Rasmussen reiste seg og forsvant ut på kjøkkenet.

«Er han ikke ordentlig koselig?» hvisket Britta Olsen. «Han ba til og med om unnskyldning fordi han hadde vært så lite snakkesalig da han satt i stolen hos meg. Akkurat den dagen tenkte han mest på kona som han mistet . . .»

Så kom majoren inn igjen og rakte Kolbjørnsen en krøllet lapp. Det var en vanlig kvittering uten påtrykt firmamerke, men han kunne lese teksten som var stemplet på toppen: *Rapid Service*. Og lenger nede, med håndskrift: *Rep. inkl. kjøring kr. 480,-. Bet. tirsd. 8/2-2000.* Under var det skriblet et navn som var vanskelig å tyde. Geir et eller annet.

«Jeg måtte ty til en tusenkroning, og slik gikk det altså til at jeg fikk vekslet til meg seddelen som jeg senere på dagen betalte med hos frøken Olsen.»

Nå lyttet førstebetjenten bare med et halvt øre. Han var mer opptatt av underskriften. «Navnet hans, fikk du tak i det?»

«Geir Jerven.»

«Ja, nå ser jeg det.» Han nikket bekreftende og tok frem en gjennomsiktig plastpose fra lommen. Mens han bukserte kvitteringen varsomt over i den, tilføyde han: «Du skjønner sikkert at jeg må låne denne?»

«Bevares vel. Ifølge telefonkatalogen holder firmaet til på Nedre Møllenberg, hvor nå det måtte være.»

«Ikke så fryktelig langt herfra,» innskjøt frisørdamen.

Kolbjørnsen rykket til, merket at pulsen begynte å slå hurtigere. For her var det endelig noe, noe som stemte med de innsamlede informasjonene. «Kan du beskrive servicemannen, Rasmussen?»

«Sannelig om jeg vet. Men jeg vil nok huske ham hvis jeg ser ham igjen. Mørkt, kortklipt hår. Grå øyne. Ja, det siste er jeg faktisk helt sikker på.»

«Høyde?»

«Omtrent som meg.»

«Rundt én åtti, altså.»

«Ja, noe sånt.»

Kolbjørnsen hadde begynt å notere. «Var han pen?»

«Absolutt. Kjekk, tror jeg man sier.»

«Alder?»

«Mellom tretti og førti.»

«Tykk? Tynn?»

«Verken det ene eller det andre. Men kraftig.»

«Bar han briller?»

«Nei.»

«Og den blå kjeledressen, noe spesielt ved den?»

«Nei, hva skulle det være?»

«For eksempel et firmamerke.»

«Det tror jeg ikke. Men det sto Rapid på kassebilen.»

«Hvordan snakket han? Trønderdialekt?»

«Ja, for meg lød det slik. Men annerledes enn det jeg vanligvis hører her i byen.»

«Som om han var fra landet?»

«Gjerne det. Jeg skjønte ikke alt han sa.»

«Ellers noe spesielt du kan huske ved ham? Skjegg?»

«Nei.»

«Var han en hyggelig type? Smilende og pratsom?»

«Sånn passe. Kanskje ikke overvettes blid.»

«Røykte han?»

«Nei . . . Jo, forresten, han rullet en sigarett da han skulle til å gå. Fra en av disse blå pakkene.»

«Petterøes?»

«Akkurat.»

«La du merke til om han hadde flere femhundresedler?»

«Nei. Men jeg tror han brukte brystlommen som pengeskrin.»

Kolbjørnsen sluttet å notere, men hjertet hans slo stadig litt hurtigere enn normalt. Dette dreide seg om ting som han ennå ikke hadde informert Schrøder om, blant annet fordi han ikke ønsket at Adresseavisens utsendte medarbeidere skulle drive detektivvirksomhet i et avlangt område som langsomt begynte å danne et mønster: Møllenberg – Lademoen. Åtte av de savnede sedlene hadde hittil dukket opp på forskjellige steder i Trondheim, men hele seks av dem i Østbyen. Én i ferdigmatbutikken, to ved en Hydro Texaco-stasjon i Innherredsveien og tre i REMA-butikken i Rosenborg gate. Den siste krysset Nedre Møllenberg gate, hvor altså en mann ved navn Geir Jerven jobbet i et servicefirma. Hadde de, takket være fire observante personer – en kvinnelig politibetjent, en burger-selger, en frisørdame og en frelsesoffiser – omsider nådd målet?

Verken ved REMA eller bensinstasjonen hadde betjeningen

hatt peiling på hvem som hadde gitt fra seg sedlene; først under opptelling av kassene var det blitt bragt på det rene at numrene stemte med sifrene fra bankfilialen på Lade. Så snart de ansatte fikk se et bilde av Jerven og ble minnet om en gulhvit kassebil, ville de kanskje huske.

Kanskje . . .

Major Rasmussen bragte ham ut av tankespinnet: «Jeg bør vel nevne at maskinen har fungert utmerket i de tre siste ukene.»

«Hva, utmerket? Så fint.»

«Jeg mener, politiet tar vel ikke for gitt at reparatøren er identisk med morderen dere leter etter?»

«Naturligvis gjør vi ikke det.» Nesten like lite som vi trodde at du var den skyldige, tenkte Kolbjørnsen beskjemmet.

Britta Olsen hadde den samme følelsen. Mintes besøket sitt hos politiet, hvor hun etter evne hadde forsøkt å beskrive en tenkelig drapsmann. Trøstet seg med at til syvende og sist hadde hun ledet politiet enda et skritt videre i jakten på den skyldige. Skulle hun dømme etter ansiktsuttrykket til den kjekke, rødhårede politimannen, var tampen begynt å brenne for alvor. Nå stakk han notisblokken i lommen, lot resten av kaffen stå og reiste seg. Skulle vel av gårde til Nedre Møllenberg for å arrestere vaskemaskinreparatøren.

«Da sier jeg foreløpig tusen takk for hjelpen. Uten mennesker som dere, ville vi utrette fint lite.»

«Slik er det i armeen også,» smilte Rasmussen. «Vi er fullstendig avhengige av bidragene som folk gir.»

Britta tenkte at nå gir førstebetjenten ham noen kroner, men så skjedde ikke. Derimot la hun merke til at majoren forsynte ham med et eksemplar av Krigsropet idet han fulgte ham til døren. Da han kom inn igjen, kastet hun et blikk på armbåndsuret sitt og utbrøt, liksom forskrekket:

«Jøje meg, her sitter jeg og drikker god kaffe hos en vilt fremmed mann, midt i arbeidstiden min!»

«Sånt bestemmer vi ofte ikke selv,» smilte Rasmussen. «Det hender at Gud griper inn og styrer våre bevegelser . . . og våre feiltrinn.»

«Mener du virkelig det?»

«Ja visst. Samtidig gjør det meg litt vondt denne gangen. Jeg liker ikke å tenke på at jeg kanskje har bidratt til å sende en desperat og fortvilet mann i fengsel.»

«Men hvis Gud vil . . . ?»

«Nettopp. Av og til byr det på dilemmaer å være menneske.»

«Kanskje vi burde ha tidd stille, begge to. Eller diktet opp noe, hi-hi.»

Da smilte han vennlig igjen, og nok en gang syntes hun at han utstrålte en varme som var rettet mot henne personlig. Hun reiste seg langsomt, takket for kaffen og beveget seg motstrebende mot døren. Der fikk også hun Krigsropet diskret stukket i hånden, og da hun gjorde mine til å betale for bladet, ristet han avvergende på hodet.

«Vi møtes sikkert igjen,» sa han mildt.

«Sikkert. Neste gang du klipper håret hos meg, skal du få rabatt,» svarte hun dristig.

Vandrende tilbake til James Dean slo det henne at dette hendte på selveste skuddårsdagen. Et signal fra oven? Det var nesten som om hun hadde fridd og fått ja. Så husket hun at det fantes visse regler for offiserer i Frelsesarmeen; de fikk ikke lov til å gifte seg uten sine overordnedes tillatelse. Ville det hjelpe hvis hun ble troende og vervet seg som soldat?

Da Britta Olsen krysset jernbanelinjen på ulovlig vis for andre gang den dagen, fniste hun for seg selv, men et frø var sådd.

Underveis til Møllenberg tenkte Arne Kolbjørnsen på majorens ord. De fleste forsvarsadvokaters påstand om at politiet altfor ofte trakk forhastede konklusjoner i sin iver etter å nagle den skyldige, inneholdt en betydelig kjerne av sannhet. Selv hadde han lenge hatt på følelsen at frisørdamens kunde måtte være personen de lette etter. Skulle det ende på samme vis med nestemann også, slik at de ville bli nødt til å fortsette tilbakespolingen? Muligheten var så absolutt til stede for at denne Jerven bare dannet nok et ledd i kjeden. Kanskje hadde også han ervervet seddelen på ærlig vis, som betaling for forrige reparasjon. Hvor mange ganger måtte en ny pengeseddel skifte eier før den begynte å se velbrukt ut? Hadde noen forsket på det området?

Men verre: Hvorfor skulle en ganske alminnelig vaskemaskinreparatør ta livet av en kvinnelig funksjonær i et bilfirma, for så en måneds tid senere å kjøre til Hommelvik og kverke en ukjent og ubemidlet forfatterinne på nøyaktig samme måte? Det usannsynlige i et slikt handlingsmønster gjorde ham nedslått, og han merket at en god del av engasjementet allerede var i ferd med å dunste vekk. Sett at William Schrøder var inne på noe, at de her sto overfor en mennesketype med helt spesielle egenskaper – en skremmende blanding av intelligens og galskap – og hvor de måtte lete i helt spesielle samfunnssjikt for å finne vedkommende.

Aller verst: Mens tiden løp og de jaktet på en mann som hadde begynt å tære på det økonomiske utbyttet fra det første drapet, ville han kanskje beslutte å slå til for tredje gang.

Han kjørte langsomt gjennom Nedre Møllenberg gate. Bebyggelsen besto for det meste av forhenværende funksjonær- og arbeiderboliger i to etasjer, gjerne vegg i vegg, men storparten var så utmerket rehabilitert at det sentrumsnære strøket var blitt svært attraktivt for folk flest. Nymalte fasader og isolerglass i vinduene røpet en ganske annen standard enn på Svartlamoen, men så hadde det til gjengjeld kostet penger.

Rapid Service holdt til i et av de mindre velholdte husene, i en kjeller like ved Rosenborg gate. Han kunne se REMA-butikken på hjørnet nedenfor. Igjen denne uventet høye pulsen, og han lurte på om det var slik det kjentes å være i besittelse av intuisjon. Forgjengeren hans, Christian Rønnes, hadde fortalt at han av og til bare *følte* det på seg, og som regel viste dette seg å stemme.

Han fant en luke mellom de skråparkerte bilene og steg ut. Gikk forsiktig nedover de glatte trinnene i trappen, nådde bunnen av lysgraven. Bak et skittent vindu lå et mørklagt lokale, og han kunne så vidt skimte en verktøybenk og noen metallskap. Døren var låst. Han klatret opp igjen. Ingen varevogn sto parkert i nærheten, og han regnet med at innehaveren var ute på oppdrag. Kanskje hadde Jerven ingen ansatte, kanskje drev han firmaet alene. Ventetiden kunne forkortes med å forhøre seg. Han åpnet porten i plankegjerdet mellom husene og fant en trapp, en dør og en ringeklokke, hvor det sto *P. Hansen* på skiltet.

Den middelaldrende damen som åpnet bar hvitt forkle, og den fristende osen av stekt sild og løk som fulgte med, gjorde ham straks sulten. Da han hadde presentert seg, sa hun uten antydning til angst for politiet:

«Du skal vel snakke med mannen min. Han kommer ikke hjem før om en halvtimes tid.»

«Jeg kan like gjerne spørre deg. Det gjelder servicebyrået som holder til nede i kjelleren . . .»

«Han som driver det heter Geir Jerven.»

«Jaha. Men det later dessverre til at han er ute.»

«Ute? Det skal være sikkert.» Hun ble stram rundt munnen. «Vi har ikke sett ham på flere dager. Ligger etter med husleia gjør han også. Har han foretatt seg noe kriminelt?»

«Langt ifra, jeg vil bare ha en prat med ham.»

«Det skulle ikke forundre meg om han har gjort noe ulovlig. Jeg sa det til mannen min da fyren leide lokalet for vel et års tid siden, at denne kroppen stoler jeg ikke på. Du kan se det på øynene hans . . .» Så tidde hun brått og bet seg i leppen, som om hun innså at nå var hun i ferd med å gå over streken.

«Du skulle ikke kjenne privatadressen hans?»

«Jo da, for tiden bor han på hybel borte i Gyldenløves gate. Jeg husker ikke nummeret, men huset ligger rett rundt hjørnet der borte.» Hun pekte i motsatt retning av Rosenborg gate og tilføyde: «Et gulmalt et med brune vinduskarmer.»

«Mange takk for hjelpen. Hvis han skulle dukke opp igjen, vil jeg sette stor pris på om du ringer til meg. Men vennligst ikke fortell ham at jeg har vært her.» Han rakte henne et visittkort, og hun stakk det i forklelommen uten å se på det.

«Hysj-hysj, hva?»

«Nei, ren rutine.» Kolbjørnsen prøvde å sende henne et beroligende blikk. Deretter hilste han adjø og skyndte seg bortover fortauet.

Heller ikke utenfor det angitte huset i Gyldenløves gate sto

151

noen gulhvit kassevogn parkert. Denne gangen ble døren åpnet av en eldre herre med briller og noen få, hvite hårtuster og som ifølge skiltet het Viktor Våge.

«Jeg kjøper ikke ved dørene!» opplyste han straks.

«Ikke har jeg noe å selge heller. Mitt navn er Arne Kolbjørnsen. Medfører det riktighet at det bor en Geir Jerven her?»

«Hva?» Mannen løftet hånden og bøyde venstre øre i retning av ham.

«GEIR JERVEN. Er han hjemme?»

«Nei, han pakket sammen og forsvant torsdag morgen.»

«Vet du hvor jeg kan få tak i ham?»

«Høyere!»

«VET DU HVOR HAN ER?»

«Nei. Han stakk av uten å ha betalt husleie for to måneder.»

«HVOR DRO HAN?»

«Har ikke den minste anelse. Men han hadde det fælt så travelt.»

«Vet du om han er gift, om han har noen familie?»

«Vanilje?»

«FAMILIE!» Kolbjørnsen innbilte seg at et par som gikk forbi, skvatt.

«Den banditten mottok i hvert fall aldri besøk.»*

Da han litt senere kjørte tilbake til politihuset, var humøret steget flere hakk. *Fælt så travelt.* Å finne en mann som kjørte rundt i en varebil burde la seg gjøre. Fordi Viktor Våge av ulike årsaker ikke var altfor begeistret for hybelboeren sin, hadde han vært så forsynlig å notere både bilmerke og nummer.

Det var Ivar som hadde intervjuet frisørdamen på Lademoen for tre uker siden, og han kjente straks igjen stemmen hennes da hun ringte.

«Det har altså skjedd noe, nå nettopp?»

«Ja, så absolutt. Og ettersom den hyggelige politimannen

---

* Viktor Våge, med dårlig hørsel fordi han ble torturert av Gestapo i 1944, spiller en liten, men vesentlig rolle i «Voldtatt», Cappelen, 1985.

ikke direkte insisterte på at jeg skulle holde tett overfor dere, tenkte jeg at . . .»

Britta Olsens tipstelefonstemme var sprekkferdig av meddelelsestrang, og Ivar skyndte seg å kople inn høyttaleren. Slik gikk det til at bare knappe halvtimen etter at Kåre Rasmussen hadde gitt politiet navnet på et servicefirma og en reparatør, visste også Hardyguttene beskjed.

Da Ivar hadde forsikret henne om at en journalist ville besøke salongen i løpet av ettermiddagen – jo da, helt sikkert sammen med en fotograf! – la han på røret og skottet bort mot William, som en god stund hadde sittet fordypet over et papirark med navn på.

«Du skal se at herr X omsider har manifestert seg,» sa han.

«I hvert fall bør du tilføye Geir Jerven på listen din.»

«Det har jeg allerede gjort.»

«Jeg drar gjerne en tur.»

«Fint. Men jeg tror vi skal gjøre politiet den tjenesten ikke å utbasunere navnet hans, kanskje heller ikke den storartede majorens. Arne må rett og slett ha glemt å be vår kjære frøken Olsen om å holde tett.»

«Hvilket kan bety at han er på hugget, at han har fått ferten av noe.»

«Ta en kikk på firmaet på Møllenberg først. Denne Rasmussen, og særlig den nye korrespondenten vår i Østersundsgata, haster det minst med.»

Ivar kommenterte sjelden det innlysende, bare nikket og forsvant. William betraktet arket sitt igjen, hvor han hadde skrevet følgende:

VIBEKE ORDAL †
HARALD TRANØY – eksmann
GORM ORDAL – sønn
MONICA HOLM – Gorms samboer
PREBEN HENRIKSEN – vitne

MIRIAM MALME †
DAISY MALME – tante

ASLAK FUGLEVÅG – kjæreste
ODDVAR SKAUG – vitne

JOMAR BENGTSEN
SOLVEIG
HEIDI
JOAKIM

BRITTA OLSEN
KÅRE RASMUSSEN
GEIR JERVEN

Det var sant å si temmelig tynne greier. Hvor gikk forbindel-
seslinjene, bortsett fra de rent vennskapelige og slektsmessige?
Burde han ikke like godt først som sist kutte ut de dumme fun-
deringene? De var jo utelukkende basert på en vill formodning
om at en eller annen hadde sagt noe viktig som han ikke hadde
lagt seg skikkelig på minne. Å innbille seg at hans nærmeste
familie – Solveig, Heidi og faren – ville være i stand til å bidra
med noe, viste best hvor langt ute på jordet han var. Selv Ivar,
som vanligvis delte aspirasjonene hans om å finne ut ting som
politiet ikke klarte, mente at i dette tilfellet var det nokså
fåfengt. Slik det lå an nå, kunne han sette strek over alle navne-
ne, bortsett fra det siste.

Da telefonen ringte, skubbet William arket irritert vekk og
løftet av røret.

«Schrøder? Dette er Brit Glein fra Mox-Næss. Jeg beklager
at det har tatt så lang tid med bøkene til Miriam Malme. Den
første er nok foreløpig helt umulig å få tak i, men av *Hjerte-
kammermusikk* har forlaget greid å trylle frem noen få eksem-
plarer. Er du fremdeles interessert i få reservert et av dem?»

«Ja, tusen takk. Jeg kommer innom allerede i ettermid-
dag . . .» Han tidde brått, som om hun hadde gitt ham et elek-
trisk støt. Ordet *trylle* var i seg selv et trylleformular, og plutse-
lig slo den ned i ham, setningen som hun hadde uttalt da han
besøkte butikken for halvannen uke siden.

«Hallo?» lød det i den andre enden.

154

«Unnskyld. Jeg kom til å tenke på noe. Da jeg var innom forrige gang, sa du noe sånt som at sist jeg var der, greide dere å trylle frem det siste av to eksemplarer av et engelsk morderleksikon. Kan du huske det?»

«Visst gjør jeg det. Kanskje fordi den boken var litt . . . spesiell.»

«Er det ikke slik at hver gang dere selger en bok, blir den registrert på data?»

«Riktig, det skjer helt automatisk når strek-koden avleses.»

«Med andre ord, klarer du å finne ut når dere solgte det første eksemplaret?»

«Ja, forutsatt at du kan gi meg den nøyaktige tittelen.»

«*The New Encyclopedia of Serial Killers.*»

«Da bør det gå greit. Jeg sitter foran skjemen nå.»

Mens han ventet, trommet han med fingrene og fikk lyst på en røyk. Brit Glein sto ikke på listen blant dem som kanskje hadde sagt noe av betydning. Fantes det andre navn som burde tilføyes?

«Du kjøpte det siste eksemplaret den åttende februar . . .»

«Det stemmer.»

«Og det første, nå skal vi se . . . solgte vi den nittende januar.»

«Ingen opplysninger om hvem dere solgte det *til*?»

«Nei. Sånt blir ikke registrert.» Hun lo. «Er dette svært viktig, Schrøder?»

«Det tør jeg nesten banne på.»

«Jeg skal forhøre meg blant personalet. Det *kan* jo tenkes at en av dem husker det. Skjønt sånt har vi antakelig ikke lov til å opplyse om.» Det lød mer som et spørsmål enn en konstatering.

Etterpå lovte William seg selv å godsnakke nærmere med damen hos Mox-Næss. Han slo opp i mappen hvor han oppbevarte alle opplysninger om saken. Vibeke Ordal var blitt drept torsdag 13. januar. Først ni dager senere ble brev nummer én avsendt, tre dager etter salget av det første eksemplaret av leksikonet.

En stund ble han sittende dørgende stille, kjente hvordan en slags nummenhet spredte seg i kroppen. Naturligvis ingen *visshet*, men fornemmelsen av en hypotese som forutsatte at drapsmannen var identisk med bokkjøperen.

Hvis han tenkte riktig, *hvis* det forholdt seg slik han fantaserte om, styrket resonnementet sannsynligheten for at de hadde med et bevisst handlende menneske å gjøre, en bokstavelig talt livsfarlig person med klart definerte mål, ingen sinnssyk sådan. Et menneske som sterkt ønsket oppmerksomhet omkring sine perverse handlinger, en type som elsket å være i rampelyset, som nøt å utfordre politiet, overbevist om at han ville vinne, uansett. Mens han selv hadde kjøpt boken for å skaffe seg viten om seriemorderes handlingsmønstre, hadde gjerningsmannen kjøpt den for å omsette kunnskapen i praksis. Samme idé, men to vidt forskjellige motiver. Det var gått bare tre-fire dager fra drap nummer to til det neste brevet ble avsendt, den tiden vedkommende kanskje trengte for å være sikker på at han hadde lykkes igjen. Det var til og med mulig at han ikke hadde planlagt det andre drapet før han fastslo hvor risikofritt det første hadde vært. Kanskje var det anskaffelsen av leksikonet som hadde gitt ham incitamentet til å gjenta bedriften.

William måtte ta seg kraftig sammen for å minne seg selv om at dette var en mildt sagt vidløftig teori, men bare få minutter senere kjørte han nedover til sentrum for å avlegge bokhandelen nok en visitt. Sigaretten i høyre hånd dirret.

Sjansen

som han hadde håpet på var kommet til ham som det berømte lynet fra klar himmel. Etter å ha overveid eventuelle faremomenter nøye og kalkulert dem til å være lik null, hadde han grepet muligheten begjærlig og slått til. Nå var hevnen langt på vei fullbyrdet, og så grandiost gjennomført at en tabloidavis sørpå hevdet at Trondheim skalv av skrekk. Ikke minst hadde brevene hans bidratt til å skape den atmosfæren av gru som han hadde ønsket å fremkalle. Triumfen fylte ham med et slikt overveldende pågangsmot at det nesten svimlet for ham.

Det ville ikke bli det minste vanskelig å fortsette, å feste et enda mer lammende grep. Allerede da han leste i avisen om det første offerets endelikt, om hvordan etterforskerne famlet rundt som blinde høner, og fortrinnsvis i gale retninger, slo det ham hvor enkelt det ville være å følge opp med nok en henrettelse. Vibeke Ordal hadde vært en slags prøvekanin for ham. Ved å bringe enda en kvinne hinsides kunne han skape et tiltakende mareritt for myndighetene. Og han hadde fått rett. Miriam Malmes død hadde fremkalt nettopp den angsten som formelig lammet politiets handlingsevne.

Et tredje drap ville skape full panikk. Risikoen var så ubetydelig at han oppfattet den som stimulerende krydder. Likevel var ikke dette hovedårsaken til behovet hans for å følge opp.

Gjennom sitt voksne liv var han blitt vant til å tolke kvinnelig underkastelse som noe lovbestemt, og da Beate plutselig ikke ville mer, hadde han fått et nytt sjokk. Først sterk irritasjon, deretter det gjenkjennelige raseriet som han neppe ville få bukt med før han selv sørget for en utladning og ble kvitt den påtrengende følelsen av å være Stompen igjen. Kunne det tenkes at Beate hadde merket noe, registrert at noe var på gang, fryktet at hun elsket en mann som hadde drept? Hadde han sagt noe i søvne? Nei, det var vel ikke mer enn rett og rimelig at også hun pratet om den avskyelige morderen som skremte vettet av enslige damer. Hvorfor så dette uforklarlige og definitive bruddet? Rødmende hadde hun erklært at de burde skilles som gode venner, for egentlig hadde hun ingenting imot ham som sengepartner; det var ikke derfor hun ønsket å gå.

Gode venner? Den beherskede krangelen som fulgte, i det minste fra hans side, hadde avslørt at hun nærte en hemmelig redsel for ham. «Sex alene er ikke nok for meg i det lange løp,» lød unnskyldningen. Som om han ikke hadde andre egenskaper å tilby! Den utilgivelige frekkheten hennes besto i at hun hadde funnet seg en ny mann, en som passet henne enda bedre, en som ville gifte seg med henne, en som hun kunne få barn sammen med, en på hennes egen alder.

Det var det verste. Han kunne saktens se gjennom fingrene med at hun bekjente et sidesprang eller to, men åpent å forkynne at det fantes en mannsperson som var *bedre* enn ham, var et slag midt i hjerteroten som han ikke utholdt. Fremdeles var han ingen gammel og impotent fyr, tvert imot. Hans naturlige appell til det motsatte kjønn skyldtes ikke tilfeldigheter, men en iboende mandig kraft som ingen med vettet i behold kunne overse. Og så Beate da, den mest fascinerende av alle hans kvinner hittil, med unntak av Miriam. Men Miriam hadde vært et forgjeves mellomspill. Hun lot ham aldri slippe til (først nå, etter å ha lest avisreferatene, begynte han så smått å ane hvorfor). Beate, derimot, hadde straks og uten hemninger hengitt seg til ham og skaffet ham en fysisk tilfredsstillelse hinsides alle drømmer. I nesten tre år hadde de elsket hverandre hemmelig, tilbragt helgene på hytta til foreldrene hennes, på hoteller rundt omkring eller i lånte campingvogner. Den gjensidige seksuelle avhengigheten var blitt en besettelse, en nytelse som han hadde vært sikker på at heller ikke hun ville greie seg uten.

Men det gjorde hun altså. Frekt og skamløst hadde hun meddelt ham at nå var det slutt. *Slutt!* Hadde de ikke sverget hverandre evig troskap? Faste parforhold var blitt innstiftet av naturen for å sikre fred i verden. Med ett var hun blitt til en avviker som uten å nøle stilte den deilige kroppen sin til disposisjon for en mann som neppe ville tåle innblanding fra andre. Det var jo nettopp hva han selv heller ikke gjorde. Og for øyeblikket fantes det ingen reserve, ingen som uten videre kunne erstatte henne. Kanskje fantes det overhodet ingen lenger. Kanskje hadde Beate vært den siste, kanskje var tiden ute for ham.

Verkingen i kjevene var blitt så intens at han innså at det fantes bare én utvei, en som heldigvis lot seg kombinere med trangen hans til å demonstrere at han hadde full kontroll. Å ramme den nye partneren hennes var umulig, da ville hun straks forstå hvem som sto bak. Nei, det var hun, heksen, som måtte lide for dette. Ikke i helvete om han klarte enda et sviende nederlag.

Ikke i helvete!

Snøen lavet ned

i slike mengder at den fikk William til å tenke på en thriller som han hadde lest for mange år siden, *Inferno i hvitt*. Vanligvis likte han å kjøre bil, men kunne styre sin begeistring da han onsdag 8. mars om formiddagen fulgte E6 sørover. Etter at han passerte Støren hadde snøen begynt å falle så tett at sikten var blitt henimot null. Corollaen hadde gode vinterdekk uten pigger, det best tenkelige utstyret på slikt føre, men hva hjalp vel det når vei, brøytekanter og himmel gikk i ett? Noen ganger måtte han bremse skikkelig ned, knipe øynene sammen og «begynne på nytt». En stund angret han at han hadde lagt ut på turen, for i grunnen var det lite som talte for at han ville få noe utbytte av å besøke et foreldrepar på Oppdal.

Nøyaktig en uke hadde gått siden politiet mottok tipset om den 32 år gamle Geir Jerven. Men fremdeles var både han og varebilen søkk borte, og nøye ransaking av kjellerverkstedet og hybelen hadde heller ikke bydd på opplysninger om hvor han kunne ha tatt veien. Eventuelle venner var gått i hi, ingen lot til å vite noe om ham. Det eneste sikre ved mannens kandidatur som Vibeke Ordals drapsmann var hans slette privatøkonomi, samt det ikke helt plettfrie rullebladet hans. En sosialkurator visste å fortelle at på en eller annen måte – kanskje på grunn av drikkfeldige foreldre – hadde han kommet skjevt ut i voksenlivet, vandret fra den ene jobben til den andre og aldri funnet seg til rette i byen. Han var født på Oppdal, men dro til Trondheim etter å ha blitt vraket av det militære. Et rådgivningskontor hadde sendt ham på et teknisk kurs, og etterpå fikk han arbeid i et velansett servicefirma. Det tok imidlertid ikke lang tid før han underslo et betydelig beløp og fikk sparken. Senere hadde han med varierende hell forsøkt seg som dørvakt, selger og vekter, men spillemani førte ham stadig vekk inn i økonomisk trøbbel, noe han forsøkte å løse ved å bedra og stjele. Firmaet Rapid hadde han overtatt bortimot gratis etter en førtidspensjonert tekniker, men det varte ikke lenge før kreditorene banket på døren. Det viste seg at han manglet sertifikat for å utføre merkereparasjoner av kjøkkenmaskiner, og regnskapet besto av en bunke blanke ark og diverse ubetalte fakturaer, et liksomforsøk på å late som om han hadde orden i papirene. En svak sjel, mente kuratoren, som personlig hadde truffet Jerven et par ganger og prøvd å hjelpe ham på rett kjøl. Men at han skulle ha drept noen, det tvilte han sterkt på.

Selv følte William at saken var kommet inn i en blindgate igjen. Han hadde merket det på Arne Kolbjørnsens stemme når han forsøkte å uteske ham; politiet var ikke blitt særlig blidere etter at Britta Olsen hadde betrodd seg til avisen. Kanskje visste førstebetjenten noe som han selv ikke gjorde, men nå var munnen hans lukket. Storm hadde kneblet folkene sine effektivt. Selv Ivar, som hadde gått en ølrunde sammen med Håkon Balke, måtte gi opp. Politiet var blitt lei av at avisen stadig kom dem i forkjøpet.

Også hans egne undersøkelser hadde møtt veggen. Det kjentes som en skikkelig nedtur at ingen av de ansatte hos Mox-Næss kunne huske hvem som hadde kjøpt det første eksemplaret av leksikonet, og gjennomlesningen av *Hjertekammermusikk* hadde ikke gjort ham særlig klokere. Boken rett og slett kjedet ham, selv om han med litt fantasi greide å skimte Solveigs påpekning av at det fantes en klar sammenheng mellom forfatterens liv og den kvinnelige hovedpersonen hennes. Hvis hun var identisk med Miriam Malme, virket det rimelig at hun lukket seg inn i seg selv, at «musikken» hun spilte var ment for mennesker med et mer subtilt sanseapparat enn folk flest, i en sfære befolket av skjønnånder. Hovedpersonen levde i en verden hvor utseende og ytre appell var underordnet ens indre kvaliteter. Hadde forfatteren alltid vært av en slik oppfatning, eller hang den sammen med hennes personlige ulykke? Solveig

161

mente at det siste måtte være tilfelle, og William innrømmet at det forekom setninger i teksten som røpet at tross alt lengtet hun etter andre attributter hos medmennesker enn bare de rent sjelelige. Men først og fremst handlet romanen om skyld og straff, og det såpass tydelig at det ikke kunne herske tvil om sammenhengen med forfatterens følelse av ansvar både for foreldrenes død og sin egen lidelse. Hva så? Lite pekte i retning av at hun hadde hatt fiender som ønsket henne hinsides.

I så fall var drapsmannen ingen hevner i vanlig forstand. Absolutt ingenting tydet på at Geir Jerven, hvis han også hadde drept Miriam Malme, var en mann med bekjentskaper innen litterære kretser. Og hvorfor ta livet av henne, når han tilsynelatende bare hadde knabbet en mobiltelefon og en skranten pengepung? I det hele tatt, etter hvilket prinsipp valgte morderen sitt bytte blant ensomme kvinner? Hvordan fant han frem til dem? Kanskje eksisterte det et mønster som gjorde politiet i stand til å gjette hvem et eventuelt neste offer ville bli. Vibeke Ordal var blitt frastjålet 30.000 kroner, kanskje et tilstrekkelig motiv for den gjeldstyngede reparatøren. Men sett at det ikke var han som sto bak drapene, at den virkelige gjerningspersonen på en eller annen måte hadde plantet pengene hos Jerven for å fri seg selv fra mistanke.

Da William nådde frem, priste han seg lykkelig over at bilturen var slutt. Han fant det gamle, skjeve tømmerhuset i utkanten av tettbebyggelsen, lett gjenkjennelig på grunn av de grå eternittplatene på gavlveggene, nøyaktig slik Anton Jerven hadde forklart i telefonen. Riktig uestetisk i et distrikt som var berømt for sin produksjon av naturekte skiferheller.

Det snødde fremdeles, og hvite prikker danset på netthinnene hans da han steg ut og banket på døren. Minuttet senere satt han inne i den vesle stua, hvor det brant i en svart Jøtul-ovn. Riktig koselig, hadde det ikke vært for alt smusset. William var normalt ikke kresen med hensyn til renhold; han syntes at Solveig altfor ofte satte ham til å støvsuge og vaske, men i dette hjemmet kunne selv han se det skrikende behovet for en storrengjøring. Vinduene virket gulgrå – av tobakksrøyk på innsiden og skitt på utsiden. Det var noe forsoffent og møkket ved det uføretrygdete ekteparet også, og han gjettet at kaffe-koppen som han mottok ikke akkurat var nyvasket. Selv bød han på ferske wienerbrød som han hadde kjøpt underveis, fra bakeriet i Soknedal.

«E trudd itj du villa kåmmå i slekt grisvær,» sa Anton Jerven etter en stund, mer mutt nå enn i telefonen, da ordet Adresse-avisen hadde vært nok til å vekke nysgjerrigheten.

Kona hans, Gudrun, samtykket. Hun var om mulig enda mer skeptisk. I likhet med ham var hun i begynnelsen av seksti-årene, og alkoholen hadde satt sine spor i begges ansikter. «E skjønna itj kva oss kainn hjelp te me.»

William prøvde seg med et smil. «Men nå er jeg altså her. I motsetning til politiet føler jeg meg ikke sikker på at Geir har noe med knivdrapene å gjøre.»

Det skremte ham hvor lite inntrykk ordene hans gjorde. Som om det nesten var dem likegyldig hva sønnen foretok seg i byen. Ingen av dem prøvde å klamre seg til den utstrakte hånden hans, ingen av dem kommenterte utsagnet, ingen av dem tok Geir i forsvar. I stedet trakk mannen på skuldrene, og kvinnen begynte å rulle en sigarett ved hjelp av et sinnrikt ap-parat som William aldri hadde sett før. Ingen av dem smakte på wienerbrødene; kanskje mistenkte de baksten for å være for-giftet.

«Hva tror så dere?» Han hadde tatt frem blokken og for-søkte samtidig å uttrykke vennlighet og forståelse. Paret var u-tvilsomt kjent med at tabloidpressen allerede hadde offentlig-gjort navnet på sønnen deres.

«Nja, tru og tru,» mumlet Anton Jerven.

«Hainn va da så snill da hainn va littin,» sa hun.

«Ja, en rettele go'gut.»

«Kuinna ha vorte ordførar.»

«Ell' radiokar ell' nå slekt.»

«Minn oss vart kjøle skuffa.»

Deretter tidde de, som etter en hemmelig overenskomst.

«På hvilken måte?»

De så på hverandre, og faren åpnet munnen først: «Hainn bynt å oppfør se så rart. E tru dæm mobba'n på skulin, minn

lærarn sa berre at dæ va sjøls hass skuild. For nå tuill! Hainn
Geir va flenk, hainn! Minn skulkameratan hass ga se itj.»

«Skulkamerata?» avbrøt moren. «Dæm berre drev og terg-
ja'n, hele tida, og fekk'n te å gjørrå my dævelskap.»

«E tru no heill at hainn mangla inkvart, e da.»

«Manglet hva?» sa William.

«Dæm snakka om dæ på TV-n i går. Kva æ dæ no dæ hette,
Gudrun?»

«Et gen.»

«Akkurat. Hainn Geir æ felkonstruert, helt frå botna. Og dæ
æ da vel for fa'n itj vår skuild!»

«Har noen påstått det?»

«Nei, minn dæm sie dæ, summe, at oss ga'n itj skikkele opp-
dragels. Dæm sie at oss itj tok tak ti'n tidsnok, at oss straffa'n
på fel måte.»

«Hvordan . . . hm, ble han straffet?»

«Real juling, som hainn fortent. Ailder nå utnamn ell at oss
tergja'n slik som naboan gjor. Oss va da gla ti'n Geir, minn
dæm skjønt itj nå som helst tå kolles dæ sto te mæ'n.»

«Kan jeg skrive det?»

«Ja, berre skriv om kolles oss ha vorte ødelagt her i bøgd'n,
kolles oss ha vorte gjort narr tå og vorte hengt ut te spott og spe
i aille år, både ho Gudrun, hainn Geir og e.»

«Dæ ha itj værre så lett, nei,» sa hun. Hun hadde fått fyr på
røyken, våget til og med å se den fremmede bladfyken inn i
øynene.

William noterte, og mens han gjorde det, slo det ham hvor
sterkt disse menneskene minnet om mamma og pappa Daniel-
sen i Trondheim. De var riktignok bare halvparten så gamle
som ekteparet Jerven, men om tretti år ville sannsynligvis også
de befinne seg i en lignende situasjon – fordrukne og illusjons-
løse. Ingen slag og spark lenger, bare et stilltiende fellesskap,
uuttalt forsoning og håpløshet over utallige spritflasker. Dette
var ikke noe som han greide å finne ut av, kanskje ville Halldis
Nergård ha vært den riktige her, en journalist som kunne ha
snakket med dem, trengt igjennom sprekkene i de krakelerte
fasadene deres – og forstått. Sønnen, mistenkt for å ha begått

både ett og to drap, var tilsynelatende ingen umistelig gave lenger. Kanskje var det virkelig sant, at de etter hvert ikke klarte å rå med ham. Kanskje hadde miljøet, både hjemme og i bygda, bidratt til å styrke de uheldige sidene hans.

Tenk om foreldrene var inne på noe, at Geirs egenskaper var medfødte. Overlege Jomar Bengtsen hadde gjort ham oppmerksom på en amerikansk forsker som hevdet at morderiske hjernevindinger ikke så ut som andres, at de hadde lavere aktivitet i den delen av hjernen som regulerte dårlige impulser. Dermed nyttet det ikke bare å skylde på ugunstig oppvekst eller annenrangs omgangskrets.

«Har han noensinne vist tydelige tendenser til aggresjon?»

Anton Jervens underkjeve falt ned. «Aggre . . . kvafornå?»

«Jeg mener, har Geir vært voldelig?»

«Itj nå vær inn ungdomma flest.»

Han innså plutselig at han ikke kom noen vei med slike spørsmål. Solveig hadde sagt det på forhånd, at han ville få de vanlige svarene, at alle andre unntatt dem selv var å bebreide. Det eneste hun ikke hadde forutsett, var den tilsynelatende likegyldigheten deres. I likhet med ham hadde hun regnet med at ekteparet ville forsvare avkommet sitt med nebb og klør. Sannsynligvis var ekteparet Jerven sunket så dypt i sin hjelpeløse avmakt at de ikke lenger orket å forsvare noe som helst. Tragedien deres var åpenbar – og uhelbredelig.

Blikket hans gled i retning av stuas eneste bokhylle, som knapt var halvfull. «Han har altså ikke satt seg i forbindelse med dere?»

«Itj sia hainn rengt og ønskt oss god jul, itj sant, Gudrun?»

«Og godt nyttår,» tilføyde hun.

«Ingen peiling på hvor han kan befinne seg?»

«Nei, det ha politiet spurt om au. Kanskje du har løst på en dram, Schrøder?»

«Nei, ellers takk. Jeg kjører.» Han greide ikke å flytte blikket vekk fra hyllen, for han dro kjensel på en bokrygg som han hadde sett før.

«Oss tæk vel et glas oss da, Gudrun.»

Det lød ikke som en direkte ordre, men uten et ord skubbet

hun seg møysommelig opp av stolen og sjokket av sted mot kjøkkenet på dårlige ben. Dagens dato, 8. mars, var neppe av skjellsettende betydning i denne familien.

En metallgrå rygg med rød tekst, observerte William. Han prøvde å lese versalene, men på grunn av avstanden fløt de ut. Han knep øynene sammen. Kunne det virkelig være tilfelle at en av Miriam Malmes bøker befant seg her, i dette huset på Oppdal? Han tok av seg brillene, pusset dem omhyggelig i lommetørkleet og satte dem på igjen. La hodet på skakke, men det hjalp ikke synderlig. Så tok nysgjerrigheten hans overhånd, og han reiste seg og gikk nærmere veggen. Da han greide å lese tittelen, innså han at han hadde tatt feil. På bokryggen sto det: SØLVKORSENE. Velkjent for ham likevel, fordi boken også fantes i stua på Nardo – forfatteren Fartein Sivles tvilsomme dokumentarberetning om en nordmann som hadde deltatt i en fjern krig. Hvorfor skulle synet av den plutselig engasjere ham mer enn ekteparet han ønsket å få noen uttalelser fra?

Han kjente svaret bedre enn de fleste; for mange år siden var han blitt kolossalt irritert fordi han avslo å skrive den boken selv. Dette ergret ham fremdeles, til tross for at Sivles suksess ganske snart var blitt forvandlet til et forsmedelig nederlag. Han ristet på hodet, snudde seg vekk fra bokhyllen og fulgte Gudrun Jerven med øynene da hun kom ut fra kjøkkenet med en flaske og to glass.

«Viss dæ æ nån som æ voldele, så må dæ væl vårrå disse forbaska afghaneran,» sa hun.

Han hørte ikke ordentlig etter. «Jaså?»

«Dæm trua både mæ di en og di ainder. Slik va det ailder fær her i bøgd'n.»

«Ailder,» forsikret mannen hennes.

William hadde hørt snakk om de to flyktninggruppenes innbyrdes stridigheter. Folk som hadde unnsluppet fra det muslimske regimet var blitt etterfulgt av tilhengere av mujahedin. Samtidig oppsto det gnisninger i forhold til kommunen, og man overveide å tvangsflytte den ene afghanerflokken til andre steder.

«Har Geir hatt noen forbindelse med dem?»

166

«Nei, han fór frå bøgd'n firri dæm kom.»

Og likevel denne antipatien, funderte William. Angsten for, eller forbitrelsen overfor alt som var annerledes, alt som skilte seg ut fra det tilvante. Bygdefolkets interne stridigheter måtte plutselig vike for et nytt fiendebilde. Ikke bare en tragisk kulturkollisjon, men også en kamp for å bevare det opprinnelige og vedtatte. En kamp som foregikk overalt i verden og til alle tider, i by som på land. Det fantes til og med en snev av naturens økologi i prosessen. Dersom balansen skulle opprettholdes og det «sunne» flertallet overleve, måtte uheldige mutanter, slike som Geir Jerven, utryddes eller fordrives. Det var lett å få øye på og kritisere de inhumane holdningene når man befant seg på trygg avstand, men ikke like enkle å kvitte seg med når man var midt oppi sammenstøtet.

Men han befant seg ikke her for å skrive om lokalsamfunnets problemer; han ønsket å danne seg et tilnærmet korrekt bilde av en mulig drapsmann. Kanskje hadde han greid det, men bildet var verken originalt eller oppsiktsvekkende, og dermed lite nytt å informere leserne om.

Da han tok plass ved det utrivelige sofabordet igjen, med sine kaffeflekker og ringer etter glass, og hvor de overfylte askebegrene fikk ham til å tenke på branntomter, var det bare for å markere en smule høflighet overfor vertskapet. Gudrun Jerven viste ham et album med fotografier fra sønnens barndom. På ett av dem sto han ved en gammel høvelbenk og smidde på et trestykke.

«Rene Emil'n. Hainn skuill ha værre snekkar, for hainn va flenk mæ kniv.»

Flink med kniv.

William rykket til, men sa ikke noe. Uten å nøle lot de ham få låne et annet bilde av sju år gamle Geir, hvor gutten syklet bortover en strekning med vårblomster i veikanten. Det stolte smilet hans kunne ha tilhørt en hvilken som helst yngling med håp om en lykkelig fremtid.

«Jeg må nok komme meg tilbake til byen. Mange takk for kaffen.»

Ingen av dem reiste seg da han gjorde det, men mannen, som

167

omsider hadde forsynt seg med et wienerbrød, sa: «Du skal væl på Lerkendal i kveill?»

«Ja, faktisk.»

«Går dæ an å spæll fotball mæ så my snø på banin?»

«Det snør atskillig mindre i byen. Tror jeg.»

«Tvi tvi, da.»

«Heia Rosenborg,» tilføyde hun.

Det var da noe. Gudrun og Anton Jerven var ikke helt avfeldige og døde, i små glimt klarte de å oppfange verdenen som strakte seg noen meter utenfor tømmerhuset og dets stramme eim av gammelt brennevin. Sønnen deres derimot, var dømt til evig fortapelse. Hvis han skulle finne på å vende tilbake, ville han neppe få noen varm velkomst, snarere bli møtt av forbauselse. William skuttet seg og tenkte på Anders, på hvor lykkelige de burde prise seg som hadde en sønn som pliktskyldigst ringte hver eneste uke for å forsikre Solveig om hvor bra det sto til i Bergen.

Han kjøpte en pakke Barclays på S-laget, og på vei nordover begynte været å letne. Det ble nok fotballkamp i kveld. Tankene hans var mest beskjeftiget med synet i bokhyllen. Besøket som sådant måtte betraktes som bortkastet, men en bok – nok en gang! – hadde plutselig åpnet øynene hans for en mulighet som var så innlysende at det måtte betraktes som en megatabbe at han ikke hadde oppdaget den for lenge siden. Kjøreturen til Oppdal var i det minste godt for noe, kanskje ville den til og med vise seg å bli den utløsende faktoren. Dyret inne i skogen hadde vært et reelt minne – en hjort.

Pulsen banket nesten like hurtig som hjulomdreiningene, og temmelig oppøst hørte han seg selv plystre sin private versjon av *Night And Day*. Skjærende falskt, men i overgiven og løssluppen triumf.

Stig Ove, internbudet i Adresseavisen, var svært idrettsinteressert. Som den nysgjerrige ungdommen han var, hadde han gjort seg godt kjent med alle avdelinger i huset, men når han stakk innom sportsredaksjonen – noe som skjedde oftere enn strengt nødvendig – tok han seg gjerne litt ekstra tid, lyttet til praten mellom journalistene, fanget inn nyheter og slukte dem. Ørene hans var som sugeventiler, og hjernen et bunnløst kammer hvor alt fra rykter til resultater og tabeller kunne magasineres opp.

Denne dagen var ekstra begivenhetsrik. Kvelden før hadde Ole Gunnar Solskjær kommet inn på Manchester United mot slutten av andre omgang og scoret seiersmålet over Bordeaux etter bare 25 sekunders spill. Ren magi, mente sportsredaktøren. *Ren magi*, tenkte budet. Det skulle han huske. Når tiden var inne, aktet han å bli reporter for TV3. Og i kveld sto Rosenborg for tur på Lerkendal. Absolutt siste sjanse til å gå videre i Champions League. Med seier over Dynamo Kiev ville håpet bli tent igjen.

«Ut med Mini og inn med Morten Knudsen,» fastslo han før han forlot avdelingen.

Da han avleverte dagens siste post til desken, var det ingen der som lot til å være spsielt opptatt av RBKs lagoppstilling. De snakket mest om en utenlandsk rengjøringshjelp, opprinnelig fra Ghana, som Gunnar Flikke mente burde få oppreisning av politiet etter at hun i høst var blitt lagt brutalt i jern, og det uten å ha gjort noe som helst galt. Deretter oppsøkte han kontoret til Hardyguttene. Når William Schrøder hadde tid, var han en av de få som det gikk an å prate fotball med, mens Ivar Damgård stilte seg uforstående til alt som handlet om sport.

Ivar var heldigvis ute på reportasjeoppdrag, og William hadde akkurat vendt tilbake fra et. Han skubbet seg vekk fra PC-en og snudde seg imøtekommende, tydelig forberedt på hva som ville komme.

«Så du'n Ole Gunnar i går?» begynte budet.

«Ja. For et nedtak. For et skudd!»

«Rein magi!»

«Og hvordan tror du det går i kveld?»

«Dæm *må* jo vinn. Men hainn Carew tænke bare på å bli rik. Likar å sætt inn Bernt Inge som spiss, spør du mæ.»

«Ingen spør vel deg?»

«Nei. Hvis æ hadd fått bestæm, skuill'n Mini ut også. Hainn e rætt og slætt for gammel, eie itj tæmpo i kroppen længer.»

De utvekslet meninger om dette overmåte viktige temaet en stund, inntil William gjorde mine til å konsentrere seg om skrivingen igjen.

«Nokka nytt om knivmordern?»

«Nei. Hadde ikke forresten du en teori om en pasient ved Østmarka?»

«Firmænningen min, ja. Men det va nå mæst toillprat.»

«Deltok i en eller annen krig som leiesoldat . . .»

«Biafra-krigen, ifølge mora mi. Glæm det.»

Men William glemte det ikke. Han hadde spurt mest for å minne seg selv om noe han måtte gjøre straks han kom hjem. Etter at Stig Ove hadde tippet 3-1 til RBK og trukket seg ut, kom Ivar hastende inn.

«Dæven trøske,» begynte han ilskt idet han dumpet ned på stolen sin, «statsadvokaten syntes i likhet med SEFO at konstabelen som pågrep vaskehjelpen opptrådte kritikkverdig på flere punkter, men har ikke desto mindre henlagt straffesaken.»

William nikket. Det var virkelig opprørende. Da han vendte tilbake til Heimdal, hadde Halldis møtt ham med lignende ord: «Hvis du sier drittsekk til en politimann, er sjansen for å bli straffet svært stor. Men hvis politimannen sier svarte faen til en farget kvinne og etterpå kaster henne på glattcelle, blir saken henlagt.»

«Attpå til,» fortsatte Ivar og striglet helskjegget sitt med begge hender, «har visst politilaget tenkt å anmelde Adressa for lederartikkelen i høst.»

«Den hvor det ble antydet grumsete holdninger innen politiet?»

«Riktig. Der som overalt ellers i samfunnet.»

«Som for eksempel på Oppdal.»

«Hæ?»

«Ekteparet Jerven la ikke akkurat fingrene imellom når det gjelder flyktningene fra Afghanistan.»

«Jeg ante ikke at det fantes flyktninger der,» sa Ivar. «Og ellers?»

«Sønnen deres er også blitt en slags flyktning.»

Kollegaen kommenterte ikke det, og en stund knitret det jevnt fra begge tastaturene – rasende som et maskingevær fra Ivars, mer stillferdig fra hans eget. De ble ferdig samtidig og leste hverandres utskrifter. William lurte på hvordan Kolbjørnsen betraktet redaksjonens kritikk av politiets tøffe metoder. Tok han avstand fra brutaliteten, eller solidariserte han seg med arbeidskameratene sine, slik de fleste innen etaten gjorde?

«Dæven trøske, du kan ikke skrive dette,» utbrøt Ivar plutselig.

«Grammatikalsk tabbe eller ortografisk blunder?»

«Ingen av delene. Du har åpenbart tatt ekteparets situasjon og bygdehetsen på kornet, men du forhåndsdømmer Geir Jerven temmelig effektivt. Gunnar kommer til å flå deg hvis dette kommer på trykk.»

William kikket irritert på understrekningene hans, men innså straks at han burde være takknemlig for advarselen. For én gangs skyld hadde han, vær varsom-plakatens fremste koryfé, i sin iver gått over streken. Ikke meget, men nok til at karakteristikken kunne tolkes som injurierende. Et avgjort brudd på regelen hans om å beskytte folk mot sine egne uttalelser. Og han som hadde forsikret foreldrene om at han ikke trodde at sønnen var innblandet i knivdrapene!

Beskjemmet innrømmet han sin skyld, og Ivar flirte. «Spør du meg, er Jerven mannen, men vi bør kanskje vente med å korsfeste ham.»

«Helt enig. Jeg bruker visst litt for mye energi på denne saken.»

«For mye fantasi,» rettet Ivar.

En lett korrigert og dermed langt mer pyntelig artikkel var i boks, og han forlot Heimdal tidligere enn vanlig. Han hadde lovt Solveig å lage noe ekstra godt til middag.

I kjøpesenteret på Nardo gled blikket hans over varene i den velassorterte kjøttdisken. Det stanset ved entrecôte-pakkene. Hos ham fantes det ingen tvil; ytrefileten var den mest velsmakende delen av oksen. Etter det vellykte Roma-oppholdet deres i fjor hadde Solveig begynt å foretrekke italienske retter, fra *osso buco* til *spaghetti alla carbonara,* men han våget ikke å ta opp konkurransen med henne. Måtte innrømme at hun var den flinkeste på kjøkkenet. Men noen biffer skulle han saktens greie å fikse. Han la mandelpoteter og en pakke grønnsakblanding i kurven, og foran kassen forsynte han seg med en bukett tulipaner og en konfekteske.

Heidi var allerede kommet hjem fra skolen og sendte ham et mistenksomt blikk da han stakk innom rommet hennes og ga henne en varm klem.

«Gratulerer med dagen!» ropte han i et forsøk på å overdøve musikken.

«Hvilken dag?»

«Åttende mars, vel.»

«Å, den.»

«Du og mamma skal vel gå i tog i ettermiddag?»

«Jeg skal på håndballtrening.»

«Det er klart. Jeg tullet bare.»

William hadde så smått begynt å betrakte datteren sin som en kvinne, men innså at den store revolusjonstiden var forbi. I konfirmasjonsalderen hadde Solveig fulgt *sin* mor og glemte senere aldri å oppfylle pliktene med hensyn til likestillingskampen. «Hvis vi ikke fortsetter å slåss, er vi snart tilbake til gamle dager igjen,» pleide hun å si, men sånt prellet av på Heidi. Hun tok tingenes tilstand som en selvfølge, som om situasjonen alltid hadde vært den samme, som om tilbakefall var utelukket.

Før han begynte å forberede maten, gikk han inn på stua og plukket frem *Sølvkorsene* fra bokhyllen. Tittelen refererte til den amerikanske krigsdekorasjonen *Silver Cross,* som ble delt ut til militært US-personell som hadde utmerket seg på en fremragende måte i strid. På baksiden av omslaget sto det:

Da den norske vietnamveteranen Jon forlot «det grønne helvete» i 1968, trodde han at han hadde lagt det bak seg for godt. Etter tre år som profesjonell drapsmann ville han slå seg ned i Norge igjen. Men som så mange soldater før ham, ble Jon inn-

hentet av fortiden. Opplevelsene fra jungelkrigen, redslene,
spenningen og den navnløse angsten vendte tilbake. Psykiateren
hans rådet ham til å huske. Bare ved å blottlegge alt han hadde
fortrengt, fantes det håp om bedring. Her er resultatet, slik Jon
selv har fortalt den rystende historien sin til Fartein Sivle. Boken
er et skrik fra et menneske i ytterste nød, en brennende appell
om å ta et oppgjør med krigens galskap, en beretning som gang
på gang hamrer fast at krig er den dårligste måten å løse konflik-
ter på.

Forfatteren skulle egentlig ha hett William Schrøder, men han
hadde unnlatt å benytte anledningen da Oddvar for snart fem-
ten år siden halte ham med seg på hjortejakt i utkanten av et
skogsterreng utenfor Trondheim. Han hadde ligget frysende på
bakken og ventet sammen med Jon, Oddvar og en tredje fyr
som han i farten ikke husket navnet på. Det var blitt en skikke-
lig bomtur, men allerede kvelden etter hadde Jon – i mørket
– felt akkurat den hjorten som jaktlaget ønsket seg (neppe
noen tilfeldighet av en mann som hadde tatt gullskyttermerket
i USA). Alt mens William holdt seg hjemme i byen og feiret
fødselsdagen sin.

Året etter kom den profesjonelle romansnekkeren Fartein
Sivle inn i bildet, og i 1987 ble boken hans utgitt. Soldathelten, i
den grad Jon tillot betegnelsen, hadde utnyttet det fenomenale
naturinstinktet sitt og overlevd Vietnam. Han hadde skutt så
mange fiender at han ikke kunne gjøre rede for antallet, og han
fikk oppnavnet «Kniven» blant lagkameratene da han i kull-
svarte natten foretok lydløse likvidasjoner. I noen måneder
hadde William misunt Sivle salgssuksessen, overbevist om at
han selv ville ha vært i stand til å skrive en *enda* bedre bok, for-
di det etter hans mening hadde vært noe naivt og amatørmessig
ved skildringen. Blant annet hadde forfatteren kjøpt og god-
kjent hvert eneste av Jons ord uten motforestillinger, forsømt å
sjekke militærfaglige detaljer som veteranen enten ikke tok så
nøye, eller som han ikke evnet å huske lenger, nesten tjue år
etter at han hadde sluppet vekk fra krigen. Senere sa Jon:

«Jeg hadde mer enn nok med å holde ræva nede og klamre

meg til livet. Den ene episoden lignet til forveksling den andre. Når du har mikset innholdet i flere malingbokser, er det vanskelig å skille fargene fra hverandre igjen.»

Utpå nyåret 1988 ble det imidlertid kjent at Jon aldri hadde deltatt i Vietnam-krigen. Ifølge USAs forsvarsmyndigheter var han blitt dimittert fra hæren i 1965, etter bare fem måneders tjeneste. Årsaken? Den tiltakende mentale ubalansen hans hadde gjort ham uskikket som soldat. Da han av uforståelige grunner verken våget eller brydde seg om å bevise sin medvirkning, fastslo også norske eksperter at historien hans var et falsum, at han måtte ha diktet den opp i ren frustrasjon over å ha blitt vraket, eller for å slå mynt på den. Jon fastholdt anonymiteten sin (etternavnet Vensjø forble ukjent for allmennheten), og tausheten hans hadde gjort det umulig for forfatteren å verifisere noe som helst. Han måtte tåle at en Oslo-avis betegnet utgivelsen som åttiårenes største bokskandale.

William syntes fremdeles litt synd på den godtroende Sivle, og husket hvordan hans egen misunnelse forvandlet seg til enorm lettelse fordi han selv hadde avvist Oddvars forslag om å skrive boken. Attpå til hadde den inneholdt så mange avskyelige og groteske scener at han kanskje ikke ville ha utholdt å lytte til Jons beskrivelser.

Men langt viktigere akkurat nå: Under hjortejakten i 1985 hadde Jon og kona bodd på et nedlagt småbruk, midt i et boligfelt med utsikt over Hommelvik. Hvis de bodde der fremdeles, og hvis han stadig hadde problemer med de utilfredsstilte lengslene sine, kunne det da tenkes at han hadde latt seg friste til å bruke kniven igjen? William hadde aldri besøkt bruket, men det lå neppe langt unna Miriam Malmes hus, som han hadde sett utenfra i forbindelse med pressekonferansen etter drapet. I *Sølvkorsene* hadde Jon eksekvert flere vietcong-soldater ved hjelp av lydløse våpen. Pianotråd for eksempel, som offisielt ikke hørte med i US-soldatenes utrustning, hadde vært et utmerket redskap til å kvele med. Men viktigst var kniven. Ved hjelp av den hadde han snittet over mange struper, til og med beskrevet den gurglende, vislende rallingen som straks fulgte:

174

«Det var et ekkelt, skurrende stønn, som om noen slapp luft ut av en ballong. Et langtrukkent ufff, før alt ble stille.»

Det hadde vært motbydelig lesning, husket William. Realistisk, farlig nær grensen til grøssende nytelse, gjengitt av en som visste hva han snakket om. En som med største letthet ville være i stand til å gjøre det på ny – om og om igjen.

Feil! Mannen hadde jo *ikke* visst hva han snakket om. Amerikanerne hadde fastslått at Jon Vensjø var en bløffmaker, at han aldri hadde vært i Vietnam, i hvert fall ikke som soldat. I så fall var det utenkelig at et slikt forvirret menneske, et psykotisk kasus som hadde drept bare i fantasien, mer enn tretti år senere – og tilsynelatende uten motiv – skulle begynne å likvidere uskyldige norske kvinner.

Hjertet sank i livet hans. Visste at han måtte ta seg sammen, at hans egen innbilningskraft var i ferd med å overmanne ham, bare fordi han så sterkt ønsket å finne en forklaring på drapene. Et besøk på et psykiatrisk sykehus, en tilfeldig replikk fra internbudet i avisen og synet av en viss bok i et hjem på Oppdal hadde fått ham til å konstruere en hypotese av såpass luftig, men stinkende karakter at han snarest burde befordre den over i nærmeste søppelkasse. I de mest fabulerende øyeblikkene sine var han til og med blitt så beruset av muligheten at hjertet hans hadde begynt å slå hurtigere. Dersom han henvendte seg til Kolbjørnsen og begrunnet hva han mente, ville politimannen med det røde håret i beste fall uttrykke forbløffelse, for deretter å avvise teorien som fantasifullt oppspinn. Selv Ivar, trodde han, ville reagere negativt. For hver dag som gikk merket han hvordan kollegaen, som normalt elsket å diskutere luftige gjetninger, var i ferd med å miste interesse for saken, i hvert fall sammenlignet med hans eget engasjement.

Han stakk boken inn i hyllen igjen og tuslet ut på kjøkkenet, kjente at han hadde lagt gløden bak seg.

Til gjengjeld svidde han forskriftsmessig de tre kjøttstykkene i den hete stekepannen før han minsket varmen og fulgte på med en stor smørklatt. Likevel piplet det blod ut på oversiden, og straks var drømmen der. Bilder av lidelse og død rullet over netthinnene hans – mamma Danielsens sår i tinningen, to livløse kvinner på hvert sitt rustfargede kjøkkengulv, små vietna-mesiske frihetskjempere med overskårne struper. Fra den ata-vistiske, hjemlige volden bak nedrullede gardiner til de legali-serte uhyrlighetene i stor målestokk, alt i en og samme film. Samtidig husket han hva Ivar hadde lirket ut av betjent Balke; da Vibeke Ordal inviterte sønnen og samboeren hans for å feire lottogevinsten, var det nettopp entrecôte hun planla å ser-vere dem. Så hadde han altså noe til felles med avdøde.

Maten var nesten ferdig da Solveig kom hjem til stekeos og blomster.

«Vi planlegger uortodokse aksjoner,» sa hun og kastet et skeptisk blikk på tulipanene.

«For å få litt mer i pengepungen?»

«*Mye* mer. Hvis ikke skolen blir styrket, kommer forfallet blant barn til å bli det.»

«Mener du virkelig at bedre lønn skaper bedre lærere?»

«Garantert. Ville ikke du også bli stimulert til å gjøre en bed-re jobb hvis du fikk femti tusen ekstra?»

«Kanskje. Men spør du meg, er det hjemmene som bør strammes opp.»

«Moralsk opprustning?» freste hun, i sterk konkurranse med lyden fra kjøttstykkene som surret i pannen.

«Du har selv sagt det, at det er innenfor husets fire vegger at elendigheten starter. At dere bare kan pynte litt på foreldrenes feilskjær . . . døyve symptomene.»

«Jeg er sulten som en ulv,» prøvde Heidi avledende. «Jøss, har du kjøpt konfekt, fattern?»

«Til kaffen. Min oppriktige hyllest til det svake kjønn.»

«Og blomster. Her er det noe muffens!»

«Fotball,» fastslo Solveig. «Mens jeg må slite meg nedover Nordre med en parole som forlanger full oppreisning for den stakkars fargede vaskehjelpen, skal pappa, Oddvar og Joakim feire dagen på sin måte.»

«Vi drar ikke til Lerkendal før i åttetiden. Hvis du vil, kan jeg gjerne bli med i toget.»

«Mener du det, William?»

«Ja visst.» Han smilte elskverdig da han halte den gjenstridige korken opp av rødvinsflasken og håpet at noe ville komme i veien.

Håpet gikk i oppfyllelse, i siste liten. Etter kaffen og konfekten, da alle tre var på vei mot entreen og forberedte seg på avmarsj, ringte det på døren. Heidi åpnet med treningsbagen i hånden, og ble møtt av en tynn mann i gammeldags poplinsfrakk.

«Ehm . . . jeg heter Aslak Fuglevåg. Er faren din hjemme?»

«Ja da. Pappa!»

William ilte straks til. «Vi skal egentlig ut, alle sammen . . .»

«Da får det vel heller vente til senere.» Doktorgradstipendiaten slo blikket skuffet ned. Han hadde antakelig tatt buss oppover fra Øya.

«Kommer jo litt an på hva det gjelder,» antydet William.

«Daisy Malme ringte til meg lørdag.»

«Jaså?»

«Hun hadde tilbragt noen dager i Hvitsten og gjennomgått Miriams eiendeler. På bunnen av et veggskap fant hun en bok som politiet må ha oversett. Sendte den til meg i posten. Mente at jeg er den rette til å overta den. Var ikke det snilt av henne?»

«Så absolutt.»

«Jeg har den her.» Fuglevåg pekte mot den slitte, svarte dokumentmappen som han bar i den andre hånden. «Miriams dagbok. Det står ting i den som kanskje kan være av interesse for deg.»

«For meg?»

«Jeg har ingen tillit til denne Kolbjørnsen. Bedre at du tar en titt på boken først, så kan vi sammen avgjøre hvorvidt myndighetene bør informeres.»

Tillit, tenkte William forbauset. Enten hadde mannen fått førstebetjenten i vrangstrupen, eller så tvilte han på at politiets etterforskning ville føre til noe. Men det som undret ham enda sterkere var hvilken rolle *bøker* lot til å spille i denne affæren. Bare i dag, med få timers mellomrom, var han blitt konfrontert med to ganske forskjellige litterære produkter, som hver for seg – eller sammen? – kanskje kunne kaste nytt lys over drapsmysteriene. Mot sin beste vilje kjente han hvordan pulsen var i ferd med å akselerere igjen.

Solveig, som hittil hadde stått i bakgrunnen som passiv tilskuer, måtte ha gjettet hvor viktig dette kunne være. Hun dyttet William til side og strakte ut en hånd mot den spinkle gjesten:

«Jeg synes du skal komme inn, Fuglevåg.»

«Mange takk, men . . .»

«Mannen min vil sikkert ha langt større utbytte av denne dagboken enn å gå i tog sammen med fossile kvinnesakskvinner. Ikke sant, William? Gi meg bilnøkkelen, så kjører jeg Heidi til hallen først.»

Han adlød lettet og takknemlig, rakte henne nøkkelen, trakk Fuglevåg inn i entreen og tok av seg ytterjakken igjen. Solveig og Heidi forsvant uten et ord.

«Det var slett ikke meningen å . . .»

William bare ristet på hodet, hjalp ham av med frakken og skysset ham inn i stua. Fuglevåg ville gjerne ha kaffeskvetten som var igjen på termosen, og William var blitt så spent at han forsynte seg med dagens andre sigarett. Ikke verst, tenkte han, for en mann som hadde avsluttet det forrige århundret med minst tjue i døgnet. Etter å ha utvekslet noen høflighetsfraser som den besøkende tydeligvis satte pris på, sa William:

«Vet du hva Daisy Malme har tenkt å foreta seg med de to eiendommene?»

«Selge dem. Deretter vil hun opprette et minnefond etter Miriam, noe som kan bli til stipendier for lovende forfattere. Lyder ikke det fint?»

William erklærte seg enig. De fleste arveberettigede tanter ville sannsynligvis ha benyttet anledningen til å sikre seg selv og alderdommen sin ytterligere, ikke kaste bort penger på unge penneknekter som knapt hadde annet å tilføre verden enn enda flere kloke, men uleselige tanker.

Fuglevåg åpnet mappen og trakk frem en blomstret perm som kunne ha inneholdt et lite fotoalbum, kanskje var den produsert i den hensikt også. «Jeg har markert avsnittene som jeg synes du bør lese.»

William tok imot og bladde forsiktig opp på den første siden, hvor halvparten av en gul klebelapp stakk ut.

«Hvorfor etterlot hun dagboken i Hvitsten?»

«Antakelig fordi hun hadde besluttet ikke å bruke den mer. Det fremgår av det siste hun skrev.»

Den regelmessige, tette, lyseblå skriften hellet over mot høyre og fikk William til å minnes måten Randi, hans egen mor, skrev på. Den første innførselen var ganske kort og var nedtegnet få måneder etter bilulykken:

Hvitsten 27. juni 1992.

Lørdag. Ferie. Jeg slet meg gjennom årseksamen på et vis, selv om det holdt hardt. Det er underlig å bo her igjen, for første gang uten mor og far. Jeg heter fremdeles Miriam, men er ikke lenger den samme. Jeg er helt alene, og jeg har ingen kropp lenger. Der nede ligger sjøen. Her er jeg.

Han følte straks hvordan denne teksten kom ham mye nærmere og berørte ham langt sterkere enn ordene i *Hjertekammermusikk* hadde gjort. Fordi dette var et innblikk i noe ubrytelig hemmelig – høyst private tanker som aldri hadde vært ment for andre enn Miriam selv. En tillitserklæring fra Fuglevåg, skjønt verken han eller William Schrøder, og knapt nok tanten hennes, var gitt autorisert tillatelse til å gå inn i en avdød, ung pikes liv på denne måten. Han trodde at han ville ha oppfattet lesningen som mer lovlig hvis hun hadde vært i live. Og likevel denne besynderlige henrykkelsen, dette motbydelige *suget* som fikk ham til å fortsette, å ta innover seg hvert eneste ord, som om de gule lappene bare var et hinder. Han måtte vite alt. Etter hvert glemte han tid og sted. Ante at kjæresten hennes satt i det samme rommet og iakttok ham, men leste like oppslukt som da han som barn lot seg lede inn i litteraturens univers. Ble henrykket og antastet, lei seg og skyldbetynget, alt ettersom. Først nå begynte han for alvor å begripe hva Miriam Malme hadde vært igjennom, hva det måtte ha kostet henne å holde ut og klamre seg til et liv som hun strengt tatt hatet.

Hvitsten 14. august 1992.

Snart begynner nest siste skoleår, og jeg må reise tilbake til Trøndelag. Sent i går kveld rodde jeg ut på fjorden, stjal meg til nok et hemmelig bad i den svarte sjøen. Når himmelen er blå, sitter jeg mest inne. Ser ut gjennom vinduet og betrakter de halvnakne kroppene nede ved vannet og innbiller meg at jeg er jenta i den røde badedrakten. Der kan jeg tydelig se mor komme svinsende oppover stien med markblomster i hendene og solskinn i ansiktet. Så fint vi hadde det sammen! Som når far satte over kaffekjelen og spredte duft fra Brasil ut under de hvite takbjelkene. Trygge, snille far som vekselvis gjorde meg sint og glad. Jeg drikker fortsatt ikke kaffe selv, men av og til fyller jeg vann på kjelen, åpner den blå boksen og snuser før jeg heller oppi en skje svart pulver og lar blandingen koke opp. Den samme vidunderlige duften som før, og plutselig er de hos meg igjen, mor og far. Fullendte minutter da tiden ikke beveger seg og ingenting vondt vil vederfares oss, som det står i Bibelen. Det eneste jeg ikke våger, er å kaste et blikk opp mot himmelen, for da kan jeg jo få øye på en ørn som signaliserer død.

Hvitsten 15. august 1992.

I dag er det lørdag. Jeg har nettopp lest det jeg skrev i går. Sånt kaller moderne, voksne mennesker for selvbedrag. Men det er slett ikke det samme som selvpining, for jeg nyter ikke smerten. Jeg nyter fortiden. Jeg gleder meg allerede til neste sommer. Nabo C var innom for en stund siden og inviterte meg til grillfest i kveld. Jeg sa ja takk. C er førtito og var mors beste sommervenninne. Hun er alltid blid og vil meg godt, men jeg leser jo av blikket hennes hvor synd hun synes på meg som har mistet foreldrene mine. Men hun skjønner ikke helt hvor dypt det stikker, for samtidig tror hun at jeg allerede har begynt å glemme. Jeg er vel blitt ganske flink til å spille restituert.

William leste videre. Han fulgte Miriam hjemover, på toget over Dovre, til det andre huset tre mil øst for Trondheim, til boligen i utkanten av Hommelvik, liggende i skråningen like ovenfor den gamle hovedveien til Stjørdal. Nesten hver dag – de dagene hun hadde skrevet i boken – reiste han med henne inn til byen, til skolen og tilbake igjen. Han leste om hvordan den for- ståelsesfulle legen hennes på en diskret måte sørget for at hun slapp å delta i kroppsøving, om hvordan hun taklet forsakel- sene i hverdagen, hvordan hun kompenserte for mer eller mindre innbilte nederlag ved å ty til bøker og film:

Solbakken 4. september 1992.
Vi har fått en ny norsklektor, E. Hun er alle tiders og vil at vi skal lese så mange gode romaner som vi bare orker. «Falkber- get, Hamsun og Hemingway har én ting felles,» sa E i dag. «De leste en masse. Ingen blir forfatter uten å lese mye.» Et godt råd, for det er jo forfatter jeg vil bli. Da kan jeg være mye alene og slippe unna mange plagsomme spørsmål. Som hvorfor jeg ikke er med i gymnastikken. Jeg pleier å si at jeg har en slags muskel- sykdom.

Solbakken 15. september 1992.
I dag fikk jeg innkalling fra Haukeland sykehus igjen. Jeg tror ikke jeg orker mer. På forhånd sa de at det ikke ville gjøre særlig vondt. Men det gjør det. Hver gang de berører huden min, føles det som å gjenoppleve ulykken. Tanken på den får det til å smerte ekstra. Men fremfor alt er inngrepene håpløse. Et av mine sjeldne blikk i speilet avslører straks at jeg aldri – aldri! – kommer til å få en kropp som noen vil holde ut å se på. Jeg holder det egentlig ikke ut selv heller. Men jeg lovte mor å bli til noe, og jeg akter ikke å skuffe henne. I går så jeg Mitt liv som hund på svensk TV: «Det kunne ha varit värre. Tänk på Lajka, den där rymdhunden. Henne stoppade dom inn i en sputnik och skicka upp i rymden. För att ta reda på hur hon mådde, skruvade dom fast trådar till hjärnan och hjärtat. I fem månader fick hon snurra rundt däruppe, tills matsäcken tog slut. Hon svalt ihjäl. Det är viktigt att ha sånt att jämföra med.» Ja, det fin- nes alltid noen som har det verre. Noen av dem nekter til og med å gi seg. I morgen skal jeg skrive til Haukeland og forlange at det blir tatt en pause i behandlingen. Det finnes likevel ikke nok frisk hud igjen på kroppen min som de kan flytte på.

Sommeren etter:

Hvitsten 4. august 1993.
I natt var det såpass mørkt at jeg rodde ut til skjæret, kledde av meg og svømte et stykke utover. Plutselig, mens jeg hvilte på ryggen og stirret opp mot de bleke stjernene, slo det meg at jeg kunne la meg synke, åpne munnen, svelge noen munnfuller og søke selskap med livet på bunnen, der den lille havfrue hørte hjemme. For når hun beveget seg oppe på jorden, når hun prøvde å danse, stakk det som tusen kniver gjennom føttene hennes. Hvorfor ikke bli til skum på havet i stedet? Jeg forsøkte virkelig, men fikk det ikke til. Og da jeg duppet opp i vannflaten igjen, tenkte jeg ikke på ørner, men på Lajka. Nei, skal jeg gjøre slutt på livet, må det skje i en bil. Gi full gass, stirre opp mot himmelen og la det stå til. Ingen overlever to ganger.*

Nesten ett år senere:

Solbakken 1. juli 1994.
Tante Daisy vil at jeg skal komme til Stavanger og bo hos henne. Hun mener at med det fine avgangsvitnesbyrdet mitt vil det være lett å skaffe meg en jobb. Men jeg foretrekker å være for meg selv. Det var et under at jeg overlevde russetiden. Altfor mange interesserte gutter som ville ta på meg og ha meg til sengs. Det var bare så vidt med S. Jeg fikk sånn lyst selv også at jeg med nød og neppe greide å unnslippe. Jeg glemmer aldri hvor forskrekket S ble da han fikk et glimt av brystene mine, de to månekraterne. Arrene på dem ligner blodstenkte ruiner. Ingen flere sommerturer til Hvitsten heller. Jeg skal bli her, begynne å skrive. Det siste E sa til meg på eksamensfesten var at jeg har alle forutsetninger som skal til for å bli forfatter. De ordene holder meg oppe, og heldigvis har jeg såpass mye penger etter mor og far at jeg greier meg en stund fremover. Jeg har fått tak i en brukt PC, og i morgen starter jeg!

Selv de mer litterære betraktningene leste William nøye. De økte i lengde og antall, men nesten åndeløst fulgte han Miriam videre, hennes omskiftelige tvil og tro, den aldri sviktende skyldfølelsen overfor foreldrene, hennes inngrodde angst for å blotte seg fysisk for pågående unge menn, som var straffen hun syntes at hun burde tåle fordi hun hadde distrahert faren under kjøreturen.

To år senere derimot, etter en periode med beroligende tabletter, i utilslørt triumf:

Solbakken 4. mai 1996.
I ettermiddag inntrådte en ny, stor forandring i livet mitt. En beskjeden konvolutt fra forlaget i Oslo dumpet ned i postkassen, og jeg tenkte at hvis de sier nei, kommer jeg til å svelge resten av tablettene, alle på én gang. Men de sa ikke nei, de sa JA!!! «Det har vært en stor glede å lese romanen din, og vi vil gjerne utgi den.» Kjære mor og far, takk for at dere skapte meg. Hvis dere klarer å tilgi, skal jeg prøve å gjøre alt godt igjen!

Nesten tre år senere refererte hun for siste gang til en mann som hun hadde truffet etter et forfatterkåseri som hun hadde holdt i Trondheim noen uker tidligere, en mann som måtte ha gjort et uutslettelig inntrykk på henne:

Solbakken 22. februar 1999.
Jeg vet ikke om jeg greier et liv uten J, men nå er jeg nødt. Aldri før har jeg kjent en slik fristende og spennende mann, enda han er mye eldre enn meg. Eller kanskje nettopp derfor. Jeg vet nesten ingenting om ham, men i forrige uke la jeg merke til noe sårt i blikket hans, noe forjaget som får meg til å tro at J ble mobbet som barn. I går kveld besøkte han meg for tredje – og siste gang. Han ga meg det varme smilet sitt, og så begynte han å fantasere høyt (og poetisk) om kroppen min. Da ble jeg nødt til å si at dette ikke gikk lenger, at jeg skal reise til Stavanger. Da ble J hvit i ansiktet, stakkar, og det var hakket før jeg rev av meg blusen for å demonstrere hvor forgjeves bestrebelsene hans var. Plutselig må han ha innsett at jeg er uoppnåelig for en hvilken som helst mann, for han trakk seg unna og forlot meg uten et ord. Jeg satt igjen med følelsen av at jeg hadde slått ham. Jeg prøver å

fortelle meg selv at jeg ikke savner ham. Det är jo inte så farligt, när man tenker efter. Det har hänt värre saker. Man måste jämföra.

J dukket ikke opp flere ganger.

En stiv klokketime var gått, og William leste de siste innførslene med et visst ubehag. Ikke fordi de skakte ham opp – mye tydet på at Miriam hadde hatt en av sine aller beste perioder – men fordi Aslak Fuglevåg, som ble ofret kjærlig oppmerksomhet, var til stede og sannsynligvis holdt øye med ham. Den aller siste meldingen var relativt kort og lød slik:

Hvitsten 11. februar 2000.
I går kom det en bok til meg fra A, en roman av Vikram Seth. Ingenting kunne passe bedre, for nå er det like før jeg skal sette siste punktum i min egen roman. Elskede A, etter at du ringte i formiddag, har jeg begynt å telle timene som gjenstår til vi møtes igjen. Hvis du bare klarer det jeg håper og ber om, er jo du det lykkeligste som noensinne har hendt meg! Så hvorfor lenger betro seg til en dagbok, som aldri gir svar?

Han ble sittende urørlig en stund. Det var blitt mørkt utenfor. Han lukket permen, takket Fuglevåg formelt for utholdenheten hans og spurte med tilgjort uanstrengt stemme om han skulle lage litt mer kaffe til dem.

«Gjerne det.»

«Jeg er glad for at du har latt meg se dagboken.»

«Hva er din mening?»

William nølte før han svarte. Så besluttet han å være ærlig: «Ord som gripende strekker ikke til. Men tro meg, jeg er blitt rystet. Trengte en påminnelse om at når vi klager vår nød, finnes det alltid noen som har det enda verre.» Han slo ut med hendene, for det var liksom ikke mer å tilføye.

«En fattig trøst, spør du meg. Jeg glemmer aldri det øyeblikket da jeg i min dumhet prøvde å . . . ehm, forføre Miriam.» Fuglevåg holdt brått inne og måtte ty til lommetørkleet. Etter-

184

på sa han lavt: «Hun må ha vært voldsomt sterk. Selv ville jeg aldri ha greid å leve opp til et slikt krav.»

«Samme her, og likevel lurer jeg litt på akkurat det. Hvorfor ga hun aldri beundrerne sine en sjanse? Hvorfor fortalte hun ikke denne J, og for den saks skyld deg, at hun var så forbrent at hun skammet seg over å vise seg frem?»

«Skammet seg. . . det er nettopp ordet. En kvinne, ikke minst i vår kroppsfikserte tid, er opplært til å skjule eventuelle skavanker. For å tekkes begge kjønn, er det om å gjøre å være tilnærmet perfekt. Lyter kamuflerer man ved hjelp av sminke. En hel kropp, derimot . . .»

«Gjelder ikke det oss mannfolk også?»

«Jo da. Men vi tyr helst ikke til make-up.»

William var takknemlig for resonnementet. Stipendiaten kunne selv ha gjort atskillig for å forbedre utseendet sitt, men brydde seg ikke om å tildekke sitt sanne jeg. En beundringsverdig holdning, etter hans mening, skjønt ingen ville ha kalt Fuglevåg en snobb dersom han hadde vært litt fjongere i klesveien. Han reiste seg og sa: «Det ble ikke noe av at hun dro til tanten?»

«Nei. Men hun vikarierte visst som lærer et par steder.»

«På Frøya og i Steinkjer, ja. Kanskje for å unngå J. Kan det ha vært han som oppsøkte henne og ønsket godt nyttår?»

«Ifølge Miriam møttes de ikke. Han ringte. Naturligvis kan det ha vært J.»

«Er det tenkelig at hun ved samme anledning betrodde ham at hun hadde fått mobiltelefon?»

Fuglevåg fór sammen. «Mener du at . . .»

William, som hadde vært på vei mot kjøkkenet, snudde seg i døråpningen. «Jeg vet ikke. Men jeg har på følelsen at drapsmannen kjente henne.»

«Hva er det nå han heter, han som er etterlyst . . . Jerven. Geir Jerven!»

William nikket. Nøyaktig det samme hadde slått ham også. Han gikk ut på kjøkkenet og fylte opp vannkjelen. Da han hadde satt støpselet i kontakten over benken, falt blikket hans på den øverste av de tre middagstallerkenene, som han ennå ikke hadde puttet i oppvaskmaskinen. En stripe av rødbrun sky, eller okseblod, lå størknet langs kanten. Han grøsset, merket hvordan han ble fylt av den eiendommelig dirrende følelsen igjen, den som med jevne mellomrom hadde skapt en fornemmelse av nye muligheter, veien til den definitive og endelige åpenbaringen.

Igjen måtte han undre seg over hvordan rene tilfeldigheter – og slett ingen skarpsindig tenkning fra hans side – hadde ført ham flere skritt videre. Takket være en taletrengt frisørdame hadde han foretatt en lang biltur for å få øye på den boken som hele tiden hadde stått i hans egen bokhylle.

Jerven var den strengt logiske forklaringen, og tok man navnet hans på fullt alvor, kunne han være et blodtørstig rovdyr. Men det fantes en annen tenkelig mulighet også. Nifsere, og ikke desto mindre like logisk: J for Jon.

Litt senere, da Fuglevåg hadde gått og faren inviterte ham og Oddvar på en øl før kampen, ringte han til Heimdal og ba desken om inntil videre å legge artikkelen om ekteparet Jerven til side.

Da han kom hjem

fra høvleriet den ettermiddagen, merket hun straks hvor used-vanlig oppglødd han virket. Selv det melankolske i blikket hans, som normalt henrykket venninnene hennes og fikk dem til å misunne henne, var borte. Nå lyste øynene under de tette, lange vippene på en måte som hun ikke hadde sett på flere år, nesten som om han hadde drukket av den forbudte spriten. Men det duftet ikke alkohol av ham, og derfor måtte glansen skyldes en slags nervøs forventning, som om det hadde hendt noe positivt som han gledet seg til å følge opp. Kvinnedagen hadde aldri betydd noe for ham – i grunnen ikke for henne heller – men både den og det gode humøret hans lot seg benytte som påskudd til å få en intim prat med ham, hjelpe ham med å finne tilbake til sitt gamle jeg.

«Jeg hadde tenkt å lage noe godt til oss i kveld,» sa hun innsmigrende.

«Det var da som faen. Jeg må inn til byen en tur.»

Men han virket ikke avvisende, snarere beklagende, og det var noe nytt.

«Til fotballkampen?»

Han ristet energisk på hodet, som om hun burde vite bedre. Sport hadde aldri interessert ham.

«Ut med det!»

Hun merket straks en snev av den velkjente uviljen hans mot å innvie henne i den hemmelige sfæren sin, men så løste ansiktsuttrykket seg opp i et forsonende smil:

«Jeg fikk en telefon i morges, fra en person som gjerne ville slå av en prat om good old days.»

«En skolekamerat?»

«Nei . . .» Han dro på det.

«Gammel flamme?»

Da brøt han ut i latter og ga henne en uventet klem. «Ja, jeg hadde stor sans for Terry.»

«Terry hvem?»

«Terry Donovan. Har ikke hørt fra ham på tretti år. Trodde han hadde gone to the dogs eller havnet blant harpegjengen.»

Plutselig skjønte hun hva han mente. «Dere var sammen i . . .»

«Ikke bare sammen. Til tider var vi ett. Jeg berget livet hans, og han berget mitt. Same shit!»

«Og nå er han i Trondheim?»

«Yes, baby.» Igjen det opprømte smilet, bruken av engelske gloser når han ble eksaltert. Denne gangen utvilsomt i positiv retning, som om han hadde mottatt en uventet gevinst. «Han deltar i en oljekonferanse. Greide å spore opp hvor jeg bodde, sa han. Måtte benytte anledningen til å hilse på meg.»

Hun var oppriktig glad på hans vegne. En samtale med en slik mann ville sannsynligvis utrette langt mer for sinnelaget hans enn hun kunne gjøre. Kanskje på samme måte som Artie hadde gjort, før han omkom en uværsnatt utenfor Moskenes. Arthur Smith hadde vært *medic* i krigen, greide ikke å holde ut livet i USA etterpå og flyttet av alle steder til Norge, hvor han kjøpte en sjark og prøvde seg som fisker i Lofoten. Jon traff ham aldri i Vietnam, men da boken utkom, hadde Artie ringt til forfatteren for å berømme ham, og Sivle nølte ikke med å sette dem i forbindelse med hverandre. Amerikaneren hadde også støttet Jon varmt da bråket omkring boken begynte, da det ble sådd berettiget tvil om sannhetsgehalten i den. Imidlertid hadde han tjenestegjort ganske andre steder i Vietnam, og kunne dermed ikke uten videre gå god for detaljene. Da nyheten om Arties død nådde Jon for noen år siden, hadde han vært nedfor i flere uker.

Resten av ettermiddagen holdt hun ham under en slags oppsikt mens han vandret urolig rundt i huset, ustanselig plystrende på *The Wind Cries Mary*. Hun følte seg litt skremt også, for det hadde hendt at hun feiltolket signalene hans. For sikkerhets skyld sa hun:

«Jeg tror faktisk at du fryder deg.»

«Ja, vær sikker. Og så Terry, av alle. Same shit!»

Stemmen fra den gamle soldatkameraten hadde tydeligvis vært nok til å piffe ham voldsomt opp. Hun husket så vidt navnet hans fra boken. Selv hadde hun lest den bare en eneste gang, men det var mer enn nok for henne. Hun frøs ved tanken på hva Jon hadde vært med på, og enkelte netter, når han kjærtegnet henne så pirrende som bare han kunne, hendte det at hun tenkte at disse hendene var blitt brukt til å drepe, og da ble hun paralysert av angst og motvilje. Samtidig som hun prøvde å forstå problemene hans, ønsket hun av og til at han hadde diktet opp krigsopplevelsene, at hendene hans var renere enn sjelelivet.

Da de møttes i 1970, hadde han nettopp vendt tilbake fra USA. Hun hadde straks falt for både ham og den naturlige sjarmen han utstrålte. Ikke et øyeblikk la han skjul på at han var krigsveteran, men forsikret om at minnene var i ferd med å fortape seg. Lenge hadde begge trodd det, men så begynte fortiden å vende tilbake. Til slutt hjemsøkte de livaktige mareritten e ham så ofte og skremmende at hun ba ham søke hjelp hos en psykiater som hun hadde hørt om. Vedkommende lot ham gå i terapi hos seg, og rådet hans var det motsatte av hva de hadde tenkt; det gjaldt for Jon å huske mest mulig. Bare ved å møte redslene ansikt til ansikt ville han bli i stand til å forsone seg med fortiden. En stund hadde det virket som om Sivles bok skulle bli redningen for ham.

«Hvor skal du møte ham?»

«I en såkalt pianobar på Britannia, etter at de har spist middag.»

«Bor han der?»

«Jeg antar det.»

Jon brydde seg lite om sitt ytre. Med det fenomenale draget han hadde på damer var det kanskje heller ikke nødvendig. Litt senere, da han sto nybarbert og nydusjet i entreen, sørget hun likevel for at han tok på seg den pene genseren som hun hadde kjøpt til ham i julegave, men som han hittil knapt nok hadde brukt. Hun fulgte ham ut til bilen også, ga ham et kyss på kinnet og sa:

«Hvis det blir et par drinker sammen med Terry – ja, jeg sa et *par* – kan du jo finne deg et hotell i byen og overnatte. Det er bare å ringe og gi meg beskjed.»

«Vi får se.» Nok en gang dette forbeholdne, skeptiske uttrykket, midt i den barnslige forventningen. Deretter klappet han seg på lommen, som for å forsikre henne om at han var forberedt på alle eventualiteter: «Han har fått nummeret til mobilen, i tilfelle han skulle bli forsinket. If necessary, I'll give you a sitrep, baby!»

Hun sto i vinduet og fulgte bilen med øynene, helt til baklysene forsvant i svingen nedenfor huset. For første gang på lenge visste hun hvor han skulle, og det i seg selv var nok til å gjøre henne lykkelig.

Jubelbrølet

nådde Beate som en orkan da hun stanset for rødt i Holter-
manns veg, der Strindvegen begynte. Hun kastet et blikk til
høyre og fikk øye på flomlyset over Lerkendal stadion. Visste
ikke at Ørjan Berg nettopp hadde scoret RBKs utligningsmål
mot Dynamo Kiev i det 38. minutt av første omgang, men det
var ikke vanskelig å gjette hva publikum hylte så begeistret for.
Hun smilte for seg selv. Hvis Svein hadde vært i byen, ville også
han ha reist seg på tribunen og strukket armene triumferende i
været. Men han var bortreist denne uken. Kanskje satt han på
et hotell i Tyskland og fulgte kampen på TV. Bare tanken på
ham gjorde henne varm innvendig.

Lyset skiftet fra rødt til grønt, og hun slapp kløtsjen og lot bi-
len trille videre innover mot sentrum. Klokken på instrument-
bordet viste 21:24. Hun hadde seks minutter på seg, og det klaf-
fet bra med hensyn til avtalen. Egentlig nærte hun motvilje mot
å treffe ham flere ganger, men i telefonen i formiddag hadde
hun vært lett å overtale. «Jeg har forsonet meg med at det er
slutt, Beate. Nettopp derfor, faktisk. Jeg vil ønske deg lykke til
videre. Du fortjener det.»

For en lettelse det hadde vært å høre ham si akkurat det!

Dette møtet ville skille seg fra alle de tidligere, hvilket ikke
minst han hadde understreket. «Vet du hva? Jeg er ganske let-
tet selv også. Ingen flere skjulte seanser, ikke mer konspira-
sjon. Når det kommer til stykket, er jeg deg stor takk skyldig!»

Ordene hans hadde fjernet en tung bør fra skuldrene hen-
nes. Å elske i dølgsmål hadde vært utrolig spennende, så lenge
det varte. Hemmeligholdelsen hadde vært en viktig del av det
vidunderlige spillet. Når andre så dem sammen, skulle det stor

191

innlevelsesevne til for å kunne gjette at nettopp de to var like avhengige av hverandre som to siamesiske tvillinger, en slags obligatorisk symbiose hvor den ene ikke kunne leve uten den andre. Fra første stund hadde begge lovt aldri å røpe forholdet for noen andre – han fordi han var gift, og hun? Delvis fordi hun respekterte familiefreden hans, fasaden han hele tiden hadde vært nødt til å opprettholde: «Ingen setter jeg høyere enn kona, men hun er dessverre, for å si det rett ut, en kløne i senga», og delvis fordi hun selv ikke ønsket å innvie utenforstående i sitt hungrende behov for sex. Da hun var yngre, mens hun bodde i Oslo, hadde hun aldri lagt skjul på den umettelige trangen, inntil en nær venninne hadde spurt henne like ut om hun var nymfoman. Den gangen måtte hun slå opp i et leksikon for å finne ut hva ordet egentlig betydde. Sykelig kjønnsdrift hos kvinner! Hun hadde ikke følt seg det minste sykelig, visste bare ved seg selv at hun *måtte* ligge med de mannfolk som kom i hennes vei. Selv når hun besluttet å være mer avholdende, varte det sjelden lenge før lysten meldte seg så sterkt at hun ga etter. En form for narkomani? Det var i hvert fall ubegripelig deilig å berøre og bli berørt, og hun skjønte (eller innbilte seg) at for henne betydde orgasmen langt mer enn for medsøstre flest. Et håndtrykk kunne være nok, et blikk, en tilfeldig beføling. Spesielt godt husket hun et kafébesøk i Oslo for flere år siden, da hun var blitt fotkurtisert av en fremmed mann vis-à-vis. Av ren kåthet hadde hun ført en hånd ned til skrittet sitt. Et par bevegelser, og det var nok til at det gikk for henne. Hun trodde ikke at han hadde skjønt hva som skjedde, men hun husket at han hadde spurt om hvorfor hun stirret opp mot taket og virket så fraværende i noen sekunder.

Sykelig? Muligens. Ja vel. OK!

Kanskje burde hun til og med skamme seg. Men hvilken rolle spilte hennes tilbøyeligheter så lenge hun gjorde en fremragende jobb hos Comdot, datafirmaet hvor hun var ansatt?

Snart tre år var gått siden hun møtte ham første gang, og det var som om han umiddelbart hadde gjettet hvilke behov hun hadde. Bare i en periode for et års tid siden hadde hun merket avtakende interesse fra hans side, og hun hadde fryktet at han var i ferd med å finne seg en annen. Men den perioden varte bare en måneds tid, så var de i gang igjen. Full rulle, bokstavelig talt.

Nå var det altså plutselig hun som ville ut. Hun hadde ikke gått direkte lei av ham, men da hun møtte en ny kunde i slutten av januar, i form av Svein Rudberg, skjedde det noe med henne som fikk henne til å tenke seg om og revurdere livssituasjonen sin. Selv hadde hun nettopp passert tretti, og skulle hun noensinne sette barn til verden, burde hun snart finne seg en mann som var villig til å tilby noe mer enn sex. Faktisk hadde hun begynt å lengte etter slike ting også – andre verdier, en tilværelse med familie, et kjærlighetsliv i full offentlighet. Sveins inntreden hadde gjort det mulig. Bare det å gå *ut* sammen med ham, å kunne vise seg på kino eller på et dansested i følge med sin utvalgte, hadde gitt henne en følelse av frihet som hun altfor lenge hadde undertrykt, ja nesten begravd. Svein var dessuten på hennes egen alder, enda mer viril enn den faste sengekameraten hennes, og i de siste månedene hadde hun merket tegn til at han ikke var fullt så sprek som han hadde vært til å begynne med.

Aller viktigst for henne var likevel det faktum at hun elsket Svein, ikke bare med kroppen, men med hele seg. Riktignok utstrålte han ikke den belevne sjarmen som hun var vant til å bli utsatt for, men den ble oppveid av en rekke andre egenskaper. Når hadde for eksempel en mann sist komplimentert henne med stor *faglig* dyktighet, når hadde en kunde noensinne uttalt at hun (fra sin relativt beskjedne plass i Comdot) hadde gitt vedkommende mer enn full valuta for pengene, at hun takket være sin utmerkede innsats hadde ytet kundens firma verdifull hjelp? Ingen, så vidt hun kunne huske. Ikke en kjeft, før Svein Rudberg uventet inviterte henne på restaurantmiddag. Visst var hun en kvinne for ham, men også et menneske. Kanskje skjønte han det ikke selv, at det var *han* som hadde sådd frøet til den avgjørende erkjennelsen hennes, at hun levde i et slags fengsel som hun snarest mulig måtte bryte ut av.

Det var nå det skulle skje – om noen få minutter, mens Svein befant seg langt unna og aldri ville få noen grunn til å bli sjalu. Ingen lidderlig finale, ingen avslutningsorgasme. Dette aller siste treffet skulle foregå i full åpenhet, en anstendig sorti over en alkoholfri drink på en bar i byen. De hadde aldri møttes på den måten før, og det var han som hadde foreslått begge deler. Intet forsøk på å drikke henne full eller å få henne til å angre. Siste runde ville bli en vennskapelig forsoning mellom to voksne mennesker, et takk-og-farvel uten den ampre tonen fra den forrige avskjedsscenen deres, da hun uten forvarsel tvang seg til å erklære at nå var det forbi, og det såpass abrupt at hun nesten var blitt redd for at han i sin dype fortvilelse ville slå henne fordervet. Raseriet i øynene hans – tapet av eiendomsretten? – hadde skremt henne til å frykte det verste, men han rørte henne ikke. Det hadde vært dumt av henne å opptre så uforsonlig, det innså hun etterpå.

Heldigvis hadde han, etter å ha tenkt seg om i et par uker, kommet til samme konklusjon som henne, at det var best å skilles som venner. *Shake hands*, hadde han sagt. Tilgivelse fra begge parter, fordi en lang æra var over. Hun så ikke bort fra at hun kom til å gråte en skvett, for det sto ikke til å nekte at de hadde hatt en fin tid sammen.

Beate oppdaget plutselig at hun befant seg i midtbyen, på vei nedover Munkegaten. Hun rakk så vidt å bruke blinklyset før hun måtte svinge hardt til høyre og inn i Dronningens gate ved Stiftsgården. Klokken på instrumentbordet skiftet til 21:29 da hun krysset Nordre og lot bilen gli sakte langs fasaden på Britannia Hotel, forbi kjellerrestauranten Jonathan og Queens Pub. Det fantes ingen ledige parkeringsplasser på noen av sidene, og hun håpet at han ville dukke opp til avtalt tid, slik at hun slapp å bli stående i veien for trafikken bakfra. Hun passerte hovedinngangen med baldakinen, gled videre i retning av Hjørnet.

Hjertet gjorde et hopp i henne da hun fikk øye på ham. Han var akkurat på vei ut gjennom glassdøren fra Hjørnet, barhodet og iført mørk vinterjakke og med stresskoffert i høyre hånd. Uten å nøle hoppet han inn i forsetet da hun stanset.

«Er jeg sent ute?» sa han mykt.

194

«Nei, helt presis.»

«Du skjønner, jeg skulle treffe en fyr nede i pianobaren for en halvtime siden. Jeg ventet i det lengste, men han dukket ikke opp.»

«En forretningsforbindelse?»

«Snarere en gammel venn. Han fikk vel ikke lov av kona. Sånn er livet. Men nå er det oss to det gjelder. Tusen takk for at *du* kom, forresten.»

«Takk i like måte.»

Så rart, tenkte hun. Vi forholder oss til hverandre som fremmede. Vi har vært sammen i nesten tre år, og nå er intimiteten oss imellom en hallusinasjon.

Det virket som om han opplevde det på samme måte. Han kremtet og kastet et blikk bakover, skulle vel fastslå at ikke bilen sperret veien for noen. Han lempet den vesle kofferten over i baksetet og vendte ansiktet mot henne.

«Problemet,» sa han, «er denne hersens fotballkampen.»

«Hvordan da?»

«Utestedene er fulle av ungdommer som ikke har billett til Lerkendal. Storskjerm og greier. Full rulle overalt. Men jeg tror jeg har en idé, Beate.»

«Ikke Palmehaven, vel?»

Da smilte han. «Det blir i så fall et skikkelig brudd på avtalen. Skulle ikke vi ta en cola eller en kopp cappuccino i stille omgivelser? Dessuten vrimler det ikke akkurat av parkeringsplasser her. Jeg brukte en evighet før jeg fant en luke borte i Søndre.»

«La meg høre ideen din.»

«Baren ved Scenarioen i Olavskvartalet.»

Hun nikket. «Det høres bra ut.» Hun kikket i speilet og satte bilen i gir.

Da de kjørte nedover Kjøpmannsgata, begynte lette snøfjon å danse i luften.

«Parkerte biler overalt her også,» sa hun.

«Spiller ingen rolle. Det er sikkert plass i kjelleren under hotellet. Så slipper vi å bli våte i håret også. Derfra er det bare å ta heisen opp.»

Beate hadde aldri satt fra seg bilen der før, men syntes det lød som et praktisk forslag. Hun dreide inn i Fjordgata, og da han pekte mot venstre, blinket hun seg inn i passasjen som en gang hadde vært enden av Krambugata. Kjørebanen stupte nedover, og da bilen nærmet seg den grå metallporten, begynte denne automatisk å heve seg. Ny venstresving, og inn i det sterke neonlyset som fikk de hensatte bilene til å skinne blankere enn de egentlig var. Hun stanset ved automaten og leste at billetten skulle legges på et lett synlig sted under frontvinduet, men han ristet på hodet:

«Det fikser jeg etterpå, når vi har funnet et sted å parkere.»

Hun syntes det virket fullt overalt, men han dirigerte henne videre og sa at innerst i de trange, hvitmalte labyrintene pleide det å være noen ledige plasser. Han fikk rett i det. Da de hadde kjørt forbi heisen og hun styrte inn i det innerste rommet, åpenbarte det seg noen tomme felter til høyre, og han pekte straks på en ubenyttet plass, like ved en søyle. Hun greide så vidt å smette bilen inn i åpningen. Da hun slo av motoren, hadde han allerede løsnet sikkerhetsbeltet og strukket hånden ut mot baksetet.

«Vent et øyeblikk. Jeg har en liten overraskelse til deg. Pokker også!»

Hun skjønte at han ikke fikk tak i stresskofferten, antakelig hadde den glidd ned mellom setene. Så steg han raskt ut, åpnet døren til baksetet og krabbet inn.

«Ikke snu deg, kjære Beate.»

Gud, som hun fremdeles elsket den dype stemmen!

Hun adlød, prøvde ikke engang å tyvkikke i speilet. Hun hørte at låsene på kofferten spratt opp. Det raslet i noe. En avskjedsgave, tenkte hun. Han hadde aldri vært snau med gaver. Så merket hun at han lente seg fremover. Den venstre underarmen hans, med den velkjente tette hårveksten, kom til syne over skulderen hennes. Hun skottet ned mot den, og først følte hun trang til å le; det virket så komisk at han hadde trukket genserermet opp til ovenfor albuen, men stadig med hansken på. (Hvorfor i all verden hadde han tatt av seg ytterjakken?) Hun kunne ikke se den andre hånden, men ved hjelp av begge

196

løsnet han sjalet som hun bar rundt halsen. Et smykke? Ja, det måtte det være. Han hadde sikkert kjøpt et pent halsbånd til henne, og nå ville han dandere det og lukke låsen bak nakken.

Da sjalet var frigjort, flyttet han venstre hånd opp til pannen hennes og trakk hodet bakover, slik at det ble presset mot nakkestøtten.

Kraften bak grepet fikk henne straks til å innse at hun hadde misforstått situasjonen totalt, og like hurtig ble hun bragt over i en tilstand av unevnelig redsel. Den var velbegrunnet, for da han begynte å snakke igjen, var stemmen fullstendig blottet for den vanlige myke resonnansen – i stedet skurret den, fordreid av oppdemmet hat:

«Du skal bare vite én ting, din helvetes tispe, at jeg slett ikke finner meg i måten du har behandlet meg på!»

Lammet av sjokket kunne Beate iaktta øynene hans i speilet, og med ett gikk det opp for henne at hun hadde sett noe av det samme da de møttes sist, da hun fortalte ham at forholdet var forbi. Men denne gangen virket raseriet i blikket ti ganger sterkere. Hun løftet begge hendene opp mot pannen for å prøve å fjerne hanskehånden som holdt henne fast. I samme øyeblikk kom den andre til syne innenfor den høyre albuen hennes, og i det iskalde lyset fikk hun et glimt av en skinnende refleks.

«Ingen – *ingen* – gjør ustraffet noe slikt mot meg!»

Akkurat da hun kjente kuttet i halsen, gikk det opp for henne hvem han egentlig var og hva han hadde gjort med to andre kvinner, men både tankene hennes og den fryktelige smerten fadet ut da mørket hurtig barmhjertiget seg over henne.

Gurglelydene fortalte ham at snittet hadde vært vellykket. For å unngå blodstrømmen trakk han straks hendene til seg og la redskapet tilbake i kofferten. Fantes det noe han avskydde, så var det å få blod på de velmanikyrerte hendene sine. Han rullet ned ermene på genseren, snudde seg, lyttet et øyeblikk og kikket ut gjennom bakruten før han åpnet døren. I stedet for å ta på seg ytterjakken igjen, iførte han seg den tynne, grå, fotside regnfrakken som han hadde oppbevart i kofferten sammen med våpenet. Han stakk føttene ned i hver sin plastpose og festet dem med tape. Det ville bli masse blod både i forsetene og på frakken hans, men det spilte ingen rolle så lenge han ikke fikk noe på klærne under eller etterlot avtrykk som kunne spores tilbake til ham.

Antrekket fikk ham til å minnes obduksjonskjelleren ved Regionsykehuset, som han hadde besøkt for et par år siden. En gammel klassekamerat fra gymnaset som hadde utdannet seg til patolog hadde vist ham rundt i duften av desinfeksjonsmidler, latt ham både se og prøve de lysegrønne plastgevantene, fra hodeplagg til fottøy. Det eneste som manglet den gangen var døde kropper på de sterile bordene, men det fantes jo grenser for hva man kunne la nyfikne utenforstående få lov til å oppleve.

Nå hadde han til og med et lik.

Hvis noen tilfeldigvis skulle vise seg i nærheten, var det bare å huke seg ned bak bilen. Etter hans erfaring tilbragte folk sjelden overflødig tid i eksosfylte parkeringskjellere. Nesten viktigere – intet videokamera dekket feltene på denne siden av rommet, det hadde han undersøkt på forhånd. Hvis en vakt mot formodning satt og holdt øye med skjermbildene, kunne han ikke se hva som foregikk i området hvor han befant seg.

Tanken på å etterlate henne i kjelleren hadde streifet ham, men i så fall ville det ikke vare lenge før hun ble funnet. Han kunne naturligvis forsinke prosessen ved å flytte liket over i bagasjerommet, men da risikerte han at det ble såpass mye blodsøl på sementgulvet at noen ville ane uråd. Nei, det var best å holde seg til planen, komme seg vekk herfra snarest mulig, med et lik som passasjer.

Han åpnet døren foran på høyre side og oppdaget at hun ikke engang hadde rukket å løsne setebeltet. Herregud, hvor sterkt han unte henne den uhyggelige metamorfosen hun måtte ha gjennomlevd, fra intens glede til dypeste skrekk. Synd at den varte så kort. Til gjengjeld var hun ferdig med livet. Ingen fremmede, lystne mannfolkfingre skulle noensinne grafse på den deilige kroppen hennes. Den tilhørte ham alene.

Storparten av blodet hadde allerede strømmet ut, men det

piplet fremdeles jevnt fra det dype kuttet ovenfor kragebenet. Hodet hennes hang ned mot brystet, og kåpen var gjennomtrukket av blod; det hadde til og med sprutet litt på rattet. Han trykte på setebelteklemmen og begynte å hale henne over mot passasjersetet. Det ene kneet hennes buttet mot girstangen, men etter noen få manøvrer hadde han greid å buksere kroppen dit han ønsket. Etterpå felte han ned seteryggen, slik at hun ble liggende nesten horisontalt bakover, ute av syne fra utsiden av vinduene, med mindre noen kom like innpå. Så gikk han rundt bilen og tok plass i førersetet. Eventuelt blod på dette eller på matten under brydde han seg ikke om; når det hele var over, skulle han sette fyr på regnfrakken, plastposene og hanskene. Politiet klarte sikkert å rekonstruere hendelsesforløpet inne i kupeen, men det spilte null rolle så lenge de ikke greide å finne ut hvem gjerningsmannen var. De måtte så gjerne skjønne at hun hadde lidd, at hun var blitt utsatt for en som var ekspert i faget sitt, en som hadde snittet struper mange ganger før.

Da han skulle starte motoren, oppdaget han at nøkkelen ikke sto i tenningen. Den hadde hun altså rukket å trekke ut. En gufs av angst fylte ham, og den ble kraftig forsterket da han hørte den umiskjennelige lyden av klaprende skritt.

Helvete! Sett at vedkommende var på vei fra heisen og mot nabobilen til høyre; da skulle det godt gjøres ikke å legge merke til den livløse kvinnen som lå utstrakt ved siden av ham. Han senket hodet, og mens han satt bøyd over fanget hennes og anstrengte ørene for å finne ut om skrittene kom nærmere eller fjernet seg, søkte han i kåpelommene hennes. Ingen bilnøkkel.

Klapp, klapp, klapp.

Et menneske på høye hæler. Nok en kvinne, og skrittene nærmet seg.

Han holdt pusten og lot venstre hanskehånd famle langs matten mellom føttene hennes og rørte ved noe mykt. Trakk gjenstanden til seg og skimtet håndvesken hennes. Den hadde havnet på gulvet foran setet, og han fisket den til seg. Fant nøkkelen, men måtte fikle en stund med den før han greide å stikke den inn i tenningslåsen.

Skrittene stanset like i nærheten. En kort pause oppsto, og han trakk pusten dypt og holdt den. Det smalt i en bildør. Han hevet hodet forsiktig, fikk øynene over vinduskarmen. Ny pause, og så startet en motor. Frontlykter ble tent, og bilen bortenfor den nærmeste begynte å rygge. Da begynte han å puste igjen. Lettelsen gjorde ham nesten kvalm.

Halvminuttet senere var bilen borte. Han dreide nøkkelen rundt, og det ble hans tur til å rygge. Da han kjørte forover igjen og styrte mot utgangen, kjente han hvordan hanskefingrene klebret seg mot rattet på grunn av blodet, og det sterke neonlyset fra taket fikk væsken som hadde trukket seg inn i kåpestoffet til å skinne som rødmaling. Han visste at hvis det hadde vært dagslys utenfor, ville han aldri ha våget å gjennomføre den siste, nødvendige turen.

Der, det blå skiltet med UT på.

Det raslet i metallporten, og han begynte å gi gass. Det hadde ikke vært nødvendig å kjøpe billett. Ingen tenkelige spor var etterlatt, bortsett fra at minst ett videokamera måtte ha registrert både bilen og nummeret, på vei inn eller ut. Men han visste at tapen kom til å bli slettet innen tjuefire timer, og før den tid ville ingen få rede på at en død kvinne var blitt fraktet ut av parkeringskjelleren. Hadde han likevel glemt noe? Nei, alt befant seg i bilen. Det hadde han jo sjekket før han tok plass bak rattet. Så befant han seg oppe på jorden igjen, i Fjordgata. For å bli kvitt den tunge, søtlige duften av blod, satte han viften på full guffe, men han aktet seg vel for å kjøre for fort. Da han nådde Ravnkloa, var bilen bare et anonymt kjøretøy i køen som ventet på grønt lys. Han kastet et blikk på instrumentpanelet. Digitaluret viste 21:45. Bare ett kvarter var gått siden han satte seg inn i bilen ved siden av Beate. I dette øyeblikk blåste sannsynligvis dommeren i gang annen omgang på Lerkendal, noe som strengt tatt var ham revnende likegyldig. Han gadd ikke engang å lytte på radiosendingen. Men hele tiden hadde han brukt fotballkampen som målestokk for tiden. Innen kampen var slutt, ville han ha fullført ærendet sitt.

Følelsen av triumf begynte ikke å fylle ham før han kjørte oppover Byåsveien og la byen under seg. Kanskje hadde det med snøen å gjøre. Den var så vidt begynt å falle igjen, og det var meldt mer. Et godt tegn. Ikke bare kjente han seg lutret av slikt vær, men snøen ville helt sikkert også forsinke letearbeidet. *The survival of the fittest.* Ingen forbundsfelle var viktigere enn naturen.

Det formelig boblet i ham, slik det hadde gjort forrige gang. Igjen hadde han vunnet, beseiret nok en kvinne som hadde slått hånden av ham, demonstrert hvem som var sterkest, hvem som bestemte. Av grunner som han slett ikke forsto, hadde hun sviktet tilliten hans. I telefonen hadde han sagt: *«Jeg har forsonet meg med at det er slutt, Beate. Når det kommer til stykket, er jeg deg stor takk skyldig!»* Det hadde gjort ham skikkelig vondt å uttale løgnen, men den måtte til for å få henne på tomannshånd igjen. Og nå var det over. Det hadde vært verre med Miriam. Først den samme tilfredsstillelsen som nå, men etter hvert nagende tvil på grunn av avisenes antydninger om at kroppen hennes hadde vært sterkt forbrent etter bilulykken. Hvis han hadde ant at det var årsaken til at hun nektet ham adgang, at heller ingen andre hadde fått lov til å knulle henne, ville han kanskje ha overveid å la henne leve. På den annen side sto det ikke til å nekte at han dypest sett hadde gjort en god gjerning. Tanken på den arrete kroppen fikk ham til å grøsse av motvilje. Ufullkomment liv fortjente ikke å eksistere, ganske enkelt fordi det ikke hadde noen berettigelse. Det var en trøstefull betraktning.

Når det gjaldt Beate, fantes det ingen skygge av tvil hos ham, og han moret seg ved tanken på folks forskrekkede reaksjoner når de fikk vite at en tredje kvinne var blitt funnet død. Nøyaktig samme metode, gjennomført av den suverene herskeren som uforferdet tillot seg å leke katt og mus med politiet. Og det på selveste kvinnedagen!

Ikke minst skulle inntrengeren – Svein Rudberg – motta en støkk som han aldri senere i livet ville greie å kvitte seg med.

Det tok ham mindre enn tjue minutter å kjøre fra Olavskvartalet til parkeringsplassen. Her oppe snødde det enda tettere, og den store flaten lignet en hvit ørken. Han valgte et sted hvor det sto bare tre biler fra før. Etter snømengden på takene å dømme måtte to av dem ha stått der i flere dager, så det var tydelig at ingen brydde seg. Han parkerte ved siden av den tredje bilen, en som bare var dekket av kveldens tynne snølag. Det kunne han trygt gjøre, for den tilhørte ham.

Fem minutter senere var han på vei nedover igjen, i sin egen bil. Om ikke lenge ville naturens egen kamuflasjemaskin ha sørget for å skjule sporene etter den. Han var like pent antrukket som han hadde vært da han møtte Beate, for alle de blodige plastgreiene hadde han rullet sammen og lagt i stresskofferten. Også den skulle bli ildens bytte. Etterpå aktet han å ta en desinfiserende dusj.

Klokken var blitt 22:13, og Sergej Rebrov hadde nettopp banket inn seiersmålet for Dynamo Kiev.

Joakim Schrøder

savnet ikke jobben sin som politimann. Nå som også Randi
hadde gått av med pensjon, kunne han ofre mer tid på henne,
kvinnen i hans liv. Under den kalde krigen var det blitt mye
nattevåking og ekstraarbeid, og i perioder hadde vaktene deres
ofte kollidert, hun på Regionsykehuset som fysioterapeut og
han på tvilsomme oppdrag for sikkerhetstjenesten.

I ettertid, og med flere års forsonende avstand til begivenhe-
tene, så han klart hvor nesten totalt bortkastet hans egen inn-
sats hadde vært. Millioner og atter millioner av kroner var blitt
brukt til å kjempe mot innbilte fiender. Trusselen fra Sovjet
ville han ikke uten videre kimse av, men visse rikspolitikeres
demagogiske forsøk på å mane frem hundrevis av norske spio-
ner hadde slått feil. Bortsett fra Gunvor Galtung Haavik og
Arne Treholt hadde bare småfisk gått i garnet. For å legitimere
behovet for å opprettholde det overdimensjonerte overvåk-
ningspolitiet, måtte man fremdeles ty til det gamle fiendebildet
for å finne potensielle svikere. Utenrikskorrespondenten i
Stavanger Aftenblad som måtte lide for de pinlige krampetrek-
ningene, burde ha vært spart. Hvorfor i all verden konsentrerte
ikke etterretningen seg om nynazister og industrispionasje?
For ikke å snakke om hva en slik etat kunne ha bidratt med for
å komme narkotikaimportørene til livs!

Denne morgenen, fredag 10. mars, var det en uttalelse i ra-
dioen fra statsadvokaten som hisset ham opp såpass at han slo
hånden i frokostbordet, og det skvatt kaffedråper over på speil-
eggene.

«Joakim, da!» kom det straks fra Randi.

«Her bruker man penger på gufset fra fortiden,» skarret han

203

sørlandsk, «i stedet for å gi politiet ressurser til å motarbeide dagens kriminalitet.»

«Tror du det vil hjelpe?»

«Så avgjort. Ikke minst hvis de settes inn på det preventive området. Jeg støtter Solveig. Hvis alle foreldre og lærere var som henne, ville mangt og meget ha vært bedre for den oppvoksende slekt. Tenk på alle pengene samfunnet kan spare hvis vi konsentrerer oss om å komme all styggedommen i forkjøpet.»

Randi nikket, for hun hadde svært lite å utsette på svigerdatteren. «Hva med William?»

«Han gjør så godt han kan. Solveig har lært ham en hel del. Når det kommer til stykket, tror jeg at det er hun som står bak Adresseavisens nye giv, og ikke verdikommisjonen.»

«Det står alltid kvinner bak. Vi skal forresten drikke kaffe på Nardo i ettermiddag. Hvilke planer har vi ellers?»

Joakim Schrøder kastet et blikk ut gjennom vinduet før han svarte. De bodde i niende etasje på Valentinlyst og hadde normalt storslagen utsikt mot sør. Men nå var det begynt å snø tett igjen, og han kunne ikke se lenger enn til Zion sykehjem. Der, tenkte han, ender jeg kanskje om ti-femten år, hvis Randi blir den som faller fra først. Han skuttet seg og tvang seg til å smile i stedet. «Hva med en tur innom reisebyrået og forberede en utflukt til Roma?»

«Mener du virkelig det?»

«William sa at det vil være midt i blinken for oss, mens vi ennå er mobile. Men først må du gi ryggen min en omgang.»

Hun lovte straks å gjøre det. Ingen kunne pleie den vonde baksiden hans bedre enn hennes rutinerte hender. Begge reiste seg, og da hun satte de skitne tallerkenene inn i oppvaskmaskinen, plinget det på døren. Joakim åpnet, og utenfor sto den nye vaktmesteren, en kar i førtiårene med kornfarget trønderbart.

«Du Schrøder, æ har et lite probblem.»

«Spytt ut.»

«Det bor ei dame nede i syvende som itj åpne døra.»

«Så er hun vel ute.»

«Det tror æ også, men sjæfen heinnes e alvorlig reidd for at det kainn ha tilstøtt'a nåkka, for hu har itj vist sæ på jobben.»

«Hm.»

«Du e jo polletimainn . . .»

«Har vært.»

«Æ lure bare på om æ egentlig har lov te å lås mæ inn og kontroller at ailt e i orden me'a.»

«Tja, si det. En rask titt kan vel ikke skade.»

Vaktmesteren lyste opp. «Kainn du tænk dæ å bli med?»

«Vel, hvis det er slik at du er redd for å gå inn alene . . .»

«Reidd, æ? Langt ifra! Æ har aildri vært reidd av mæ. Men så kom æ te å tænk på hainn knivmordern. Hu Beate Stokke bor jo allein og e i dein rætte aildern.»

Den rette alderen, tenkte Joakim. Så vidt han kunne huske hadde Vibeke Ordal vært 46, og Miriam Malme 24. Ingen tvil om at de to drapene hadde skapt uhyggestemning i byen. Han snudde seg og ropte inn i leiligheten: «Randi, jeg blir borte i fem minutter!» Uten å vente på svar gikk han ut i gangen, og vaktmesteren åpnet døren til heisen.

To etasjer under befant de seg i nøyaktig samme type forgang, og da Joakim kastet et blikk på dørskiltet, hvor det sto *Beate Stokke*, slo det ham at han ikke visste hvem kvinnen var. Sannsynligvis hadde både Randi og han møtt henne i heisen ved flere anledninger, men i likhet med de andre beboerne i høyblokkene ante de fint lite om hva de nærmeste naboene het, og hva slags mennesker de var. Vaktmesteren raslet med noen nøkler, men før han brukte en av dem, trykte han på ringeklokken.

«Hu kainn jo ha komme hjæm mens æ snakka med dæ,» sa han unnskyldende.

Ingen åpnet. Da stakk han en nøkkel høytidelig i låsen og dreide den rundt. Døren gled opp, og begge tørket føttene på matten før de trådte inn, enda de slett ikke gikk i yttersko. I entreen, som var nøyaktig lik Joakims, ble de møtt av innestengt parfymeduft.

«Kanskje bæst at du kikke dæ ruindt, du som har vært polletimainn.»

Han gjorde det, hurtig og effektivt. Stua hadde atskillig friskere farger enn deres egen, men ved det store vinduet mot verandaen befant det seg atskillig færre potteplanter enn han var vant til. Det tilsvarende vesle rommet til venstre, hvor han pleide å stelle med modelljernbanen sin og Randi hadde et beskjedent sybord, inneholdt en sofa og et digert, lavt skrivebord med hele to PC-er og diverse annet teknisk utstyr. Kjøkkenet var ryddig, og på det vesle badet, hvor det duftet enda sterkere av parfyme, hang det renvasket undertøy og strømpebukser. Joakims politiinstinkt fikk ham til å kjenne etter om plaggene var tørre. Det var de. Han følte seg som en tyv da han snek seg ut i den smale gangen som forbandt entreen med soverommet. Døren sto på gløtt, og han følte vaktmesterens blikk i ryggen da han skjøv den varsomt opp.

En uoppredd seng med noen skjørt og gensere på og et par åpne skapdører som avslørte enda mer klær, var alt han tok seg tid til å registrere. Her fantes ingen syk eller livløs kvinne, verken i sengen eller på gulvet. Han pustet lettet ut, innså at han i noen sekunder hadde latt seg påvirke av den andre mannens angst. Så snudde han seg, ristet på hodet, og de gikk ut sammen.

«Jeg tror du kan hilse sjefen hennes med at hun ikke er hjemme.»

Vaktmesteren klødde seg i barten da han hadde låst døra bak dem. «Det va jo akkurat det æ trodd.»

«Ja ha,» sa Joakim.

En times tid senere den morgenen besøkte han og Randi reisebyrået, og det tok dem mindre enn ti minutter å beslutte å si ja takk til de to siste ledige plassene til en chartertur til Roma i begynnelsen av juni.

Det skulle bli betjent Håkon Balke som tok imot telefonhenvendelsen.

«Mitt navn er Gøran Livang,» sa mannen i den andre enden. «Jeg leder firmaet Comdot. En av våre ansatte, Beate Stokke, kom ikke på jobb i går. Da hun uteble også i morges, ringte seksjonssjef Agnar Juvik hjem til henne, men fikk ikke noe svar. Vaktmesteren i blokken hvor hun bor banket på døren uten å få noen respons, og etter påtrykk fra Juvik foretok han seg en ting som han strengt tatt ikke har anledning til.»

«Hva var så det?»

«Han brukte universalnøkkelen sin og låste seg inn. Beate var ikke der.»

Balke strakte ut en hånd og startet båndspilleren. «La meg få noen persondata først.»

«Mine eller hennes?»

«Hennes. Jeg vet at du heter Gøran Livang og er direktør i Comdot, et av de største datafirmaene i byen. Dere holder til i den store kolossen ute på piren, ikke sant?»

«Riktig, Pir én.»

«Og navnet på damen var, sa du?»

«Beate Stokke.»

«Adresse?»

«Olav Magnussons veg nummer én . . . Sjuende etasje.»

«Notert. Du vet vel også når hun er født?»

«Ja. Fjerde februar 1970.»

«Sivilstand?»

«Ugift.»

«Yrke?»

«Datakonsulent.»

«Jøss, finnes det kvinnelige sådanne?»

«Beate er en av våre dyktigste medarbeidere.» Livangs stemme lød forurettet. «Det tør jeg si, selv om hun arbeider i en seksjon som jeg til daglig har lite å gjøre med.»

«Når ble hun ansatt i Comdot?»

«For tre år siden. Da kom hun opp fra Oslo. Hør her, er det ikke viktigere å finne henne enn å bruke tid på sånne detaljer?»

«Vi har visse prosedyrer som må følges.»

«Og vi er svært urolige for henne!»

«Det forstår seg. Hun har kanskje en mannlig venn som vet noe?»

«Ikke i dette tilfellet, tror jeg. Hun har nettopp fått seg en ny kjæreste. Han heter Svein Rudberg, men han befinner seg i München denne uken.»

«Hvordan vet du det?»

«Han er tilfeldigvis kunde hos oss. Juvik ringte til investeringsselskapet som han jobber i, AS Patricia.»

«Tenk om hun har reist etter. Til München, mener jeg.»

«I så fall ville hun ha varslet oss og bedt om å få fri. Hun er uhyre pålitelig.»

«Vi må likevel sjekke det. Samt kontakte Regionsykehuset og høre om hun skulle være innlagt der.»

«Det siste har jeg allerede gjort. Svaret var negativt.»

«Hm.» Balke fingret med kulepennen. «Hun har vel noen venninner også?»

«Utvilsomt. Det finnes et par damer i firmaet som sikkert vet mer om henne enn jeg personlig gjør.»

«Greit at vi sender bort en mann eller to og tar en nærmere prat?»

«Selvsagt. Vi yter alt vi kan i et tilfelle som dette.»

«Vet du om Beate Stokke har bil?»

«Bra du nevnte det. Ifølge vaktmesteren står den ikke på plassen utenfor blokken.»

«Hva slags bil?»

«En rød Escort, tror jeg han sa.»

Da Balke hadde lagt på røret, slo han av båndspilleren og kikket på notatene sine. Han satte strek under noen av ordene og tenkte at i grunnen var det ikke stort de kunne utrette, i hvert fall ikke til å begynne med. Storm fikk avgjøre om de skulle sende ut en offisiell etterlysning. Denne Livang, som lot til å være en fornuftig toppsjef, hadde allerede foretatt de første rutineundersøkelsene for dem. Selv hadde han glemt å spørre om kvinnen hadde noen familie, søsken eller foreldre som kunne gi dem tips om hvor de burde lete. Han måtte huske å skaffe seg rede på det, hvis det da ble han som måtte dra ut til Pir én.

Han reiste seg, og med notatene i hånden slentret han bort til et av nabokontorene, der det sto ARNE KOLBJØRNSEN på skiltet. Han banket på, mente å høre et svakt «Kom inn!» og åpnet.

Førstebetjenten kikket ikke opp. Han satt bak skrivebordet med hodet støttet i hendene. Etter Balkes mening virket han ikke helt frisk.

«Er du syk?»

«Nei da.»

«Eller sørger du over at regjeringen gikk av i går?»

«Det kunne ikke falle meg inn å sørge over arbeidsløse ape-katter.»

«Hva er det da?»

«Kom hit og se, Håkon.»

Han adlød, tok en sving rundt skrivebordet og stilte seg ved siden av ham. Lutet litt i overkroppen og leste ordene på det røde arket:

HUN VAR DEN TREDJE

Balke, som trodde at han aldri ville komme til å glemme hvordan det hadde vært å finne liket av Miriam Malme, skjønte straks hva det dreide seg om. Han håpet inderlig at han slapp å bli konfrontert med nok en død dame.

«Brevet kom med posten for fem minutter siden.»

«Men . . .»

«Nettopp.»

Betjenten rygget, gikk tilbake til gjestestolen igjen og dumpet ned i den. «Ingen melding om . . .»

«Nei. Denne gangen har skrullingen vår kommet oss i forkjøpet. Fryder seg vel over å ligge i forkant av begivenhetene, gasser seg i vår uvitenhet. Når vil noen finne henne, og hvor? En passende jobb for snuten, tenker han sikkert.»

«Fy te rakkern!»

Kolbjørnsen løftet hodet. «Konvolutten er blitt datostemplet i går, den niende mars. Et eller annet sted innen vår region befinner det seg en drept kvinne. Sannsynligvis har hun allerede vært død i mer enn ett døgn.»

«Og Adressa har vel fått det samme brevet.»

«Jeg venter bare på at Damgård skal ringe.»

«Nå er helvete virkelig løs, Arne. Kvinnfolkene kommer til å sitte nattevakt hos hverandre. Vi vil bli nedringt av hysteriske fruentimmere og . . .»

«Du trenger ikke å gi meg det inn med spiseskjeer!»

«Unnskyld. Til gjengjeld kan vi kanskje sette fortgang i saken. Til og med *før* Adressa kommer på trykk i morgen.»

«Å? Hvordan skal det la seg gjøre?»

«Jeg tror jeg vet hvem offeret er.»

Han hadde prøvd å gjøre stemmen så lite sprekkferdig av stolthet som overhodet mulig, men det var tydelig at kollegaen fant opplysningen såpass sensasjonell at han sperret opp øynene. «Hvem?»

«Hun heter Beate Stokke.» Balke kikket på notatene sine og forklarte.

Fem minutter senere innkalte Nils Storm til et improvisert møte, og alle som tilhørte etterforskningsavdelingens avsnitt 1 og 2 og som var i huset, fikk beskjed om å stille øyeblikkelig. Kriminalsjefen befant seg i Kristiansund, men politimesteren var ingen dårlig erstatning. For første gang i sitt liv som betjent fikk Håkon Balke æren av å fremføre en særdeles viktig melding til en stor gruppe tjenestemenn, hvorav mange var overordnet ham, og han gjenga telefonsamtalen sin med direktøren for Comdot tilnærmet prikkfritt.

Spørsmålet var bare hvor de skulle begynne å lete.

Journalist Rolf Rolfsen stilte prompte et kontor til rådighet for William da han ble spurt. Som leder for byredaksjonen var han vant til at fotfolket på Heimdal hadde oppdrag i sentrum, og det fantes nok av dem som mente at hele redaksjonen burde ha vært samlet der. Heimdal var rene «landet» sammenlignet med midtbyen, der tingene vitterlig skjedde. Fra den tiden han var riktig ung, kunne William ennå huske at Adresseavisen hadde vært identisk med Nordre. Etter at avisen flyttet, lå bare byredaksjonen, ekspedisjonen og et lite annonsekontor tilbake.

Fartein Sivle hadde hatt mest lyst til å treffe ham på Erichsen, som han frekventerte daglig, men avviste ikke forslaget om et møte i redaksjonslokalene. William foretrakk at samtalen foregikk under fire øyne. Mens han ventet på at forfatteren skulle dukke opp – de hadde avtalt halv elleve – ringte han til Oddvar.

«Har du tid et par minutter?»

«Selvsagt.» Oddvar tok seg alltid tid til å prate med venner.

Deri lå kanskje litt av forklaringen på at Omega ikke var den overskuddsbedriften som de fleste IT-firmaene kunne rose seg av å være.

«Kan du huske den gangen du lokket meg med på hjortejakt?»

«Ja visst. Du holdt på å fryse i hjel, sa du. Høsten åttiseks, åttisju?»

«Åttifem. Har du fremdeles kontakt med Jon Vensjø?»

«Nei, det er lenge siden jeg har truffet ham. Jeg la vekk børsa for ti år siden.»

«Og Jon?»

«Har ingen peiling. Han må jo være rundt de femtifem nå, så han har kanskje gitt seg. Uansett synes jeg fremdeles at det var dumt av deg ikke å skrive den boken.»

«Kanskje jeg har fått noe annet å skrive om.»

«Om Jon?»

William nølte. «Jeg stoler på at du kan holde kjeft. Men hvis jeg sa til deg, sånn passe hypotetisk, at mannen som ble kalt Kniven har noe å gjøre med to nylig begåtte drap, hva ville du svare da?»

Det ble stille lenge i den andre enden. «Da ville jeg svare at det holder på å rable for deg,» kom det omsider. «Jon forlot Vietnam som overbevist pasifist. Han var blitt snill som et lam, tålte ikke å se på når vi skulle blodtappe dyrene.»

«Det kan ha vært en bløff.»

«Ikke tale om. Anna sa at han ble likblek i fjeset en gang da hun skar seg i fingeren.»

«Anna?»

«Kona hans.»

William husket henne så vidt, en blond, tiltalende kvinne som han hadde hilst på etter den mislykte jaktkvelden. «Sett at han har trangen i seg fremdeles, at han ønsker å gjenoppleve handlingene han foretok seg inne i jungelen.»

«Hold meg utenfor sånne spekulasjoner, er du snill. Prøv Bjåland.»

«Hvem er det?»

«Jørgen Bjåland, tredjemann i jaktlaget. Jons beste kamerat

gjennom alle år. Husker du ikke hvor fabelaktig han var til å herme dyrelyder?»

«Å ja! Han skulle late som om han var en ugle. Vi drakk kaffe hjemme hos ham etter bomturen. Bor han i Hommelvik fremdeles?»

«Tipper det,» sa Oddvar. «For et par år siden fortalte han forresten at Jon var gått over i halv stilling. Stakkaren har nok fortsatt trøbbel med psyken. Ikke glem at de fleste militæreksperter mener at Jon aldri deltok i Vietnam-krigen. I så fall vet han ikke hvordan en kniv skal brukes.»

«Innrøm at du mener noe annet!»

«Vel, ja. Men det betyr ikke at . . .»

I samme øyeblikk banket det på den halvåpne døren, og han skyndte seg å avslutte samtalen med vennen.

Fartein Sivle trådte inn. Han var en høyvokst mann i sekstiårene med skjegg og grått hår, en rutinert skjønnlitterær forfatter som etter *Sølvkorsene* hadde hevdet at han aldri mer ville gi seg i kast med noe så risikabelt som å skrive dokumentarskildringer. William hadde stor sans for romanene hans, mens Solveig syntes at de ikke var mer enn brukbar underholdning.

Da de hadde hilst på hverandre, dumpet Sivle ned i den ledige stolen og begynte straks å rulle en røyk. Hvilket egentlig ikke var tillatt, men William ville ikke risikere å miste mannens ønskverdige imøtekommenhet. Han tømte noen binders ut av en plasteske og skubbet den bort til gjesten. Hadde god lyst på en sigarett selv også, men behersket seg og begynte å pusse brillene i stedet.

«Som jeg nevnte i telefonen, er ikke dette noe intervju,» begynte han, «bare noen spørsmål om Jon Vensjø.»

«Jeg har ikke snakket med ham på lange tider.»

«Men du tror fremdeles på historien hans?»

«Må jo det. I likhet med dere journalister beskytter også jeg kildene mine . . . og *forsvarer* dem.» Sivles ord ble etterfulgt av et tvetydig smil.

«Et nokså ambivalent forhold, med andre ord?»

«Det skal gudene vite. Jeg ønsker intenst at sannheten skal komme for en dag, enten den er slik eller slik, men innerst inne

212

føler jeg at Jon har gjennomlevd et helvete som det er umulig for ham å kvitte seg med. Mitt store hodebry er at jeg ikke kan bevise noe som helst, og hva faen kan en isolert penneknekt i lille Trondheim gjøre når Pentagon, verdensmaktens og suverenitetens høyborg, påstår at mannen ble sparket ut av US Army i 1965 på grunn av mentale forstyrrelser?»

«Det samme forteller vel dimisjonspapirene hans også.»

«Ja da, jeg har selv sett dem. Jon Vensjø ble dimittert med ære, står det. Jøss katta! Der borte kan du tørke deg i ræva med sånne papirer!»

Forfatteren var plutselig blitt rød i ansiktet, og William prøvde å bevare roen. Han satte på seg brillene igjen og sa inntrengende: «Hva mener så du?»

«Jeg mener ingenting. Men jeg har tross alt snakket med andre veteraner, og de kan fortelle ganske andre versjoner. Om hvordan CIA drev sin egen krig der borte, en uoffisiell, barbarisk infiltrasjon som aldri vil komme i historiebøkene, om hvordan man metodisk fjernet alle arkivopplysninger om den avskyelige virksomheten. Det store problemet er at Jon verken tør eller kan motsi de folkene.»

«Eller vil?»

«Riktig. Jeg ble aldri helt klok på ham da vi samarbeidet. Innrømmer gjerne at det dreier seg om tvil og tro – at han var, og sannsynligvis fremdeles er, i besittelse av betydelig dikterisk evne. Men én ting føler jeg meg ganske sikker på. Han skjuler noe.»

«Hva skulle det være?»

«Det vet jeg ærlig talt ikke. Han fortalte meg jo om de mest bestialske handlinger. De verste forekom meg så utrolige og heslige at vi ble enige om å utelate dem. Likevel er jeg overbevist om at han også opplevde ting som ble for sterke å gjengi, selv for ham. Det mente psykiateren hans også.»

«Hvem er han?»

«Jomar Bengtsen, overlege ved Østmarka.»

«Verden er sannelig liten,» glapp det ut av William.

«Det var den fysaken som oppfordret meg til å snakke med Jon og gjengi beretningen hans i bokform.»

«Du virker temmelig bitter.»

«Jeg ante ikke hva jeg ga meg i kast med. Trodde blindt på Jon, all den stund spesialist Bengtsen overbeviste meg om at han var . . . hva var det nå han sa . . . jo, et *signifikant* og *eklatant* eksempel på PTSD.»

«Post-traumatic stress disorder.»

«Mmm. Jeg foretrakk å kalle det krigsseilersyndromet.»

«Uansett ble det en glimrende antikrigsbok,» smigret William.

«Ja, inntil forsvarsmyndighetene i USA satte foten ned, og en av kollegene dine i Adressa anbefalte meg å sende hele fortjenesten tilbake til forlaget. Fossrodde vekk, gjorde han, fornektet at han selv hadde trodd blindt på Jon da han før utgivelsen fikk lov til, som den eneste, å intervjue ham . . . Jeg, bitter? Jo da, men det var ganske jævlig å bli plassert i ingenmannsland, uten mulighet til å kunne verifisere noe som helst.»

Sivle tidde. Deretter mannet han seg opp og presterte et friskt smil, som for å demonstrere at i grunnen var han for lengst ferdig med saken, at det var Williams og avisens skyld at han et øyeblikk hadde henfalt til triste grublerier.

Så ringte mobiltelefonen, og William tok den.

«Ivar her.»

«Jeg er litt opptatt, så fatt deg i korthet.»

«Kort skal bli. Hun var den tredje.»

«Hva i . . .»

«Vi har mottatt et nytt, blodrødt brev.»

«Fy faen!»

«Med kopi til purken, begge poststemplet i går. Men foreløpig er ikke noe lik dukket opp.»

William ble ikke engang sjokkert. Tenkte bare at hvis morderen skulle følge timeplanen sin, å slå til hver gang kalenderen viste den trettende, manglet det ennå tre dager. «Sett at det neste offeret ikke er drept ennå.»

«Så frekk går det ikke an å være.»

«Noe du synes at vi bør gjøre?»

«Nei,» sukket Ivar. «Jeg har ikke den ringeste idé om hva det skulle være. Ville bare orientere deg. For øyeblikket er det umulig å få noen på kammeret i tale. Full forvirring der også, antar jeg.»

Imens hadde Sivle gått bort til vasken med sigarettstumpen i stedet for å lage brann i plastesken. Da han vendte tilbake til stolen, sa han: «Det neste offeret? Gærningen er i gang igjen?»

«Det later til det.»

«Jøss.» Plutselig fikk han et ettertenksomt uttrykk i ansiktet, og han lot være å sette seg. «Jeg trodde at du ønsket en prat med meg fordi du hadde spadd opp noe nytt om Jon. Du mener vel ikke på ramme alvor at . . .»

«Dette blir strengt konfidensielt, mellom deg og meg.»

«Du tenker på Miriam Malme.»

«Kjente du henne?»

«Nei, men den meget unge og litterært avanserte kollegaen min bodde jo like i nærheten av Jon.»

«Nettopp.»

Det var ingen tvil om at Fartein Sivle langt på vei fulgte tankegangen hans, men så ristet han på hodet og protesterte: «Hvorfor pokker skulle han finne på noe sånt?»

«Si det. Jeg håpet at du kanskje kunne hjelpe meg.»

«Jeg er ingen psykolog. Greide aldri å trenge igjennom skallet hans. Du bør heller snakke med Bengtsen om dette.»

Det hadde William allerede besluttet å gjøre. Straks forfatteren var ute av døren og sannsynligvis forflyttet seg til Erichsen, slo han nummeret til Trøndelag psykiatriske sykehus. Mens det ringte, lurte han på om Sivle allerede i ånden så for seg en ny, sensasjonell bok om Jon, og mens han ventet på å bli satt over til overlegen, tenkte han på beskjeden fra Ivar, som ytterligere understreket at en seriemorder var løs. Enda en gang måtte han minne seg selv om å ta det rolig, ikke trekke forhastede slutninger, og ikke la innbilningskraften lede ham ut på ville veier. I morgen kunne Sivle finne på å rykke ut med at det fantes folk i avisen som tumlet med de mest vanvittige tanker om hvem som gikk rundt og drepte folk med kniv. Kanskje hadde det vært en tabbe å snakke med ham.

«Ja, Jomar Bengtsen.»

«Dette er William Schrøder i Adresseavisen.»

«Takk som byr. Jeg innrømmet deg en drøy halvtime, og intervjuet kom aldri på trykk!»

Overlegens uventede irritasjon gjorde ham så paff at han løy: «Jeg beklager, men i vår bransje hender det ofte at redaksjonen velger bort stoff.»

«Pøh.»

Selv en intellektuelt velutrustet psykiater på høyeste nivå lot seg altså barnslig opphisse over å bli «vraket». William kunne se for seg de dyptliggende øynene bak brilleglassene, den strittende hårveksten hans og den fargesprakende jakken. Kanskje var det noe i Ivars påstand om at folk som hadde sjelelivet som fag, selv trengte litt åndelig medisin. Her gjaldt det å gjenvinne tilliten:

«Opplysningene du ga meg var meget verdifulle, og jeg ser ikke bort fra at de vil bli brukt i nær fremtid, i en større og viktigere sammenheng.»

«Hva skulle det være?»

«Blant annet sa du, hvis jeg erindrer riktig, at en psykopat er ute av stand til å handle mot sitt egoistiske instinkt.»

«Sitt *nedarvede*, egoistiske instinkt.»

«Unnskyld, sånn var det.»

«Store Mount Everest! Det er en uhyre viktig distinksjon, selv om det en sjelden gang forekommer psykopati som ikke er betinget av arv eller hjerneskade. Teoriene om dette er imidlertid legio.»

«Helt sikkert. Jeg husker også at du nevnte at du i sin tid behandlet en i utgangspunktet sunn mann som var blitt mentalt ødelagt fordi han hadde drept.»

«Gjorde jeg?»

«Denne pasienten, var han tilfeldigvis Jon Vensjø, eks-soldaten som det ble skrevet bok om?»

«Det *kan* ha vært ham, ja.»

«Går han fremdeles i terapi hos deg?»

«Når han selv vil. Høyst et par ganger i året. Hvor vil du hen med dette?»

«For å si det rett ut, kan Jon tenkes å finne på å drepe igjen?»

I pausen som oppsto trommet William med fingrene. Bengtsen hadde nok gjettet hvor han ville med spørsmålet, og han skvatt da svaret omsider kom:

«Det ligger utenfor både min myndighet og kompetanse å uttale meg om slike ting! Dessuten har jeg absolutt taushetsplikt. Såpass skjønner du vel?»

«Ja. Ikke desto mindre . . .»

«Hør her, kjenner *du* Vensjø?»

«Kjenner og kjenner.» Han fikk en ekkel fornemmelse av påtvunget underdanighet, som om han sto skolerett.

«Har du snakket med ham i de siste månedene?»

«Nei. Ikke på flere år, for å være ærlig.»

«Hvordan har du da belegg for å stille et slikt ledende spørsmål? Jeg finner det rett og slett uhørt at pressen befatter seg med den slags tvilsomme spekulasjoner, Schrøder!»

«Ja vel.»

«Du må da fatte og begripe at hvis jeg hadde hatt den minste mistanke om det du antyder – den *minste* – så ville jeg for lengst ha sørget for å få ham innlagt!»

Selvfølgelig, tenkte William. Han lyttet en stund til, med bøyd hode, som om han ventet å motta flere lusinger. Men de kom ikke. Bengtsen hadde lagt på røret. Mer hjelp fra den kanten kunne han neppe gjøre regning med. Konklusjonene var entydige, fra Oddvar, fra forfatteren av *Sølvkorsene* og fra den høyt respekterte overlegen. Ingen av dem hadde særlig tro på Jon som drapsmann. Fantes det andre J-er, med mindre Geir Jerven var mannen?

Så slo det ham at han selv nettopp hadde snakket med en. Tenk om Jomar Bengtsen var sprøyte gal. Tenk om han hadde lært av Jon, at han i løpet av mange og lange behandlingstimer hadde fått Jon til å demonstrere hvordan man raskt og effektivt skjærer over en halspulsåre. Tenk om det var en psykiater som hadde kjøpt det første eksemplaret av *The New Encyclopedia of Serial Killers*. Tenk om irritasjonen hans skyldtes angst for at en nyfiken bladsmører var i ferd med å komme ham farlig nær! For det sto fremdeles fast at Henriksen hadde iakttatt en mannsperson hastende av sted i retning Østmarka.

I neste øyeblikk innså han det uhyrlige og urimelige i formodningen.

Av en eller annen grunn hadde han begynt å ta for gitt at personen J i Miriam Malmes dagbok måtte være identisk med drapsmannen. En bokstavelig talt sinnssyk antakelse, all den stund J ikke hadde foretatt seg noe verre enn å ringe til Miriam for å ønske henne godt nyttår. Hvis det da i det hele tatt var han som ringte. Nå var det på høy tid at den løpske Hardygutten i ham tok seg sammen, at han kvittet seg med den naive iveren, at han skjerpet sin egen kniv – sanseapparatet som han var så stolt av. Han reiste seg og gikk bort til vinduet. Kikket ned på gågaten under seg, en vanlig fredagsformiddag i Trondheim. Folk myldret frem og tilbake, eller sto i små klynger og pratet hyggelig sammen – foreløpig uvitende om at Ivars herr X sannsynligvis hadde tatt livet av en tredje kvinne. I går hadde statsminister Kjell Magne Bondevik gått av. Det burde han gjøre selv også, vandre rundt blant folk som en vanlig mann og glemme de tårnhøye ambisjonene sine.

Så ringte mobilen igjen. Det var faren.

«Fortsatt greit at vi kommer til kaffe i ettermiddag?»

«Ja da.» Dere har ikke nok å stelle med, tenkte han. Slik var det med Solveigs foreldre også. Det ble litt for mange familiesammenkomster, litt for mange gjentakelser, litt for mye tomprat.

«Tenkte vi kunne få litt flere opplysninger om Italia.»

«Dere reiser?»

«Ja visst. I begynnelsen av juni. Ellers har jeg nettopp rettet en diskret forespørsel til min gamle kollega overbetjent Frengen. Jeg tenkte kanskje at du vil ha interesse av å vite at politiet kommer til å sette himmel og jord i bevegelse for å finne Beate Stokke.»

«Hvem er hun?»

«En dame som bor to etasjer under oss. Kammeret frykter at hun kan være det neste offeret.»

At verden var liten, hadde slått William for andre gang den dagen. I hvert fall var det slik i Trondheim. Noen kjente noen som kjente noen. Få kvinner var til enhver tid savnet, og etter Ivars beskjed om at et tredje brev forelå, virket det overveiende sannsynlig at Beate Stokke var den som hadde måttet bøte med livet. Vanligvis unngikk han å utnytte faren som kilde, men når faren kom til ham, sa han naturligvis ikke nei takk. Gode, gamle Jokken – for noen år siden hadde Frengen uforvarende røpet oppnavnet hans – ville forbli politimann inntil han gikk i graven. Uansett ville han selv og Ivar få mer enn nok å gjøre og skrive om i de kommende dagene.

Da han forlot byredaksjonen, sendte han journalist Rolfsen et velvillig nikk som takk for lånet av kontoret. Utenfor snødde det jevnt. Snart ville våren komme. Håpet han.

Panikken

som politiet fryktet ville oppstå dagen etter, var ikke merkbar på overflaten. Snarere virket det som om publikum trodde at lovens lange arm var i ferd med å ringe inn morderen, og mange begynte å holde øynene åpne og deltok flittig i jakten. For Adresseavisens offentliggjøring av brev nummer tre, kombinert med etterlysningen av Beate Stokke, var såpass konkret at de virket som et incitament på folks iver etter å fange og sende uhyret dit han hørte hjemme, nemlig bak tykke murer. Men under ulmet angsten, ikke minst blant ensomme kvinner. Hva ville være sikrest, å holde seg hjemme bak låste dører eller oppsøke steder hvor man slapp å være alene? Sannsynligvis det siste.

Ingen hadde sett Beate siden hun forlot Comdot om ettermiddagen for tre dager siden, og ingen av de nærmeste venninnene hennes, som allerede var blitt informert av politiet, kunne bidra med opplysninger om brutte avtaler og lignende. Mens de selv befant seg i tilnærmet sjokktilstand, kunne de ikke gjøre annet enn å uttrykke stor medlidenhet med den savnede kvinnens foreldre i Oslo, som foreløpig ikke hadde sett dagens oppslag i Adresseavisen, men som diskret var blitt orientert om muligheten for at den ene av deres to døtre kunne ha blitt offer for en grusom død. Også den nye kjæresten hennes, Svein Rudberg, var blitt varslet, og han befant seg om bord i et direktefly fra München til Oslo.

Dette var den lørdagen da førtiénåringen Harri Kirvesniemi vant sin første seier i Holmenkollen, den lørdagen da snøen for alvor begynte å ta kvelertak på de nordligste landsdelene, da offiserer og soldater i Bardufoss samfunnshus senere på dagen skulle storme i desperasjon mot utgangen fordi taket ga etter for snøtyngden. Alt mens Jens Stoltenberg jobbet med å danne ny regjering.

Det snødde i Trøndelag også, så de hadde vel gledet seg for tidlig til våren.

Tenkte William lakonisk, som befant seg på E6 i Corollaen, på vei mot Hommelvik. Han hadde overlatt rattet til Solveig, som til daglig benyttet bilen langt mindre enn han gjorde. De tok gjerne en spasertur sammen til byen på lørdagene, og bare motvillig hadde hun sagt ja takk til en variant, for hun likte ikke «å trenge seg innpå fremmede». Jørgen Bjåland sto ikke i telefonkatalogen, og for sikkerhets skyld hadde han ringt til Oddvar for å få adressen. Snart femten år var gått siden den mørke kveldstimen sist han befant seg der, og han visste av smertelig erfaring hvor lite han kunne stole på hukommelsen sin. Hvis ingen var hjemme, aktet de å returnere og ta en kopp kaffe på Stav gjestegård. Når William ville snakke med Bjåland, var det ikke på grunn av den første bokstaven i fornavnet hans – langt ifra, forsikret han seg selv om – men fordi denne mannen, Jons aller beste venn, kanskje var den som en gang for alle kunne avlive hans eget tøylesløse tankespinn.

«Hva skulle Heidi foreta seg i dag?» husket han å spørre Solveig om da hun styrte bilen ut av den siste tunnelen og ut på broen over Homla.

«Håndballturnering, både i dag og i morgen. Har du glemt det?»

Beskjemmet måtte han tilstå at så var tilfelle. I de første årene hadde han vært flink til, syntes han i hvert fall selv, å følge datteren både hit og dit, men måtte innrømme at han hadde vært enda flinkere den gangen Anders deltok i hallidrett. Fordi fotball var morsommere å se på, pleide han å unnskylde seg med. (Eller fordi talentet hans hadde vært større?)

«Jeg er litt bekymret for henne.»

«Nå igjen?»

«Hun har problemer med vekten.»

«Mindre cola og chips er ikke dumt.»

Solveig kastet et hurtig sideblikk mot ham. «Du skjønner visst ikke helt. Lurespisingen hennes er bare et symptom.»

«På hva?»

«Det skulle jeg gjerne ha visst.»

«Alderen . . .»

«Nei, jeg frykter at feilen ligger hos meg. Jeg stiller altfor store krav til henne. Behandler henne som om hun er voksen. Blir for mye pedagog, belærer henne om verdens elendighet i stedet for å la henne oppdage den selv. Glemmer hvordan jeg hadde det da jeg var fjorten.»

«Alle disse uoppnåelige kvinneidealene spiller vel en rolle?»

«Sikkert. Hun vil så gjerne være flink, vise at også hun duger til noe. Kanskje er det nettopp der det ligger, angsten for å skuffe oss.»

«Men egen mobiltelefon synes du hun bør få?» sa William skarpt.

«Nesten alle de andre i klassen har.»

«Den slags svineri burde ingen få lov til å ta i bruk før de fyller atten. Nei forresten – *aldri*.»

«Der kan du se. Vi er blitt formyndere.»

«Det trengs av og til . . . Hei, ta av til høyre der. Vi skal ikke til Stjørdal.»

Solveig lystret. Like før bomstasjonen svingte hun vekk fra hovedveien, og han håpet at hun samtidig ville forlate temaet. Kjente seg hjelpeløs og utenfor når hun begynte å snakke om et ungt følelsesliv som han ikke evnet å sette seg inn i. Visste at han burde prøve, han som i det siste hadde talt så varmt for den gode familieoppdragelsen. (Ivar: «Du er jo blitt rene Bondeviken.») Men det var jo lysår mellom de sviktede ungene han selv siktet til og de små udefinerbare problemene Heidi slet med!

«Hun sier at bortimot en tredel av venninnene har prøvd hasj,» kom det fra Solveig. Hun forlot ikke Heidis hverdag uten videre.

«Det er for jævlig . . . Der, oppe i skråningen til høyre, ligger huset til Miriam Malme.»

«Det kan bli hennes tur før vi vet ordet av det, William!»

«Jeg gir meg.»

Omsider ga også hun seg, dreide nedover, forbi trelastbruket og videre langs jernbanelinjen. De voluminøse skyene over dem var tydeligvis blitt enige om å ta en pause i snøslippet, og de bratte, delvis skogkledde åsene som kom til syne og omga tettstedet på alle kanter bortsett fra sjøsiden, fikk William til å huske det gamle munnhellet om stakkarene som bodde i Hommelvik og hadde hytte på Støren – for mange trøndere det i særklasse mest beklemmende bildet på en skyggefull og innestengt tilværelse. Ikke rart at den unge Johan Nygaardsvold, og langt senere Jon Vensjø, lot seg friste av de åpne slettene i Amerika, tenkte han.

De kjørte forbi stasjonsbygningen og svingte til venstre i en avskjørsel hvor en retningspil pekte mot Selbu. «Her innenfor et sted må det vel være,» sa Solveig.

«Ja, men jeg tror vi skal litt tilbake først.»

I nærheten av stadionanlegget fant de Fagratunvegen, hvor Bjåland bodde. Til å begynne med kjente ikke William seg igjen, men straks han oppdaget den særpregede garasjen et stykke oppe i bakken, husket han både den og huset. Fronten på en grønn pickup stakk frem fra garasjeporten. Da de steg ut av bilen, fikk de øye på en mann som med iltre bevegelser spadde snø på baksiden av huset.

«Bjåland?»

Mannen snudde seg, kikket uviss på dem. Han var en bredskuldret fyr rundt de femti. Den tette piassavakosten av gråsprengt hår over den røde, svette pannen kunne føre tankene i retning av Bill Clinton. Så kom et gjenkjennende, jovialt smil til syne: «Men er det ikke journalist Schrøder?»

Et par minutter senere satt de inne i stua, og det fantes visst ingen grenser for hva fru Bjåland, med fornavnet Peggy, ville diske opp med.

«Kaffe og lefse holder lenge,» prøvde William. «Dette er bare ment som en snarvisitt.»

«Det ble det dessverre forrige gang også,» sa hun. «Synd at du ikke ble med kvelden etter, da kara skjøt kronhjorten. Hodestasen henger der borte.»

223

Gjestene snudde seg og beundret det flotte geviret på peis-veggen.

«Jon brydde seg aldri om å beholde trofeene,» tilføyde Jørgen.

William hadde besluttet å gripe første og beste anledning til å stille spørsmålene han brant inne med, men det gikk tre kvarter med hyggelig hverdagsprat før han kom så langt. Det forekommende ekteparet var av en ganske annen støpning enn det han hadde besøkt på Oppdal, og Peggy fungerte som ordfører. Til alt overmål viste det seg at også hun var lærer, og de to kvinnene fant hverandre fra første øyeblikk. Solveig, som en stund hadde vegret seg mot turen, doserte spesialpedagogikk straks Peggy tok en liten pause, og mannen hennes sendte William et megetsigende, men velvillig blikk.

Da han reiste seg for å hente pipa, fulgte William etter, og de to mennene slo seg ned i naboværelset, et rom som fungerte både som kontor og spisestue.

«Jobber du fremdeles med skog?»

«Ja, jeg er den heldige eier av ganske store teiger oppe i Mostadmarka, der vi knertet både hjort og rådyr. Av og til leverer jeg tømmer til bruket. Ellers gjør jeg fint lite,» konstaterte han tilfreds. «Synes jeg fortjener det når ungene er blitt voksne og er ute av huset.»

«Men du og Jon jakter stadig sammen?»

«Nei, vi ga oss for noen år siden. Det ble liksom ikke det samme da Oddvar ikke orket mer. Men vi ses jo rett som det er, Jon og jeg. Tre dager i uka tilbringer han ved saga.»

«Hvordan står det egentlig til med ham?»

Jørgen Bjåland nølte. Han stappet tobakk langsomt og omhyggelig ned i pipehodet, som om det dreide seg om et rituale som krevde hans største oppmerksomhet. William regnet med at uglemannen ønsket å tenke seg om, overveie hvor meget han egentlig burde betro en nyfiken journalist fra byen.

«Jeg er ingen lege,» kom det omsider, «men man trenger ikke være utdannet medicus for å se at han stadig sliter med psyken. Han har en utrolig fysisk konstitusjon, men oppe i hodet hans tror jeg det surrer som aldri før. Han er blitt mer glemsk med årene, og Jomar Bengtsen hevder at det er typisk for en person som har gjennomlevd så mye som han har gjort. Mer innesluttet er han også blitt.»

«Du støtter ham fremdeles?»

«Skulle bare mangle, vi har jo kjent hverandre siden gutte-dagene, før han dro over til USA.»

«Jeg mener . . . du har tillit til hva han har fortalt derfra, og fra Vietnam?»

Jørgen, som hadde fått fyr på pipa, så ham direkte inn i øynene da han svarte: «Det har nok hendt at jeg har tvilt, at jeg har grepet ham i selvmotsigelser og små løgner, men i det store og hele er det fortsatt min faste overbevisning at bare de tre årene i Nam kan ha gjort ham til den han ble etterpå.»

«Militære eksperter påstår at visse ting ikke stemmer.»

«Eksperter? Jøss katta! De er skrivebordsmennesker som aldri har tilbragt så meget som ti minutter i jungelhelvetet. Artie gikk hundre prosent god for ham.»

«Artie hvem?»

«En veteran som er død nå.» Han kastet et blikk ut av vindu-et, kikket i retning av lia hvor Jon bodde – Solbakken – som for å understreke at han sto i en slags telepatisk kontakt med høvleriarbeideren. «Skal jeg si deg hvorfor jeg tror på ham, alle logiske, såkalte faglige innvendinger til tross?»

«Gjerne.»

«Fordi jeg har sett ham i aksjon.»

Stemmen lød så inntrengende at William skjønte at det ville komme mer.

«Jeg har sett ham i terrenget, utallige ganger. Ikke spør meg om hvor han har lært teknikken, til enhver tid å utnytte de na-turgitte betingelsene. Jon så, hørte og oppfattet småting som gikk oss andre hus forbi. Det må være et slags ekte animalskt instinkt. I skogen, i åpent lende eller ute på myra. Et avrevet blad, en vissen grein på feil sted. For oss usynlige signaler, men helt avgjørende i en situasjon hvor det gjaldt å drepe eller bli drept. Bare spør Oddvar.»

Plutselig husket William noe fra sitt livs eneste jaktkveld, mens han lå og frøs på bakken. Jon hadde tent lommelykten for å vise ham, amatøren, at noen gresstrå var i ferd med å reise seg fordi et bestemt antall dyr nettopp hadde passert, og det uten at han selv hadde oppfanget en eneste lyd.

«Om det så var midt på lyse dagen, kunne han fordufte midt for øynene våre, for like etterpå å dukke opp bak ryggen vår, gjerne med et vennlig klapp på skulderen. Jeg tror sånne manøvrer fikk ham til å more seg som et barn, men herregud som han skremte oss et par ganger! Tenk deg, han skjøt og traff der Oddvar og jeg ikke engang ante at det fantes en blink. Er ikke det definisjonen på et geni? Følgelig nekter jeg å tro at . . .» Mannen med det tette, gråsprengte håret oppdaget at pipa hadde sloknet og lette frem en ny fyrstikk.

«Nekter å tro hva?»

«At US Army, som sendte av sted tusenvis av livredde, psykisk forkomne ynglinger til Nam, skulle ha *vraket* et fenomen som Jon. Da han av ren eventyrlyst dro alene over dammen, bare sytten år gammel, skal jeg hilse og si at Hommelvik mistet en av sine mest stødige ungdommer. Ja, Jon var kniven!»

William lurte på om han siktet til den egenskapen som han selv tenkte på, men det virket ikke slik. «Ingen mentale forstyrrelser?»

«Overhodet ikke. Men da han vendte tilbake til Verden – det var det ordet veteranene brukte da de skulle dra hjem til USA – må sjelen hans ha vært skadeskutt, selv om han ikke forsto det selv. Da han slo seg ned her igjen våren 1970, var han tilsynelatende OK, nevnte ikke med ett ord hva han hadde vært med på, ikke engang til meg. Det var faktisk Anna som betrodde meg det, under bryllupet, at han hadde deltatt i Vietnamkrigen. Senere, derimot . . .»

Så holdt han brått inne, som om han med ett angret at han hadde sagt noe som helst.

«. . . begynte marerittene,» sa William, nærmest for å fullføre.

«Pussig at du skulle spørre meg ut om Jon akkurat nå.»

«Jaså?»

«Hvorfor er du her egentlig? Bare for å snakke om kameraten min?» Tonefallet var blitt skarpere.

«Mest derfor.»

«Du er krimreporter. Har du tenkt å skrive noe om ham?»

«Nei, jeg . . .» William mislikte seg. Skogeieren hadde langt på vei overbevist ham om Jons kvaliteter.

Ny fyrstikk, og en lang pause.

«Problemet hans er at han aldri ble trodd.»

«Han har vel ikke gjort stort for å *bli* trodd heller?»

«Det er riktig,» innrømmet Jørgen. «Den skjebnen deler han med ganske mange veteraner. CIA så helst at sånne fyrer tidde etterpå. Det han var med på, skjedde jo ikke . . . offisielt.» Han betraktet William igjen. Det grå blikket under de tettvokste øyebrynene saumfor gjesten. Så fortsatte han, lavt: «Sist jeg traff ham, på høvleriet i forgårs, fant jeg ham på toalettet, gråtende.»

William prøvde å forestille seg det, at den sterke krigeren lot tårene trille.

«Han virket nesten . . . hva er det nå det heter . . . *suicidal.* Da jeg spurte om hva som var på ferde, mumlet han en hel del gloser på amerikansk slang, slik han har for vane når han er opphisset eller nedfor. Så tok han seg sammen og viftet meg vekk. Etterpå dro jeg bort til Anna på bomstasjonen.»

«Jobber hun der?»

«Hun tar noen vakter av og til. Hun sa at dagen før, det må ha vært onsdag, hadde han vært i et usedvanlig strålende humør. Skulle inn til byen om kvelden for å treffe en krigskamerat som uventet hadde ringt. En viss Terry Donovan som deltok på den store oljekonferansen. Da Jon kom hjem ved midnatt, oppførte han seg som om han hadde mistet en bror. Sparket vekselvis i veggen og skrek. Var helt ute av seg av sorg og raseri. Anna er svært urolig for ham.»

«Hadde det skjedd noe spesielt?»

«Terry, som Sivle har omtalt i boka, møtte ikke opp i baren som avtalt.»

«Merkelig . . . kan Jon ha diktet opp hele greia?»

«Jeg lurte på det selv også. Derfor ringte jeg til Britannia i Trondheim. Ingen Terry fantes på deltakerlisten.»

«Jøss.»

«Hva tror du?»

«Faen vet,» sa Jørgen. «Bare én ting er sikker. Siden Miriam Malme ble drept, har Jon vært mer rastløs og utilgjengelig enn noensinne. Anna mistenker ham for å bære på nok en hemmelighet fra Vietnam. Hun har bedt ham om å søke hjelp hos Bengtsen, men det blåser han av. Benekter at han har noen som helst problemer, og når han ikke vil høre på Anna eller på meg, hva kan vel vi gjøre?»

William våget ikke å slå frempå om hypotesen sin, men ettersom Jørgen Bjåland selv hadde nevnt drapet, regnet han med at heller ikke han fullstendig utelukket at Jon Vensjø i verste fall befant seg i en verden hvor fiender måtte bekjempes, at han kunne ha fått et alvorlig tilbakefall som krevde faglig inngripen.

Men han tok feil. Akkurat da Solveig kom til syne i døråpningen og antydet at de kanskje burde takke for seg, sa Jørgen, som satt med ryggen til:

«Politiet fant støvelavtrykk i snøen borte på Solbakken. Var til og med frekke nok til å banke på hos Jon og Anna og be om å få se alt skotøyet deres!»

«Jeg ringer gjerne til Bengtsen og forklarer ham situasjonen,» sa William og reiste seg.

«Det har jeg allerede gjort. Han virket ikke altfor hippen.»

Da de sto utenfor huset igjen og skulle ta farvel med paret, sa mannen som kunne etterligne dyrelyder: «Jeg skjønner at du har god lyst til å ta en prat med Jon. Men akkurat nå tviler jeg på at det er særlig lurt. Dessuten skyr han journalister som pesten . . . av gode grunner.»

William forsto. Ikke minst en spesielt betrodd herre i Adresseavisen måtte Jon ha fått i vrangstrupen da vedkommende plutselig foretrakk å stole på USA.

Før de dro tilbake til E6 igjen, kjørte de bort til Solbakkenområdet. Bare for å se, og nå med Solveig som passasjer. Et stykke oppe i bakken stanset William og pekte mot en gammel, brunmalt villa inne i en snødekt hage med epletrær og et morkent stakitt rundt. Røde og hvite plastbånd var strukket ut foran porten.

«Her bodde hun mutters alene i de siste åtte årene.»

«Fuglevåg kom aldri hit?»

«Nei, ikke ifølge ham selv.»

«For en skjebne. Tenk om Heidi skulle bli utsatt for det samme, å miste oss begge når hun fyller seksten.» Solveig la hånden på armen hans.

«Det gjør hun neppe. Hun vil få en bekymringsfri tilværelse sammenlignet med hva Miriam Malme hadde. *Man måste jämföra...* I dagboken kalte hun seg forresten Den lille havfrue. Et liv i smerte.»

«Den skal vel ikke publiseres?»

«Hvem vet. Jeg snakket forresten med forlagsredaktøren hennes i går, Aina Bistrup. Hun mener at det siste romanmanuset er glimrende, men tviler på at det forklarer noe som helst når det gjelder årsaken til at hun ble drept.»

Solveig skuttet seg. «Hun så aldeles nydelig ut på avisbildet. Lik en av disse vietnamesiske skjønnhetene som Jon sikkert har sett mange av.»

«I grunnen var det huset *hans* jeg hadde lyst til å ta en titt på.» Han løste ut håndbrekket og kjørte langsomt videre oppover bakken.

Jørgen Bjålands beskrivelse stemte. To svinger senere, klemt innimellom atskillig nyere boliger, lå det tidligere småbruket. Nå var bare et hvitt våningshus tilbake, og restene av låven var gjort om til garasje. Inne i den kunne William se en eldre, svartlakkert varevogn. Ifølge politiet hadde den forsvunne Geir Jervens Toyota Hi-Ace vært gulhvit eller beige, tenkte han. Dessuten var denne en Volkswagen Transporter. Han unngikk å stanse. Ville ikke at Jon, i tilfelle han sto i vinduet, skulle få øye på nysgjerrige bilturister eller i verste fall dra kjensel på en journalist som en gang i tiden hadde vært med ham på jakt. Igjen fikk han den ubehagelige følelsen av å være en kikker, en person som absolutt ikke hadde legitime grunner til å spionere på uskyldige fremmede.

Likevel skulle han gjerne ha snakket med Jon. Selv om mannen ikke hadde brukt kniven siden krigen, hadde han stadig en fornemmelse av at eks-soldaten visste noe om drapssakene som kunne være av avgjørende betydning. Om ikke annet burde han bistå med å skaffe ham psykiatrisk hjelp. Solveig ante hva han tenkte, men forholdt seg taus. Hun var ikke altfor begeistret for undersøkelsene hans.

Veien endte tilsynelatende blindt mellom noen hus øverst i bakken, og han greide så vidt å snu mellom snøhaugene. På vei nedover ble begge imponert over den fine utsikten over Hommelvik, og William innså at det fantes verre steder å bo. Så begynte det å snø igjen, og i et forsøk på å kople ut spekulasjonene, prøvde han å glede seg til tippekampen på TV.

Ivar Damgård kunne normalt

ikke fordra å arbeide på søndager, men på grunn av drapene var ingenting normalt for tiden. Dessuten hadde han dårlig samvittighet overfor William, som ytet en langt større innsats enn han selv gjorde. Kanskje til og med litt for stor, etter hans mening. Kallenavnet forpliktet dem ikke til å gå politiet i næringen.

Klokken ett hadde han tatt sjansen på å forstyrre helgefreden hos Laila og Gøran Livang, som bodde i en sentralt beliggende herskapsvilla. Direktøren i Comdot var en elskverdig og vennlig mann på hans egen alder, men hadde ikke gjort mine til å slippe Ivar inn.

«Jeg tror jeg har fortalt politiet det de trenger å vite,» sa han unnskyldende på trappen. «Dessuten hadde vi en journalist fra Dagbladet på besøk i går. Laila, som har problemer med nervene fra før, er ganske ute av seg på grunn av det som kanskje har skjedd med Beate Stokke. Mer enn faktisk jeg selv er.»

«Du tviler på at noe har tilstøtt henne?»

«Ja, enn så lenge, som dere pressefolk ynder å si og skrive. Jeg er såpass optimist at når jeg kjenner duften av blomster, pleier jeg ikke straks å se meg rundt etter likkisten.»

Hvis Livang var like kjapp på IT-området, tenkte Ivar, var det ikke til å undre seg over at nettopp han ledet mønsterbedriften på piren. «Men det var du som etterlyste henne?»

«Det skulle bare mangle. Beate er jo ansatt hos oss, og ettersom hun bor alene på Valentinlyst og uteble fra jobben på andre dagen, var det vel naturlig at vi var først ute. Juvik, seksjonssjefen hennes, sier at hun aldri har skulket. Dermed ikke sagt at vi uten videre tror at hun har vært utsatt for denne seriemorderen.»

«Bor alene, sier du. Hvordan kan du vite det så sikkert?»

«Jeg vet det ikke *sikkert*, for jeg kjenner ikke Beate særlig godt personlig. Men jeg stoler på hva venninnene hennes kan fortelle. Et par av dem er ansatt i Comdot.»

«Kan du være så snill å navngi dem?»

«Sannelig om jeg vet. I en såpass alvorlig sak hater jeg å bidra til å kolportere rykter.»

«Og vi i Adresseavisen elsker å bidra til at mordere blir tatt. Politiet er en nokså sneversynt etat. Finner ikke alltid frem til de riktige kildene.»

«Det kan du ha rett i.» Han presterte et forsonende smil og ga etter. «Få låne blokken din, så skal jeg skrive ned et par av navnene. Adressene deres har jeg ikke i hodet, men jeg tror at begge bor sentrumsnært.»

Etterpå, da Ivar bukket takk og gjorde mine til å gå, tilføyde Gøran Livang: «Lykke til.»

I bilen kastet han et blikk på hva direktøren hadde skrevet med blokkbokstaver:

HJØRDIS HVEEM
EVA GUNN TRANØY

Han stusset. Hadde de ikke støtt borti det siste etternavnet i forbindelse med drapet på Vibeke Ordal? Jo visst. Den fraskilte mannen hennes het Tranøy. Advokat Harald Tranøy. William hadde sett ham i begravelsen. Bodde i Oslo, men oppholdt seg i London da eks-kona døde. Det trengte ikke å være noen forbindelse, men hvorfor ikke begynne med henne?

Da han fant adressen hennes på WAP-en, besluttet han å gjøre akkurat det. Han hadde egentlig planlagt å dra til Bakklandet først, hvor Svein Rudberg bodde, men en tur oppom Klæbuveien ville ikke være lange omveien.

Som mange andre eldre bygårder i Trondheim var også denne murbygningen pent renovert. En kvinne i begynnelsen av trettiårene åpnet for ham i annen etasje, og samtidig slo lyden fra huiende og skrikende unger imot ham. Av egen, fri vilje besluttet Ivar å bli stående på utsiden av døren også denne gangen, for han tok ikke sjansen på å måtte opptre som lekeonkel for fremmede, innpåslitne barn. Hans egne var blitt nesten voksne, og i likhet med fedre flest (trodde han) lengtet han ikke tilbake til tiden med kryping på gulvet og tut-tut når føden skulle presses inn i trassige, sammenbitte munner.

«Mitt navn er Ivar Damgård. Jeg kommer fra Adresseavisen.»

«Midt på blanke søndagen?» sa Eva Gunn Tranøy. De strålende, blå øynene hennes lyste.

«Beklager. Men det gjelder altså Beate Stokke.»

«Sånn å forstå.» Hun smilte angerfullt og trådte til side.

«Nei takk. Bare et par spørsmål.»

«Altså har hun ikke kommet til rette. Det er så fryktelig!»

«Enig. Hva jeg egentlig vil høre, er om hun . . .»

Han ble avbrutt av en travel, hvit tornado som kom fykende ut og klamret seg til føttene hans. Ved nærmere ettersyn viste virvelvinden seg å være en skrikerunge med snørr under nesen, omtrent det verste han visste.

«Væææææ!»

«Inn med deg, Petter!»

Småen nektet selvfølgelig, og Eva Gunn måtte formelig rive ham løs fra Ivar.

«Væææææ!»

«Dessverre kan jeg ikke tilkalle hjelp, for jeg er alenemor,» forklarte hun.

Han smilte forståelsesfullt og håpet at hun ikke så en potensiell partner i ham. Visste at han tok seg bra ut og at kvinner derfor raskt fikk tillit til ham. Det hendte at han måtte presisere at han allerede var godt gift. Kjærlighet var også temaet han skulle fritte ut henne om:

«Jeg regner med at politiet allerede har spurt, men jeg er svært interessert i å få høre hva du vet om Beate Stokkes herrebekjentskaper.»

«Væææ-væææ!» Litt spakere nå.

«Svein Rudberg,» sa hun. «De falt pladask for hverandre for noen uker siden.»

«Jeg tenkte nå mest på de tidligere.»

Hun så forvirret på ham, samtidig som hun holdt ungen høyt løftet og fikk den til å hvine av fryd. «Tidligere? Det må ha vært lenge siden.»

«En og annen kjæreste må hun vel ha hatt.»

«Ikke siden hun begynte hos oss. Vi har lurt mye på det, Hjørdis og jeg også, selv om Beate sier at hun trives godt med å være alene. Det gjør minsanten ikke jeg.»

«Væ-væ.» Tornadoen hadde gått over til å herme etter seg selv, med forundring i stemmen.

«Hjørdis mener at hun lyver, at hun lenge har hatt en fyr som hun foretrekker å holde for seg selv. Men vi har aldri sett henne sammen med noen. Ikke før Svein dukket opp.»

«Ingen fordomsfull eks, altså? En med hevntanker?»

Hun ristet på hodet. «Ganske rart i grunnen, for det hendte ofte at hun sendte lange blikk etter mannfolk . . . Jeg mener, det *hender*.»

«Ja, forhåpentligvis. Jeg har hørt at hun er svært dyktig på jobben.»

«Fabelaktig flink. Juvik skulle nok ønske at vi var slik, alle sammen.»

«Grei fyr?»

«Kjempegrei. Og sjarmerende. Akkurat som direktør Livang.»

Glimtet i det blå blikket hun sendte Ivar kunne tyde på at hun i virkeligheten siktet til en som for øyeblikket befant seg atskillig nærmere, og selv om han følte seg smigret, rygget han fryktsomt et skritt bakover. Det kunne virke som om alenemor Eva Gunn hadde glemt årsaken til at han var her.

«Bare én ting til før jeg går. Er du i familie med advokat Harald Tranøy?»

«Ja, han er fetteren min. En ufordragelig type, hvis du vil vite det. Gikk bak Vibekes rygg og knullet dameklientene sine. Prøvde seg på meg også, mens jeg ennå var gift . . . Unnskyld. Stakkars Vibeke. Og kanskje stakkars Beate. Huff!»

Ungen tok sats igjen og strakte ut armene etter ham: «Vææææ!»

Hvorpå Ivar bukket kjapt, snudde seg rundt på hælen og skyndte seg nedover trappen.

Da han et par minutter senere kjørte nedover Vollabakken, fikk han mest lyst til å dra hjem. De to besøkene hadde ikke gjort ham særlig klokere. Kanskje ville William ha trukket en ganske annen konklusjon.

Nede på Bakklandet var det et yrende liv i det lette snøværet. Mer folkloristisk kunne en gammel bydel neppe fremstå. Folk som i likhet med Ivar og kona mislikte å løpe på ski i Bymarka, foretrakk gjerne å spasere hit om søndagene, besøke et av de mange kaffestedene, kjøpe med seg ferske bakervarer eller en steinbitmiddag. Andre mente at Bakklandet var blitt en kunstig utspjåket turistghetto hvor det ikke gikk an å bo i fred lenger. Skulle han ta seg en espresso før han oppsøkte Rudberg? Nei, bedre å se om han var hjemme. Kanskje kunne han invitere *ham* ut på kaffe eller et glass øl – mannen måtte jo være temmelig ute av seg ved tanken på hva som kunne ha skjedd med den nye kjæresten.

Han fant en ledig parkeringsplass ved Bybrua og lette seg frem til den riktige adressen, et stort, rødmalt hus i den bratte Brubakken. Svein Rudberg var hjemme, tok skeptisk imot ham og lot seg absolutt ikke friste til å gå ut. Ikke bød han på kaffe heller. Det var en typisk ungkarsleilighet, og alt rotet tilskrev Ivar mangelen på et par kvinnehender. Med mindre Beate Stokke ga livstegn fra seg, ville nok tilstanden bli uforandret en god stund fremover. Det lot til at Rudberg fattet lite håp i så måte, hos ham fantes ingenting av Livangs optimisme. Han virket direkte deprimert, og det mørke preget rundt øynene røpet et par urolige våkenetter. Det duftet svakt av konjakk når han sa noe, og Ivar fikk seg ikke til å misbillige at han trøstet seg med alkohol i den uvisse situasjonen.

«Hadde jeg bare ant hvor jeg skulle lete!»

«Best å stole på politiet.»

«I natt drømte jeg at Beate befant seg i München, at vi hadde omgått hverandre.»

«Du deltok i en konferanse der nede?»

«Snarere i noen lange møter. Patricia investerer først og

fremst i utlandet, og vi forhandler med tyskere som trenger hjelp til et prosjekt i Brasil.» Han snakket med død, tonløs stemme, som om investeringsselskapets virksomhet var ham revnende likegyldig.

«Hvordan gikk det til at du traff Beate?»

«På jobben, rett og slett. For en måneds tid siden, da vi trengte datahjelp fra Comdot. Juvik sendte henne, og dermed var det gjort.»

«Kjærlighet ved første blikk?»

«Ja, vi . . .»

Ivar trodde at han skjønte. Rudbergs minespill tydet på at noe av det første de hadde foretatt seg, var å gå til sengs med hverandre. Etter flere år uten kjæreste hadde vel behovet hennes vært overveldende. «Og du har ingen anelse om en sjalu, forhenværende fyr?»

Mannens hender knyttet seg straks. «Ikke tale om. Hvordan tør du antyde noe slikt, all den stund et sinnssykt monster går løs!»

«Vi, like lite som politiet, våger å treffe forhastede konklusjoner. Du har vel vært hjemme hos henne også, på Valentinlyst?»

«Ja, flere ganger.»

«Ingen spor etter tidligere kjærester?»

«Hvis du ikke gir deg med slike insinuasjoner, sender jeg deg på dør!»

«Jeg ønsker bare å hjelpe.»

«Og jeg begriper ikke hva dere avisfolk kan gjøre i så måte.»

Ivar tidde, for innerst inne var han enig. Jeg må være altfor sterkt smittet av Williams entusiasme, tenkte han.

Etter en lang pause begynte imidlertid Svein Rudberg å snakke igjen, og etter hvert skjønte Ivar at den nedtrykte mannen likevel visste noe om Beate som kanskje kunne være av avgjørende betydning med hensyn til forståelsen av hennes skjebne.

Det snødde i Bymarka også, og ingen frydet seg mer over det enn sykepleier Tonje Indrehus. Ingenting var som en søndag i

236

den frie natur. Da hun vendte tilbake til Granåsen etter en lang skitur sammen med hunden sin, hadde klokken passert to. Hun tok av seg skiene nedenfor den høye brøytekanten ved den store parkeringsplassen. Først da oppdaget hun at hun hadde valgt feil sted, at hun hadde satt fra seg bilen minst hundre meter lenger borte. Med ski og staver i hendene begynte Tonje å gå i riktig retning, og hunden svinset rundt henne, sliten og tørst etter mange avstikkere i dypsnøen. Så løftet den plutselig snuten i været og jumpet bort til nærmeste nedsnødde bil.

«Akilles, kom her!»

Den unge irske setteren var vanligvis et lydig eksemplar av rasen, men i dette øyeblikk gikk naturen over opptuktelsen. Den begynte å jamre, stilte seg på baklabbene ved bilens høyre side og utløste et tegnefilmras av snø over sitt eget hode. Da skvatt den unna, for så å foreta en tilsvarende manøver ved bagasjerommet.

«Akilles, på plass!»

Så ulydig hadde Tonje aldri sett den før. Oppgitt slapp hun ski og staver og gikk bort til bilen for å gripe fatt i hunden. Imens hadde den skrapt vekk såpass mye snø at hun kunne lese *Escort* på den røde lakken. Langsomt – mye langsommere enn dyrets evne til å snuse inn inntrykk og trekke konklusjoner – gikk det opp for henne at hun dagen før hadde lest eller hørt noe om en etterlyst rød personbil av samme merke. Var ikke det i forbindelse med den savnede kvinnen, som til og med kunne være drept? Hun vasset bort til stedet hvor Akilles hadde begynt å skrape, børstet vekk løssnøen på sidevinduet og stirret inn i kupeen. Det befant seg ingen mennesker i bilen, men ryggen på passasjersetet foran lå flatt ned mot baksetet. Det mest usedvanlige var imidlertid alle de rustbrune flekkene på gulv og forseter. Som sykepleier forsto hun straks hva det dreide seg om.

Hun vek bakover, festet kobbelet til halsbåndet og greide å trekke hunden et par meter unna. Båndet sto stramt mens hun ropte på et par unge karer som var i ferd med å legge skiene sine på et biltak et stykke unna.

«Noen av dere som har en mobiltelefon?»

«Jeg har,» sa den ene og nærmet seg beredvillig.

«Nummeret til politiet, er ikke det etthundreogtolv?»

«Skulle mene det. Har noen stjålet noe fra vogna?»

Tonje Indrehus ristet på hodet. «Den er ikke min. Men jeg har mistanke om at hunden har fått ferten av blod.»

I leiligheten på Bakklandet hadde Svein Rudberg, av grunner som Ivar ikke helt forsto, begynt å tø opp. Først var det bare noen antydninger om Beates datafaglige kvaliteter, og etter hvert gikk han over til å snakke om hennes kvalifikasjoner som menneske. Og til slutt, etter diverse mismodige filosoferinger over en kvinne som han fryktet ikke levde lenger, ble han nokså privat – røpet med hvilken henrykkelse han hadde tatt imot hennes kroppslige kjærlighet.

Ivar var ikke sikker på om de intime betroelsene skyldtes at mannen hadde drukket mer enn han på forhånd trodde, om det var trøstefullt for ham å innvie andre i hvor vidunderlig det korte samlivet hadde vært, eller om det var han selv som opp-førte seg på en måte som innbød til tillit, sånn mannfolk imel-lom. Under alle omstendigheter syntes han at det begynte å bli pinlig da Rudberg sa:

«Jeg visste ærlig talt ikke at det fantes slike kvinner. Hun trenger ikke å bli bearbeidet, om du skjønner hva jeg mener. Tvert imot, det er hun som bearbeider både meg og seg selv. Utrolig deilig har det vært, sammen med Beate. Det kan gå for henne flere ganger på rad, og det skal omtrent ingenting til for å tenne henne. Hun elsker å kle av seg foran øynene mine, danse naken rundt og friste meg med sine deiligheter. Hun ny-ter sex – og har fått meg til å nyte sex – hele tiden. Om og om igjen!»

Det siste lød nesten triumferende, og Ivar lurte på om han burde være litt misunnelig. «Da får vi håpe at . . .» Han holdt like hurtig inne, for han visste ikke riktig hva slags kommentar som egentlig var passende.

Uten å skjønne det selv hadde Rudberg røpet noe om en kvinnetype som Ivar for sin del aldri hadde støtt på, bare hørt og lest om. Nymfomane kvinner var utvilsomt hva unge gutter kunne fantasere om å ha i sin nærhet, men i virkeligheten vrimlet det ikke av dem. Faktisk forekom de ganske sjelden. I det lange løp måtte de vel bli ganske slitsomme også, funderte han. Men den viktigste konklusjonen han mente å kunne trekke, og som Rudberg ikke innså, var at en person som Beate Stokke umulig ville ha greid å leve i sølibat de årene hun var uten kjæreste. Eva Gunn Tranøy: *«Det hendte ofte at hun sendte lange blikk etter mannfolk.»* Sett at hun hadde hatt et hemmelig forhold med en tilbeder som ikke tålte å bli danket ut. Følgelig var det tenkelig, forutsatt at gjerningsmannen hadde gjort alvor av den tredje trusselen, at han ikke var av den typen som William helst refererte til – han som drepte vilt fremmede kvinner som kom i hans vei. Seriemorderen de hadde å gjøre med kunne like gjerne ha kjent ofrene sine på forhånd, en psykopat som hatet at andre menn overtok eiendommen hans. I så fall hadde også Vibeke Ordal og Miriam Malme hatt ham som nær venn, selv om den siste aldri lå med ham. Kanskje skulle han tipse Arne Kolbjørnsen om det, at politiet burde konsentrere seg om å lete etter ofrenes hemmeligholdte elskere.

Han oppdaget at Rudberg plutselig satt taus og betraktet ham med sammenknepen munn, som om det var gått opp for ham at han hadde drevet det litt for langt med hensyn til å utlevere kjærestens seksuelle drifter.

«Uansett,» sa Ivar, som ikke aktet å dele tankene sine med den bekymrede mannen, «får vi inntil videre håpe og tro at hun lever i beste velgående.»

Ingenting kunne ha vært mer feil. Idet han reiste seg, ringte mobiltelefonen hans. Det var journalist og naturverner Karl H. Brox, som hadde vakt på nyhetsdesken på Heimdal. Han kunne fortelle at han nettopp var kommet på jobb og knapt rukket å sette seg før han mottok et telefontips fra en ung kar som befant seg i Granåsen, på den store parkeringsplassen. «Du er vel klar til å snøre sekken og rykke ut i felten?»

Brox' hang til å vente med poenget egnet seg flott i hyggelig lag, men nå irriterte den Ivar overmåte. «Ja visst. Hva gjelder det?»

«Politiet har kommet til stede der oppe, og for mindre enn ti minutter siden åpnet de bagasjerommet på en rød Escort, inneholdende en død kvinne. Tipseren rakk å ta en titt på liket før han ble anmodet om å pelle seg vekk, og han mener bestemt at den døde var hun som det sto bilde av i avisen i går.»

«Dæven trøske.»

«Jeg skal få fatt i en fotograf.»

«Fint. Har du varslet William også?»

«Nei, jeg tenkte at han skulle få lov til å slippe, hvis det er greit for deg,» sa Brox. «Jeg vet at han snart skal overvære en håndballfinale i Nidarøhallen, hvor datteren hans er med.»

«Helt i orden.» Vanligvis ville ikke Ivar ha gått med på det, men tankene hans var allerede beskjeftiget med hva han skulle si – eller ikke si – til mannen som han befant seg på besøk hos. «Jeg er allerede på vei, Kalle!»

Da han stakk mobilen i lommen, snudde han seg langsomt mot Svein Rudberg, som åpenbart hadde oppfattet at noe usedvanlig var skjedd. Uvitende om hvilke kvaler Arne Kolbjørnsen hadde gjennomgått, stilt ansikt til ansikt med en uvitende Aslak Fuglevåg da han fikk beskjed om at kjæresten var funnet død, følte han det samme dilemmaet. Det fantes bare to muligheter:

1) Ettersom det foreløpig ikke var fastslått hundre prosent sikkert at den drepte var Beate Stokke, burde han av menneskelige grunner holde kjeft og si adjø.

2) Ettersom Rudberg likevel var i nærheten, kunne han ta ham med seg oppover til Granåsen. Med Beates kjæreste som følgesvenn, som straks ville være i stand til å fastslå om liket var den personen politiet trodde, ville han selv få anledning til å komme nært innpå begivenhetene.

Ivar Damgård var journalist av legning, fra den innerste margen og helt ut til fingerspissene. Derfor valgte han det siste alternativet.

Enda en gang

hadde Adresseavisen vært først ute i seriemordersaken, og kunne mandag dessuten gi en langt mer detaljert og korrekt redegjørelse omkring det siste drapet enn både tabloidavisene og NRK var i stand til. Hardyguttene fikk skryt av Gunnar Flikke under morgenkonferansen. Alt var såre vel, bortsett fra det aller viktigste. Mannen som politiet jaktet etter – svært få trodde på en kvinnelig forøver – hadde heller ikke denne gangen etterlatt seg spor av betydning, om overhodet noen. Det eneste det fantes mer enn nok av på åstedene var koagulert blod, men i alle de tre tilfellene stammet dette fra ofrene. Til tross for at Kripos hadde stått på i mer enn åtte uker sammen med Nils Storms beste folk, lot løsningen til å ligge enda lenger inn i fremtiden enn man en stund hadde trodd. Måtte man igjen stole på publikum? Direktøren i Comdot, Gøran Livang, gjorde åpenbart det, for han hadde utlovt 100.000 blanke kroner i belønning til den eller dem som kunne gi opplysninger som førte til at seriemorderen ble fakket. Til Adresseavisen uttalte han: «Jeg er villig til å strekke meg ganske langt hvis penger er det som må til for å finne vår kjære medarbeiders drapsmann.»

Politiet hadde fra før hendene fulle med møysommelig papirarbeid, så som å innhente, sortere og systematisere utallige naboers og tenkelige vitners mer eller mindre velfunderte observasjoner, lese gjennom stort sett negative rapporter fra Rettstoksikologisk Institutt og lage lange lister over hvem som befant seg hvor til enhver tid – uten at det syntes å føre til konkrete resultater. I de siste ukene hadde det nesten ikke gått en time uten at opphissede kvinner (og noen menn) ringte inn og meldte fra om skumle personer som vandret rundt og foretok seg truende ting i umiddelbar nærhet av deres kjære hjem. To karer var blitt bøtelagt for urinering bak husvegger, og den mindre engstelige delen av publikum moret seg åpenlyst over at en ung mann med sprettert var blitt arrestert utenfor kinosenteret i Prinsens gate. Episoden avstedkom et leserinnlegg i Adresseavisen hvor innsenderen omtalte det uhørte i at det var strengt forbudt å bære sprettert i Norge, mens det var tillatt å gå rundt med pistol, bare patronene befant seg i en annen lomme enn våpenet. Og hvordan kunne det ha seg at en leikarring fikk tillatelse til å hoppe rundt i full offentlighet på Torget, til velvillig akkompagnement av *motbydelig* felespill, når hver eneste mannlig danser med all tydelighet bar kniv på baken? I det hele tatt var den økende angsten for seriemorderens bevegelser – hvem ville bli det neste offeret? – iblandet mye ufrivillig komikk, og kanskje var det trøndernes adstadige sinnelag som hindret at ukontrollert hysteri spredte seg i byen og til dens nærmeste omgivelser. Innen politiets rekker fantes det folk som fryktet at direktør Livangs garanti om dusør bare ville føre til enda mer papirarbeid, men kriminalsjefen hadde ikke protestert.

Etterlyste Geir Jerven var fortsatt som sunket i jorden, og både i politihuset og på Heimdal spekulerte mange på om frelsesoffiser Kåre Rasmussen hadde ført politiet på ville veier ved å henlede oppmerksomheten mot en ufaglært vaskemaskinreparatør som kanskje var uvitende om sin rolle som hovedmistenkte. Fredag hadde kammeret latt pressen få vite at noen 500-sedler var kommet til rette. Nå hadde tre til dukket opp, den ene på Byåsen, den andre på Stjørdal og den tredje i Bodø. Tenk om den snille majoren var skurken, foreslo internbud Stig Ove under et av sine mange besøk hos sportsredaksjonen. Slikt forekom gjerne i kriminalbøker som han hadde lest. Men der ville ingen høre på ham – staben var mest opptatt av et annet mulig religiøst fenomen, om Steffen Iversens tre flotte scoringer i én og samme kamp for Tottenham ville gi ham helgenstatus.

På et dobbeltkontor i avisens bakre regioner satt William og leste gjennom et par av referatene som Ivar hadde skrevet i dagens avis.

En irsk setter, tilhørende sykepleier Tonje Indrehus, var hoved-
årsaken til at liket av den savnede Beate Stokke (30) ble funnet i
går. Indrehus hadde vært på skitur i marka med Granåsen som
utgangspunkt, og da hun vendte tilbake til parkeringsplassen i
totiden, viste hunden påfallende stor interesse for en av de ned-
snødde bilene, som etter hvert viste seg å være Beate Stokkes
Ford Escort, som også ble etterlyst lørdag. En ungdom i nærhe-
ten tilkalte politiet, og nok en gang skulle det vise seg hvor avgjø-
rende en hunds luktesans kan være.

Et skrekkelig syn møtte betjentene som dirket opp låsen til ba-
gasjerommet på bilen. Den døde kvinnen var iført yttertøy gjen-
nomtrukket av blod, og hun lå sidelengs med bøyde knær. Blo-
det stammet utvilsomt fra det dype kuttet på høyre side av hal-
sen, og mye tyder på at hun er blitt drept mens hun satt i et av
forsetene, kanskje bak rattet.

Dette ble bekreftet under pressekonferansen i går ettermid-
dag. Avdelingssjef Nils Storm ser ikke bort fra at drapet kan ha
blitt begått et annet sted. Den døde kan ha blitt fraktet til parke-
ringsplassen liggende i høyre forsete, hvor ryggen var felt ned.
Noe drapsvåpen er ikke funnet, men meget synes å peke i retning
av en gjerningsmann som kanskje har to liv på samvittigheten
fra før.

Som kjent har Beate Stokke vært savnet siden hun om etter-
middagen den 8. mars forlot AS Comdot på Pir 1, hvor hun ar-
beidet som dataingeniør. Ettersom den uhellssvangre skriftlige
meldingen til Adresseavisen og Trondheim politidistrikt var
poststemplet 9. mars, går politiet ut fra at hun er blitt drept i løpet
av dette første døgnet. Foreløpig vet man svært lite om når og på
hvilken måte gjerningspersonen har greid å ta seg inn i avdødes
bil, og avdelingssjef Storm uttalte under pressekonferansen at
politiet er sterkt interessert i å komme i kontakt med personer
som kan ha observert noe mistenkelig. Han tilføyde at denne sa-
ken nå er alt for alvorlig til å utelukke selv tilsynelatende perifere
iakttakelser . . .

William avbrøt lesningen og kikket opp da Ivar trådte inn med to kaffekrus i hånden. Han plasserte det ene foran ham og sa:

«Blir du særlig klokere?»

«Litt. Det gjelder noe du omtaler her.» Han rettet en pekefinger mot teksten og fortsatte med påtatt overbærende stemme: «At du som vanlig deler *altfor* i to ord, får nå så være. Viktigere er . . .»

«Hvorfor har du ikke sagt fra tidligere?»

William syntes han dro kjensel på sin egen irritasjon når Ivar korrigerte ham, og nøt øyeblikket. «Fordi jeg ikke er så helvetes pedantisk som du er.»

«Pedantisk? Dæven tr . . . Når det gjelder språk, kan vi aldri bli nøye nok. Finner du skavanker, skal du straks synge ut!»

Det lot til at han virkelig mente det. Irritasjonen hans skyldtes ikke kritikken, men at slike feil svekket avisens språklige nivå – en holdning William innså at han snarest mulig burde ta lærdom av.

«Kom så med det du synes er viktig,» sa han mer forsonlig.

«Ja vel. Du skriver at politiet ikke vet på hvilken måte fyren kom seg inn i Beates bil. Det forutsetter at Storm og kompani tror at han var ukjent for henne. Han kan ha fått haik, eller han har dirket seg inn. Hvis det siste er tilfelle, kan han ha ligget skjult bak forsetet da hun låste seg inn.»

«Riktig.»

«Men tenk om han kjente henne, at hun slapp ham inn fordi han var en god venn.»

Ivar nikket. «Den muligheten har så absolutt slått meg også, ikke minst etter at jeg snakket med Svein Rudberg i går.» Han forklarte nærmere hva han mente, og brukte litt tid til å trekke paralleller til de to første ofrene. «Jeg regner med at en vettug fyr som Arne også har tenkt på det, men at kammeret ønsker å holde den teorien for seg selv.»

«Han vet kanskje ikke at hun var nymfoman, at hun til enhver tid *måtte* ha et mannfolk.»

«For all del, det vet ikke jeg sikkert heller, men konklusjonen min er likevel at herr X ikke nødvendigvis er en av de seriemordertypene som du har ervervet deg omfattende viten om, men snarere en sjalu psykopat, en mann som blir rasende når noen truer med å ta fra ham noe som han anser som sin eiendom.»

Det ergret William at studiet av *The New Encyclopedia of Serial Killers* kanskje hadde vært bortkastet. Derfor sa han: «Ja, en som mener at han har retten på sin side, en begavet faen som hele tiden sørger for å gardere seg mot å bli avslørt. En som blant annet har lest det engelske leksikonet for å lære hvordan en seriemorder opptrer, for å narre oss til å tro at det er nettopp en slik gærning vi står overfor.»

Ivar flirte ikke. Tvert imot, han bifalt. Klappet ham til og med på skulderen før han dumpet ned bak sitt eget skrivebord.

«Da jeg snakket med overlege Bengtsen første gang,» fortsatte William, ivrig etter å yte gjengjeld, «beskrev han akkurat den typen som du nå nevner. En psykopat, sa han, er ikke sinnssyk. En psykopat slår til først når noe går ham imot. Så lenge alle stryker ham med hårene, smiler han som en katt og er verdens hyggeligste menneske. Men han glemmer aldri, og han er uhelbredelig.»

«Har Fuglevåg latt Arne få se Malmes dagbok?»

«Jeg ba ham i hvert fall innstendig om det.»

«I så fall spekulerer kanskje også purken på hvem denne J kan være. Men bare kanskje.» Ivar smilte og løftet kaffekruset opp til munnen.

«Hva mener du?»

«Forleden blåste jeg av hypotesen din. Men etter at jeg i går pratet med Svein Rudberg og Eva Gunn Tranøy, har jeg skiftet mening. Også Hjørdis Hveem, som jeg tok en telefon til i morges, føler seg overbevist om at Beate må ha hatt en hemmelig elsker. Jeg synes du bør forfølge sporet ditt, prøve å få Jon Vensjø i tale.»

«Jeg kan jo forsøke å gå omveien om kona hans.»

«Mmm. Sett at du *allerede* har snakket med drapsmannen.»

«Nå er jeg ikke helt med,» innrømmet William.

«Jomar Bengtsen eller Jørgen Bjåland.»

«Legen – er du vill? Og Bjåland er Jons beste venn. Etter å ha møtt ham, nekter jeg å tro noe sånt.»

«Han kan ha lært litt av hvert av Jon. Men du har rett i at det er vanskelig å *tro* det. Selv om en psykopat alltid har to ansikter, har jeg tilsvarende problem med å forestille meg at en av de mange sjefene i Comdot skulle . . . Nå ja, jeg rakk ikke å oppsøke Agnar Juvik i går, Beates nærmeste overordnede.»

«Nå blir det litt for mange J-er for meg.»

«Enig. Når kona og jeg er på biltur, finner vi aldri en rasteplass som er bra nok, og til slutt er vi så sultne at vi tar til takke med et dystert grustak i regnværet. Ikke før er vi kommet i gang igjen, like rundt neste sving, så skinner sola på *den* idylliske rasteplassen.»

«Og fra da av vrimler det av dem. Jo takk.»

«Likevel kan det være veien å gå.»

«Greit. Du tar denne Juvik, og jeg tar . . . Jon.» I et glimt så William for seg soldaten i jungelen, soldaten som gikk i ett med terrenget og som uten en lyd listet seg innpå fienden og bokstavelig talt årelot ham. Han så blodet også, den varme væsken som hurtig tapte sin livgivende kraft når den ble pumpet ut av byttet, når den begynte å stivne og bli klebrig. Han merket at han plutselig frøs, som om noen hadde åpnet et vindu.

«Er det noe galt, William?»

«Nei da.»

«Hvis du er redd for å snakke med Jon, kan jeg bli med deg.»

«Ikke tale om. Vi har tross alt med en overbevist pasifist å gjøre.»

«Synd at faren din ikke er i politiet lenger. Da ville han ha hatt grunn til å besøke Beate Stokkes leilighet på ny. Gitt oss noen opplysninger som bare purken har adgang til.»

«Jeg spurte ham i går, om han hadde lagt merke til noe spesielt da han var der.»

«Hva sa han?»

«At den korte titten hadde fått ham til å føle seg ung igjen. At det hadde duftet henrivende av eksotisk parfyme.»

Etterpå tillot han seg å minne Ivar om at også farens fornavn begynte på J, og da brøt kollegaen ut i overstadig latter, etterfulgt av «Der kan du se!». Men William voktet seg vel for å røpe oppnavnet hans, for da ville Ivar kanskje ha tilføyd nok en mistenkelig person på deres felles liste.

Hva de to journalistene ikke ante, og for den saks skyld heller ingen andre, var at denne mandagen var dagen da sluttstrek skulle settes. I ettertid ville de kanskje komme til å se noe symbolsk i det, for datoen var 13. mars. Nøyaktig to måneder var gått siden kontordame Vibeke Ordal vant 153.270 norske kroner i Viking-lotto, for deretter å måtte bøte med livet. Før dagen var omme, skulle en fjerde kvinne føle den skarpe eggen mot strupen.

Det var den samme mandagen

at Salten herredsrett åpnet forhandlingene i den såkalte Meløy-saken, hvor en mann sto tiltalt for å ha drept eks-kjæresten sin med kniv. Adressen var Sjøgata 1 i Bodø.

Ikke langt unna våknet Geir Jerven med en følelse av at det var på høy tid å stikke. Herrefaen, for en morgen! Når som helst kunne en av Olufs upålitelige kamerater finne på å tyste, og motstrebende hadde det gått opp for ham at han ikke hadde noe valg. Han ønsket seg bort selv også. Spørsmålet var bare *hvor* han skulle dra. «Kom deg av gårde,» hadde Oluf sagt flere ganger. «Her kan vi i hvert fall ikke ha deg lenger.» Enda det var han som hadde invitert ham hit opp, til det frie, høye nord!

Geir kledde på seg, fant en halv rullings i askebegeret, tente den og gikk bort til vinduet. Først da kom han ordentlig til seg selv og husket at det var jo i dag det skulle skje. Ingen flere utsettelser lenger. Klokken halv elleve presis ville de hente ham, gjøre ham til en fredløs og påse at han forlot byen.

Landskapet utenfor var det samme som hadde møtt ham i sytten dager. Her, like øst for flyplassen i utkanten av Bodø, hadde han fristet en slags hybeltilværelse på et trangt rom i en brakkelignende trebygning som i sin tid visstnok var blitt spikret opp av tyskerne. Oluf hadde lovt å finne noe bedre til ham etter hvert, men det gjaldt ikke lenger. I det hele tatt var mangt og meget blitt annerledes enn Geir hadde forestilt seg. Han var blitt stilt i utsikt å arbeide som dørvakt i en nyetablert kombinert pub og restaurant for ungdom over atten, men ettersom lokalet ennå ikke hadde fått skjenkebevilling, var det foreløpig ikke blitt bruk for ham. Slik som situasjonen hadde utviklet seg, kom det heller aldri på tale. For etter vel en ukes opphold i byen hadde han fått vite av Oluf at han var etterlyst av snuten i Trondheim. Kameraten visste ikke hvorfor, men anbefalte Geir å holde seg inne når det var dagslys, og selv etter mørkets inntreden burde han unngå å vise seg for mye ute. Aller best gjorde han i snarest å dra sin vei. Oluf, opprinnelig byssegutt og kokk, hadde selv flere jern i ilden som ikke tålte innblikk fra uvedkommende, og hvis snuten fant Geir, ville han nødig bli innblandet i affærer som slett ikke gjaldt ham.

Uten å røpe hva som lå til grunn for etterlysningen – Geir var ikke engang sikker selv – hadde han fått noen dagers henstand. Tross alt var det han som for noen år siden hadde tipset Oluf om et lønnsomt trippelspill på Leangen travbane, og det hadde ikke bodøværingen glemt. Men nå var det ugjenkallelig slutt.

Han skvatt da en sveit jagerfly raste lavt innover de hvite omgivelsene. Han trakk seg vekk fra vinduet. Stumpet røyken, åpnet døren til det vesle kjøleskapet og forsynte seg med brød, pålegg og en kartong skummet melk. Hva han trengte aller mest, var naturligvis en sprøyte, og nettopp heroin var Olufs beste argument. Hvis han dro sin vei allerede i dag, ville han finne en pakke i hanskerommet på kassebilen, inneholdende nok til flere skudd. Samt en adresse i Sverige hvor han kunne skaffe seg nye kontakter.

Da han hadde spist, slo han lens og begynte å pakke bagen. Jo da, han kunne tenke seg noe annet og bedre enn dette. Brakkerommet var som et fengsel. Den gamle TV-en tok bare inn NRK, og når han fikk besøk, var det bare av Olufs tvilsomme kompiser. Han hadde lite å utsette på ølet de bragte med seg, men de uuttalte truslene fra en av dem svevde fremdeles i luften. Geir var ikke uvant med å oppholde seg mellom asken og ilden, men denne innestengte tilværelsen – sammen med angsten for hva snuten ville anklage ham for – ga ham håp om at en forflytning ville være til det bedre. Og da Chevyen tutet utenfor, følte han det som en lettelse og gledet seg til øyeblikket da han kunne sitte bak et ratt og føle seg fri igjen.

Oluf var alene, og han opptrådte slett ikke som den mer berømte artigkaren som han var oppkalt etter. Han virket nervøs da han slapp ham inn i det store baksetet og kjørte av sted uten et ord. De fulgte Gamle riksvei innover mot byen, og etter Rensåsparken og Snippen bar det et stykke bortover en sentrumsgate, som lå parallelt med Sjøgata, hvor rettsforhandlingene var kommet i gang. Garasjen lå vegg i vegg med utestedet som Oluf hadde en viss medvirkning i, men som ennå ikke hadde åpnet. Som takk for deres tidligere kompaniskap i Trondheim hadde han gjort sin del av jobben for at Geir skulle klare å komme seg trygt unna. Inne i garasjen sto den tolv år gamle Hi-Acen og ventet. Oluf hadde brukt beige originallakk og sprøytet over de tre stedene hvor det sto Rapid Service. Dertil hadde han skaffet to eldre, svenske skilt fra den perioden han drev og skrudde av saker og ting på biler som besøkte området. Ingen var på utkikk etter de numrene lenger, mente han.

Da de sto inne i halvmørket ved siden av varevognen, sa han:

«Hør no her. Når du kommer te Fauske, vil æ anbefal dæ å kjør sørover E-sæks. Så kainn du ta Graddisveien over te søta bror. Da e du næsten i Paradiset.»

«Takk.»

«Her har du aildri vært.»

«Ailder,» sverget Geir.

«Du har aildri snakka med mæ.»

«Ailder.»

Det var det hele. Oluf åpnet porten, og Geir kjørte ut. Han løftet en hånd til hilsen, så dreide han til høyre, i retning av E80.

Vennen hadde holdt ord. Tanken var fylt opp, og det lå en liten pakke i hanskerommet. Suget var så sterkt at Geir nesten ikke kunne vente med å sette et skudd, men først måtte han pelle seg ut av Bodø. Den lave solen skinte fra en nesten skyfri himmel, og det blinket forjettende i snøfjellene mot øst.

Glansen i dem fikk ham til å tenke på haugevis av nyslåtte, blanke mynter. Ja, de skinte så sterkt som bare et Soria Moria kunne gjøre, like forjettende som Onkel Skrues velfylte pengekister hadde fortonet seg for ham i barndommen. Selv var Geir aldri blitt millionær. Fra tid til annen hadde han håvet inn pene summer på Leangen, men disse inntektene sto på ingen måte i forhold til innsatsen, som bare hadde økt fra uke til uke. Enda verre var det blitt da spillemanien hans langsomt forandret seg til noe annet og mye farligere, da behovet for grunker mer og mer skyldtes trangen til stoff.

Avhengigheten begynte for halvannet år siden, nettopp da han høytidelig hadde lovt seg selv å starte et nytt og bedre liv. For uten å løfte en finger og uten at det kostet ham noe som helst, hadde en eldre venn – en av hans meget få – overlatt ham både alt verktøyet sitt og et firmanavn som gjorde ham i stand til å leie et kjellerlokale på Møllenberg. Geir hadde jukset i kjøkkenmaskinbransjen tidligere og gikk i gang med løftet hode. Begivenheten feiret han hos en jevnaldrende kamerat – også en av hans meget få – som syntes at den alkoholpåvirkede hovedpersonen fortjente et skikkelig skudd som startbonus. Dermed var han blitt hektet, og i den første rusen drømte han om hvilke muligheter som hadde åpnet seg for en nevenyttig kar.

Men oppdragene skulle bli få, og det varte ikke lenge før han mottok klager fra misfornøyde kunder. Ikke greide han å betale regningene heller, for innkjøp av stadig mer heroin krevde store utlegg. Han innså at nettopp den fatale trangen forklarte hvorfor han presterte bare halvgodt arbeid, og han visste at han hadde kommet inn i en såkalt ond sirkel. Det foresvevde ham til og med at han ikke eide den ballasten som måtte til for å trenge ut av faenskapen.

Å dra tilbake til Oppdal og tigge foreldrene om hjelp, var ensbetydende med å returnere til et annet helvete, der det heller ikke fantes noen nåde. Han hadde prøvd det én eneste gang, og det hadde vært nok. Det var da han oppdaget hvor bortreiste gamlingene virket. Også de befant seg på en slags flukt, selv om de aldri så mye satt hjemme i den nitriste stua. De stive, blanke øynene hadde talt sitt tydelige språk.

Var det derfor at han av og til opplevde seg selv som en oppdiktet person, som om han ikke eksisterte annet enn i sin egen fantasi? I slike øyeblikk kunne han betrakte seg selv utenfra – være tilskuer til handlingene han foretok seg.

På nyåret hadde han vært både blakk og nedtynget av spille-gjeld, og i et desperat behov for nye, befriende doser, hadde han som siste utvei besluttet å selge den gamle varebilen. Men han kom aldri så langt, enda han en mild januardag hadde vært på vei til bilfirmaet på Lade som kjøpte og solgte både nye og brukte kjøretøy av merket Toyota. Det ene ordet BANK, i ut-kanten av synsfeltet, hadde plutselig fått ham til å dreie av og stanse ved et kjøpesenter. For der og da husket han at Oluf, som forleden hadde stukket innom hybelen i Gyldenløves gate, på gjennomreise fra Oslo til Bodø, hadde invitert ham til å bli dørvakt ved et nytt og ungdommelig treffsted i hjembyen. Oluf hadde sagt at hvis han kom, ville det sikkert la seg ordne å kombinere jobben med andre lukrative foretak, så som for ek-sempel å bruke Hi-Acen til nattlig smugling av kjøtt fra Sve-rige. Restaurantdriften ville bli ekstra lønnsom da, og Oluf hadde ansvaret for cateringen. Men hvis Geir skulle si takk til tilbudet, ja, for overhodet å kunne karre seg nordover, trengte han nettopp vogna. Dette forutsatte igjen at han greide å skaffe seg nok grunker til driftsmidler underveis – bensin, mat og røyk. Kom han seg først til Bodø, ville Oluf garantert ordne med dop.

BANK.

I et vilt øyeblikk hadde han sett for seg et kjapt ran like før stengetid. Det var allerede blitt mørkt ute, og fikk han først hånd om innholdet i kassen, skulle han saktens greie å komme seg unna. Fremdeles kunne han huske hvordan hele kroppen hans dirret da han trådte inn i filialen. Men like hurtig, vel in-nenfor, skjønte han at når det kom til stykket, ville han ikke greie det. Han hadde aldri gjort noe sånt før. Bankran måtte planlegges grundig på forhånd, og han manglet til og med noe så elementært som våpen og finlandshette.

I stedet hadde han snudd ryggen til lukene og var blitt stå-ende ved en disk hvor det fantes masse fine brosjyrer som for-talte om hvor gunstig og lettvint det var å plassere sparepen-gene i papirer som banken anbefalte.

Geir fór sammen da han oppdaget en bil i neste sving. Ikke fordi han var uvant med å møte andre kjøretøy, men denne bilen lå altfor langt ut i veibanen. Herrefaen, for en idiot! Han rykket hardt i rattet, og de passerte hverandre med noen få centimeters klaring, og etterpå fikk Hi-Acen en sleng som sendte den nesten diagonalt bortover den isdekte asfalten. En stund virret den hit og dit, før han lykkeligvis fikk kontroll over den igjen. Ved første og beste busstopp svingte han til side og besluttet hjerteflimrende å sette den hardt tiltrengte sprøyten.

William befant seg i Hommelvik igjen, men denne formiddagen snødde det ikke. Bomveiselskapet hadde latt ham få vite at Anna Vensjø var på plass foran Hell-tunnelen, og i stedet for å kjøre bort til den avlange, koboltblå bua ved siden av *manuell*-skiltet, parkerte han helt til høyre, krysset veibanen gående og banket på døren. Den ble straks låst opp fra innsiden av en kvinne som han visste måtte være et par år eldre enn ham. Han dro omgående kjensel på henne, mens hun stirret spørrende på ham.

«Ja?»

«Du kjenner nok ikke igjen meg. Jeg heter William Schrøder og arbeider som journalist i Adresseavisen.»

Heller ikke denne opplysningen hjalp på hukommelsen hennes, hun ristet bare på hodet. Det alvorlige ansiktet, med høye kinnben under det rødblonde håret, fikk ham til å tenke på filmen *Et skrik i mørket*, som han hadde sett for mange år siden. Derimot husket han ikke navnet på den kvinnelige hovedrolleinnehaveren, henne hun lignet på.

«En gang i tiden møttes vi hjemme hos ekteparet Bjåland, borte i Fagratunvegen. Oddvar Skaug og jeg skulle være med Jørgen og mannen din på jakt.»

«Ja visst!» Nå kom smilet, uten forbehold. «Jon var mildt sagt sur fordi han bommet.»

«Men kvelden etter gjorde han det godt igjen?»

Anna nikket. Hun skjønte visst at det måtte være kaldt for ham å stå ute i den sure vinden, for hun gjorde tegn til ham om å stige inn. Han satte seg på en taburett, mens hun inntok den faste plassen sin i enden av bua, hvor hun hadde utsyn til tre kanter.

«Mye å gjøre?»

«Nei da, de fleste har småpenger.»

Han nikket. I løpet av samtalen som fulgte skulle han med jevne mellomrom høre lyden av mynter som ble kastet i kurvene på begge sider. Hun skjenket opp termoskaffe i et krus som hun rakte ham, og hadde det ikke vært for alt det tekniske utstyret i rommet og bilene som gled forbi på begge sider, ville han ha følt seg hensatt til et krypinn i villmarka. I grunnen fantes det bare ett problem, hvordan han skulle legge frem saken for henne.

«Egentlig burde jeg ha henvendt meg direkte til Jon,» begynte han, «men jeg vet ikke om jeg tør.»

«Han biter ikke.» Hun satt halvveis vendt mot ham.

«Jeg har snakket med Jørgen Bjåland. Han mener at mannen din trenger øyeblikkelig psykiatrisk hjelp.»

«Det er bra sikkert. Men jeg skjønner ærlig talt ikke hvorfor du . . .»

«Det gjør jeg i grunnen ikke selv heller. Jeg bør vel opplyse like godt først som sist at jeg ikke er her som avismann.» Da hun ikke kommenterte det, fortsatte han: «Men jeg er dessverre stygt redd for at noen kan ha fått for seg at Jon . . .»

Nei, dette gikk ikke.

Det var plent umulig for ham å sitte her og lyve overfor Anna Vensjø, all den stund han selv var denne *noen*. Hvorfor pokker hadde han ikke henvendt seg til Kolbjørnsen i stedet, innviet førstebetjenten i mistankene sine? Dét var selvsagt hva han burde gjøre, ikke prøve å fritte ut Jons kone, som ifølge Bjåland var svært urolig på vegne av mannen sin. Han forsøkte å forestille seg hvordan Solveig ville ha reagert dersom en så godt som fremmed fyr dukket opp på skolen og antydet at mannen hennes kunne være innblandet i en mordsak. Hun ville ha gitt ham minst én ørefik og deretter skjelt vedkommende ut etter noter. Han flyttet seg urolig på taburetten, var glad da en bilist som ikke hadde småpenger stanset i venstre veibane. Anna skubbet opp vinduet og tok imot en hundreseddel som ble rakt henne. Da bilisten var ekspedert, prøvde han en forsiktigere variant:

«Hva jeg mener, er at han kan få store problemer hvis han ikke sier ja til assistanse fra fagfolk.»

«Helt enig, men for tiden er han umulig å overtale.»

«Nettopp derfor.»

«Jeg snakket med legen hans senest i morges. Uten at Jon ennå vet det, ble han innvilget en time på onsdag.»

«Hos Bengtsen?»

«Ja.» Hun reagerte knapt på at William visste navnet på legen. «Før tok han seg god tid når det gjaldt Jon, men slik er det ikke lenger. Jeg forsøkte å overtale ham til å ta seg en tur hit, men det gjør han *bare* hvis Jon selv vil.»

«Da må det være noe galt ved systemet,» sa William opprørt. «Jeg trodde at det fantes et apparat for den slags.»

«Det apparatet prioriterer unge mennesker, og selv da er kapasiteten for liten. Når Jon i det hele tatt blir estimert, er det fordi han er et såkalt interessant kasus.»

Hun sa det uten snev av beklagelse, som om hun hadde forsonet seg med at de pent måtte finne seg i å stå langt bak i køen. Samtidig var det tydelig at hun følte behov for å snakke ut. Til Williams overraskelse gikk hun enda et skritt lenger, kom ham i møte med en innrømmelse som falt sammen med tankene som han hadde vegret seg for å si høyt:

«Akkurat nå er det fryktelig ille å være Jon. Jeg er redd for at drapet på Miriam Malme har gått så sterkt innpå ham at han kan finne på å foreta seg noe desperat . . . noe *ukontrollert.*» Hun tidde et øyeblikk, vred hendene og stirret ut mot veien. Så kom det, knapt hørbart: «Jeg har aldri vært så redd i hele mitt liv.»

Bare et dypt nedstemt menneske ville betro seg til utenforstående på en slik måte, tenkte han medfølende. Og samtidig måtte han prøve å fange opp nødsignalet hennes, tolke det riktig. «Redd for at han skal finne på å skade deg?» sa han forsiktig.

«Nei, nei. Men kanskje kan han skade . . . andre.»

Plutselig var de på parti, og da hun vendte øynene mot ham igjen, husket han like plutselig noe som var dette øyeblikket fullstendig irrelevant, nemlig navnet på kvinnen i *Et skrik i mørket.* Hun het Meryl Streep.

«Hva får deg til å frykte det?»

«Oppførselen hans. Han nekter å innrømme det, men jeg er sikker på at han alltid hadde et spesielt øye til Miriam Malme, så lenge hun levde. Hun bodde jo like nedenfor oss.»

«Forelskelse?»

«Det er nettopp det jeg ikke vet. Hun var nok pen, men fremfor alt så hun litt vietnamesisk ut.»

William rykket til. Senest lørdag hadde Solveig sagt omtrent det samme. Sett at det forholdt seg omvendt, at Jon *hatet* kvinner fra det landet, at den unge forfatteren uten å vite det hadde vakt uforsonlige minner hos ham. I Vietcong-geriljaen hadde kvinner deltatt på lik linje med menn.

«Han er ofte ute om kveldene. Besøker Bjålands, vandrer alene rundt i nabolaget eller oppe i skogen. Må det, sier han, for å kvitte seg med påtrengende tanker, for å rense systemet for slagg.»

«Hvorfor forteller du meg dette?»

«Han var ute den søndagskvelden også.»

«Hvilken kveld?»

«Da Miriam Malme kom hjem og ble drept.»

Med ett kunne han lese fortvilelsen i et par øyne som var blitt vesentlig våtere enn for noen minutter siden. Han ante ikke hva han skulle svare. Men Meryl Streep fortsatte, uten regissørens og hans hjelp:

«Politiet var hos oss to ganger for å høre om vi hadde lagt merke til noe usedvanlig den kvelden. Ingen av gangene nevnte Jon at han hadde vært ute, fra rundt regnet klokken ti til nærmere midnatt.»

«Kanskje han hadde glemt det?»

«Kanskje. Hukommelsen hans er blitt skikkelig skral i det siste, og han er jo ute rett som det er. Men han kan umulig ha glemt støvlene.»

«Nå følger jeg deg ikke helt.»

«Han har et par jaktstøvler stående i garasjen, og dem bruker han alltid når han er ute og går kveldsturene sine. Under det andre besøket sa politimennene at det fantes noen mønstrede fotavtrykk i Miriam Malmes hage. Da de ba om å få se alt skotøyet vårt, sa han *ingenting* om støvlene sine.»

William svelget. Han var tilskuer til at hun strakte ut hendene mot en journalist fra Trondheim, og at denne journalisten fattet rundt dem med sine egne. Begge medvirket i filmen, hvor de spilte to skibbrudne som hadde funnet hverandre på en flåte i drift, bundet til hverandre av en fryktelig hemmelighet som kunne ødelegge et tredje menneske, forutsatt at de nådde land. Førstebetjent Arne Kolbjørnsen, tenkte han, visste mer enn han ville ut med. Også han hadde naturligvis lest *Sølvhjertene*. Også han måtte ha koplet ugjerningen i Hommelvik til muligheten for at den kunne ha vært utført av en profesjonell drapsmann som bodde i nabolaget. Eller hadde ikke politiet lov til å resonnere på den måten?

«Støvlene,» ekkoet han. «Befinner de seg i garasjen fremdeles?»

«De var der i hvert fall i morges. Du mener at han ville ha fjernet dem hvis han . . .»

«Ja, det er klart.»

«Nei, i så fall ville han jo skjønne at jeg skjønner.»

Det var sant. Hvem var viktigst for Jon å føre bak lyset, politiet eller Anna? Paret kunne umulig ha snakket ordentlig ut med hverandre om dette; han fordi han var taus av natur, og hun fordi hun fryktet det verste?

Hun slapp hendene hans, men ikke blikket. De gråspettede øynene hang fremdeles ved hans, som om de stadig var uatskillelige sammensvorne, som om han var hennes eneste håp, som om han ville være i stand til å forsikre henne om at all hennes tvil omkring Jon var både urimelig og overflødig. I tråd med dette ga hun ham frivillig enda et argument som han, den fremmede trøsteren, pliktet å føyse bort:

«Det som likevel gjør meg mest redd, er kniven.»

«Hvilken kniv?»

«Infanterikniven med det grønne skaftet. I alle år har den ligget i en eske sammen med andre småting fra krigen han deltok i. Men nå er den borte. Jeg har faktisk ikke sett den siden . . . siden . . .»

Plutselig reiste hun seg, kom enda nærmere, greide ikke å få frem et eneste ord til. Og i neste øyeblikk lå – ikke Meryl Streep – men Anna Vensjø, tett inntil ham med armene rundt nakken hans. Flere ukers oppdemmet, ensom redsel, kanskje måneders, slapp ut av henne i langtrukne, såre hikst, og akkurat da klarte han ikke å begripe at den improviserte visitten hadde styrket de dristige formodningene hans.

Kakk! Kakk! Kakk!

Hvor lenge hun klynget seg fast til ham, ante han heller ikke, men skjønte at lyden neppe stammet fra en hakkespett som ville inn til dem. De befant seg i et offentlig bomselskaps betjeningskiosk, og bilister uten abonnement eller småpenger kunne med loven i hånd forstyrre en hvilken som helst privat seanse.

Kakk! Kakk! Kakk!

Iltrere nå, faktisk rasende.

Han løsnet grepet hennes så vennlig han kunne, ålte seg forbi henne i det trange avlukket, skjøv vindusruten til side og stirret inn i et ublidt mannsfjes en halv meter under ham:

«Erru dauhørt eller?»

«Beklager, jeg fikk en telefon.»

William tok imot seddelen, vekslet, leverte mynter tilbake og slengte den siste i kurven. Han måtte ha gjort alt riktig, for halvsekundet etter ble den røde bilen på lysskiltet forvandlet til en grønn. Bilisten hadde en avskjedshilsen også:

«Tellefon, du lissom. Din jævla latsabb av en trønder!»

Geir møtte ingen bomstasjon. I stedet skulle han bli innhentet bakfra, men det visste han ikke ennå. En eller annen som ikke kunne fordra fjeset hans, hadde tystet.

Under ham malte motoren jevnt. Etter de første par milene ble isen på asfalten erstattet av snø, og han kunne gi på mer. Det bar østover og innover langs Skjerstadfjorden. Når han nådde Fauske, aktet han å bevilge seg et skikkelig måltid før han ga seg i kast med fjellet. Egg og flesk, eller en dobbel karbonade med erter, til nød en pizza eller en kebab; han hadde aldri vært særlig begeistret for utenlandske retter.

Sverige neste!

Med mørke solbriller, lengre hår og nye klær ville ingen dra kjensel på ham.

Kanskje hadde det vært galt av ham å forlate Trondheim i hui og hast, bare fordi han plutselig følte seg fristet av Olufs anmodning. Kanskje var det bare noen misfornøyde kunder som hadde henvendt seg til snuten, eller den fossile hybelverten som gjorde krav på ubetalt husleie. Men innerst inne visste han at det skulle mer til for å bli etterlyst. Atskillig mer.

Til gjengjeld hadde sprøyten kvikket ham opp såpass at han ante nytt håp.

Herrefaen, så langt nede han hadde vært den mørke januarettermiddagen på Lade! Og så kort avstanden hadde vært til fullkommen lykke! Inne i bankfilialen, bare noen meter unna, i utkanten av synsfeltet hans, hadde den hauget seg opp i form av splitternye sedler som kvinnfolket i luken til slutt puffet over mot kvinnfolket på utsiden. Selv nå, såpass lenge etter, kunne han huske bildet på forsiden av brosjyren som han selv hadde stått med i hånden – en ung, vakker fyr med stjerner i blikket, en trygg kar med fremtiden foran seg. Fordi han eide så masse grunker at han kunne investere overskuddet i banken.

Sulten og misunnelig, det var hva han hadde vært. Sulten på en seier, etter alle de svidende nederlagene. Misunnelig fordi det fantes mennesker som aldri hadde vært tvunget til å lyve og jukse for å overleve, late rikinger som mottok fallskjermer i millionklassen som straff for å ha gjort dårlig arbeid. Fremdeles sto den tindrende klar for ham, situasjonen han hadde befunnet seg i tretti minutter og én rullings senere:

Han sto på en issvull, lent mot veggen i det lave huset som kvinnfolket hadde låst seg inn i, usynlig fra gaten takket være en frodig dvergfuru og en parkert Starlet i hagen. Et blikk på navneskiltet ved døren – *Vibeke Ordal* – kunne tyde på at hun bodde alene. Og da han skottet inn gjennom kjøkkenvinduet, hadde han sett henne sitte ved bordet mens hun puttet sedlene i en konvolutt. Ti tusen? Tjue tusen? Minst. Et øyeblikk vurderte han å ringe på, trenge seg inn og forsyne seg. Men det fantes et sånt rundt kikkhull i døren. Sjansen for at hun ville åpne var bare fifty-fifty, for han mistenkte henne for å ha lagt merke til ham da han fulgte etter henne fra bankfilialen. Da han tok av seg hanskene og rullet den andre sigaretten, skalv fingrene hans slik at han nesten måtte gi opp. Ikke av kulde, men som i feber. Fikk han ikke et skudd snart, ville han omkomme. Når han presset øret inn mot det ru panelet, kunne han høre musikk innenfra. En eller annen fyr sang på engelsk, akkompagnert av et storband. Bak veggen befant det seg en verden han ikke kjente, som han bare kunne fantasere om. Det begynte å snø. Skulle han knuse et kjellervindu på baksiden og krype inn?

Han trodde ikke at han orket. Hvis han ikke greide å pønske ut en enkel plan innen røyken tok slutt, var det bare å trekke seg tilbake. Utsette salget av vogna, for nå hadde bilfirmaet stengt for dagen. Prøve en siste tur til Nonnegata for å se om Espen var hjemme, tigge om en sprøyte mot dobbel betaling i morgen. Mismotet hadde grepet ham så sterkt at selv føttene hans hadde begynt å skjelve. Kreftene var i ferd med å ta slutt.

Men akkurat da han slengte fra seg den andre sneipen og tok på seg hanskene igjen, skjedde underet. Ytterdøren ble åpnet, kvinnfolket kom til syne på trappen, og hun kikket ikke i hans retning. I stedet gikk hun mot porten i gjerdet. Da hun stanset ved postkassen, med ryggen mot huset, betenkte han seg ikke lenger. For døren sto åpen og formelig tigget ham velkommen. Han smatt inn, ble møtt av fremmede rom, farger og musikk. Brydde seg ikke om annet enn kjøkkenet. Der oppdaget han straks den oppslåtte avisen på bordet, lottokupongen, kaffekoppen og fatet. Men ingen konvolutt. *Ingen konvolutt!* Hjerteflimringen ble til trommeild. Den banket og herjet i hele kroppen. I utkanten av synsfeltet ante han lysene fra en bil som kjørte langsomt forbi ute på gaten. Kvinnfolket kunne komme tilbake når som helst, og han fant ikke den fordømte konvolutten! Blikket hans virret hit og dit, langs benken, komfyren, bort til kjøleskapet. På veggen over benken hang det et assortert utvalg av skarpe kniver. Å ja, han skulle vite å forsvare seg når hun dukket opp. Enda bedre, han kunne bruke en av dem til å true med, tvinge henne til å fortelle hvor konvolutten befant seg. Han strakte ut høyre hånd, sikret seg den nærmeste kniven og gjemte den bak ryggen da han hørte at det smalt i ytterdøren. I neste øyeblikk, da hun trådte inn på kjøkkenet, snudde han seg og fikk øye på den tykke konvolutten, på toppen av kjøleskapet. Resten foregikk så sitrende hurtig at han knapt visste hva han gjorde, men i bakhodet hans et sted hadde vel den skremmende tanken murret at selv om han kom seg unna med grunkene, ville hun huske ansiktet hans, og da var han ferdig. Uten å nøle dreide han henne rundt og holdt overkroppen hennes i et fast, ubønnhørlig grep. Nå fantes det ingen vei tilbake. Angsten for å mislykkes ga høyrearmen hans mer enn kraft nok til å skjære dypt i halsen hennes. Forbauset over hvor lett det hadde vært, bortsett fra at hun klarte å klore ham litt i fjeset, slapp han taket og puffet henne unna. Hun tumlet bakover og ble liggende på ryggen under ham. Selv var han borte ved oppvaskbenken og åpnet varmtvannskranen. Det begynte å dampe fra springen, og alt det røde på knivbladet forsvant i avløpet med en slurpende lyd som minnet om den hun nettopp hadde gitt fra seg. Han skylte av skaftet også, ristet kniven før han stakk den på plass i stativet på veggen. Til slutt det aller viktigste: sikre seg konvolutten. Ned i jakkelommen med den før han rygget vekk fra det ekle blodsølet som han hadde unngått å trampe i. Slamret ytterdøren igjen bak seg, i triumf.

Geir husket bare uklart at han hadde løpt bortover gaten, at han ikke kom til seg selv før han gled på isen og falt. Andpusten stablet han seg på bena og oppdaget at han befant seg i en annen og bredere gate, med lysene fra bygningene i sykehusparken i bakgrunnen. Fant alleen som krysset gaten og skyndte seg tilbake mot kjøpesenteret og parkeringsplassen. Hvordan han kom seg helskinnet tilbake til Møllenberg, lå fremdeles i en slags tåke, men han ville aldri glemme det øyeblikket da han satt bak rattet og rev opp konvolutten. Etterpå hadde det bare vært å kjøre bort til Espen og kjøpe det han trengte mest. Espen stilte aldri spørsmål om hvor pengene kom fra.

Dagen etter både leste og hørte han om døden i Victoria Bachkes vei, og det varte ikke lenge før det gikk opp for ham hvilken ubegripelig flaks han hadde hatt. De fleste drap ble begått i plutselig raseri (sto det i VG), og manglende planlegging førte til at morderen ble tatt ganske snart. Men det skjedde ikke med ham; kanskje hadde han i tillegg hatt den dyktigheten som skulle til. Han fryktet for at han ville få skjelvetokter og nattlige mareritt som resultat av hva han hadde gjort, men heller ikke det skjedde. Snarere føltes det som om han bare hadde vært tilskuer, at han hadde sett nok en video av den typen han pleide å låne når han kjedet seg. Som dagene og ukene gikk uten at snuten kom nærmere en løsning, begynte han å betrakte handlingen sin som en dåd. Innen den lille bekjentskapskretsen hans fantes det ingen som trodde eller ante at Geir Jerven var den skyldige, og den hemmelige følelsen av makt som dette ga ham, styrket selvtilliten hans ytterligere. Han var kommet på fote igjen, hadde betalt mesteparten av spillegjelden og kunne leve trygt en stund fremover. Ja, han hadde til og med jobbet litt i kjelleren og rykket ut og reparert noen kjøkkenmaskiner mot kæsj betaling. Nøyaktig fem uker etter Vibeke Ordals endelikt fant snuten nok en kvinne med snittet hals – denne gangen i Hommelvik – og plutselig snakket alle om en seriemorder. Oppmerksomheten ble flyttet over til en kveld eller natt da Geir uten vanskelighet kunne ha vartet opp med et skikkelig alibi, men ingen spurte ham; det var bare å takke og bukke for en ukjent drapsmanns avledningsmanøver. Ved å sende skriftlige meldinger til Adressa hadde kronidioten til og med påtatt seg skylden for det første drapet!

I rent overmot hadde han satset altfor mye på noen ekvipasjer på Leangen, og kvelden etter tapte han enda mer i poker. Pengebunken hans hadde ikke bare skrumpet inn, den var blitt løvtynn. Det var da han begynte å tenke på Oluf igjen, kompisen som hadde lovt ham gull og grønne skoger. Et par dager senere tok han beslutningen, og torsdag 24. februar pakket han sammen eiendelene sine og flyttet dem ut i Hi-Acen. Gamle Våge hadde stått ute på trappen og skummet av raseri, men Geir aktet ikke å gi fra seg de aller siste lappene.

«Ditt forbainna kveithau, du skulle ha ringt te mæ først,» hadde Oluf sagt da han nådde Bodø. «Tingan har ikke utvikla sæ akkurat som æ tænkte.»

Men nå – sittende i den trygge, rumlende vogna igjen – var han i ferd med å legge alle bekymringer bak seg. Han slo på radioen. Klokken var blitt tolv, og dagsnyttsendingen i NRK styrket følelsen hans av nyvunnet frihet og trygghet:

«Politiet er fortsatt interessert i å komme i kontakt med personer som må ha sett eller hørt noe i forbindelse med den tretti år gamle Beate Stokke som i går ettermiddag ble funnet drept i bagasjerommet i sin egen bil ved skianlegget i Granåsen utenfor Trondheim. Knivdrapet styrker politiets formodning om at den ukjente seriemorderen har slått til igjen. Allerede på fredag, to dager før liket ble funnet, mottok både Adresseavisen og politiet et anonymt brev om at en tredje kvinne var blitt drept. Det var hunden til en skiløper som . . .»

Geir lyttet nøye til alt som ble sagt, og i sitt stille sinn takket han enda en gang tullingen som hadde lært av ham og overtatt ansvaret for alt sammen. For en utrolig frekk type – sende melding på forhånd! Fyren måtte føle seg bra sikker på at snuten ikke ville få tak i ham. Men han hadde jo selv erfart hvor enkelt det var å drepe og slippe unna; i grunnen skulle det ikke mye kløkt og omtanke til for å unngå å bli tatt. Nei, når han selv var etterlyst – hvis da Oluf hadde snakket sant – måtte det skyldes ganske andre ting. Kanskje var Espen blitt buret inn, kanskje hadde han plapret om folk han solgte varer til.

Det kunne ikke være langt igjen til Fauske nå. Et måltid, en røyk, nye krefter. Jøss, dette skulle gå bra. Han følte det på seg.

En bil nærmet seg bakfra, det kunne han se i speilet. Best å slippe den forbi, ikke gjøre noe vesen av at han kunne kjøre minst like hurtig selv. Speedometernålen lå allerede nær hundrestreken. Nytt blikk i speilet.

En hvit Volvo med røde og blå striper. POLITI.

Han bremset forsiktig ned, for akkurat her var det litt glatt. Bilen kom hurtig opp på siden av ham, og så var den forbi. Men i stedet for å fortsette, bremset den også. En spake ble stukket ut gjennom vinduet. Det var *ham* det gjaldt, det var ham de ville snakke med. De ville at han skulle stanse! Han gjorde det.

Så dem stige ut på hver sin side, en mann og en kvinne i grå-svarte kjeledresser med hvite striper på. De kom gående mot ham, skulder ved skulder, og de så ikke særlig blide ut. Hjertet hans banket sinnssvakt hurtig.

Da slapp han kløtsjen. Hjulene spant, og så var han i farta igjen. Den mannlige snuten måtte kaste seg til side for ikke å bli feid ned. Forbi Volvoen, og fri sikt fremover. Det siste han orket å finne seg i, var å bli hektet av to landsens undermå-lere.

Ivar Damgård ble ikke helt klok på Agnar Juvik. Riktignok måtte han ta i betraktning at det var gått mindre enn tjue timer siden han hadde mottatt beskjed om at Beate Stokke var blitt funnet drept i bilen sin, men mannen virket merkelig fra-værende. Dette kunne skyldes én av to ting. Enten var han av legning så trofast mot og opptatt av firmaets drift at selv døden kom i annen rekke, eller han var så tynget av sorg at han hadde vondt for å snakke om hendelsen. Ivar håpet og trodde på det siste, men det forvirret ham at Juvik samtidig opptrådte som om ingenting var hendt. For alt han visste strevde mannen med å takle en intellektuell utfordring som krevde all hans opp-merksomhet, kanskje et spesielt intrikat dataproblem.

De satt i Comdots teknoinspirerte kantine, høyt hevet over vannspeilet. Utsikten mot Munkholmen og fjellene på den andre siden av fjorden var så frapperende at Ivar gjerne kunne ha tenkt seg å spise lunsj der hver dag. I motsetning til William hadde han ingen betenkeligheter med å oppsøke et firma hvor en av de ansatte nettopp hadde mistet livet. Da han kom inn, hadde han straks lagt merke til at stemningen var trykket. Det ble snakket lavt i det mannsdominerte miljøet, og ved et par av bordene satt det bare unge menn. Anstrengt velkledde og vel-tilfredse, syntes forutinntatte Ivar, som ikke kunne fordra IT-industriens klokketro på seg selv som verdens frelser. Eva Gunn Tranøy reagerte aldri så lite rødmende og smigret da han med lav stemme spurte om hun kunne peke ut Juvik for ham, hvis han var til stede. Det kunne hun, og virket skuffet da han nikket til takk og fortsatte videre. Av en eller annen grunn satt mannen for seg selv, og Ivar hadde uten å nøle gått bort til ham og presentert seg.

Han var slett ikke blitt avvist, men fikk straks følelsen av at han like gjerne kunne ha vært luft.

Den dresskledde Agnar Juvik var en tiltalende type, selv om Ivar mislikte fasongen på det mørkeblonde håret hans. Det var strøket så rett og omhyggelig bakover at det virket som om han hadde oppholdt seg flere dager i en vindtunnel. Men så snart han smilte, ante han hva Eva Gunn hadde ment da hun i går uttrykte hvor sjarmerende han var. «Rene filmkisen,» hadde Hjørdis Hveem samtykket i telefonen i morges. Ivar skjønte det ikke helt; for ham ble Juvik *litt* for strømlinjeformet og perfekt.

«Av flere grunner er vi i Adressa spesielt opptatt av denne saken. I håp om å kunne danne oss et bilde av gjerningsmannens mønster, har vi snakket med venner og slektninger av både Vibeke Ordal og Miriam Malme, og nå gjelder det altså Beate.»

«Det tror jeg så gjerne.»

«Jeg regner med at politiet allerede har spurt deg, men vet du om hun kjente de to første ofrene?»

«Hvorfor skulle hun gjøre det?»

«Jeg bare spør.»

«Og jeg har ingen anelse. Jeg har interessert meg mest for hennes faglige kvalifikasjoner.»

«Og de var utmerkede?»

Juvik nikket, men de brune øynene stirret rett igjennom Ivar.

«Hva mener så du om morderens motiver?»

«Motiver? Bak blind og hensynsløs vold?»

«Blind vold eksisterer ikke,» sa Ivar, utelukkende for å fremprovosere et mer distinkt standpunkt.

«Jaså?»

«All vold blir begått av noen som kan *se*, av noen som har *sett* noe og som derfor har en hensikt med volden.»

«Meget interessant.» Men det fantes ingen forståelse i den dype stemmen, ingen deltakelse. Det var som om han hadde trukket på skuldrene, indifferent.

«Personen som tok livet av Beate Stokke visste hva han gjor-
de. Det var en målrettet handling, et veloverveid ønske om å
drepe.»

«Hvis du vet det så sikkert, hvorfor da spørre meg?»

Ivar lot seg ikke bringe ut av fatning. «Drapssaker dreier seg
ikke primært om alibier, men om motiver. Hva var det ved
Beate som fikk en tilsynelatende pervers seriemorder til å kon-
sentrere seg om akkurat henne? Kan det ha vært noe i hennes
personlighet som han fant tiltrekkende, for ikke å si . . . av-
skyelig?»

En snev av engasjement kom til syne i seksjonssjefens fra-
værende blikk. «Beate var en *meget* søt pike. Man skulle ikke
ha kjent henne særlig lenge for å oppdage visse kvaliteter. En
gift mann, sånn som jeg, må kutte ut slike tanker. Du skjøn-
ner?»

«Ja visst.»

«Jeg har valgt lettøl. Drikker man lettøl dobbelt så hurtig
som normalt, i dryge slurker, smaker det nesten som pils. Og
det holder lenge for meg.»

Ivar stusset over analogien. Det var ikke vanskelig å gjette at
han refererte til sin kone. Denne fyren, tenkte han, er kanskje
en virkelig helgen. Men en helgen med kamuflerte horn? Uan-
sett måtte Juvik ha registrert de mulighetene som Svein Rud-
berg hadde erfart, at Beate hadde hatt en lysten kropp å tilby.
Så husket han hva William og han selv hadde konkludert med i
morges, og høyt sa han:

«Visse ting tyder på at drapsmannen kjente Beate fra før, at
hun slapp ham inn i bilen frivillig.»

Nå ble Juvik enda mer interessert. «En hun hadde et forhold
til?»

«Og som ikke var på fotballkamp onsdag kveld,» tilføyde
Ivar hurtig. Hvis mannen var ute etter et alibi, var ikke RBK
det dummeste åtet å sluke.

«Vet politiet at drapet skjedde på den tiden?»

Et listig spørsmål, tenkte Ivar. Og en utmerket gardering, av-
hengig av hvilket svar han selv ga. Hvis Beate Stokke ble drept

en gang mellom grovt regnet 20.30 og 22.30, kunne det være en fordel for morderen å ty til Lerkendal, særlig hvis vedkommende hadde sett et video-opptak av kampen. Det hadde ikke vært utsolgt hus. «Ja,» løy han.

«Da går i det minste jeg fri,» smilte Juvik.

Mens Ivar lurte på om han skulle forfølge temaet, fikk han øye på en kjent mann med stresskoffert som nærmet seg bordet, en skikkelig kvinneforståsegpåer, Williams gode venn Oddvar Skaug.

«Forstyrrer jeg?»

«Langt ifra,» sa Juvik. Men igjen virket det som om han ikke var helt til stede.

Skaug nikket vennlig til Ivar før han henvendte seg til seksjonssjefen med et jovialt smil:

«Du har kanskje glemt at møtet på ditt kontor skulle ha startet for ti minutter siden?»

«Visst pokker . . .»

«Men jeg skjønner jo godt at du har andre ting å tenke på i dag, etter det som har hendt. Jeg utsetter gjerne avtalen, hvis du foretrekker det.»

«Nei, for all del.» Juvik reiste seg langsomt og sendte Ivar et unnskyldende blikk. «Hvis du ikke har mer å spørre om, Damgård . . .»

Journalisten ristet på hodet. Spekulerte på hva de to mennene drev og konspirerte om, helt til han husket at også Oddvar Skaug arbeidet i databransjen, at han drev et lite, men velrenommert firma som blant annet var underleverandør av software til de større selskapene. Kanskje herrene skulle diskutere en fusjon?

Da han så dem gå mot heisen, reiste han seg selv også. På vei ut av kantinen oppfattet han at Eva Gunn Tranøy gjorde et signal til ham, men han fryktet at hensikten var å bli enda bedre kjent med ham, og han lot som om han ikke hadde sett det.

I den koboltblå bua utenfor Hell-tunnelen hadde de tent hver sin sigarett, selv om røyking var strengt forbudt. «Jeg påtar meg ansvaret,» sa han, «hvis du har en siste kaffeskvett å by på.»

Det hadde hun, men nå satt hun på plassen sin igjen. I løpet av kort tid hadde Jons skjebne skapt et fellesskap dem imellom som William mente måtte skyldes Annas voldsomme behov for å kunne betro seg til noen. Og ennå hadde hun ikke fortalt alt.

Han: «Apropos den kniven, hvor stor tillit fester *du* til hans deltakelse i Vietnam-krigen?»

Hun: «Det kommer an på.»

Han: «Kommer an på hva?»

Hun: «Før boken ble utgitt, trodde jeg blindt på ham. Rett som det var våknet han midt på natten og skrek ord på engelsk eller på et språk som jeg aldri hadde hørt før, med lyder som når man har tyggegummi i munnen. Han kunne være dyvåt av svette, og noen ganger hoppet han ut av sengen og kastet seg ned på gulvet med et imaginært gevær i hendene. Ved et par anledninger fant jeg kniven under hodeputen hans.»

Han: «Men så ble han bedre?»

Hun: «Ja, Sivle må ha utrettet noe med ham som Bengtsen ikke greide. Han ble roligere, mer tilfreds liksom. Inntil ryktene begynte å svirre om at han hadde diktet opp hele greia. Da ble han mer innesluttet igjen. Sa bare, temmelig resignert, at slikt var han vant til. Da veteranene vendte tilbake til USA, ble de ikke trodd. Mange amerikanere som var lei av krigen gjorde til og med narr av dem, hevdet at de drev og fabrikkerte John Wayne-inspirerte historier som skulle gi dem heltestatus. Av og til har jeg lurt på om det er sant. Det har nemlig hendt at han har gitt meg forskjellige versjoner av en og samme episode.»

Han: «Men han fungerte, på et vis?»

Hun: «Ja, inntil i høst. Mareritt ene begynte igjen. Men det var først da Miriam Malme ble drept, at han fikk dette nifse tusenmeterblikket igjen.»

Han: «Sivle har sett alle medaljene hans, alle trofeene.»

Hun: «Trofeer? Sånt skrap kan du få kjøpt for en slikk og ingenting på gatemarkeder der borte!»

Han: «Det virker nesten som om du *ønsker* at han har løyet.»

Hun: «Ja. Jeg ville føle meg tryggere dersom han aldri har brukt den fryktelige kniven.»

Han: «Jon snakker fortsatt med andre veteraner i telefonen?»

Hun: «Ikke så ofte som før. Flere av dem er døde, sier han. Selvmord, kreft på grunn av sprøytemidlene de brukte . . . Jeg vet ikke lenger hva jeg skal tro, men jeg har selv tatt telefonen et par ganger og hørt engelskspråklige mannfolk be om å få snakke med Jon.»

Han: «Denne Terry ringte til ham på jobben forleden?»

Hun: «Ja. Han var kraftig opprømt da han kom hjem. For første gang var en annen veteran i byen og ville hilse på ham. Da han kjørte av sted, var han som en skolegutt som har vunnet en premieskje.»

Han: «Bjåland fortalte meg om det. Da han vendte tilbake, skal han ha virket fullstendig utslått.»

Hun: «Om han var! Han hadde sittet og ventet i halvannen time i pianobaren før han ga opp. Sa at han ringte rundt til hotellene og til konferanse-sekretariatet. Ingen hadde hørt om Terry Donovan. Han gråt og bar seg, som om hele verden hadde rast sammen rundt ham.»

William fant ikke på mer å spørre om. Anna hadde utlevert seg til ham på nåde og unåde, og fremdeles var han ikke kommet ett skritt nærmere en forklaring. Ifølge Bjåland, som var godt kjent på trelastbruket, benektet sentralborddamen der at en amerikaner hadde spurt etter Jon onsdag, mens Jon selv påsto at han hadde mottatt henvendelsen på mobilen sin. Ingen andre på høvleriet kunne huske det.

Uansett sto det fast at den kvelden Beate Stokke sannsynligvis ble drept – hvordan nå Jon var kommet i kontakt med en slik kvinne – hadde han vært borte fra Solbakken i nesten tre timer. Ville han ikke ha diktet opp en mer troverdig historie hvis hensikten hadde vært å skape et slags alibi? Det eneste tenkelige alternativet var at han snakket sant, at den egentlige seriemorderen hadde ringt og utgitt seg for å være Terry Donovan, utelukkende for å rette søkelyset mot Jon – nettopp den personen som han selv, og kanskje også politiet, hadde utpekt som mistenkte nummer én.

Men en slik forklaring lød i beste fall søkt. For hvorfor skulle gjerningsmannen bry seg om – og ta sjansen på – å skape skepsis mot en mann i Hommelvik, all den stund ingen hadde den minste peiling på hvem han selv var?

Da William forlot Anna Vensjø, kunne han ikke gjøre stort mer enn å gi henne en klem og et løfte om å be overlege Bengtsen se til Jon ved første og beste anledning, aller helst i kveld. På vei tilbake til byen husket han plutselig at det tross alt fantes en annen mistenkt, Geir Jerven. Når et menneske gikk fullstendig i dekning, måtte det vel være for å skjule en alvorlig forbrytelse?

De kan ikke bevise noe! sa en stemme inni ham.

Men samtidig denne lammende redselen for at de likevel *visste*, at de visste mer enn nok til å hanke ham inn, kaste ham på glattcelle og vente til han ble passe mør og sprakk, inntil den skrikende trangen etter et nytt skudd ville få ham til å plapre ut med hva som helst.

Altså gjaldt det bare å peise på, å ligge foran Volvoen, som nå hadde tent blålysene. Geir innså at det ville være nokså urealistisk å tro at han skulle makte å kjøre fra den. Ikke bare hadde den andre bilen større motorkraft, den var også mye lettere å manøvrere. Hi-Acens veigrep var ikke verdens beste på slikt føre. Sjansen hans besto i å holde vogna mest mulig midt på veien. Før eller senere ville det oppstå en situasjon som han kunne utnytte til sin fordel. Som for eksempel at snuten gikk tom for bensin, mens han hadde nesten full tank.

Hendene hans klemte hardere rundt rattet. I hver venstresving, hvor han ikke våget å ligge midt i veibanen, måtte han ustanselig kaste blikk i speilet for å kontrollere at Volvoen ikke prøvde å smette forbi. Ny, lang rettstrekning, ganske bred til og med. Han presset gassen i bunn, ante at bilen fløy av sted under ham, en gammel varevogn i mer enn hundreogførti på snøføre. Ikke dårlig. Likevel saktnet ikke forfølgeren farten, den lå kloss bak ham hele tiden. Hva om han bråbremset nå? Ville ikke Volvoen bli nødt til å kjøre i grøfta for å unngå et sammenstøt? Han flyttet foten over til den andre pedalen. Nølte, fordi en plutselig oppbremsing kunne føre til at han selv mistet herredømmet og havnet utenfor veien. Fra nå av registrerte han lite av landskapet rundt seg, hadde fått tunnelsyn og skimtet så vidt at på høyre side løp terrenget bratt nedover. Foten tilbake til gasspedalen igjen. Litt forsiktig vingling, og sjåføren bak ville neppe ta sjansen på å akselerere opp på siden og forbi.

Den neste kurven raste imot ham som et truende lokomotiv. Brems, brems!

Han skvatt da Volvoen plutselig satte på sirenen. Ikke bare for å skremme ham, men også for å varsle møtende trafikk. Nei, der kom den fykende! Herrefaen, sjåføren måtte være hakke pine gal.

Dette var omtrent det siste Geir Jerven rakk å tenke. Hi-Acen kjørte ikke rett frem lenger, den skjente sidelengs mot autovernet. Farten var så stor at da den traff metallkanten, vippet den over og beskrev en bue i luften før den møtte den bratte skråningen på utsiden av veien. Sol og snø glimtet som hysteriske blitzlys foran øynene hans, og verden gikk under i et fyrverkeri av blinkende prikker.

Det var blitt kveld

da den mannlige vakthavende i sentralen mottok en telefonisk henvendelse fra en dame som hadde ringt 112 og som absolutt ville snakke med en kvinnelig politibetjent. Maria skulle akkurat til å dra ut på patruljerunde sammen med sin faste makker Rikard da telefonen ringte. Hun hadde reist seg og sto med jakken i den andre hånden da det skjedde.

«Hvorfor akkurat meg?»

«Fordi du pleier å ha et eget lag med sånne, og i dette tilfellet tror jeg virkelig at det trengs.»

Sa vakten og satte over damen til henne. Hva pokker mener han med *sånne*? tenkte Maria og håpet intenst at vedkommende ikke var beruset og hadde til hensikt å gjenfortelle hele lidelseshistorien sin.

«Hallo?» sa damen.

«Hallo ja, hvem er det som ringer?»

«Jeg tør ikke å si navnet mitt, men jeg trenger et råd.»

Normalt ville Maria Senje, betjent i ordensavdelingen, ha avvist en slik forespørsel, men kvinnens stemme virket så dirrende lav og redd at hun uten å nøle prøvde å komme henne i møte:

«Et råd? Det kommer an på hva det gjelder.»

«Det gjelder mannen min.»

«Ja vel. Hva heter han, da?»

«Vær så snill . . . jeg trenger et råd, sa jeg.»

«All right, kom igjen. Jeg lytter.»

«Jeg tror han har tenkt å drepe meg.»

Til tross for utsagnets uhyggelige gehalt, greide Maria å holde seg rolig. Det var langt fra første gang at hun mottok melding fra en kvinne som følte seg alvorlig truet av ektemannen.

«Ringer du hjemmefra? Er han til stede?»

«Jeg er hjemme, han er borte.»

«Hvor?»

«Det... vet jeg ikke. Hos en av damene sine, antar jeg. Lenge trodde jeg på alle møtene hans, men ikke nå lenger. Jeg orker ikke mer av dette...»

«Jeg vil gjerne hjelpe deg,» sa Maria langsomt og tydelig, «Men da *må* du si navnet ditt og fortelle meg hvor du bor.»

«Nei, nei!»

Det lød som et halvkvalt skrik, og Maria trykte på båndspillerens *record*-knapp. Hun hadde en viss erfaring i å gjette andre kvinners alder ut fra stemmene deres, men denne var vrien. Hun antok et sted mellom førti og femti.

«Hva vil du vite av meg?»

«Om det finnes en trygg måte å forsvinne på, sånn at han ikke får tak i meg.»

«Tenker du på noe sånt som krisesenteret?»

«Nei, for all del! Det egner seg ikke for meg.»

En snobb er du også, tenkte Maria. «Det beste rådet jeg kan tilby i første omgang er at du kommer hit, til politihuset.»

«Det tør jeg ikke. Straks jeg viser meg ute i hagen, risikerer jeg at en av livvaktene hans stopper meg.»

«Har han livvakter?»

«Lakeier, i hvert fall. Lyttende ører. Spioner. De er overalt.»

Maria sukket. Igjen hadde hun å gjøre med et menneske som i sin nedtrykte sinnstilstand hadde tatt fullstendig av, som det etter hennes erfaring var bortkastet å prøve å overtale ved hjelp av rasjonelle argumenter. Som regel trengte de psykiatrisk hjelp, men hvordan ordne med det så lenge hun nektet å oppgi navnet sitt?

«Kan du garantere meg at du er edru? At du ikke er påvirket av noe?»

«Skulle ønske at jeg var.» Deretter, i et typisk borgerlig, forurettet toneleie: «Hvem er du, som tror at jeg er fra sans og samling?»

«Mitt navn er Maria Senje, og jeg arbeider i patruljeavsnit-
tet. Hvis jeg skal kunne hjelpe deg, er du nødt til å fortelle meg
– om ikke noe annet – hvor du bor.»

Da brast kvinnen i gråt, og det var ikke vanskelig å skjønne
dilemmaet hennes, at hun befant seg et sted midt imellom dyp
fortvilelse og nedarvet eller påtvunget behov for å oppretthol-
de en plettfri fasade.

«Hør her, hva er det som er galt med mannen din?»

«Alt.»

«Opptrer han voldelig mot deg?»

«Nei, men hvis han får vite at . . .»

«Vite hva?»

«Jeg klarer ikke dette lenger! I hele mitt gifte liv har jeg fun-
net meg i å være nummer to, å bli trampet på . . . Herrejesus,
kan du ikke si hva jeg skal gjøre?»

«Har det skjedd noe spesielt som gjør at du ringer akkurat
nå?»

«Nei, her hos oss skjer det ingenting. Siden Pål og Wenche
reiste hjemmefra, har det vært stille som i graven . . . Og det er
det . . . som er så forferdelig. Jeg har sluttet å eksistere . . .»

«Pål og Wenche, er det barna dine?»

«Ja, men de er utenfor fare. Jeg skjønner godt hvorfor de
dro, at de ikke holdt ut lenger . . .»

«Hvor gamle er de?»

«Tjueto og nitten. Heldigvis vet de ikke hva han har gjort
med meg.»

«Hva har han så gjort, konkret?»

«Det har jeg jo allerede sagt . . . Han har forkastet meg, re-
dusert meg til et null, til en ikke-person. Selv har jeg forsøkt og
forsøkt . . . Nedverdiget meg, tatt på meg sånt undertøy som
jeg trodde han likte . . . Aldri mer! Forleden, da jeg gjorde mitt
aller siste forsøk, stirret han ondt på meg og sa . . .»

«Ja?»

«Hvis du er så fordømt sulten, så skaff . . . skaff deg en *mas-
sasjestav* i stedet!»

Maria ble rystet, men forsøkte likevel å tenke. Mer eller
mindre ufrivillig hadde kvinnen røpet to navn, at hun bodde i

et hus med hage – noe som de kunne ta tak i og nøste opp. På den annen side skilte ikke denne oppringningen seg spesielt ut fra andre mer eller mindre hysteriske henvendelser som hun i årenes løp hadde mottatt. Kanskje hadde vakten rett, at damen var en *sånn*, nok en hverdagslig antegning i politijournalen som ikke ville bli fulgt opp.

«Jeg har et forslag. Hvis du ikke tør komme hit, kan vi komme til deg.»

«Og . . . hente meg?»

«Ja. Men da er du nødt til å gi meg navnet ditt og adressen din.»

«Sannelig om jeg vet . . .»

«Det blir helt og holdent opp til deg selv.»

I pausen som oppsto gjettet Maria at hun la fra seg telefonrøret og tørket tårer, eller snøt seg. Så var hun der igjen:

«Da bør jeg kanskje ta med meg . . .»

«Klær og en liten koffert, mener du? Det tror jeg du skal vente med.»

«Nei, jeg tenkte på de tingene som jeg nettopp har funnet i skuffen hans.»

«Å, hva er så det?»

«Den spesielle skuffen pleier å være låst, men han må ha glemt det.»

«Hva var det du fant?»

«Litt av hvert, men først og fremst bilder. Bilder av to av de stakkars damene som . . .»

«Hvilke damer?»

«Å herrejesus, jeg må legge på. Nå kommer han!»

«Vent litt! Vent! VENT!»

Klikk.

Maria Senje skulle aldri komme til å glemme de hektiske minuttene som fulgte, og den totale hjelpeløsheten som disse kulminerte i.

Hun visste at når noen tastet 112, kom innringerens nummer straks til syne på displayet foran telefonvakten. Å ringe tilbake ville være bortkastet tid; den desperate kvinnen så seg neppe i stand til å svare, og forhåpentligvis var hun på vei ut av huset. Men bare forhåpentligvis. Den redselsslagne stemmen tydet på at mannen befant seg like i nærheten av henne.

Maria kontaktet vakthavende og ba ham omgående sjekke hvem som eide telefonen. Hvis damen virkelig hadde ringt fra huset hvor hun bodde, gjensto å rykke ut til adressen hennes med sirene og blålys. Deretter ba hun ham om å ringe hjem til Arne Kolbjørnsen og forklare situasjonen som hadde oppstått. Så grep hun uniformsjakken sin og løp ut til Rikard.

«Jammen på tide at du . . .»

«Vi trenger en mann til,» avbrøt hun. «Straks!»

Rikard kastet ikke bort tiden med å spørre. Bare minuttet senere tok de plass ved siden av hverandre i forsetet, pluss nok en rutinert betjent bak. Maria forklarte hva det gjaldt. Rikard satt ved rattet og lot Volvoen gli helt frem til utkjøringen i Erling Skakkes gate. Spørsmålet var hvor lang tid det ville ta vakten å finne frem til abonnenten, slik at de straks kunne dra i riktig retning. De slapp å vente lenge på svaret:

«Det ble ringt fra en mobiltelefon, og nå har jeg både navn og adresse.»

«Adressen først,» ba Maria.

«Solbakken, nærmere bestemt Hommelvik.»

Rikard nølte med å svinge ut, som om det ikke hadde noen hensikt å kjøre av sted. At dette var en riktig forutanelse, gikk opp for Maria da vakten fullførte:

«Eieren av mobiltelefonen heter Miriam Malme.»

På Dagsrevyen

fortsatte NRK spekulasjonene omkring hvem som skulle være
med i den nye regjeringen, og Jens Stoltenberg forsikret igjen
smilende om at alt var under full kontroll; sammensetningen
ville bli meddelt det norske folk senest førstkommende fredag.
Nede i Kosovo satt serbere bak nedrullede gardiner og ventet
på at hevngjerrige albanere, utstyrt med høygafler og bensin-
kanner, skulle sette fyr på husene deres. Oppe i Bodø hadde
Salten herredsrett begynt behandlingen av Meløy-drapet, hvor
tragedien sannsynligvis kunne ha vært unngått dersom politiet
hadde tatt drapsmannens trusler mot eks-kjæresten på alvor.
Likevel var det en annen hendelse noen mil unna rettslokalet
som vakte Williams spesielle oppmerksomhet, og han la
hånden hardt på Solveigs arm for å signalisere at dette måtte
han få med seg.

Et par timer tidligere hadde han hørt om politijakten etter
en varevogn som hadde endt med døden for en hittil ikke navn-
gitt person, men først nå skjønte han at den forulykkede måtte
være Geir Jerven. Bekreftelsen fikk han da han like etterpå
ringte hjem til Arne Kolbjørnsen.

«Ja, det var nok ham.»

«Lærer dere aldri?»

«Hva faen mener du?»

«Det må da gå an å sette opp sperringer i stedet for å drive
panikkslagne mennesker ut i døden!»

«Enig. Men det ville aldri ha skjedd her, ikke nå lenger.»
Den forurettede tonen gled over i et mer formildende leie:
«Uansett skal du vite at vi er temmelig sikre på at det var Jer-

ven som drepte Vibeke Ordal. DNA-avtrykket vil gi oss den endelige bekreftelsen.»

Førstebetjenten nektet å opplyse om hvilke andre indisier som forelå, men allerede dagen etter skulle William få rede på at politiet hadde gjort funn i den totalhavarerte Hi-Acen som beviste reparatørens skyld. Lommeboken hans hadde inneholdt tre splitter nye 500-sedler med de riktige numrene, og i en jakkelomme lå en brosjyre om sparing i aksjefond med stempel fra bankfilialen på Lade.

«Noen seriemorder er han i hvert fall ikke,» fortsatte Kolbjørnsen. «En gammel kjenning av oss har fortalt at Jerven deltok i pokerlaget hans den søndagskvelden Miriam Malme ble drept, og han befant seg temmelig sikkert i Bodø da det samme skjedde med Beate Stokke.»

«Noen har benyttet det første drapet til å lede oss på ville veier?»

«Oss? Der sa du det. Den samme metoden, og ikke minst brevene, var et helvetes smart påfunn. Rart at dere krimeksperter i Adressa ikke har gjennomskuet det for lenge siden.»

Det ironiske tonefallet ga William trang til å uteske ham om Jon Vensjø, om politiet så en mulig sammenheng mellom ham og det som hadde skjedd i Hommelvik, men han vegret seg. Var det hans fordømte plikt å gjøre Kolbjørnsen oppmerksom på at det sto et par jaktstøvler i en garasje som burde underkastes nøyere undersøkelse? Ville ikke det være ensbetydende med å forhåndsdømme en person som hadde mer enn nok problemer å slite med fra før?

Han prøvde å tenke ut en mer indirekte måte å nærme seg emnet på, men ble avbrutt av politimannen:

«Vent et øyeblikk, mobilen min ringer.»

Etterpå skulle William ønske at han hadde vært utstyrt med supersonisk lytteutstyr i sekundene som fulgte, men Kolbjørnsen hadde lagt fra seg røret på en måte som gjorde at det meste gikk ham hus forbi. Så var han der igjen:

«Jeg må dessverre bryte av, William. Det har hendt noe . . .»

«Ja?»

«Jeg må løpe. Beklager.»

278

Så hørtes opptattsignalet, og han snudde seg mot Solveig, som satt foran fjernsynsapparatet og akket seg over den etter hennes mening altfor lange norske værmeldingen.

«Vi får oppholdsvær på Østlandet,» hermet hun. «Og så får vi regn og sludd i Hordaland og Rogaland. Vi får. Hvem er *vi*? Ingen kan oppholde seg flere steder samtidig . . .»

«Noe er på ferde,» avbrøt han.

«Det er det alltid.»

«Kolbjørnsen fikk beskjed om straks å innfinne seg på kammeret. Jeg har på følelsen at det har hendt noe avgjørende.»

Solveig prøvde ikke å skjule at hun var gått lut lei av detektivvirksomheten hans: «Du kan jo dra dit og legge deg på hjul hvis de rykker ut.»

William ristet sint på hodet. Ved en spesiell anledning hadde Ivar gjort akkurat det, og fremgangsmåten var ikke blitt tolerert av politiet. Han satte i trav mot entreen.

«Hvor skal du?»

«Er straks tilbake.»

Mens han løp ut, ned trappen og bort til Corollaen for å hente radioen som kunne ta inn politisambandet, husket han at han burde ringe til Bengtsen igjen. Han hadde allerede forsøkt to ganger, både til Østmarka og dit han bodde, men psykiateren hadde sittet i møte eller var ikke kommet hjem ennå.

Da han vendte tilbake, sto Solveig med telefonrøret i hånden og sa at Oddvar ville snakke med ham. Han formelig rev det fra henne og hoppet over frasene:

«Nei da, jeg har ikke glemt at vi skulle ta en øl sammen.»

«Ikke jeg heller. Men jeg kom plutselig til å tenke på noe. Jeg snakket nemlig med Agnar Juvik i formiddag.»

«Ivar nevnte det, at du avbrøt en hyggelig tête-à-tête.»

«Måtte minne Juvik om at *han* hadde glemt noe, nemlig en avtale på kontoret hans.»

«Har du et spesielt forhold til ham?»

«He-he. Vi datagutta er noe for oss selv.»

«Ivar sa at han opptrådte temmelig fraværende.»

«Helt enig, det slo meg også. Men tatt i betraktning at han regnet Beate Stokke som en av sine dyktigste underordnede, var det kanskje ikke så rart at han virket litt utenfor. Under alle omstendigheter røpet han mer eller mindre ufrivillig noe som jeg personlig lenge har lurt på. Personlig, fordi jeg, som du sikkert husker, hadde et godt øye til Miriam Malme i noen høyst spesielle minutter . . .»

«Kom til saken, Oddvar.»

«OK. Hvordan kunne drapsmannen vite hvilket fly hun skulle reise med?»

«Det kan han ha fått greie på da han ringte.»

«Ja, men sett at han allerede visste det, at han tok kontakt bare for å forsikre seg om at hun var på vei. Du vet vel at flyselskapene bare unntaksvis oppgir navn som står på passasjerlisten?»

Fingrene på Williams ledige hånd trommet utålmodig mot låret. «Det vet jeg. Først etterpå fikk Fuglevåg fastslått at hun hadde vært med det siste flyet.»

«Fordi vi samarbeider om et nytt kontrollprosjekt, glapp det i en bisetning ut av Juvik at det er Comdot som yter Braathens on-line dataservice. Det betyr at alle som arbeider i hans seksjon, når som helst kan gå inn på skjermen og sjekke passasjerlistene deres, over hele landet.»

«Jøss.»

«Etterpå ba han meg holde kjeft om det. Hvilket jeg altså ikke gjør.»

«Takk skal du ha,» sa William. «Hittil har jeg bare tenkt på Daisy Malme i den forbindelse. Hun jobber jo i Braathens.»

«Ja visst, men hvorfor skulle en slik elskelig dame skremme vettet av niesen sin? For det kan ikke herske tvil om at dét var hensikten med oppringningen. Morderen ønsket intenst at offeret skulle lide, også før han drepte.»

William kjente at han hadde fått en dyp rynke over neseroten. Solveig hadde vært den første som foreslo det, at drapsmannen med vitende og vilje hadde ønsket å sette Miriam i dårlig humør. Mens Fuglevåg hadde sagt: *Hvorfor være så evneveik å skremme henne på forhånd?*

«Er du der, William?»

«Ja da.»

«Kan du ikke ta med deg Solveig, så stiller jeg med Gøril?»
«Gjerne det.»
«Da ses vi på Kjegla.»
«Greit.»

Allerede da han la på røret, ante det ham at han ikke kom til å holde avtalen. Følelsen av at noe avgjørende var på gang – nå, denne kvelden – begynte å vokse i ham. Hva han selv eventuelt kunne bidra med hadde han overhodet ikke klart for seg, men den selsomme urofornemmelsen i magen økte. En angst for noe uopprettelig og uavvendelig, hvis han unnlot å gripe inn i tide. Gripe inn, på hvilken måte? Sist han følte noe lignende hadde vært en kveld i januar, da han og Solveig engstet seg for at noe skulle ha tilstøtt Heidi på vei hjem fra en privat fest. Bekymringen hadde heldigvis vært overflødig. Men nå var det ganske annerledes, enda han manglet et materielt holdepunkt – et håndfast sted å dra til, en bestemt person å søke hjelp hos, en konkret hendelse som kunne veilede ham i retning av det definitive skjæringspunktet.

Den vesle mottakeren, som han hadde i kjøpt i Sverige for flere år siden, var alltid innstilt på politiets frekvens. Det summet svakt i høyttaleren, og han visste hva det betydde. Ingen informasjoner ble sendt til eller fra patruljerende biler. Skjedde det ikke noe som helst akkurat nå, eller hadde kriminalsjefen gitt beskjed om radiotaushet, at viktige meldinger skulle ekspederes over mobiltelefon?

Hva var det som hadde hendt i dag som gjorde rastløsheten hans mer påtrengende enn noensinne? Han rekapitulerte kjapt. Først morgenkonferansen, deretter praten med Ivar om drapet på Beate Stokke og om at de sto overfor en mulig psykopat. Hans egen tur til Hommelvik og Anna Vensjøs uventede og inntrengende betroelser om Jons eiendommelige uro. Kniven som ikke lenger lå der den skulle. Hadde han diktet opp den mislykte avtalen med en annen Vietnam-veteran? Et par støvler som fantes i en garasje. Vel hjemme igjen: Ivars referat fra det korte møtet med Agnar Juvik. Meldingen om at Geir Jerven hadde kjørt seg i hjel etter en intens politijakt, og den derpå følgende konklusjonen om at «seriemorderen» ikke

var ansvarlig for det første drapet. Arne Kolbjørnsens plutseli-
ge travelhet med å avslutte telefonsamtalen. Oddvars tips om
at Juvik og folkene hans hadde anledning til å sjekke passa-
sjerlister. Og nå – en bortimot død politiradio.

Solveig, som sto ved pianoet og betraktet ham undrende
med hendene på hoftene, sa: «Vet du hva jeg synes at du bør
gjøre, William?»

Han løftet hodet og så på henne, forvirret.

«Jeg synes at du skal ta deg en øl. Du ser ut som en ørken-
plante som dirrer etter vann.»

«Jeg føler meg slik også,» sa han resignert. «Vi to skal på
Kjegla om ikke så lenge. Drikke øl sammen med Oddvar og
Gøril.»

Hun sperret opp øynene. «Og det sier du først nå?»

«Jeg fikk nettopp vite det selv.»

Mens Solveig skyndte seg fornøyd ut på badet for å stelle
seg og deretter ta på seg noe pent, lette han frem privatnum-
meret til Jomar Bengtsen igjen, tastet inn sifrene og hørte at
det begynte å ringe.

«Ja, det er hos Bengtsen,» sa en kvinnestemme som han
gjettet måtte tilhøre hans bedre halvdel.

«Dette er William Schrøder. Er . . . Jomar hjemme?» Han
brukte fornavnet med vilje. Det kunne tenkes at overlegen
mislikte å bli plaget i fritiden, men hvis kona fikk inntrykk av
at det var en bekjent som ringte, ville hun kanskje tilkalle
ham.

«Han gikk nettopp ut en tur. Kan jeg gi noen beskjed?»

«Nei. Vet du når han kommer tilbake?»

«Sånt vet man da aldri med Jomar!» Deretter en trillende
latter.

Var det galehus hjemme hos ham også? tenkte William
etterpå. Han sto fremdeles med telefonrøret i hånden. Visste
at han måtte snakke med noen. Finne ut av sin egen uvisshet.
Bortsett fra Solveig fantes det bare én person som kunne roe
ham ned og sette tingene på plass, den eneste som kjente sa-
ken like godt som han selv gjorde – Ivar.

Men han hadde sagt at han skulle på Posepilten kafé i kveld

og høre på et litterært kåseri av Fartein Sivle. Faen ta all verdens forfattere!

Han la på røret og konsentrerte seg om radioen igjen, for nå sprakte det litt i høyttaleren. Hadde smartingene skiftet frekvens? Han dreide på søkehjulet og lyttet. Deretter skvatt han. Denne gangen var det mobilen.

«Ja, William!»

Han måtte ha glefset, for kvinnen i den andre enden nølte litt før hun begynte å snakke, og det usedvanlig lavt:

«Forstyrrer jeg, kanskje?»

«Å, er det deg, Anna?»

«Ja.»

«Står det verre til med Jon?» Så skyndte han seg å tilføye: «Jeg har forsøkt å ringe til Bengtsen flere ganger, men har ennå ikke greid å få tak i ham.»

«Jeg tror ikke dét er så viktig. . . akkurat nå.»

Plutselig kjente han igjen den underliggende bekymringen i stemmen hennes, til og med sterkere enn i formiddag. Nå skalv den, og hun snakket støtvis. Men hun gråt ikke. I stedet hørte han en besluttsomhet som ikke hadde vært der før. Eller snarere et forsøk på besluttsomhet:

«Jeg prøvde å ringe til Jørgen først, for ikke å plage deg. . . Men ingen tok telefonen hos Bjålands. . .»

Ikke Bengtsen heller, tenkte William. Til og med Ivar var ute. *Hvorfor i helvete er jeg den som må stille opp når de andre svikter? Jo, fordi jeg har vært tåpelig nok til å blande meg inn i forhold som jeg ikke eier forutsetninger for å begripe!*

«Du skjønner, Jon dro ut for noen minutter siden. . . ikke lenge etter at Dagsrevyen sluttet.»

«Er ikke det nokså vanlig?»

«Han virket så resolutt, så uimottakelig. . . I det ene øyeblikket satt vi sammen i sofaen og så på TV. . . Plutselig reiste han seg sint og sa. . . at dette holder jeg ikke ut lenger. . . på engelsk.»

«I can't stand it any longer?»

«Noe sånt. . . Deretter gikk han inn på soveværelset. . . og der skiftet han klær. . .»

«Husker du hva som foregikk på skjermen da, hm, sinnet tok ham?»

«Ja. De sendte en reportasje nordfra . . . fra Bodø, tror jeg.»

«Om en mann som forulykket etter en politijakt?»

«Nei, det innslaget kom etterpå . . . Denne reportasjen var hentet fra en rettssak . . . om en pike på seksten som ble drept med kniv i fjor.»

«Meløy-drapet?»

«Ja, det var det visst.»

William ble kald, for nå kunne han høre at hun hakket tenner. Visste ikke helt hva han skulle tro, men dette var neppe det riktige øyeblikket til å utvikle lange resonnementer omkring en forhenværende geriljasoldats beveggrunner. «Skiftet klær, sa du?»

«Han tok på seg kamuflasjedressen sin . . . den som han ikke har brukt på flere år . . .»

«Og så?» Han våget ikke å spørre om kniven. Situasjonen som hadde oppstått var så absurd at han måtte arbeide hardt med seg selv for å bevare en falsk ro.

«Deretter gikk han ut i garasjen og hentet støvlene . . . Mens han tok på seg dem, spurte han om jeg hadde . . . småpenger til bomstasjonen.»

«Mener du at han har tenkt seg nordover?»

«Nei, han ba om en tjuekroning.»

William skjønte hva det betydde. Det kostet ti kroner å kjøre gjennom Hell-tunnelen. Tjue ble forlangt ved bomstasjonen på Ranheim når man skulle motsatt vei, til Trondheim. «Altså er målet byen,» sa han høyt.

«Det tror jeg også . . . men han benektet det.»

«Sa han ikke noe som helst om vitsen med turen?»

«Jo, han . . .» Resten hvisket Anna Vensjø så lavt at han ikke oppfattet ordene, og han gjettet at hun var i ferd med å bli overmannet av gråt.

«Litt høyere, er du snill!»

« . . . sa at han skulle gjøre alvor av å treffe . . . Terry.»

William trakk pusten dypt. Det fantes ingen tvil lenger – med god grunn fryktet hun at det hadde klikket fullstendig for mannen hennes, at hva som helst kunne skje hvis ingen stanset ham. Nesten før han rakk å tenke seg om, sa han:

«Bilen er en Volkswagen Transporter, ikke sant?»

«Ja . . .»

«Gi meg nummeret på den!»

«Nummeret? Gud, det har jeg ikke i hodet. VE et eller annet . . .»

«Vær så snill, Anna. *Tenk deg om.* Kanskje dere har noen papirer liggende et eller annet sted.»

Hun begynte å hulke for alvor, og han innså at han burde unnskylde henne, begripe hvor fælt hun hadde det, fatte hvor redd hun var. I bakgrunnen hørte han plutselig Solveigs intetanende stemme fra entreen. Den kunne like gjerne ha kommet fra en annen klode:

«Skal ikke du også ta på deg noe penere, William?»

Deretter Anna: «Nå husker jeg noe. Jon fyller femtifem om noen uker, og nummeret slutter på to femtall . . .»

«Fem fem? Det holder!»

To minutter senere satt han bak rattet i Corollaen – alene. Alt han hadde tatt på seg var ytterjakken.

Først hadde Solveig sett ut som et levende spørsmålstegn. Men hun rakk ikke å uttrykke skuffelse over at øldrikkingen måtte utsettes, for han greide straks å overbevise henne om hvorfor det var så ekstremt viktig at han dro av gårde med en gang. Så snart Solveig skjønte det, inntok hun en praktisk holdning og spurte om hun burde være med.

«Nei, hold deg heller i nærheten av telefonen. Kanskje blir det bruk for deg på andre måter. Jeg tar med meg mobilen.»

Han hadde ikke kastet bort tid med å pusse brilleglassene, slik han vanligvis gjorde når han skulle kjøre bil etter at det var blitt mørkt. Det var ikke engang blitt aktuelt å gi Solveig et hastig kyss.

«Kjør forsiktig!» hadde hun ropt etter ham, men han visste at denne gangen ville han bli nødt til å gi på litt ekstra.

Hvor lang tid hadde han på seg? Ville han nå frem før Jon dukket opp? Eller rettere sagt, *hvis* han dukket opp. Når man skulle til Trondheim og hadde passert bomstasjonen på Ranheim, fantes det ingen avkjørsler fra E6 før man hadde kjørt gjennom den korte Grilstadtunnelen. Men derfra og videre eksisterte det straks flere muligheter, og skulle han ha noen sjanse til å praie Jon, måtte det skje akkurat der, før han rakk å forsvinne inn i sentrum. Transporteren hadde allerede vært på vei et kvarters tid. Det hadde neppe tatt Jon mer enn noen få minutter å kjøre fra Solbakken og inn på E6, og fortsatte han i hundre derfra, ville han nå tunnelen i løpet av knappe tjue minutter. Men teori og praksis var to ganske forskjellige ting. I virkeligheten handlet det om hvor hurtig han selv torde kjøre, hvorvidt kjørebanen var isfri, om bilene sneglet seg av sted eller om trafikken løp jevnt.

Fra Thors veg nådde han Nardo-krysset via Utlervegen, og straks han kom inn på Omkjøringsvegen som knyttet sør til nordøst, akselererte han kjapt og giret opp i femte. Det virket ikke spesielt glatt i stigningen oppover mot Moholt, og han kunne heller ikke klage over stor trafikk. Det blåste og snødde litt, men ikke så mye at det spilte noen rolle. Kanskje ville dette gå fint, uten at han måtte ta unødige risker.

Heldigvis slapp han det. Bare én gang hoppet hjertet hans over et slag. Han hadde akkurat nådd igjen en Audi som så vidt lå over fartsgrensen, og lurte på om han skulle skifte kjørefelt og dure forbi. Da ble bremselysene foran plutselig tent, og han slapp automatisk gasspedalen og begynte selv å bremse. Fikk en ørliten skrens og bante høyt da Audien satte opp farten igjen. Bak rattet satt vel en av disse livsfarlige sjåførene som lekte politi. Eller, tenkte han litt mer velvillig, en forsiktig kar som prøvde å minne ham på hva som hadde hendt tidligere på dagen, riktignok et ganske annet sted, men med katastrofalt resultat. Hvilke kaotiske tanker hadde løpt gjennom Geir Jervens hode da politibilen presset ham som verst bakfra, like før Hi-Acen hans traff autovernet? Forekom det overhodet noen tanker hos et desperat menneske i de aller siste sekundene? Hva tenkte sjåføren i politibilen da han så varevognen bli kastet rundt og brase utfor? Han skuttet seg uvilkårlig. På en harddisk på Heimdal, i den virtuelle virkelighetens mangslungne verden, lå det lagret en avisartikkel som ennå ikke var kommet på trykk. Kanskje ville den aldri bli offentliggjort heller. For i et nedslitt tømmerhus på Oppdal satt utvilsomt et forhutlet ektepar og prøvde å ta innover seg meldingen om at en trettitoåring som engang hadde vært deres egen sønn – en som hadde syklet bortover en landevei med vårblomster i øynene – ikke levde lenger. Hva kom i første rekke for en journalist, å hegne om privatlivets fred eller brette ut skjebner under påskudd av å advare folk mot alkohol og dårlig barneoppdragelse?

Uansett burde han huske at hadde det ikke vært for dette bestemte ekteparets slunkne bokhylle, ville han aldri ha befunnet seg her i dette øyeblikket, et par hundre meter fra Grilstadtunnelens munning.

Det første han måtte gjøre var å foreta en strengt ulovlig u-sving. Når Transporteren kom, gjaldt det å stå parkert med fronten mot byen. Veien i seg selv var ikke noe problem – den hadde plass til minst fire biler i bredden – men selv om trafikken var relativt liten, kom det med ujevne mellomrom biler i høy hastighet fra begge retninger. Han måtte utnytte første og beste åpning, gi blanke i om andre sjåfører syntes at føreren av Corollaen hadde gått fra forstanden. Blikket hans skiftet kvikt mellom tunnelmunningen og venstre sidespeil. Det var som forgjort. Ikke før var det klar bane fra én kant, så dukket det opp lys fra den motsatte.

Nå – nå – NÅ!

Han slapp kløtsjen litt for fort. Men bilen reagerte kvikt, skjente ut til venstre, og han slapp ikke rattet. Heldigvis var det ingen rabatt mellom kjørebanene. Han rettet opp rattet og stanset nesten perfekt ved den motsatte veikanten. Det dype sukket som fulgte, stammet det fra ham eller fra bilen?

Fra nå av gjaldt det bare å holde øye med sidespeilet. Så snart en svart Transporter kom kjørende forbi og han kunne lese 55 på nummerplaten, aktet han å sette i gang. Hvis Anna husket riktig. Hvis ikke bilen allerede hadde passert.

Uret på instrumentpanelet skiftet fra 19:59 til 20:00. Sett at Jon hadde forlatt E6 *før* Ranheim og betalt avgiften ved en annen bomstasjon. Eller sett at han hadde villedet Anna, at halvparten av tjuekroningen skulle benyttes til returen; i så fall hadde han kjørt i motsatt retning, mot Stjørdal og Værnes. William merket at usikkerheten og pulsen økte i takt. Uten å ta blikket vekk fra speilet strakte han ut en hånd i retning av hanskerommet, hvor han tidligere i dag hadde lagt en halvfull pakke sigaretter. Hvorfor var Jon blitt så opphisset over Meløy-saken? Fordi drapsmannen hadde brukt kniv? Men enda viktigere – hvorfor hadde han sagt til Anna at han skulle gjøre alvor av å treffe Terry – en mann som kanskje bare eksisterte i hans egen fantasi?

Var det ikke langt rimeligere å tro at det dreide seg om en kollaps, om et mentalt forstyrret menneske som hadde nådd et punkt i tilværelsen da alle regler og forordninger måtte anses som totalt ikke-eksisterende, da logikk og rasjonalitet måtte vike for en snever, konsentrert tanke om å foreta seg noe som kunne bringe andres liv i fare?

Rolig nå, William!

Han fikk fyr på sigaretten og prøvde av alle krefter å følge sitt eget råd. Kanskje var han i ferd med å ta fullstendig av, kanskje befant han seg her til ingen nytte. Hvorfor innbille seg at mannen i kamuflasjedress også bragte med seg en skarp armékniv, at han til og med hadde tenkt å bruke den, all den stund Oddvar kunne forsikre ham om at Jon var blitt pasifist, at han ikke lenger tålte å se blod? Sett at han i praksis ikke engang ville være i stand til å ta livet av en katt, at alt det fordervelige en slik mann tenkte bare foregikk inni hodet hans og i fantasien, nøyaktig på samme måte som journalist Schrøder lot seg forlede av sitt selvkonstruerte blendverk. Sett at . . .

Rett bak en diger trailer med tilhenger som bruste forbi, fulgte en mørk kassevogn med nummerskiltet VE 89755.

Fem fem!

Det skjedde så fort og uventet at selv om han var godt forberedt, kom enda to biler til bakfra og fulgte på før han rakk å dreie Corollaen ut i veibanen og fikk fart på den. Men det var kanskje best slik, at Jon ikke fikk ham direkte bak seg. For han hadde allerede slått fra seg ideen om å «praie» ham, prøve å stanse ham ved å tute eller å blinke med lyktene. Bedre å følge forsiktig etter, vente med å trekke noen konklusjoner før han visste litt mer om hva målet for turen var.

Foran ham fullførte traileren kurven og fulgte Omkjørings-vegen videre, mens de tre neste bilene tok av til høyre og inn mot sentrum. Det gikk langsommere nå, i 60-sonen, og han visste at fra og med første lyskryss ble det ikke snakk om å kjøre fortere enn 50. Han passerte både travbanen og Nidar fa-brikker uten at noe spesielt hendte, bilene gled jevnt og pent av sted, og Transporteren gjorde ingen tegn til å svinge av. Men allerede i det tredje lyskrysset, ved Dronning Mauds Minne, fikk han rødt lys da det ble hans tur, og bilisten bak tutet iltert da han likevel ga gass og smatt over. Gi faen i det nå. Glem den dumme røyken, glem alle regler. Konsentrer deg om ikke å miste ham!

Fra nå av gjorde han det, hele tiden. De aller fleste bilene fulgte Innherredsveien, og fremdeles hadde han to vogner mel-lom Transporteren og seg selv. Det gikk greit i kryssene som fulgte. Jon lå først i den vesle køen, og da ble det problemfritt å bli med over på grønt. Siden han dro hjemmefra var et par ruti-nemeldinger blitt gitt i radioen som han hadde liggende i det andre forsetet, og de tydet ikke akkurat på at politiet var satt i beredskap. Muligens hadde Kolbjørnsen vært nødt til å dra ned på kammeret til briefing bare fordi enda flere Kripos-folk var kommet opp fra Oslo.

Ved Voldsminde slo det ham likevel at dette *kunne* bli farlig. Andre ville kanskje ha sagt til seg selv at det dreide seg om en ganske alminnelig kjøretur inn til midtbyen; om en stund ville Jon parkere pent og pyntelig i en sidegate og rusle bort til en kafé eller et kinosenter. Eller han ville spasere litt rundt, kikke i butikkvinduer og pønske ut en hyggelig gave til sin kjære Anna.

Men vel ikke i kamuflasjeuniform?

Spørsmålet var om han skulle ringe til politiet eller til Ivar. I farten virket ingen av alternativene praktisk mulige. Fikk han krimvakten i tale, holdt det ikke med å fortelle at han fulgte etter en bilist som kanskje hadde noe ondt i sinne – og bare *kanskje*. Han ville bli nødt til å redegjøre i det vide og brede før vakten skjønte hva han snakket om, rulle opp hele Jons bakgrunnshistorie og legge frem det spinkle grunnlaget for de fantasifulle ideene sine. Selv om han var så heldig å treffe en av folkene på krimmen som han kjente, ville det ta tid å overbevise vedkommende om nødvendigheten av å ile ham til assistanse. Når så omsider skjedde, kunne det være for sent. Uret viste 20:08. Hva med Ivar, som i dette øyeblikket sannsynligvis satt på Posepilten og lyttet høflig til Fartein Sivle? (Hensikten var uten tvil å få forfatteren på tomannshånd etterpå, å uteske ham ytterligere om nettopp den mannen som satt bak rattet i Transporteren.) Var det ikke rimelig å tro at Ivar hadde slått av mobiltelefonen, slik siviliserte mennesker pleide å gjøre når de hørte på et foredrag? Ja, men Ivar var også journalist, alltid på vakt.

I den nye rundkjøringen ved Nedre Elvehavn tok ikke Jon av til høyre, men fortsatte bortover Innherredsveien. Nå lå det plutselig bare én bil mellom dem, og William besluttet at hvis den forankjørende forsvant i neste rundkjøring, ville han slippe frem en annen bil som erstatning.

Det ble ikke nødvendig, for begge skulle over Bakke bru. Vel ute på den ble det som vanlig stopp, fordi det kom rødt lys i krysset på den andre siden. Lys var det forresten overalt, ikke minst foran til høyre, hvor Royal Gardens fasade speilte seg i det stille elvevannet. Det hadde sluttet å snø, og alt var vinterlig og vakkert. Da bestemte han seg, tastet inn kortnummeret til Ivar og håpet at apparatet hans ikke var koplet ut. Følte straks en viss lise da det begynte å ringe, skjønt de tilstedeværende på Posepilten neppe huiet av glede over forstyrrelsen. Køen foran ham sto fremdeles stille, og Ivar svarte akkurat da lyset skiftet til grønt. Det vil si, han nærmest bjeffet:

«Ja, Ivar!»

«William her. Jeg skjønner at du har løpt ut på fortauet eller inn på do, men ikke avbryt meg, er du snill.»

Kollegaen var som ventet kvikk i hodet og gjorde ikke det, men William visste at hvis dette ble en real bomtur, ville Ivar hetse ham i ukevis fremover.

«Har du bilen din i nærheten?»

«I Tordenskiolds gate.»

«Kom deg dit så fort du kan.»

«Da blir det bare åtte tilhørere igjen her.»

«Drit i det. Jon Vensjø er på bytur, og jeg ligger på hjul. Jeg aner ikke hva han tenker å foreta seg, men han har trukket i kamuflasjeuniform og . . .» Det var ikke nødvendig å si mer; i ettermiddag hadde han orientert Ivar om Annas betroelser på bomstasjonen.

«Uniform? Dæven trøske. Hvit eller grønn?»

«Har ingen anelse, vet bare at han sitter i en bil et stykke foran meg, i sin svarte Volkswagen Transporter. Stedet er Bakke bru, og nå kjører vi inn i Olav Tryggvasons gate.»

«Jeg er allerede på vei.»

Lettelsen var så stor og ekte at først nå merket han at rattet var blitt fuktig av svette. Han hadde knapt vært med på noe lignende før, og i et glimt av løssluppenhet fastslo han at Hardy-guttene jobbet best når de opptrådte sammen. Så husket han at Ivar nettopp hadde spurt om fargen på kamuflasjeuniformen. Det var faktisk et godt spørsmål. Da Anna ringte, hadde han tatt for gitt at antrekket var jegerens, kommandosoldatens. Hvis Jon virkelig hadde til hensikt å bevege seg mest mulig usett i terrenget, ville naurligvis en hvit forsvinningsdrakt være det riktige på denne årstiden. Men kanskje visste han ikke selv hvor ferden ville ende, eller så hadde fargen på klærne ingen betydning. I verste fall hadde ikke utflukten noen som helst betydning for en viss drapssak, og da kom Ivar neppe til å gi ham en vennlig dult etterpå.

De neste lyskryssene skapte ingen problemer, og da varevognen svingte til venstre, oppover Prinsens gate, fulgte den neste bilen pent og pyntelig etter, som om det var avtalt spill. Da William passerte Posepilten, sendte han Fartein Sivle en kjapp tanke. Forfatteren skulle bare ha visst at den tvilsomme helten hans fra *Sølvkorsene* hadde kjørt forbi kafeen for fem sekunder siden, kanskje underveis til et selvpålagt oppdrag med uante konsekvenser.

Utenfor Trøndelag Teater skvatt William fordi mobilen ringte. Han trykte kvikt på knappen.

«Ja?»

«Alltid til tjeneste,» kom det fra Ivar. «Nå ligger jeg rett bak deg.»

«Flott. Jeg ser deg i speilet.»

«Stadig ingen peiling på hvor han har tenkt seg?»

«Nei. Hadde jeg visst hvilket ærend han er ute i, ville dette kanskje ikke ha vært nødvendig.»

«For din skyld håper jeg at Jon har noe mer spennende å by på enn Sivle.»

William unnlot klokelig å kommentere det. Han trodde at han kom til å finne seg i litt av hvert, bare de skjøt noenlunde blink.

Da de nådde Elgeseter bru, ringte han til faren, og han svarte straks:

«Joakim Schrøder.»

«Det er William. Jeg er ikke godvenner med politiet for øyeblikket. Kan du tenke deg å finne ut hva som foregår på krimmen nå?»

«Akkurat nå, i kveld? Hva skulle det være?»

«Det er nettopp hva jeg må ha rede på, for jeg har en følelse av at noe viktig er på gang.»

«Jeg er pensjonist!»

«Ja, men du nyter fortsatt enorm tillit,» smigret han. «Prøv Frengen, eller en annen av de gamle kompisene dine. Dette er fryktelig viktig, for å si det mildt.»

«Har det noe med seriemorderen å gjøre?»

«Kanskje. Jeg ringer på igjen om ti minutter.»

Deretter tok han kontakt med Ivar igjen, som foreslo at de skulle holde åpen forbindelse.

«Greit. Adressa spanderer.»

Utenfor Studentersamfundet ble det rødt lys igjen. Ved neste kryss dreide Transporteren til høyre og vekk fra hovedstrømmen. Regionsykehuset, var Williams første og umiddelbare tanke. Der fantes det avdelinger hvor man kunne avlegge visitter ganske sent på kvelden, og ennå var ikke klokken blitt halv ni. Bilen foran ham kjørte rett frem, og William bremset ned etter at han selv hadde tatt svingen. Jon ante forhåpentligvis fint lite om hvem som satt i bilen bak ham, men hvis synet hans fremdeles var noenlunde skarpt, kunne det være en fordel å holde god avstand. Han skulle tydeligvis ikke på sykebesøk. Etter rundkjøringen fortsatte bilen nedover Mauritz Hansens gate, kom inn i 30-sonen og saktnet farten korrekt.

«Hvor faen har han tenkt seg?» lød det fra mobilen.

William kastet et raskt blikk i speilet. Ivar kjørte enda saktere enn han selv gjorde. «Hvis han fortsetter nedover Klostergata, vil trafikken bli enda mindre.»

«I så fall øker vi avstanden enda mer.»

Det skulle snart vise seg at det ble nødvendig. Såpass sent var relativt få på vei i deres retning; de fleste bilene kom imot, på vei bort fra nedre del av Øya, området som endte bak Nidarøhallen. Der gjorde elven en krapp sving, og skulle man videre, måtte man sette fra seg bilen og benytte en av de to gangbroene.

Men det lot ikke til at Jon hadde tenkt seg så langt. Transporteren parkerte ved et hjørne der de gamle Sandal-gårdene lå, to rekker av et langt boligkompleks. William bremset og stanset, hundre meter bak.

«Hva gjør han nå?» kom det straks fra Ivar.

«Han stiger ut og ser seg rundt.»

«Kanskje han er ukjent og leter etter en adresse.»

«Det ser faktisk slik ut. Jeg tror han har et kart eller noe sånt i hånden. Nå kikker han på gateskiltet på hjørnet. Antrekket hans virker mørkt.»

«Sikker på at det virkelig *er* ham?»

«Gudene vet.» William mente det. Faktum var jo at han hadde truffet Jon bare en eneste gang, for nærmere femten år siden. Fra denne avstanden var det umulig å fastslå identiteten til mannen.

Samtidig husket han at han hadde vært i et av murhusene for vel tre uker siden, sammen med Oddvar. I rekken på baksiden, mot elvepromenaden, bodde Aslak Fuglevåg. Hvis Jon hadde til hensikt å avlegge ham en visitt, virket det nokså ubegripelig. Sannsynligheten for at høvleriarbeideren fra Hommelvik kjente doktorgradstipendiaten, var lik null. Ikke desto mindre fantes det en fellesnevner. Begge hadde visst hvem Miriam Malme var.

Mens hjernen hans tumlet med denne kombinasjonen, hoppet mannen kvikt inn i bilen igjen. Hvis han svingte til høyre nå, kunne det ikke lenger herske tvil om hva som var målet.

«Han er i gang igjen, fortsetter videre nedover Klostergata, meget langsomt.»

Kanskje ville han dreie av ved neste avkjørsel. En såkalt omgående bevegelse for å falle fienden i bakhold. Men dette var ikke den dampende jungelen i Vietnam, full av blodigler og livsfarlige *boobytraps*. Dette var Trondheim, en vinterkveld i mars. Uansett hva Jon hadde planlagt å foreta seg når det gjaldt Fuglevåg, ville han bli nødt til å ringe på døren hans for å komme inn. Et tenkelig alternativ var at Miriams kjæreste sto utenfor huset og ventet på Jon for å bli plukket opp. Det kunne i så fall bety at . . . Muligheten som slo ned i ham innebar en forklaring som overhodet ikke hadde streifet ham hittil. Tenk om de to karene samarbeidet! Tenk om de byttet på å drepe, slik at den ene alltid hadde alibi!

William slapp kløtsjen varsomt og lot Corollaen gli fremover igjen, viss på at Ivar fulgte etter i passende avstand. Foran ham kjørte Transporteren langs murfasadene – og forbi.

Han trakk pusten dypt, i en blanding av skuffelse og lettelse. Nok en formidabel idé kunne dumpes der den hørte hjemme, i nærmeste søppelkasse. På venstre side av Klostergata lå et stort felt med eneboliger i hager med høye trær, til høyre det åpne området som en gang hadde vært byens skøytestadion, der Hjallis for rundt regnet femti år siden satte verdensrekord på 5000. Hvor i huleste hadde fyren tenkt seg?

Nedenfor stadion endte gaten i en slags rundkjøring med endeholdeplass for bussen, og i stedet for å fortsette til Nidarøhallen, dreide bilen foran ham til side og stanset igjen. William rapporterte til Ivar at for å unngå å påkalle Jons oppmerksomhet, ville han selv kjøre forbi og videre nedover mot hallen, og Ivar svarte at han inntil videre tok oppstilling i ly av trafokiosken ved stadionhjørnet. Derfra hadde han full oversikt. Det ville være ugjørlig for Transporteren å returnere uten at han så den. William økte farten litt da han passerte endeholdeplassen, som for å markere at han ikke hadde noen som helst interesse av den stillestående varevognen. Et raskt sideblikk fortalte ham at kupeen lå i mørke, men at parkeringslysene var tent. Hadde Jon stanset for å filosofere, eller satt han og planla nøye sitt neste trekk?

Da han rettet blikket mot Nidarøhallen foran seg, slo det ham hvor liten by Trondheim var, hvor ofte man havnet på steder som man kjente fra før. For et par minutter siden hadde han kjørt forbi kvartalet hvor Fuglevåg bodde, og nå befant han seg like utenfor murer som han senest i går hadde vært på innsiden av. Sammen med Solveig hadde han sett Heidis pikelag tape en håndballfinale. Heidi fikk spille i bare tre minutter, og Solveig hadde synes at det var urettferdig at treneren hele tiden toppet laget med de presumptivt beste spillerne (uten at det hjalp synderlig). William så trenerens poeng, men hadde sørget for å være enig med Solveig. Nidarøhallen var for øvrig feil betegnelse på det kombinerte messe- og idrettsanlegget. En tredje hall var i ferd med å bli reist, tett inntil de andre. Til sammen utgjorde de en veritabel murkoloss i et område som opprinnelig var tenkt som grøntareal for byens befolkning, en tilstoppet endetarm hvor det ikke lenger forekom utvidelsesmuligheter, en durabel kommunal tabbe som det var umulig å rette opp igjen. William kjente til argumentene, men hadde aldri orket å engasjere seg i debatten. Hvorfor skulle han det, all den stund beboerne på Øya sikkert ga blanke i hva som for eksempel skjedde på Nardo? Enhver var seg selv nærmest.

Byggevirksomheten medførte at han måtte svinge hit og dit for å komme i skjul på baksiden. Der snudde han straks og stilte bilen slik at han kunne se oppover, mot bussholdeplassen. Belysningen i rundkjøringen var ikke sjenerende god, og han rullet ned sidevinduet og pusset brilleglassene. Startet motoren igjen og gled nærmere med slokte lykter. Stanset på nytt, delvis i le av en rød Moelven-brakke. Jon – hvis det var han – hadde antakelig ikke forlatt varebilen, for den sto fremdeles med tente parkeringslys. Men sett at det var en bløff, for å narre ham til å tro akkurat det.

«Skjer det noe, William?»

«Ingenting for øyeblikket. Jeg prøver å nærme meg bilen til fots.»

«Vær forsiktig!»

En overflødig påminnelse fra Ivar, tenkte han, men vel verd å ta hensyn til. Han slo av radioen, løsnet mobilen fra festet og stakk den i jakkelommen. Gled stille ut av forsetet, lukket døren forsiktig og låste. Så gikk han rundt brakken, fulgte baksiden av en jordhaug og bort til en sovende gravemaskin. Da han stakk hodet frem ved fronten av den, befant han seg mindre enn førti meter fra Transporteren, og i neste øyeblikk så han at parkeringslysene ble slått av. Deretter steg en mann ut. Såpass nær, i lyset fra gatelampen, kunne William se at antrekket var olivengrønt. Det måtte være Jon, som uten å nøle begynte å gå oppover gaten, i retning av stadion. Snart ville han bli synlig for Ivar.

Så kom to biler kjørende fra Nidarøhallen. Lysene sveipte over kamuflasjedrakten etter tur, men Jon snudde seg ikke da de passerte. I stedet krysset han gaten, tok av til høyre og gikk inn i en smal gate, inn i området med alle eneboligene. Hvis ærendet hans var av det harmløse slaget, ville han vel ha kjørt helt frem dit han hadde tenkt seg?

William nærmet seg varsomt hjørnet, tok mobilen opp av lommen og sa: «Jeg bryter et øyeblikk, Ivar. Ringer til faren min og spør om han vet noe mer.»

Uten å vente på svar gjorde han det.

«Joakim Schrøder.»

«Hva skjer?»

«Ifølge Frengen, som tilfeldigvis er på vakt, anmodet en kvinne om øyeblikkelig hjelp for snart en time siden, fordi hun følte seg truet av mannen sin. Men hun ville verken si navnet sitt eller hvor hun bodde, og følgelig er det blitt umulig å yte henne assistanse. Man har forsøkt å ringe tilbake til mobiltelefonen hun benyttet, men ingen svarer.»

«Er det alt?»

«Nei. Det nokså spesielle er at hun brukte apparatet til Miriam Malme, det som ble stjålet.»

William rykket til. Grunnen til at Kolbjørnsen hadde fått det travelt, var plutselig innlysende. Det var heller ikke vanskelig å forestille seg hvilken fortvilet rådløshet som måtte herske i politihuset. De ville så gjerne hjelpe, men kunne ikke. Kvinnen i nød måtte være gift med drapsmannen. Moderne mennesker etterlot seg elektroniske spor, men hva hjalp vel det når kvinnen ikke hadde brukt den vanlige telefonen eller sagt hvor hun bodde?

Han kom frem til hjørnet og leste teksten på skiltet: Kronprins Olavs allé. En kort gatestump åpenbarte seg. I enden av den fikk han øye på Jon igjen, like før han forsvant til venstre. Mens han skyndte seg etter, koplet han inn Ivar og forklarte hvordan det lå an.

«Jeg kommer så fort jeg kan, fra motsatt kant!»

Fra en spasertur i strøket for flere år siden husket William at denne strekningen dannet tre av sidene i et boligrektangel. Hvis Ivar valgte den andre atkomsten, ville de nærme seg Jon fra hver sin side. En knipetangmanøver, het det på fagspråket. Da han nådde hjørnet, hvor alleen dreide nitti grader mot venstre og løp parallelt med Klostergata, gikk han tett inntil stakittgjerdet før han stakk hodet frem. I lyset fra de få, gule utelampene fortonte den stille, snødekte gaten seg som det rene Disneyland. De vakre villaene fra tjueårene, med karnapper og utspring og smårutede vinduer i alle størrelser, røpet en bostandard som bare de færreste var forunt å nyte. Han mintes at husene på høyre side hadde hager som skrådde ned mot vannet på baksiden, og fantes det overhodet forstyrrende elementer, måtte det være trafikken på jernbanesporene på den andre siden av elven.

Jon var det eneste mennesket som befant seg i gaten. Han sto tretti meter unna og kastet blikk i begge retninger. Så gikk han inn i en hage hvor en svart BMW sto parkert i carporten. William fulgte varsomt etter, langs utsiden av gjerdet. Regnet med at Jon ville stige opp på den brede trappen og ringe på døren. Men han gjorde ikke det, kom ikke til syne over de hvitmalte sprossene. Var han på vei rundt villaen, mot elvesiden?

Da William nådde bort til den brede åpningen i gjerdet, så

han at snøen var pent måkt vekk foran inngangen og bort til carporten, men lyset fra de gedigne lampene på hushjørnene avslørte to snøhauger; ingen veier var spadd rundt til baksiden. Likevel var ikke Jon å se. Var det plutselig han selv som ble iakttatt, av Jon? Hadde fyren gjemt seg bak bilen?

Med besluttsomme skritt gikk han bort til carporten, vandret rundt den, bøyde seg for sikkerhets skyld og kikket under BMW-en. Ingen Jon, ingen fremmed fyr i kamuflasjedress. Så vendte han tilbake til huset, steg opp på trappen og så at det fantes to skilt over den store ringeknappen. Det ene var et alarmvarsel fra Securitas, det andre et forseggjort, velpusset messingskilt med snirklede bokstaver. Først reagerte han ikke, for det virket så ubegripelig usannsynlig at beboerne skulle ha noe med Jon Vensjø å gjøre. Men da han leste etternavnet enda en gang, gikk det et støt gjennom ham.

All fornuft tilsa at han burde gå ut på gaten igjen og vente på Ivar, slik at de sammen kunne prøve å finne en forklaring før de foretok seg noe som helst. Men det fantes ingen logikk i dette, bare en urovekkende følelse av at det hastet med å foreta seg noe. Kunne det virkelig tenkes at bak dette husets fire vegger fantes det en desperat kvinne som hadde ringt til politiet? Før han våget å trekke en sikker konklusjon, måtte han skaffe seg rede på hva Jon drev med, hvorfor han i det hele tatt hadde dratt hit. Mest fristende var det å trykke på ringeklokken, men da risikerte han å ødelegge alt sammen. Det måtte foreligge en god grunn til at mannen fra Hommelvik ikke hadde ringt på.

Han gikk hurtig bort til det nærmeste hushjørnet, forsikret seg om at det ikke fantes noen spor der. Men ved det motsatte hjørnet fant han både to og tre. Kraftige avtrykk etter noe som kunne være et par jaktstøvler. Kraftige, fordi Jon måtte ha tatt tilløp, jumpet over snøhaugen og landet inne ved sideveggen.

William vasset uti, og to-tre meter bortenfor fant han stedet. Han fortsatte videre i løssnøen langs veggen, mot hjørnet. Da han kom dit, skimtet han elven mellom trærne i skråningen. Tykke gardiner eller persienner var trukket for vinduene på baksiden. Sporene endte omtrent midtveis, som om Jon hadde foretatt et nytt, langt sprang. Men snøen lå jomfruelig til alle kanter. Han løftet hodet, innbilte seg at han hadde hørt en svak lyd over seg. Det var ingenting å se. Hadde mannen som han fulgte etter entret oppover veggen til buebalkongen i annen etasje? Det fantes et espalier der, et gitterverk av tykke tresprosser hvor villvin og klematis sikkert trivdes utmerket om sommeren. Det gikk forbausende greit å entre oppover, men han var blitt kald på hendene av snø da han stakk hodet over kanten på rekkverket. En svak lysning mellom portierene bak glassdørene avslørte at en av dem sto på gløtt. Hadde Jon dirket den opp?

Det var ikke snakk om å nøle lenger, og han følte ingen øyeblikkelig angst da han trådte varsomt inn i et fullstendig fremmed og nydelig møblert soveværelse, opplyst av en prismekrone i taket. Fullt på det rene med at Jon kunne befinne seg i rommet, registrerte han at det fantes bare en enkeltseng der, og senere skulle han minnes hva han tenkte – at i denne villaen bodde et ektepar som sov i hvert sitt rom. Da han fikk øye på en ny dør som sto på gløtt, stengte han av mobiltelefonen for å forhindre eventuelle ringelyder. Selvsagt burde han ha varslet Ivar om at han inntok huset, men nå var det for sent.

Han la øret inntil døren før han våget å skyve den opp. Det var som å komme ut i korridoren til et fasjonabelt hotell. Prismekrone i taket her også, malerier i forgylte rammer på veggene, samt en bred, teppebelagt svingtrapp som førte ned til hallen. Jon måtte stadig befinne seg noen skritt foran, for han var ikke å se.

William trengte ikke å liste seg nedover trinnene, for det tykke teppet dempet skrittene hans effektivt. I den store hallen fantes det fem dører, og han antok at ettersom kjøkkendøren sto halvåpen, var det den Jon hadde valgt. Selv prøvde han en på motsatt vegg, dreide den gammeldagse messingklinken rundt og trakk den til seg. Idet han fikk et glimt av bokhyller fra vegg til tak, hørte han for første gang lyden av en stemme, en mannsrøst som han ikke uten videre dro kjensel på. Den lot til å komme fra et sted et stykke unna, og han åpnet døren helt. To skritt til, og så befant han seg i et værelse som måtte være et slags kombinert bibliotek og hjemmekontor. De tente lampene over PC-en og et blankpolert skrivebord ble dempet av grønne glasskjermer. Et rødt lys viste at en mobiltelefon sto til ladning. I enden av rommet, til venstre, åpnet nok et værelse seg for ham da han trådte nærmere. Det var akkurat da, mens han begynte å angre sin dristige inntreden i et fremmed hus, at han hørte mannsstemmen igjen. Han gikk bort til døråpningen og kastet et blikk inn i den langstrakte empiresalongen, hvor pærene i prismekronene var slokket. Men mange små lampetter lyste sterkt nok til at tablået fortalte ham nesten alt han trengte å vite.

En annerledes form for husbråk, tenkte han først. Husbråk på et såpass høyt og forfinet nivå at det aldri ville havne i Adresseavisens spalter.

I et glimt husket han mamma og pappa Danielsen for nesten to måneder siden. Stua deres hadde ikke vært av tilnærmelsesvis samme klasse, men situasjonen lignet likevel. Her satt også et par i en sofa, eller rettere sagt, i en av tre sofaer. Ingen andre var imidlertid til stede – ingen forskremte barn, ingen uniformerte betjenter fra patruljeavsnittet. Og intet blod. Dette var et sivilisert oppgjør mellom to likeverdige, hvor det ikke var behov for utenforstående meglere. I det minste tilsynelatende. Begge var ulastelig antrukket, hun i knekort grønn kjole og han i koksgrå dress. Ja, han virket så velsoignert og til fingerspissene velstelt at det var omtrent umulig å forbinde ham med en kvinnemishandler. Pen var han også.

William hadde aldri sett noen av dem før, og han fikk mest lyst til å trekke seg unna, søke tilflukt i hallen, aller helst forlate huset. Men ingen av dem kikket i retning av ham, og de befant seg i den motsatte enden av rommet, minst ti meter fra stedet hvor han sto. Var ikke kvinnen påfallende blek i ansiktet?

Hun lyttet til mannen. Den dype, sonore stemmen hans ville ha vært ganske tiltalende hvis det ikke hadde vært for den skurrende undertonen, som om han snakket i et leie som han normalt ikke brukte.

«. . . vært annerledes hvis du ikke hadde vært så forbannet mistenksom og nysgjerrig. I alle år har jeg prøvd å dekke over og kamuflere udugeligheten din. Jeg har gjort mitt ytterste for å skjerme deg mot alle dumhetene du begikk. Utrettelig har jeg prøvd å la deg leve ditt eget liv, men til ingen nytte . . . Hvorfor svarer du ikke?»

«La meg gå, så skal jeg aldri være til bry mer.»

Den tryglende stemmen hennes sto i sterk kontrast til hans. Den var dessuten lav og matt, og William gjettet at hun motvillig og for n'te gang repeterte noen ord som hun innså var nytteløse.

«Og det vil du at jeg skal tro, etter det du har gjort mot meg i kveld? Selv mine innerste hemmeligheter måtte du altså snuse i. Begriper du ikke at for å kunne overleve sammen med deg, *måtte* jeg søke trøst hos andre? Uten dem ville jeg simpelthen ha gått til grunne.»

«Trøst? Du drepte dem jo.» Det var ingen anklage, bare en konstatering.

«Ja, dessverre. Men det var fordi de sviktet meg, akkurat like nederdrektig som du og Pål og Wenche har gjort. Jeg har stolt på deg i mer enn tjue år, men etter denne skuffelsen skjønner vel selv du at dette ikke nytter lenger.»

«Ja, ja. La meg gå . . .»

«Spørsmålet er bare på hvilken måte,» sa han ettertenksomt. «Det enkleste er jo at du gjør det selv, at du tar en stor dose av tablettene jeg skaffet deg. Selv om det blir svært pinlig for meg når folk får vite at du har vært en dypt ulykkelig sjel i mange år, er det bedre enn at du skal fortsette å lide.»

«Jeg har vært syk siden barna ble født.»

«Akkurat. Du har ingen glede av tilværelsen, og langt på vei har du ødelagt min også. Såpass forstår du, hva?»

«Ja . . .»

William følte seg lamslått – og kvalm. Mannen hadde slik makt over henne at underkastelsen hennes slett ikke virket naturstridig. Den var resultatet av en lang og metodisk prosess som hadde svekket viljen til opposisjon og gjort henne til en marionett. Det handlet om en mann som elsket å ha kontroll.

«Så hvorfor ikke like godt få det overstått?» Skurringen i stemmen var borte. Nå var røsten varm og forståelsesfull, verken sint eller inntrengende. Slike virkemidler behøvdes ikke mer.

«Ja, like godt . . .»

«Da går jeg og henter litt vann til deg. Eller kanskje du foretrekker å skylle ned tablettene med et glass rødvin? Ja, for du har vel ikke tenkt å gjøre noe så teatralsk som å hoppe i elven? Det blir i så fall en unødig kald død.»

Mannen reiste seg. Han snudde seg vekk fra sofaen og gikk langsomt mot kjøkkendøren. En siste rest av motstandskraft måtte likevel finnes hos kvinnen, for nå spratt hun opp og løp mot et av vinduene. Hun rev gardinen til side, fattet rundt et håndtak og presset ruten utover. Men i neste øyeblikk var han der igjen, grep rundt midjen hennes og trakk henne bakover, mot bordet foran sofaen. Den siviliserte overtalelsesteknikken ble plutselig erstattet av reservasjonsløst raseri:

«Satans merr!»

Hun skrek ikke, kom ikke med en eneste lyd da han med den andre armen løftet opp noe skinnende blankt fra bordet, en lang og skarp gjenstand som han holdt like foran ansiktet hennes.

«Hvis du foretrekker denne metoden, er det greit for meg, men det kommer til å gjøre helvetes vondt!»

William nølte. Hadde på følelsen at hvis han trådte inn på scenen, ville den gale mannen gjøre kort prosess. Samtidig opplevde han seg selv i tilskuerrollen, som om opptrinnet like foran øynene hans ikke hendte i virkeligheten, men i en teatersalong eller på en TV-skjerm – enda en film hvor volden var akseptabel når den ble betraktet fra godstolen.

Mannen snerret, i en blanding av hat og triumf: «Jeg fikk tak i denne skalpellen under et besøk i en obduksjonskjeller. En kamerat fra gymnaset viste meg rundt for to år siden. Jeg følte meg som en turist, og da han et øyeblikk snudde ryggen til meg, så jeg mitt snitt til å sikre meg en suvenir . . . Jøss, for en treffende formulering. *Så jeg mitt snitt til!* Ja da, det var nettopp de snittene Miriam og Beate fikk kjenne.»

I utkanten av synsfeltet, borte ved døråpningen til kjøkkenet, ante William en skygge.

«Hva velger du så? Denne eller tablettene? Svar, for nå er tålmodigheten min oppbrukt!»

Det kom ikke en lyd fra kvinnen da eggen på skalpellen ble lagt mot halsen hennes, og William merket at føttene hans begynte å bevege seg. Så, fra venstre kant av scenen, suste noe digert og mørkt i en bue gjennom rommet, bak de to aktørene. Det var en tung kjøkkenstol, og det halvåpne vinduet gikk i knas. Mannen skvatt, slapp taket rundt kvinnen og snudde seg forskrekket. I neste øyeblikk ble stolen etterfulgt av en grønnkledd skikkelse som beskrev en ny bue i luften før den traff mannen med voldsom kraft og rev ham overende. Kvinnen tumlet til side.

I løpet av mindre enn to sekunder var rollene fullstendig byttet om. Da William trådte nærmere, så han den uklanderlig antrukne mannen ligge utstrakt på ryggen med Jon sittende over skrevs på seg. Infanterikniven hans pekte direkte mot mannens strupe, og hånden som holdt rundt skaftet hvitnet.

«Nei!» ropte William.

Da løftet Jon hodet og vendte det halvt mot ham, og de klare øynene lyste med en intens glans som skremte ham. «Fuck you!»

«NEI!»

Langsomt, bare langsomt, var det som om eks-soldaten fikk kontroll over seg selv, tok til fornuften og begynte å slappe av. Så, til Williams store forundring, gled et rart smil over det regelmessige ansiktet hans. «Excuse me. Er det ikke gode, gamle Bill? Sist vi traff hverandre, gjorde jeg visst en atskillig ynkeligere figur.»

«La ham være!»

Smilet ble enda bredere. «Du tror da vel ikke at jeg har tenkt å gjøre det av med jævelen?»

William, som ikke visste hva han skulle tro, slo hjelpeløst ut med hendene.

«Å nei, dette misfosteret av et menneske fortjener å bli stilt til ansvar for all faenskapen han har begått. Se hvor fordømt livredd han er når han selv blir truet. Han svetter som en gris allerede, og det skal han få lov til å fortsette med en god stund til.»

Kvinnen var kommet seg på føttene igjen, men det virket ikke som om hun hadde forstått at trusselen mot henne selv var eliminert; hun vek bakover mot nærmeste vegg. Jon Vensjø snudde ansiktet mot mannen under seg igjen, og nå var stemmen hans blitt mer hatsk:

«Shit, vet du hvem denne ynkelige skapningen er, Bill?»

«Ja, jeg . . .»

«Han var frekk nok til å kalle seg Terry, og jeg gikk fem på. Ikke faen om han skal slippe unna, tenkte jeg. Ikke faen!»

«Bra at du tenkte slik.»

«Forleden var han til og med så frekk at han stakk ned i pianobaren på Britannia for å se om jeg hadde takket ja til invitasjonen. Bare en rask sjekk, men nok til at jeg husker trynet hans. Fucking beautiful, for et sjokk jeg fikk da jeg i dag skjønte at det var selveste direktøren for Comdot som drepte min vesle Miriam!»

Mannen under ham, Gøran Livang, rørte seg ikke, men han var rød i ansiktet av sinne og hadde skum rundt de dirrende leppene. Hvis han spytter Jon i fjeset nå, tenkte William engstelig, vil han få smake kniven.

Da kom heldigvis et annet fjes til syne, der det for et par minutter siden hadde vært en vindusrute. «Dæven trøske,» sa Ivar og klatret inn. «Jeg fant det best å varsle politiet.»

Det var strengt tatt en overflødig kommentar, for nå kunne alle høre lyden fra sirenene som nærmet seg.

Det slo ned som en bombe

i Trondheim at direktør Gøran Livang, den suksessrike og populære mannen som blant annet var blitt kåret til fjorårets mest velkledde trønder, ble anholdt og siktet for to overlagte drap, samt forsøk på et tredje. Senere skulle William fundere ganske meget over hvilken rolle han selv hadde spilt i dramaet. I flere uker før Livang ble avslørt – en like uventet gjernings- mann for ham som for politiet og allmennheten – hadde han vandret ganske mange omveier før han til slutt var blitt ledet til en villa i Kronprins Olavs allé på Øya.

Han pleide å konkludere med at sannsynligvis hadde ikke hans egen deltakelse gjort særlig til eller fra. Hadde det ikke vært for Jon Vensjøs spesielle forhold til Miriam Malme, ville verken politiet eller han ha funnet frem til mannen som hadde utnyttet drapet på Vibeke Ordal til å spille den uhyggelige rol- len som seriemorder. «Bare én ting bidro jeg kanskje til,» sa han til Solveig et par ganger, «at ikke Jon tok livet av direktø- ren. Hvis det er sant at blikk kan drepe, tror jeg Jon ville ha brukt kniven sin til noe mer enn å true med, hvis jeg ikke hadde stagget ham.» Men selv det var ikke sikkert; etter at han var blitt bedre kjent med mannen, ante han fremdeles ikke hva som dypest sett rørte seg inni hodet hans.

Derimot festet han mer og mer tillit til at Jon hadde deltatt i Vietnam-krigen. Etter å ha sett hvor enkelt han satte Livang ut av spill, følte William at CIA burde fremskaffe atskillig mer håndfast dokumentasjon enn et overbærende «nei» for å bevise at historien som Sivle hadde skrevet var bløff fra ende til an- nen. Selv drømte han ikke så ofte om blod lenger, men ante bedre enn før hvor skrekkelige marerittene måtte fortone seg for en mann som i måned etter måned hadde opplevd jungel-krig på nært hold.

En kveld hjemme hos Bjålands, hvor også William og Sol-veig og ikke minst en tydelig avslappet Anna var til stede, hadde Jon motvillig forsøkt å forklare hvordan han var kom-met på sporet etter Gøran Livang:

«Klart jeg hadde et godt øye til Miriam, som det nydelige kvinnfolket hun var. Ikke fordi noen kan erstatte deg, Anna, men hver gang jeg så henne, begynte jeg å tenke på damene i Nam. Fikk en rar feeling av at denne frøkna måtte jeg beskytte. Jeg kan ikke huske at jeg noen gang snakket med henne, bort-sett fra når vi hilste på hverandre i bakken eller på butikken. Men den ene gangen da hun *virkelig* trengte hjelp, befant jeg meg like i nærheten og skjønte ikke bæret av hva som foregikk!»

Han hadde blitt mørk i blikket og tidd, og Jørgen Bjåland var den som greide å oppfordre ham til å fortsette. Da befant Jon seg plutselig i en annen verden:

«En gang, under en nattlig patrulje i nærheten av Ben Hien, skar jeg over halsen på en gook. Om morgenen, da det ble lyst, gjorde Terry meg oppmerksom på at denne gooken var et ungt kvinnfolk. Jeg får aldri vite om hun tilhørte Vietcong eller var en uskyldig landsbyboer, men jeg blir aldri kvitt synet . . .» Han hadde tatt en ny pause, begynte å rulle en røyk før han maktet å ta opp tråden igjen. «Men det aller verste var likevel the kids . . . En varm dag sa løytnanten at alt tydet på at bambushytta foran oss helt sikkert var befolket av Vietcong-soldater med skarpladde våpen. Det var bare å slenge av gårde en håndgranat og børste over med noen lave serier. Vi gjorde det, og hytta kom i brann. Skrik og skrål oppsto naturligvis, og vi bragte dem til taushet. Etterpå oppdaget vi niks våpen, og de blodige likene var uskyldige mødre og småungene deres . . . Den jævla løytnanten sa at ingen av oss kunne klandres, at det bare hadde vært en typisk snafu.»*

«Ikke plag deg selv mer med dette,» ba Jørgen inntrengen-de. «Fortell oss heller hva som skjedde den natten Miriam Malme ble drept.»

---

* Snafu: Situation normal, all fucked up (amerikansk soldatslang).

«Det henger i hop, begriper du vel! I flere år var jeg kvitt faenskapen i hodet mitt, men i fjor sommer dukket den opp igjen. Kanskje fordi jeg støtte på henne oftere enn jeg pleide. Ja, du vet hvordan jeg har hatt det, Anna. Av og til ble jeg gal av å være inne. Jeg måtte ut, slippe tankene innpå meg for å få dem til å forsvinne igjen, slik som Bengtsen har sagt . . . En sen søndagskveld i februar vandret jeg nedover bakken og måtte hoppe til side for en taxi som var på vei oppover. Da fikk jeg øye på en fremmed bil som sto mellom noen trær, en BMW. Ingen pleier å parkere der, for det er egentlig traktorplassen til Høydal. Det var vel derfor at jeg skrev ned nummeret, i tilfelle . . . Only God knows why. Med den treige hukommelsen min ville jeg aldri ha husket det. Like etterpå passerte taxien på nedtur. På vei oppover igjen møtte jeg en fyr som kom ut fra hagen der Miriam bodde. Det var for mørkt til at jeg kunne se hvem han var. Han hilste et lavt «morn» da vi passerte hverandre. Det var ikke noe spesielt ved ham, men likevel ruslet jeg inn i hagen. Det fantes spor i snøen, og da jeg gikk rundt huset, innbilte jeg meg at jeg så et knust vindu . . .»

«Men du foretok deg ingenting?»

«Nei, ikke faen om jeg ville alarmere noen. Ettersom postkassen var full, tenkte jeg at Miriam sikkert var bortreist.»

«Du ringte ikke til lensmannen dagen etter heller?»

«Fuck you, Jørgen! Har du fremdeles ikke skjønt hvordan det føles *aldri* å bli trodd? Folk flest i USA lo og spyttet på oss da vi returnerte. Ingen i hele verden holder jeg meg lenger unna enn de jævla myndighetene.»

Dette hadde også vært hovedgrunnen til at Jon, da han noen dager senere fikk høre at Miriam Malme var blitt drept, ikke varslet politiet om hva han visste. Dessuten var det for sent. Anna hadde gjettet hvorfor han virket så nedfor, men ikke mer. Senere hendte det fantastiske at Terry Donovan ringte og inviterte ham til et møte i pianobaren i Britannia. Utsikten til å treffe en av «brødrene» (en farget kompis fra 1967) hadde gjort ham så oppspilt og glad at han ikke hadde bitt seg merke i at stemmen lød litt annerledes enn han kunne huske. Gøran

Livang, med datautdanning fra USA, hadde tatt sjansen på å herme etter Texas-dialekten.

Først den mandagen da Jon hørte nyheten om det tredje drapet, skjønte han at gjerningsmannen kunne være den samme, og først da ringte han til biltilsynet og fikk vite navnet på eieren av BMW-en:

«Gå til politiet? Ikke tale om. Ingen der i gården kom til å tro på meg, og jeg kunne ikke bevise noe som helst. Livang hadde til og med sørget for at jeg ikke hadde noe alibi den kvelden han drepte Beate Stokke, der jeg satt halvannen time alene i en mørk barkrok og ventet på Terry.»

Jørgen innskjøt at sjefen for Comdot måtte ha lest *Sølvhjertene*, at han hele tiden hadde visst hvor Jon bodde, at han hadde utnyttet fortiden hans til å kunne trylle frem en opplagt skyldig, dersom jorden mot formodning skulle begynne å brenne under hans egne føtter. William skammet seg da han hørte det. For også han hadde lest boken. Ikke bare det – en lang stund hadde han følt seg temmelig sikker på at Jon var en pervers seriemorder.

«Resten av dagen gikk jeg rundt og spekulerte på hvordan jeg best skulle ramme den jævelen. Beslutningen tok jeg under Dagsrevyen, da jeg ble minnet om en annen fyr som hadde stukket i hjel kjæresten sin med en kniv. Da så jeg rødt, gikk bokstavelig talt av skaftet. Men jeg bare måtte! Måtte treffe den falske Terry-kameraten min og tvinge frem en tilståelse. Og for én gangs skyld hadde jeg skikkelig flaks. Udyret innrømmet jo alt sammen mens Bill og jeg sto hver for oss og lyttet . . .»

Udyret, skulle William komme til å tenke flere ganger. Når alt kom til stykket, var ikke det en tilnærmet korrekt betegnelse?

«Shit, jeg glemte helt at det var gått mer enn tretti år siden jeg sist foretok et slikt sprang. Vred nesten kneet ut av ledd da jeg landet. Det så vel nokså komisk ut, eller hva, Bill?»

William hadde ristet på hodet, og etterpå hvisket Solveig til ham at med all respekt for sin kjære ektemake hadde hun aldri i sitt liv møtt en flottere *mann* enn Jon Vensjø – enten han var ekte soldat eller notorisk lystløgner.

Arne Kolbjørnsen kunne fortelle at allerede under det første avhøret hadde Gøran Livang begynt å skryte uhemmet av ferdighetene sine – som perfeksjonist i klesveien, som kvinnebedårer, som elsker, som stemmeimitator, som drapsmann. Han pralte med alle de smarte påfunnene, fra de røde brevene produsert av hjemmekontoret, til hvor elegant han hadde narret den «forræderske» Beate Stokke i fellen. For ikke å snakke om hvor flink han hadde vært til å unngå å søle blod på de velpleide hendene sine. Hans klare mål nå var å bli erklært sinnssyk, og hadde det ikke vært for Jomar Bengtsen, ville han kanskje ha lykkes. (Ville en sinnssyk person ha greid å gjøre Comdot til en mønsterbedrift? Ville en sinnssyk person funnet på å utlove 100.000 kroner i belønning til den som kunne peke ut drapsmannen?) I virkeligheten var ikke Livang annet enn en variant av superegoisten som kun hadde ett mål i livet, å hegne om sin egen ufeilbarlighet. Hos en slik «fullkommen» person eksisterte bare én svakhet – den manglende evnen til å tåle et mellommenneskelig nederlag. Etter førstebetjentens mening en mann med to vidt forskjellige ansikter, og Bengtsen ga ham rett.

Men et udyr?

Overfor Kolbjørnsen hadde han uttrykt hvor rasende han var blitt rundt årsskiftet da han til sin forbløffelse så sin elskede Miriam vandre forbi huset hans sammen med en fremmed mann, tett omslynget. En kvinne som han hadde gitt det beste av seg selv for å tilbe og beseire. En provokasjon av dimensjoner! Han hadde ikke nølt med å skygge dem til leiligheten hans, og dagen etter hadde han ringt til Miriam og fått klar beskjed. Ingen tvil om at hun hadde et forhold til Aslak Fuglevåg, og han nølte ikke med å innhente personopplysninger om mannen. Livang la heller ikke skjul på hvor voldsomt han hadde gledet seg over smerten han greide å tilføye henne da han tastet mobilnummeret hennes og utga seg som lensmannsbetjenten som måtte formidle budskapet om at kjæresten var omkommet i en bilulykke.

Visst hadde han lest *Sølvkorsene*, og visst innrømmet han at det hadde vært en dumhet å gifte seg med Laila, som ikke hadde greid å leve opp til de beskjedne kravene som ble stilt til en moderne bedriftsleders hustru. Hun hadde til og med vært så frekk å tiltvinge seg adgang til skuffen hvor han blant annet oppbevarte to lommebøker, diverse passbilder, et eksemplar av *The New Encyclopedia of Serial Killers*, samt en nydelig skalpell tilhørende Regionsykehuset i Trondheim. Blant trofeene hans inngikk Miriams mobiltelefon, og mens han tidligere hadde ringt fra kiosker for å unngå elektroniske spor, begynte han å benytte den når han skulle kontakte Beate – og Jon. Ideen fikk han da han fant pin-koden i lommeboken hennes. Apparatet passet til laderen for hans egen mobil, og det forundret ham at hittil hadde ingen gitt Telenor beskjed om at abonnementet skulle avsluttes. Den kvelden han kom hjem og oppdaget Lailas synd, hadde han vært en tur på Byåsen for personlig å takke Tonje Indrehus for at hun hadde funnet hans dypt savnede medarbeider. Død riktignok, men likevel. Han hadde gitt henne både blomster, konfekt og kyss, og Tonje innrømmet overfor Kolbjørnsen at hun var blitt aldri så lite paff – og forelsket. Kanskje ville hun ha blitt hans neste erobring hvis ikke skjebnen hadde villet det annerledes.

Et udyr?

Laila Livang ville sitte igjen med en formue. Men hun var også et alvorlig psykisk skadd menneske, og Jomar Bengtsen lovte å gjøre sitt ytterste for å helbrede henne. Over tid, og i nye omgivelser sammen med sine barn, ville hun kanskje finne tilbake til litt av sin tapte lykke. Hun hadde betrodd Ivar Damgård at hadde det ikke vært for et par artikler i Uke-Adressa i februar, skrevet av journalist Halldis Nergård, ville hun kanskje aldri tatt mot til seg og kontaktet politiet i det øyeblikket hun åpnet skuffen i skrivebordet og innså at hun var gift med en drapsmann. Fordi mobilen som sto i laderen rett foran henne var påklebet en lapp med pin-koden, hadde hun benyttet den, uvitende om at apparatet ikke tilhørte mannen hennes. Da han returnerte fra Byåsen, hadde hun så vidt fått tid til å sette mobilen tilbake i laderen, men rakk ikke å legge trofeene hans på plass i skuffen før han kom inn.

Ivar selv innrømmet at han burde ha gjettet seg til sammenhengen da Jon kjørte nedover Klostergata. Dagen før hadde han avlagt villaen på Øya en kort visitt, men først da William slo av mobilen, gikk det opp for ham at målet kunne være Gøran Livang. Det kom også for en dag at Agnar Juviks påfallende åndsfraværelse hadde skyldtes at han tumlet med en vill idé om at sjefen hans kunne være seriemorderen. Han hadde lenge hatt en anelse om det spesielle kvinnesynet hans, og han husket et par besynderlige blikk som Livang og Beate Stokke hadde vekslet på jobben noen dager før drapet skjedde. «Altfor sent gikk det opp for meg at han var en ekstrem jåle-bukk.»

Fredag 17. mars, samme dag som politimesteren i Trondheim etter oppfordring fra Adresseavisen ba en utenlandsk kvinne-lig vaskehjelp om uforbeholden unnskyldning og overrakte henne en stor blomsterbukett, gikk William og Solveig på Kjegla. Ikke for å feire den nye regjeringen, men for å drikke forsinket øl sammen med Oddvar og Gøril. Selv om de straks ble enige om ikke å berøre en viss sak, var det ikke til å unngå at et par ting kom opp i løpet av kvelden.

Oddvar: «Jeg traff Aslak Fuglevåg på Nordre i dag. Han vir-ket svært melankolsk og sa at han angret bittert at han en vak-ker søndag rundt årsskiftet tok en spasertur sammen med Miriam gjennom Kronprins Olavs allé. Hadde han visst at en sjalu beiler holdt til i gaten, ville han naturligvis ha valgt et an-net strøk. Selv Miriam kan ikke ha ant at Livang bodde der . . . Men vet dere hva, Fuglevåg har kjøpt seg ny frakk. Ganske fiks, til og med. Han ble nesten lystelig til sinns da jeg fortalte ham hvor fint den kledde ham.»

Gøril: «Klær skaper folk.»

William: «Til meg beklaget han at Gud ikke har skapt alle mennesker vakre. Jeg tror han har rett i at det fortsatt vil være en kjempefordel å være pen, slik det alltid har vært.»

Solveig: «Vel ikke for Miriam?»

Oddvar: «Når du får tid, William, bør du skrive en bok med tittelen *Survival of the Prettiest*. Hva skal vi vel beundre hos ufyselige medmennesker, om ikke skjønnheten deres? Apropos bok, så glapp det ut av Fuglevåg at Miriam omtalte en viss J i dagboken sin. Hvem kan det ha vært, tror du?»

William: «Gøran Livang, naturligvis. Underlig nok har han aldri skrytt av sin forretningsmessige suksess, kanskje tok han den for gitt. Miriam kan neppe ha visst at han var direktør i Comdot. Når han sa fornavnet sitt, må hun ha trodd at det begynte på J . . . J for Jøran, slik det vanligvis skrives på norsk.»

Gøril: «Fra i morgen av skal jeg begynne å kalle meg Jøril.»

Oddvar: «Skål!»

William hadde allerede besluttet at han ville skrive en bok. Ikke en bok om skjønnhet, men en bok om seriemordersaken, om Geir, Gøran og Jon, og om kvinnene som de ut fra ganske forskjellige forutsetninger hadde tatt livet av. En bok befolket av mentalt belastede personer. Ingen kjente affæren bedre enn ham.

Han satte seg ned foran PC-en allerede kvelden etter. Han var fullt på det rene med at han ikke kunne konkurrere med Miriam Malme. Fremfor alt skulle dette bli en spennende bok, en som ville rive leseren med fra første side. For uten en stor dose spenning, hadde Fartein Sivle betrodd ham, kunne han glemme budskapet. Budskapet? Å mane til kamp mot all verdens psykopater? Oddvar hadde trukket på smilebåndet og innvendt at en slik kamp var dødfødt. Men William brydde seg ikke om det. Den blanke skjermen foran ham formelig lengtet etter å bli fylt med ord, og inspirert tastet han ned den aller første setningen.

Denne betok ham slik at han siterte den høyt for Solveig. «Er ikke det en utmerket åpning?»

«Jo da. Bortsett fra at jeg har lest den før.»

«Å?»

«Sånn starter jo alle klassiske kriminalromaner.»

Og slik tar man gleden fra en lovende debutant, tenkte William.

Noen dager senere fikk han så mye å gjøre på Heimdal at han ikke orket å skrive videre på manuset, og som tiden gikk uten at han greide å prestere særlig mer – saken var blitt så til de grader uttværet i alskens medier – besluttet han motstrebende å gi opp prosjektet. Det kunne virke som om Jon Vensjø hadde kommet styrket ut av hendelsene, men mysteriet omkring de sjelelige problemene hans forble like uoppklart. Kanskje ville det være en bedre idé å overlate nedtegnelsen til en som hadde slikt å stelle med.

Slik gikk det til at historien havnet hos meg, og med største respekt for et menneske som hadde fantasi nok til å finne muligheter der andre møtte veggen, valgte jeg derfor å stjele begynnelsen hans:

Det var en mørk og stormfull natt . . .

Trondheim
i mai 2000
Fredrik Skagen